KB061301

현대성의 다양한 목소리

시노폰 담론,
중국문학

이 도서는 중화민국문화부 지원을 받아 출판되었습니다.
(中華民國文化部贊助出版)

현대성의 다양한 목소리

시노폰 담론, 중국문학

왕더웨이 지음 ┃ 김혜준 옮김

學古房

시노폰 담론, 중국문학

이 책은 주로 다음 네 가지를 담고 있다. (1) 청말 소설이 보여주는 '억압된 현대성被壓抑的現代性', (2) 혁명·계몽 담론과 대화로서의 '서정 담론抒情論述', (3) '포스트 유민 글쓰기後遺民寫作' 및 디아스포라 정치·시학, (4) 시노폰 연구라는 '시노폰 바람華夷風'의 향방이다.[1]

이 네 가지는 이 근래 나의 연구 관심을 대표하며, 시간적으로는 청말에서 당대까지로 서로 다른 역사 시기와 문학 전범을 넘나든다. 얼핏 보기에 이 네 가지는 서로 연관 관계가 없는 것 같다. 하지만 사실은 이것들 사이에는 수많은 담론의 실마리들이 연관되어 있다. 가장 중요한 것은 이 점이다. 나는 나의 연구에서 국가, 문학, 5·4 정전, 사실주의 내지 현실주의 스타일이라는 '대전통'에 대해 이렇게 강조해왔다. 현대 중국문학이 크게 발전할 수 있었던 주된 원인은 이러한 전통이 면면히 이어져왔다는 그 상징성에 있는 것이 아니다. 그것보다는 전통의 내부와 외부에서 곡절 많고 변화 많은 가지가지 목소리, 스타일, 이념이 만들어낸 총합에 있다. 미하일 바흐찐의 '헤테로글라시아'(heteroglossia) 즉 '다양한 목소리衆聲喧嘩'라는 용어를 빌린다면, 현대 중국문학 경험의 특색은 그야말로 다양한 화어

---

1) '시노폰'(Sinophone)이라는 용어에 관해서는 일단 〈옮긴이의 말〉의 pp. 314-315 부분을 참고하고, 좀 더 상세한 내용은 이 책 본문을 보기 바란다.

華語로 다양한 목소리를 내었던 것衆聲喧'華' 그 점에 있는 것이다.[2]

중국 현당대문학[3]의 체제와 담론은 청말에서부터 비롯된다. 량치차오梁啓超(1873-1929)에서부터 루쉰魯迅(1881-1936)에 이르기까지 한 시대의 문인들은 국가의 위기를 목도하고, 문학을 구국·계몽과 국민성 개조의 도구로 삼자고 주창한다. 이런 담론은 5·4 문학혁명 시기에 정점에 도달한다. '시대를 걱정하고 나라를 염려한다感時憂國'가 문학 실천의 법률이 되고, 이리하여 현실 반영을 목표로 하는 창작과 담론이 정치와 교육의 시책이 되기에 이른다. 하지만 나는 이렇게 생각한다. 태평천국에서부터 신해혁명까지 청말의 이 60년 동안 문학과 문화의 개척성은 사실 5·4의 그것에 비해 넘어섰으면 넘어섰지 못 미치지는 않았으며, 특히 그 중에도 소설의 실험은 주목할 만한 것이었다.

청말 소설은 중국 서사문학 연구에서 지금껏 비교적 덜 중시되었다. 그러나 역사·미학·이념 및 문화생활의 각도에서 볼 때 이 시기의 소설이 보여주는 활력과 복잡한 층면은 모두 사람들의 시야를 넓혀주기에 충분한 것이었다. 무엇보다도 현대문학 전문가의 입장에서 보자면 청말 소설은 전통에서 현대로의 과도기적 단계를 대표하는 것에 그치는 것이 아니었다. 그것의 등장과 그것에 대한 소홀 그 자체가 이미 중국문학 현대성의 한 부분을 보여주는 것이었다.

청말 소설의 4대 장르인 환락가소설狎邪小說, 의협·공안소설俠義公案小說, 견책소설醜怪譴責小說, 공상과학·기담소설科幻奇譚은 각기 욕망, 정의,

---

2) 바흐찐은 어떤 개인의 말 속에 내포된 의미들 사이에서 일어나는 충돌이나 갈등을 '헤테로글라시아'(heteroglossia)라고 하면서, 특히 작가·화자·등장인물들의 말이 서로 충돌 내지 갈등하는 소설에서 이를 가장 잘 볼 수 있다고 했다. 저자 왕더웨이는 바흐찐의 이 용어를 원래 '뭇소리가 시끌시끌하다'라는 뜻을 가지고 있는 '衆聲喧嘩'로 표현하는 한편 이 단어를 종종 변용해서 사용한다. 이 책에서는 문맥에 따라 '헤테로글라시아', '다양한 목소리' 등으로 번역한다.
3) '현대', '당대', '현당대' 등의 용어에 관해서는 〈옮긴이의 말〉을 참고하기 바란다.

가치, 진리(지식)라는 현대성 담론의 네 가지 방면에 대응하는 것이었다.[4] 텍스트에 대한 섬세한 읽기를 통해서 나는 다양한 목소리를 냈던 소설 세계를 드러내고자 했다. 그것은 분명히 중국문학 현대성의 기원이었다. 다만 후일 5·4의 정통 글쓰기 속에 억압되었을 뿐이다. 그러나 이러한 '억압된 현대성'은 소멸된 것이 아니라 은연중에 원앙호접파 소설, 신감각파 소설, 심지어는 5·4 주류 작가의 작품 속에 보존되었다가 중국 당대소설 속에서 다시 번성하게 되었다. 결코 서양의 충격이 중국문학의 현대화를 열어젖힌 것이 아니다. 그것들 사이의 전환을 더욱 복잡하게 만들면서 이로써 문화 횡단적이고 언어 횡단적인 대화의 과정을 전개하도록 만들었던 것이다.

지난 수년간 나는 '서사시 시대의 서정 전통' 연구에도 힘쓰면서 문학과 중국 현대성의 연원을 다시 사고해왔다. 나의 의도는 별 다른 것이 아니다. 오랫동안 행하여 온 계몽＋혁명 담론에 대해 새로운 대화의 가능성을 제기하는 것이다. 나의 이론적 자원 중의 하나는 전통 서정 시학에서 유래한다. 이 서정 담론은 오해를 불러일으킨 적도 있는데, 그 핵심은 다름 아닌 '서정'의 정의에 있다.

현대 문학 이론에서 '서정'은 늘 소홀히 되는 문학 관념이다. 일반적인 관점에서는 서양 낭만주의의 유산을 이어받아서 서정이란 가볍게 읊조리거나 나지막이 흥얼거리는 것 또는 세상사에 서글퍼하는 것에 지나지 않는다. 계몽·혁명 담론에 비하자면 서정은 그렇게도 개인주의적이고 소자산계급적인 정서였고, 자연히 있으나마나 한 것이었다. 그렇지만 중국문학의 변천을 되돌아보면 금세 이해하게 될 것이다. 《시경詩經》, 《초사楚辭》 이래 서정은 줄곧 문학 상상과 실천 속에서 중요한 과제의 하나였다. 《초사·구

---

4) 루쉰은 그의 《중국소설사략中國小說史略》에서 청나라 소설을 의고소설, 풍자소설, 인정소설, 재학소설, 환락가소설, 협의·공안소설, 견책소설 등으로 분류했는데, 그 중 환락가소설이란 창기들이 밀집해 있는 좁은 골목狎邪의 기방 이야기를 다룬 소설을 일컫는다.

장楚辭·九章》의 〈석송惜誦〉에는 굴원屈原(BC340?-278)이 "분통하여 말하다가 불행을 불러오느니, 분노를 풀고자 마음을 토로하노라"라고 한 말이 전해진다. 20세기 초가 되어 루쉰은 글을 쓰는 이유는 다름 아니라 곧 "분노를 풀고 마음을 토로하는 것"이라고 말한다. '서정'은 신구 문학에서 각기 달리 표현되고 용법과 의미 역시 상당히 다르기는 하다. 하지만 이 관념이 가진 활력은 현대성이라는 세찬 바람 속에서도 사라진 적이 없었다.

나는 서정을 일종의 매개 변수로 받아들여 중국 현대의 '계몽'과 '혁명'이라는 두 가지 패러다임에 대해 다시 검토해보기를 제안한다. 다시 말해서 이원론적 담론을 삼원화하여 '혁명'·'계몽'·'서정' 세 가지의 연동 관계에 주목하자는 것이다. 여기서 말하는 '정'이란 감정·인정·세정을 의미하며, 인성의 육욕칠정이자 역사의 정황과 상태이기도 하며, 본질적으로 진실한 존재이자 추세를 파악하는 능력이기도 하다. 계몽은 어쨌든 간에 이성에 의지하며 무에서 유를 만들어내는 상상력을 필요로 한다. 혁명에 만일 사람의 마음을 뒤흔들어놓는 시적 정감이 결여된다면 수많은 사람들이 서로 생사를 내맡기도록 만들 수는 없을 것이다. 더더욱 강조하고 싶은 것은 20세기의 서정 담론은 항상 시대의 '어둠 의식幽暗意識[5]과 결부되어 있었다는 점이다. 나는 이에 근거해서 전통 시학이 미처 다루지 못한 모순 충돌을 탐구하고 서정 담론과 당대 문화 정치의 상호 관련성에 대해 사고하고자 해왔다.

20세기 중국은 내우외환을 겪으면서 여러 차례 대규모 인구 이동을 불러일으켰다. 1949년 국공내전은 수백만 명의 중국인이 해외로 떠나도록 만들었고, 그 이후 60년에 걸친 냉전과 포스트 냉전이라는 틀 속에서 해외

---

5) "이른바 어둠 의식이란 인간성이나 우주 속에서 애초부터 존재하고 있는 갖가지 암흑 세력을 직시하거나 인식하는 데서 오는 것이다. 이런 암흑 세력은 워낙 뿌리가 깊은 것으로, 이 때문에 이 세상에는 결함이 있게 되고 완벽함이 있을 수 없게 되며, 이리하여 인간의 삶에는 갖가지 추악함과 갖가지 유감이 있게 되는 것이다." 張灝,《幽暗意識與民主傳統》, (台北: 聯經出版事業公司, 1990), p. 3.

화인華人[6]의 문화는 스스로 영혼의 뿌리를 내렸다. 이는 공교롭게도 폐쇄적이었던 사회주의 중국과 강렬한 대비를 이루었다. 그런데 이런 대치 관계는 1976년 이래 중국의 '신시기'에 이르러 대화 관계로 바뀌었다. 이것이 문학과 담론에서 표출된 것이 곧 '시노폰' 개념의 등장이다.

시노폰 연구는 원래 대륙 이외의 타이완·홍콩·마카오 등 '대 중화' 지역, 동남아시아의 말레이시아·싱가포르 등의 화인 집단, 그리고 더욱 넓은 범위에서 세계 각지의 화인 후예나 화어 사용자들의 담론과 글쓰기 전체를 의미한다. 기존의 '해외 중국문학'이라는 단어는 암암리에 안팎과 주종의 구별을 담고 있다. 그리고 '세계화문문학'은 또 지나치게 공허하고 두루뭉술하여, 마치 '중국'이 '세계' 속에 포함되지 않거나 '세계'가 '중국'의 부수물인 것 같다. 이런 두 가지 용어는 모두 중심이 주변과 외부를 수용한다는 식의 사고를 보여주는 것이다. 이런 것을 고려해서 시노폰 문학은 언어에서 출발하여 화어 글쓰기와 중국 주류 담론이 합종연횡하는 방대하고 복잡한 체계를 탐구하기에 힘쓰고 있다. 한어漢語는 중국인의 주요 언어이자 시노폰 문학의 공통 분모이다. 그렇지만 중국문학 속에는 비한어적인 언술도 포함되어 있으며, 한어 또한 그 가운데의 방언과 구어 및 지역과 시기의 제약에 따른 현상을 배제할 수 없기도 하다.

최근 시노폰과 관련된 연구는 대부분 포스트 식민, 포스트 이민 등의 담론에 집중되어 있다. 나는 담론의 비판적인 역량을 긍정한다. 다만 만일 우리가 시노폰 디아스포라의 다원성만을 논하면서 '중국' — 시노폰 논변

---

6) 오늘날 중국의 '한족漢族' 출신으로 중국 외 지역에서 장기간 생활하고 있는 사람을 '화인華人'라고 한다. 이 중 중국 국적을 여전히 유지하고 있는 사람은 '화교華僑'라고 하고, 현지에서 출생하여 성장한 후손들은 '화예華裔'라고 하며, 현지의 주류 종족에 대해 소수 종족이라는 의미에서 화인을 일컬을 때는 '화족華族'이라고 한다. 화인이 사용하는 언어는 중국어 즉 '한어漢語'일 수도 있고 아닐 수도 있는데, 중국어인 경우 특정 국가의 언어 또는 단일한 언어가 아니라는 점에서 '화어華語'라고 하며, 화어로 된 문장은 '화문華文'이라고 한다. 또 이와는 별도로 중국 대륙에서는 타이완, 홍콩, 마카오의 한족을 따로 '동포同胞'라고 부른다.

의 원천 ─ 을 고정불변의 철판처럼 간주한다면 이는 사실 칼로 물 베기와 같은 행동이라고 생각한다. 시노폰 연구자들이 진정으로 이 방법의 비판력을 발휘하고 이로써 현행 중국문학사의 폐쇄적인 패러다임을 바꾸고자 한다면, 반드시 중국을 화어 세계의 일원으로 간주하면서 중국과 각기 다른 화어 지역 · 국가 사이의 손님과 주인, 적과 친구의 관계에 대해 검토해 보아야 한다. 단순히 대립이나 수용이라는 이원적 입장에 근거해서는 안 될 것이다. 만일 그러지 않는다면 우리는 단지 냉전 시대의 '정치지리학' 운용이라는 낡은 길로 되돌아가고 말 것이다. 이런 입장에서 청말 문학과 5 · 4 전통의 관계를 다시 사고하거나 또는 계몽 · 혁명 담론 이외의 서정 상상을 추진하거나 하는 것은 모두 시노폰 문학을 자리매김하는 일종의 '정치 시학'적인 시도라고 볼 수 있다.

나는 포스트 식민, 포스트 이민과 같은 이런 서양적 색채가 강한 담론 외에도 포스트 유민 및 포스트 외민 담론을 사고해볼 것을 제안한다.[7] 이른바 포스트 유민 담론과 전통적인 유민 담론은 비판적인 대화 관계를 형성한다. 유민의 원뜻은 원래 시간과 어긋나는 정치적 주체를 암시한다. 따라서 유민 의식이란 모든 것이 이미 지나가버렸으며 스러져버린 것을 애도하고 추모한다는 정치 문화적 입장을 의미한다. 그것의 의의는 공교롭게도 합법성과 주체성이 이미 사라져버린 끄트머리에서 이루어진다. '포스트 유민'은 이런 유민 관념을 해체한다. 또는 불가사의하게 마치 혼령을 불러들이듯이 유민 관념을 도로 불러들인다. 이른바 '포스트'란 한 세대가 끝났음을 암시할 뿐만 아니라 한 세대가 끝났으면서도 끝나지 않은 것을 암시하며, 심지어는 미래를 위해 '사전 설정'해놓은 과거/역사를 암시하기

---

7) 이 책에서 저자는 '移民, 遺民, 夷民'이란 용어를 쓰는데, 이 단어들의 중국어 발음은 모두 '이민'(yímín)으로 동일하다. 이는 소리는 같지만 뜻은 다른 낱말들을 이용하여 재치 있게 표현한 일종의 언어유희諧音(pun)다. 그런데 만일 이 단어들을 한자 발음에 따라 한글로 적으면 '이민, 유민, 이민'이 되어 그 뜻을 구분하기가 어려워진다. 이에 따라 옮긴이는 이를 각각 '이민, 유민, 외민'으로 번역한다.

도 한다. 그런데 '유'란 '유실', '잔류'를 의미할 수도 있고 '보류' — 증여와 보존을 의미할 수도 있다. 상실, 잔존, 유증 세 가지 사이에는 끊을 수도 없고 정리할 수도 없는 관계가 형성된다. 이는 우리가 해외에서 중국성 또는 이른바 화어의 정통성과 유산 계승권 문제를 대할 때 새로운 선택을 가져다준다.

중국 역사 문화에 대한 포스트 유민 담론의 비판적 해석은 우리로 하여금 중화華와 오랑캐夷를 구분하는 문제를 다시금 사고해보도록 이끈다. 중국 역사를 되돌아보면 중화와 오랑캐의 구분은 원래부터 끊임없이 상호 작용하는 담론이었다. 중국 고대 역사에서 '오랑캐'에는 부정적인 의미는 없었다. 그저 한족이 다른 종족을 일컫는 통칭이었다. 은나라와 상나라는 제하諸夏 즉 여러 하족들의 '타자'였고, 공자와 맹자는 모두 '오랑캐'에 대해 긍정적으로 언급했다. 중고대 시기에 중화와 오랑캐가 서로 뒤섞인 예는 도처에서 보인다. 5호 16국이 가져온 남북 문명의 재조정, 당나라 제국 체재하의 오랑캐와 한족의 문화 융합은 모두 이렇게 볼 수 있다. 남송에서 명나라 말에 이르기까지는 갖가지 정치적 · 사상적 이유 때문에 오랑캐를 방비하자는 주장이 주류가 되어 심지어는 후일 혁명 담론에 영향을 주기도 했다. 이런 주장은 청나라에 와서 크게 바뀐다. 만주족이 중원을 통솔하면서 정통을 유지하기 위한 담론은 더 이상 민족 대의에 국한되지 않고 예악 문화 맥락의 전승에 의지하게 되었다. 중화와 오랑캐 담론은 20세기 초에 또 한 차례 논쟁을 겪었다. 청말 혁명 때 '만주족을 몰아내고 중화를 부흥시키자'라는 종족주의적인 담론에서 시작하여 5족 공화라든가 '사방의 종족을 중화에 받아들이자'라는 국가주의 담론으로 넘어갔다.

초점을 해외로 돌려보자. 근현대의 '오랑캐'는 단번에 모습을 바꾸어 중국 이외의 이족, 이국의 화신이 되었다. 역설적인 것은 화인 이민 또는 유민이 처음 타지에 도착했을 때 중화 사람과 오랑캐 · 외족 · 야만족 · 외국놈 따위를 가지고서 자신의 종족적 문명적 우월성을 구분하는 방식으로 삼았다. 그런데 뜻밖에도 타지에 있다 보니 처한 위치가 바뀌게 됨으로써

(현지 사람의 눈에는) 화인 자신이 타자·외인·이족 — 즉 오랑캐가 되어 버렸다. 그러니 세월이 흐르고 흘러 다시 중원의 고국으로부터 상대적으로 타자와 외인이 되어버린 것은 더 말할 나위도 없다.[8]

유민도 세습되지 않고 이민도 세습되지 않는다. 이민과 유민 세계의 반대편은 왕조 교체, 타향, 이국, 외족이다. 누가 중화이고 누가 오랑캐인지 신분의 지표는 사실 유동적이기 그지없다. '포스트 외민'이라는 맥락 속에서 우리는 오히려 '잠재적인 오랑캐潛夷'와 '침묵하는 중화默華'가 어떻게 중국에 대응하고 있는가 하는 그런 입장과 역량을 사고해보아야 한다. 심지어 '오랑캐'가 (사실은 의미가 끊임없이 달라지고 있는) 그런 '중화'를 감화시키고 변화시킬 수도 있는 것이다.

시노폰의 관점은 우리에게 다양한 화어로 다양한 목소리를 내는 현상에 주목하도록 만든다. 이리하여 중국문학은 화어 세계 속의 중국, 중국 속의 화어 세계라는 두 가지 층면을 포괄하게 된다. 전자는 중국을 전 세계 화어의 언어적 맥락 속에 놓고서 각 지역·공동체·국가가 '주체'에서 '주권' 문제에 이르기까지 서로 주고받는 상호 작용과 성쇠를 관찰하는 것으로, 중국을 '외부에 배제排除在外'한다기보다는 '외부에 포괄包括在外'하는 미묘한 전략을 고민하는 것이다. 후자는 중국 내부의 한어 및 기타 언어가 이루어내는 다양한 음과 복합적인 뜻을 가진 공동체에 대한 고찰을 강조하는 것으로, 주류인 한어 또한 단일한 언어가 아니라 '지역별로 제각각인 억양과 어투南腔北調'의 집합체라는 것이다. 따라서 소위 '표준'적인 중국의 소리는 끊임없이 도전을 받게 되어 있고 또한 끊임없이 응전하게 되어 있다.

시노폰 관점의 개입은 중국 현대문학의 범주를 확대하고자 하는 시도이

---

8) 저자의 논리에 따르면, 처음 화인 이민은 현지 사람들에게 외민이 되며, 세월이 흘러 현지화된 화인 후예는 중화 사람들에게도 외민이 된다. 좀 더 상세한 내용은 이 책의 본문을 참고하기 바란다.

다. 시노폰이 그려내는 지도의 공간이 꼭 국가 지리를 바탕으로 하는 현존의 '중국'과 서로 저촉되는 것은 아니다. 그보다는 그것의 풍부성과 '세계성'을 증대시키기에 노력하는 것이다. 만일 독자들이 중국 현대문학사에서 어떤 것을 배울 수 있을 것인가를 묻는다면, 그것은 바로 중국 작가가 파란만장한 현실을 파악하고 기록하는 능력과 신념 및 끊임없이 헌것을 버리고 새것을 만들어낸 것이라고 대답하고 싶다. 정치적인 교조주의와 공식주의에서 벗어날 때 비로소 작가들이 그 장점을 충분히 발휘할 수 있을 것이라는 점을 이해해야 한다. 또 설령 모든 글이 매한가지고 모든 사람이 침묵하는 시대라 하더라도, 중국과 화어 세계의 작가들은 언제나 그리고 여전히 복잡한 사상과 창조적인 사유를 가지고서 다양한 화어로 다양한 목소리를 낼 가능성을 열어왔다는 점을 굳게 믿어야 한다.

이 책을 엮고 번역해준 부산대학교 김혜준 교수에게 감사드린다. 김 교수는 당대 화어 연구에서 선도적인 학자 중 한 명이다. 김 교수가 기꺼이 이 책의 출판에 나서준 것은 나에게 커다란 영광이다. 이와 더불어 이 책의 출판에 참여해준 출판사 관계자 모두에게도 깊은 감사를 표한다.

2017년 11월
왕더웨이(하버드대 교수)

- 저자의 주석은 [1] [2] [3] 등으로 표시하고 각 장 뒷부분에 후주로 처리한다. 옮긴이의 주석은 1) 2) 3) 등으로 표시하고 본문의 아래에 각주로 처리한다. 그 외 옮긴이의 간단한 설명은 본문에서 [   ] 속에 넣어 처리한다.
- 서적명과 문헌명은 각각 《 》와 〈 〉를 사용하여 구분한다.
- 이 책에서 한자는 한글 보조수단이 아니라 중국어 문자로 간주한다.
- 중국어 및 그 외 외국어의 한글 표기는 교육부의 외래어표기법을 따른다.
  특히 20세기 이전의 중국 인명은 한자음으로, 20세기 이후의 중국 인명은 중국어음으로 표기한다.
- 인명, 지명, 문헌명의 중국어 원문은 본문에서 처음 출현할 때 및 찾아보기에서 괄호 없이 병기한다.
- 그 외 외국어 원문은 필요한 경우 본문에서 괄호를 사용하여 표기하거나 찾아보기에서 괄호 없이 병기한다.

제 1 장

청말이 없었다면 5 · 4는 어디서?

― 억압된 현대

근래에 들어 중국문학 현대화 문제와 관련된 논의가 거듭해서 제기되고 있다. 특히 5 · 4 문학혁명의 정전적 의의가 많은 사고를 불러일으키고 있다. 그 중에서 가장 주목할 만한 것은 청말[1] 문화에 대한 새로운 자리매김이다. 신문학의 '기원'에 대한 전통적인 해석은 대개 5 · 4로 귀결되고, 후스胡適(1891-1962) · 루쉰魯迅(1881-1936) · 첸센퉁錢玄同(1887-1939) 등 여러 지식인들의 노력에는 창시자로서의 지위가 부여된다. 이와 상대적으로 청나라 말에서 중화민국 초기까지 수십 년간의 문예의 격동에 대해서는 전통 소멸의 말미 내지는 서양학 도래의 징조로 간주된다. 다른 무엇보다도 과도기적인 의미가 앞서는 것이다. 그렇지만 20세기말의 시점에서 현대 중국문학의 앞뒤 맥락을 되돌아볼 때, 청말 시기의 중요성은 물론이고 그것이 5 · 4의 개척성보다 앞서 존재했을 뿐만 아니라 심지어 그것을 넘어서기까지 했다는 점에 대해서 새롭게 인식해야 마땅하다.

---

1) 이 책에서 옮긴이는 말기의 청나라 내지 청나라 말기라는 의미의 '만청晩淸'은, 만주족의 청나라라는 의미의 '만청滿淸'과 구분하기 위해서 모두 '청말'로 번역한다.

1

　내가 말하는 청말 문학은 태평천국 전후로부터 선통 황제가 자리를 내놓기까지의 60년을 가리키는데, 그 유풍과 유업은 5·4에 이르러서도 여전히 구현되었다. 이 60년 동안 중국문학의 창작·출판·독서 등의 왕성한 발전은 실로 이전에는 볼 수 없는 것이었다. 그리고 소설이 일약 문학의 주류가 된 것은 전통 문학 체제의 급격한 변화를 더욱더 잘 증명해주는 것이었다. 그러나 가장 주목을 끄는 것은 헌것을 버리고 새 것을 만들어내면서 별별 기이하고 신기한 것을 모두 다 시도했던 작가들의 실험적 충동이다. 이는 5·4에 비교해 봐도 전혀 손색이 없는 것이었다. 그렇지만 이 기간에 중국문학이 이룬 현대화의 성과는 지금껏 그다지 중시되지 못했다. 5·4가 서양을 떠받드는 현대라는 담론의 범주 속에 '정식으로' 우리를 인도해 들어갔을 때, 청말 시기의 새것과 헌 것이 혼재하고 온갖 표현과 의미가 출현하던 그런 현상은 오히려 시대에 뒤떨어진 것으로 간주되어버렸다.

　청말 문학의 발전은 물론 백일유신에서부터 신해혁명 사이에 최고조를 이루었다. 소설만 예로 들어보자면 보수적으로 말하더라도 2,000종 이상이 출판되었는데,[1] 지금은 최소한 그 중 절반이 이미 사라지고 없다. 이들 작품의 제재·형식에는 없는 것이 없었다. 탐정소설에서부터 공상과학소설과 기담소설까지, 애정소설과 논픽션에서부터 설교적 작품까지, 또 무협소설과 법정소설에서부터 혁명 이야기까지 그야말로 사람들을 어지럽게 만들었다. 그들 작가들은 대담하게 경전적인 저작을 조롱하고, 의식적으로 외국 작품을 패러디하였다. 그들의 붓끝이 미치게 되면 전통적인 규범에 이견이 만연해지면서 마침내 무너지기 직전까지 이르렀다. 과거 5·4 정전 분야의 평론가들이 청말 문학의 성취를 논평할 때면 모두 '신소설' — 량치차오梁啓超(1873-1929) · 옌푸嚴復 (1854-1921) 등이 제창한 정치 소설 — 에 그칠 뿐이었다. '신소설'에는 얼마나 많은 유구한 종자가 포함되어 있는지, 그리고 수많은 '비' 신소설에는 얼마나 많은 전에 없는 창조력이 포함되어 있는지 알지 못했다.

문화 생산의 각도에서 볼 때 청말 문인이 소설을 대거 창조 내지 날조, 제조한 열풍은 필연적으로 문학 생태계에 심대한 변화를 불러오게 되어 있었다. 당시는 중국과 서양이 뒤섞이고 고상함과 속됨이 혼재하던 시기였다. 독자들 또한 의식적이든 아니든 간에 그 어떤 것도 기꺼이 받아들였다. 중국 현대문학의 대규모 물량화와 상업화가 오늘날에 와서 비로소 시작된 것은 아니었다.[2] 소설을 두고 그 당시 가장 중요한 공중 상상의 영역이었다고 일컫는 것은 결코 지나친 말이 아니다. 그 수가 제한적이던 지식인들은 소설 읽기와 쓰기를 통해서 국가의 과거와 미래의 온갖 판도 — 한 가지 판도가 아니다 — 를 상상하고, 개인의 욕망을 다양한 차원에서 마음껏 분출하였다. 5 · 4 이후 날로 협소해진 '시대를 걱정하고 나라를 염려한다'는 정통과 비교해보자면 청말은 더욱 복잡한 가능성을 보여주었다고 해야 할 것이다.

청말의 마지막 10년 동안 최소한 170여 곳의 출판 기구가 명멸했고,[3] 그 독서 인구는 2백만에서 4백만 사이였다.[4] 청말의 가장 중요한 장르였던 소설의 출판은 대개 네 가지 매체 — 신문, 타블로이드판 신문, 잡지 및 서적을 통해 이루어졌다. 중국의 첫 번째 신문인《신보申報》(1872-1949)는 1870년《영환쇄기瀛寰瑣記》[세계의 온갖 이야기]라는 문학 전문 간행물을 발행하면서 시문과 설부說部2)의 창작 및 번역을 게재했다.[5] 1892년《해상화 열전海上花列傳》의 작가인 한방경韓邦慶 (1856-1894)이 혼자 도맡았던《해상기서海上奇書》의 간행은 현대 소설 전

---

2) 설부說部란 과거 중국에서 소설, 창극, 판소리 등을 합쳐서 일컫던 용어이다.

문 잡지의 시초였다.[6] 동시에 소설은 '유희'와 '심심풀이'를 내세운 타블로이드판 신문에서도 한 자리를 차지하게 되었다. 이런 간행물들은 조사된 것만 해도 32종이나 된다. 청말 시기에 한때 가장 인기를 끌었던 작가들, 예컨대 우젠런吳趼人(1986-1910), 리보위안李伯元(1867-1906) 등은 모두 이로부터 이름을 얻기 시작했다.[7] 그리고 량치차오가 제창한 '신소설'의 열풍 이후에는 소설 출판사 30여 곳이 증가했고[8] 제목의 일부로 '소설'을 내세운 정기간행물 21종이 출현했다.[9] 그 중 가장 유명한 것이 《신소설新小說》,《월월소설月月小說》,《수상소설繡像小說》,《소설림小說林》 등 이른바 '4대' 소설 잡지다.[10]

청말은 번역문학이 대거 성행한 시대이기도 하다. 아잉阿英(1900-1977)은 일찍이 청말의 번역 작품이 창작 작품 못지않다고 말했다.[11] 오늘날의 학자 천핑위안陳平原(1954-)이 이에 대해 통계를 내었는데 1895년에서 1911년까지 적어도 615종의 소설이 중국에 번역되었다고 한다.[12] 디킨슨, 뒤마 부자, 위고, 톨스토이 등은 독자들이 익히 아는 이름이었다. 잘 팔리는 작가로는 셜록 홈즈를 만들어낸 코난 도일, 감상적 연애소설 작가인 헨리 라이더 해거드, 공상과학소설의 아버지인 쥘 베른 등이 가장 앞서 있었다.[13]

다만 그 당시 문인들의 '번역'에 대한 정의에 관해서는 약간 정리해볼 필요가 있다. 그것은 최소한 의역·번안·첨삭·공역 등의 방식을 포함하는 것이었다. 벤자민 슈워츠·샤즈칭夏志清(1921-2013)·리어우판李歐梵(1942-)과 같은 학자들은 각기 옌푸·량치차오·린수林紓(1852-1924) 등을 예로 들면서, 청말의 번역자들은 종종 어떤 사안을 빌어서 자기 생각을 펼쳤고, 이 때문에 번역된 작품의 이념과 감정의 방향은 원작과 현저한 차이가 있기도 했다는 점을 설명한 바 있다.[14] 그뿐만 아니라 의식적이든 아니든 간에 이런 잘못된 번역 내지 동떨어진 번역을 통해서 청말의 학자들은 또 전혀 다른 '현대'적 시각을 발전시키기도 했

다.[15] 이로 볼 때 전통 고전에 대한 청말 작가들의 기이하면서도 새로
운 해석은 작품의 문구를 넘어서서 작가의 의도까지 헤아리는 또 다른
방식의 '번역'이기도 했다.

　서양문학의 영향은 언제나 중국문학 현대화의 주요 항목이었다. 이
방면의 연구는 계속 강화되어야 하는 것이기도 하다. 다만 작가와 독자
들이 이국의 번역 작품을 열렬히 받아들이면서 견문을 새롭게 해주는
원전으로 여기고 있을 때, 전통적인 설부 또한 이미 질적인 변화를 일
으키고 있었다. 태평천국 시기에 《탕구지蕩寇志》[도적 소탕기](1853)가
청나라 정부와 태평군의 정치 선전전의 초점이 되었을 때 소설과 정치
의 주종 관계는 새로운 '기술'적 패러다임으로 접어들게 되었다. 《품화
보감品花寶鑑》[꽃을 품평하는 보물 거울]이 여장 남자와 남장 여자의 관
점에서 이성애 및 동성애의 경계를 불분명하게 만들어 놓았을 때 소설
과 애정 주체의 변증법 또한 더욱더 발전하고 복잡하게 바뀌었다. 당시
거의 모든 정전적 설부가 패러디되었다. 청말의 세기말이란 어쩌면 작
가들이 스스로 퇴폐를 즐기고 인습에 시들해질 것이라는 징조였을 수도
있다. 하지만 어쩌면 그보다는 정해진 울타리의 계승을 거부하면서 낡
은 틀을 뒤엎어버리려는 신호였을 가능성이 더욱 크다.

　이뿐만 아니다. 재발견된 청말의 비교적 초기 작품들인 심복沈復
(1763-1832)의 《부생육기浮生六記》[덧없는 인생 여섯 토막], 장남장張南莊
(1868년 전후 생존)의 《하전何典》[이건 무슨 경전?] 등은 문학의 전통적 영
역에서 새로운 길을 개척한 의미가 있었다.[16] 《부생육기》는 본성의 자
주성에 대한 동경을 그려내고, 《하전》은 사람 세상의 귀신 세계에 대한
상상을 과장한다. 이들은 각각 20세기 작가의 낭만적 스타일 또는 풍
자적 스타일에 깊은 영향을 주었다. 《하전》은 기존의 화본소설이 가진
참신하고 생동적인 통속 서술을 따르면서 지역적 색채가 대단히 농후
한 [장쑤성·저장성 지역 방언인] 우 방언吳語의 특징으로 물들여 놓았

다. 따라서 당연히 5·4 백화문학의 또 다른 선도자였다고 간주할 수 있다.[17] 이런 모든 것들은 '신소설'이 흥기하기 전에 있었던 중국 설부의 변화를 예사롭게 볼 수 없음을 설명하는 것이다. 결코 서양의 충격이 중국문학의 현대화를 '열어젖힌 것'이 아니다. 그것들 사이의 전환을 더욱 복잡하게 만들면서 이로써 문화 횡단적이고 언어 횡단적인 대화의 과정을 전개하도록 만들었던 것이다. 그리고 이런 과정이 곧 우리가 '현대성'을 정의하는 핵심이다.

2

청말 소설의 풍부성은 상술한 것과 마찬가지로, 과거 오랜 기간 학자들이 심혈을 쏟았던 것과 정비례하는 것은 아니다. 1980년대의 《청말 소설 대계晚淸小說大系》에 호응하여 1990년대의 《중국 근대소설 대계中國近代小說大系》 및 《중국 근대문학 대계中國近代文學大系》 등이 차츰 자료 방면에서 과거의 부족한 점을 보충하고 있다.3) 하지만 연구 방면에서는 아직 과거의 '4대 소설'이라는 틀을 벗어나지 못하고 있다. 곧 5·4에 입각한 아잉·루쉰·후스 등의 이론이 여전히 표준으로 받들어지고 있다.

이는 우리가 '현대' 중국문학을 어떻게 정의할 것인가 하는 문제와 관련된다. 5·4운동은 경천동지의 기세로 고전을 비판하고 미래를 맞아들

---

3) 王孝廉等編, 《晚淸小說大系》, (台北: 廣雅出版社, 1984) ; 王繼權等編, 《中國近代小說大系》, (南昌: 江西人民/百花洲文藝出版社, 1988-1996) ; 中國近代文學大系總編輯委員會編, 《中國近代文學大系》, (上海: 上海書店, 1991-1996)

임으로써 의심의 여지가 없이 '현대' 문학의 최적의 기점으로 간주되고 있다. 그렇지만 오늘날 신문학의 주류 '전통'을 검토해본다면 우리는 너무 단조롭다는 탄식을 금할 수 없다. 이른바 '시대를 걱정하고 나라를 염려한다'는 것은 '글로써 도를 밝힌다文以載道'는 의미에서 벗어나지 못하는 것이다. 이 때문에 국가 서사와 문학 서사가 갈수록 점점 가까워지게 되자, 문학혁명이 혁명문학으로 바뀌게 되었고, 주체의 창작의식 역시 집체 기제의 부속품이 되었다. 물론 문학과 정치의 긴밀한 결합은 현대 중국문학의 주요 특징이다. 그러나 중국문학의 '현대성'을 이렇게까지 좁은 길로 바꾸어놓을 필요는 없는 것이다. 여기서 나는 본격적으로 기존의 결론을 뒤엎을 글을 쓸 생각은 없다. 이른바 류자이푸劉再復 (1941-)의 '뭇신의 추방放逐諸神', '혁명과의 이별告別革命'이라는 이 시대에, 정전을 '뒤엎고' 전통을 '타도하는' 것 또한 5·4라는 옛날 곡조를 되풀이해서 읊는 것이나 다름없다. 그보다 중요한 것은 20세기 초의 문학적 계보를 다시금 정리하고 오랜 기간 파묻혀서 드러나지 않던 현대성의 맥락을 다시금 발굴해내는 것이다.

'현대'의 의미에 대해서는 의견이 분분하다. 만일 우리가 끝까지 파고들어가서 현대를 일종의 새것과 변화를 추구하는 자각적인 의식이자 옛것보다 오늘날의 것을 중시하는 창조의 전략이라고 한다면, 청말 소설가의 갖가지 실험이 이미 그런 것들이라고 간주할 수 있다.[18] 그 단적인 예로 다른 것은 거론할 필요도 없이 얼마나 많은 학설·창작·서적·간행물이 '신'이라는 글자를 내세웠던가 하는 점을 들 수 있다. 《신석두기新石頭記》(1908)에서부터 《신중국 미래기新中國未來記》(1902)에 이르기까지, 의식 있는 작가들이라면 단어·서술·제재 면에서 과거와 작별하고자 하지 않은 사람이 없었다. 물론 의식적으로 새것을 추구했던 사람들이 종종 겉만 바꾸고 알맹이는 그대로인 경우도 있었고, 보기에는 제자리걸음인 사람들이 의외의 방식으로 성공을 거두기도 했다. 중요한 것은 이념이 수구적이었든지 아니면 개혁적이었든지 간에 모든 영역의 사람들이 곧이어 변화가 닥칠 것이며, 따라서 과거와는 다른 서사 태도를 택해야 한다는 점을 깨닫고 있었다는 점이다.

세심한 사람이라면 반박할 수 있다. 이런 전통 내부의 자아 개조적인 현상은 과거의 문학사에서도 여러 차례 선례를 찾을 수 있지 않느냐고. 명나라 말기 시문과 소설의 중흥은 단지 그 중 한 가지일 뿐이라고. 그리고 왜 '현대'라고 부르지 않느냐고.[19] 이에 대한 나의 대답은 청말 문학을 다시금 역사적 맥락 속에 되돌려놓고 보자는 것이다. 청말을 현대라고 부를 수 있는 것은 작가와 독자의 '새것'과 '변화'에 대한 추구와 이해가 더 이상 단일하고 본토적인 문화 계승 속에서는 해결될 수 없었기 때문이다. 이와 상대적으로 현대성의 효과와 의의를 19세기 서양의 확장주의 이후에 형성된 지식·기술·권력 교류의 네트워크 속에서 찾아내야 했기 때문이다.[20]

세심한 사람이라면 그래도 반박할 수 있다. 과거의 중국문학 역시 외부 요소의 융합과 개입이 있었지 않느냐고. 육조[위진남북조] 이래 서역의 불교 모티프 및 서사 형식의 전파, 당나라 시기의 중앙아시아 음악 모델의 도입 등은 고전 중국 시사와 서술에 심원한 영향을 주었다고. 그렇긴 하더라도 우리는 청말 문인들의 문학관이 이미 점차 그 이전 중국 본위의 패러다임에서 벗어나고 있었다는 점을 인식해야 한다. 외래의 충격에 대한 거부와 수용은 둘 다 문학 생산으로 하여금 (꼭 평등한 것은 아니었지만) 국제적 대화의 상황 속에 진입하도록 만들었다. '국가'가 대두되고 '천하'가 소멸됨으로써 '문학' 또한 이때부터 더 이상 온 세상에 두루 미치는 예문의 표징이 아니라 특정 시기, 특정 지역, 특정 '나라'의 정치적 자산이 되었다. 이에 근거하여 우리는 문학사 학자들이 거듭해서 서술해온 중국 현대문학 현상을 복습해보는 것도 무방할 것이다. 민주적 사고의 연역, 내재적 심리화 및 성별화된 주체의 발굴, 군사

·경제·문화 생산의 체제화, 도시/농촌이라는 비전의 대두, 혁명 신화의 구축, 그리고 가장 중요한 것으로 선형적인 역사 시간 감각의 침투 등등. 이런 현상들은 작가의 창작 조건이면서 동시에 그들이 묘사하는 대상이기도 하다. 하지만 시야를 더 넓혀 보기만 한다면, 그 모든 현상이 서양에서 찾아볼 수 있는 것일 뿐만 아니라 더구나 장기간의 실험을 거쳐 서서히 이루어진 것임을 알게 될 것이다.[21] 그것들이 청말 중국이라는 비서양 문명 속에 이입되었을 때 시간적인 깊이는 사라지고 즉각적이라는 긴박감만 낳았다. 그것들은 주술적인 매력을 흩뿌리면서 한 세대 중국인이 추종하도록 최면을 걸었다. 식견 있는 사람들이 현대 중국문학은 일종의 '결핍된 담론' 위에 구축되었다고 말하는 것은 빈말이 아니다.[22] 청말 이래 작가와 독자들은 어쨌든 우리는 이미 역사 발전의 시간적 간격을 메울 수는 없게 되었으며, 따라서 계속해서 거울을 빌리지 않으면 또는 서양의 문화 및 상징 자본을 빌리지 않으면 더 이상 이어나갈 방법이 없다고 느끼게 되었던 것이다.

이상의 서술은 아마도 현대 중국문학 탄생의 환경 내지 조건을 설명해줄 것이다. 다만 중국문학의 현대성이 도대체 어떤 특별한 점이 있는지를 설명해주지는 못할 것이다. 문학의 '현대성'은 정치·기술의 '현대화'에 상응하여 탄생될 가능성이 있다. 그렇지만 그것들은 일종의 앞뒤 인과적인 필연성을 가지고 있는 것은 아니다.[23] 전술한바 '현대'라는 단어의 고전적인 정의 — 새것과 변화를 추구하고 전승을 타파하는 것 — 를 다시 한 번 생각해보자. 정말 그렇다면 '현대'는 항상 역사(시간!)라는 그물을 훼손하면서, 상규와 법률의 바깥에서 존재하게 될 것이다.[24] 가령 중국문학 현대성에 대한 우리의 이해가 그저 지연된, 서양의 복제판이라는 것에만 그치게 된다면, 이른바 '현대'는 중국인에게 의미만 만들어낼 뿐이다. 현대를 '수출'한 원산지의 작가와 독자들로서는 이 모든 것들이 이미 완료형이기 때문이다. 단적인 예로, 이렇게 되면 5·4 이후 작가들이 열정적으로 사실주의 및 현실주의를 펼쳐나간 것에 대해서[4] 그저 19세기 서양이 내뱉은 것을 주워 담은 것에 불과하다고 간주해야 한다. (다른 한편으로 우리는 또 서양 평론가와 독자가 중국의 현대문학 발명에 대해 오리엔탈리즘적인 엽기적 심리에 국한되어서는 안 된다고 강조하기도 한다. 여기서 일컫는 '새로움'이란 그와 마찬가지로 쌍방의 간격에서 비롯되는 것이지 부단한 대화와 비교에서 비롯되는 것이 아니기 때문이다.)[25]

이런 논리에 대해 나는 이상주의적인 위치(중국과 서양의 기회 평등, 온 세계의 동시 번영)로 되돌아가고 싶은 생각은 전혀 없다. 또한 이를 빌어서 정반과 강약이 끊임없이 자리를 바꾸는 해체주의식 게임을 할 생각도 없다. 사실 나는 이론의 시장에서 뭇 학자들이 현대성 연구를 역사의 '실상' 속에 자리매김해야 한다고 외치는 것을 늘 마음에 새기고 있다. 그렇지만 혼란이 생겨나지 않을 수 없다. 역사화라는 거창한 깃발 아래에서 그들(그녀들)의 발걸음은 어찌 그리도 느긋한지! 수많은 논의는 현대성이 출현한 우회 도로를 제대로 보지 않는 듯하며, 또한 끊임없이 역사적 비전의 좌표가 바뀌는 것에 대한 깨달음이 결여되어 있는 듯하다. 그들은 '현대성'을 역사적 변천 속에 위치시키고자 하지 않고 계속해서 주류 담론의 자취나 뒤쫓으면서, 형태는 다르지만 실질은 동일한 소소한 성과만 복제해내고 있는 것이다. '현대성'은 결국 아스라이 다다를 수 없는 토템이 되어버리면서, 시간·이론·학술의 장 저쪽에서 비서양 학자들을 유인 내지 야유하고 있다. 그리고 동시에 '지

----

4) 저자는 리얼리즘이라는 개념에 대해 주로 '사실주의寫實主義'라는 용어를 쓰되 간혹 '사실주의寫實主義'와 '현실주의現實主義'로 구분해서 쓰기도 한다. 이 경우 대체로 전자는 비판적 리얼리즘을 뜻하고 후자는 사회주의적 리얼리즘을 뜻한다. 옮긴이는 이처럼 저자가 특별히 구분한 경우에는 각각 '사실주의'와 '현실주의'로 옮기고, 그 외에는 모두 '리얼리즘'으로 번역한다.

연된 현대성'[26]이라는 함정 속에 함몰되니 한 가닥 르상티망5)이 저절로 생겨난다.

근래 자연 과학 및 사회 과학 분야의 진화, 선형적 역사, 생물의 돌연변이에 대한 적잖은 검토가 어쩌면 우리의 문학 현대성에 대한 재검토에 도움이 될 수도 있을 것이다.[27] 우리는 문학의 현대적 진전 — 전지구적인 차원이든 아니면 지역적인 차원이든 관계없이 — 을 단일하고 불가역적인 발전으로 간주할 필요가 없다. 현존하는 많은 현대적 관념은 암암리에 현재가 과거를 능가한다(또는 지금이 옛날만 못하다)는 식의 시간표를 가지고 있다. 이와 상대적으로 나는 그 어떤 역사의 결정적인 순간에 현대성이 나타났던 것은 새것과 변화를 추구하는 수많은 가능성이 상호 격렬하게 경쟁한 결과라고 생각한다. 그런데 이러한 경쟁이 꼭 강자는 번성하고 약자는 쇠멸한다는 다윈의 철칙을 반영하는 것도 아니며, 심지어 그 결과가 꼭 그 어떤 한 가지 가능성의 실현인 것만도 아니다. 역사가 이미 여러 차례 우리에게 일러주었다. 수많은 새로운 발명, 새로운 실험이 무한한 낙관적인 약속을 내놓았지만 결국은 시간 무상이라는 요소 하에서 그 희생물이 되고 말았다. 여기서 말하는 '무상'(contingency)이란 전적으로 현상 그대로를 두고 하는 말일 뿐 하늘의 뜻이라든가 운명이라든가 하는 식의 무슨 변고를 가리키는 말은 아니다.[28]

나는 문학의 현대화가 일종의 목적 없는 맹목적인 행동, 또는 독해 가능한 그 어떤 것도 결여되어 있는 궤적이라고 암시하려는 것이 아니다. 그와는 정반대다. 혁신의 단계마다 우리는 원인과 결과라는 논리를 찾아낼 수 있다. 다만 이런 인과 관계 내지 논리가 분명하게 설명될 수

---

5) '르상티망'(ressentiment)은 쇠렌 키르케고르가 정립하고 니체와 막스 셀러에 의해 일반화된 개념으로, 강자에 대한 약자의 '원한 · 분노 · 질투 따위의 감정이 되풀이되어 마음 속에 쌓인 상태'를 뜻한다.

있는 까닭은 그것들이 [선견지명이 아니라 사후 총명인] 후견지명에서 나오기 때문이다. 설령 그렇더라도 우리는 두 가지를 인식해야 한다. (1) 현대성의 생성을 간단히 단일적인 진화론으로 바꾸어 놓아서도 안 되고 그 최종적인 결과를 예측할 수도 없다는 것이다. (2) 설령 우리가 애써 원천을 추적하여 어떤 현대성의 생성 요소를 재배열하고 재조합해 본다고 하더라도 완벽한 재현을 상상해낼 수는 없다는 것이다. 이는 현대성에 도달하는 길에는 수천수만 가지의 변수로 가득 차 있으며, 한 걸음 한 걸음이 모두 머리털 한 오라기로 온 몸을 움직일 수 있는 것과 같은 중요한 관건이기 때문이다. 역사의 진화 과정은 끊임없이 되감아서 다시 틀 수 있는 비디오테이프와는 다른 것이다. 설령 똑같은 요소가 하나도 빠짐없이 다 갖추어져 있다 하더라도 역사는 재현될 수 없다. 생물 사학자인 스티븐 제이 굴드의 말을 빌리자면 이렇다. "사건 초기의 어떤 관건을 조금이라도 바꾸게 된다면, 그것이 아무리 하잘 것 없는 것이라고 할지라도, 전체 종의 진화 과정은 전혀 다른 과정을 형성하게 될 것이다."[29]

중국문학의 상황 속에 두고 볼 때 이런 관점은 어떤 의미가 있는 것일까? 청말이 진짜 현대화의 관건적인 시점이었다고 가정하려는 것은 그것이 너무나 많은 탈바꿈의 가능성을 가지고 있었을 뿐만 아니라 동시에 서로 각축하고 있었기 때문이다. 청말에서 5·4까지, 그리고 다시 1930년대를 거쳐 지금에 이르기까지, 대략 우리는 사료에 근거해서 문학이 옛것에서 벗어나서 새것으로 변신하는 하나의(또는 여러 개의) '스토리'를 그려낼 수 있다. 그렇지만 증거도 있는 이 믿을 만한 '스토리'가 사실은 그 어떤 역사적 숙명론도 증명해주지 않으며 또 그 어떤 미래의 목적론도 보여주지 않는다. 앞에서 말한 것처럼 그 얼마나 많은 계기들이 시간의 틈바구니 속에서 빛을 발하다가 그냥 사라져버렸던가. 운 좋게도 역사적인 사실로 발전되어 나가느냐 아니냐는 본디 인연이 있느냐

없느냐에 속하는 문제다. 다만 이 말이 시공간의 좌표를 조금이라도 변경하게 되면 그 외의 다른 계기들이 동등하거나 더욱 나은(또는 더욱 나쁜) 결과를 보여주지 못할 것이라는 의미는 결코 아니다. 격렬하면서도 복잡한 진화의 법칙을 다윈이나 마르크스가 예상할 수는 없다. 또 서양을 길잡이로 삼아 뒤따라가는 현대성 담론이 중국에는 전혀 다른 현대문학 내지 현대문화를 발전시킬 만한 조건을 가지고 있었다는 것을 꼭 배제해야 할 필요도 없다. 단순히 직선적인 시간의 일정표에 따라 중국문학의 진전을 고찰한다거나 또는 우리가 언제 비로소 '현대'를 이룩할 수 있는지를 캐묻는 것은 사실 스스로 한계를 그어놓고 시작하는 (문학) 역사관인 것이다.

우리는 과거로 돌아가서 역사가 이미 이루어버린 방향을 다시 바꾸어 놓을 수는 없을 것이다. 그렇지만 문학의 독자로서 우리는 역사의 우연한 맥락 가운데서 **가능했지만 발전되지는 못했던** 방향을 상상해볼 만한 능력은 충분히 가지고 있다. **만일** 이런 감추어져서 발현되지 못했던 방향이 실현되었더라면 중국문학 현대성에 대한 우리의 평가를 시원하게 밝혀 줄 것임에 틀림없다. 나의 상상은 일본의 아쿠타가와 류노스케, 러시아의 안드레이 벨리, 아일랜드의 제임스 조이스, 체코의 프란츠 카프카 등의 작가로부터 영감을 받은 것이다. 그들은 각기 자신들의 국가문학에 새로운 한 페이지를 써냈다. 그리고 같은 시기 다른 나라의 문학적 성취와 비교해서 차원이 다른 시야를 펼쳐주면서 이전에 보지 못했던 것임을 모두가 인정하도록 만들었다. 20세기 문학의 현대성은 이처럼 국경·언어·문화 범주를 넘어선다는 전제 하에서 비로소 그처럼 크나큰 매력을 갖춘 과제가 될 수 있었던 것이다. 특히 주목할 만한 것은 상술한 이런 작가들이 창작에 종사하던 그 당시 그들 나라의 현대화의 정도가 현대성에 대한 그들의 깊은 감수와 꼭 정비례 내지 대등한 관계를 이루지는 않았다는 점이다.

루쉰은 줄곧 현대 중국문학의 창시자로 추앙되어왔다. 그러나 지금껏 평론가들은 그의 공헌을 찬미하면서 주로 그가 사회의 부정의에 대해 외치고 방황했던 반응에만 집중해왔다. 루쉰의 그와 같은 표현은 사실 19세기 유럽 리얼리즘 전통의 하나인 인도주의적 정서와 비판주의적 정신에서 벗어나지 못하는 것이었다. 즉 당시 세계문학의 판도를 펼쳐놓고 보자면 진정한 비약이라고 할 수는 없는 것이다. 고골의 영향을 받았다고 알려져 있는 〈광인 일기狂人日記〉는 1918년에 창작되었는데, 프란츠 카프카의 〈변신〉은 1914년에 창작되었고, 나쓰메 소세키의 서정 심리 소설인 〈마음〉은 1916년에 나왔다. 우리는 대부분 청말 시기의 루쉰이 예컨대 《지구에서 달까지》(쥘 베른) 등 공상과학소설 번역본에 탐닉했던 것은 잊어버린다. 그리고 산문시 《들풀野草》과 풍자 해학 소설 《새로 쓴 옛날이야기故事新編》를 썼던 루쉰은 1980년대 이래 점차 학자로만 간주되고 있다.[30] 우리는 상상해보지 않을 수 없다. 만일 왕년에 루쉰이 《외침吶喊》과 《방황彷徨》에 열중하지 않고 공상과학과 판타지소설에 대한 흥미, 음산하고 염정적인 것에 대한 집착, 또는 힐난적이며 해학적인 능력을 계속 유지해나갔더라면, 그가 '창조'한 '현대' 문학의 특징은 얼마나 달랐을 것인가 하고. 갖가지 혁신의 앞길 중에서 루쉰은 리얼리즘을 중심축으로 선택하였다. ─ 그런데 사실 이는 유럽의 전통 유산을 계승한 '보수적인' 스타일이었다. 루쉰의 결정은 이미 과거의 일이 되었다. 그렇지만 주목할 것은 그의 다양한 재능으로 볼 때 그의 결정이 유일한 결정은 아니었다는 점이다. 후세의 학자들은 다양했던 그의 창작의 길을 오히려 단순화하면서 이를 당연시한다. 이는 그의 잠재력을 과소평가하는 것일 뿐만 아니라 중국 현대문학의 피안에 존재하는 다양한 목소리라는 복합적인 가능성을 제거해버리는 것이다.

내가 보기에 문학 현대화에 대한 중국 작가의 노력이 꼭 서양에 비해 늦은 것만은 아니다. 조바심 내며 시도해보고자 했던 이런 충동은 5·4

시절에 시작된 것이 아니라 청말 시기에 시작된 것이다. 더 직설적으로 말하자면 5·4 엘리트의 문학 취향이 사실은 청말 시기 선배들보다 협소했던 것이다. 그들은 '신소설'의 '시대를 걱정하고 나라를 염려한다'는 서술을 이어가면서, 이미 시도되었던 그 밖의 많은 실험들을 폐기하거나 억압해버렸다. 서양의 '새로운' 문예 사조에 대해 리얼리즘을―그것도 서양 리얼리즘 중에서 가장 무난한 일파를― 찬양하고 배우는 대상으로 떠받들었다. 실로 경천동지할 만한 (서양) 모더니즘에 대해서는, 신감각파 분야의 작가들을 제외하고는, 1920,30년대 중국에서 그 누구도 관심이 없었다. 앞에서 언급한 것처럼 우리는 사후 총명 덕분에 5·4 이래 현대 소설에 대해 그 기승전결의 논리를 설명할 수 있다. 그런데 이와 동시에 우리는 스스로에게 물어보아야 한다. 중국문학의 현대성을 다시금 성찰해보면서 여전히 우리가 5·4의 정전에만 매몰되어 정전 외의 그 풍성한 세계에 대해서는 무지몽매한 것은 아닌지?

3

이른바 '억압된 현대성'은 세 가지 다른 각도에서 설명할 수 있다. (1) '억압된 현대성'은 문학 전통 속에서 쉼 없이 뻗어나가는 창조력을 대표한다. 이 같은 창조력은 19세기 이래 서양의 정치 경제적 확장주의 및 '현대 담론'과 만나게 되었을 때 극히 논쟁적인 반응을 보였는데, 수많은 견해가 분출하면서 어느 하나로 귀결되지는 않았다. 그런데 5·4 이래 우리는 이런 것들을 모두 진부해서 볼 것도 없는 전통이라는 범주 속에 귀납시켜 버리고 말았다. 그리고 이와는 대조적으로 서양학을 높이 떠받드는 현대 관념이 문학의 시야를 거의 석권해버렸다. ― 바다를 건너온 이 '현대'라는 관념에는 시간적인 차이가 있음에도 불구하고 말이다. (2) '억압된 현대성'은 5·4 이래의 문학 및 문학사 서술의 자아검토 및 억압 현상을 가리킨다. 작가들은 역사의 진전이라는 유일무이한 지표 아래에서 문학 경험 속의 잡된 요소들을 걸러내기에만 급급하면서 그러한 것들을 시대의 흐름을 따라잡지 못한 찌꺼기라고만 보았다. 옛것을 배제하고 새것으로 바꾸는 이런 작업의 이론적 바탕에는 당연히 (그리고 꼭 그것만은 아니지만) 프로이트 식의 '영향에 대한 불안'이라든가 마르크스 식의 '정치적 잠재의식'의 영향을 포함하고 있었다.[31] 프로이트와 마르크스 두 사람의 학설은 억압된 개인이나 집단의 주체를 해방시킨다는 면에서는 공헌한 바가 있다. 하지만 역설적인 것은 해방을 동경하는 이러한 학설이 신성화되고 난 이후에는 주체 및 집단을 억압하거나 억누르는 최고의 구실이 되었다는 점이다. 이 때문에 중국문학 현대성의 발전은 오히려 나날이 경직되었다. (3) '억압된 현대성'은 또 청말, 5·4 및 1930년대 이래 갖가지 흐름(주류)에 들어가지 못한 문예 실험을 통칭하기도 한다. 공상과학소설에서 환락가소설에 이르기까지, 원앙호접파에서 신감각파에 이르기까지, 선충원沈從文(1902-1988)에서 장아이링張愛玲(1920-1995)에 이르기까지, 이런저런 창작이 만일 부주의하게 '시대를 걱정하고 나라를 염려한다'든가 '외치고 방황한다'든가 하지 않는다면 곧 볼 만한 것이 없는 것으로 간주되고 말았다. 설령 안목 있는 사람이 수시로 표출되던 그 새로운 의의를 인정하는 경우가 있더라도 기본적으로 그 새로운 의의는 부정적인 방식으로 처리되었다.

그렇지만 현대문학의 발전이 거의 100년에 가까운 지금, 전적으로 '억압된 현대성'에 대한 발굴이 필요하다. '억압'이라고 명명한 상술한 각종 현상은 사실 우리와 완전히 멀어졌던 것만은 아니다. 주류문학이 기대할 수 없었던 욕망과 주변을 떠도는 충동을 침투, 차용, 변형 등의 방식으로 어렴풋이 서술해왔던 것이다.

이에 근거하여 우리는 5 · 4의 전신 — 청말로 되돌아가서 중서 문학의 충돌이 만들어낸 현대라는 불꽃을 관찰해볼 수 있을 것이다. 청말 소설은 그 종류가 아주 복잡하다. 그런데 나는 **최소한** 아래 네 가지가 미래와 대화하고자 하던 한 시대 중국 문인들의 소망을 가장 잘 드러내고 있다고 생각한다.

첫째, 19세기 중엽 이래 환락가소설狎邪小說이다. 비록 5 · 4 학자들의 지탄을 받았으나 중국 정욕 주체의 상상을 개척한 면에서 그 영향은 심원한 것이었다. 이런 작품들에는 감상과 염정이라는 고전 색정 소설의 2대 전통이 뒤섞여 있었지만 또한 새로운 의의를 제공해줄 수 있었다. 예를 들면 《품화보감》(1849)은 고전 이래 동성애 주제를 총괄한 것이자 심지어 《홍루몽紅樓夢》, 《모란정牡丹亭》을 참고로 하면서 낭만적인 설부의 대작을 이루었다. 가짜 봉새와 가짜 황새를 결합시키고 음과 양을 뒤바꾸어 놓았는데, '남녀 간의 지순한 사랑'이 역사상 한번도 이처럼 대규모로 뒤집어진 적은 없었다. 또 다른 예를 들어보자. 《화월흔花月痕》[꽃과 달의 흔적](1872)은 [늘 성공과 행복으로 끝나는] 선비와 미녀의 소재를 역으로 쓰면서, '선비는 뜻을 이루지 못하고, 미인은 홍진 세상을 떠도는구나'라는 아름답고 애처로운 이야기로 만들어내었다. 소설 속 남녀 주인공은 목숨을 버릴 각오로 사랑을 '이야기하고' 애정을 '말한다.' 그리고 그 외의 것에 대해서는 별로 다루지 아니하니, 이는 분명 문학 상상의 애욕을 가지고서 생리 욕망의 애욕을 넘어서고자 하는 것이다. 그리고 소설에서 남녀 주인공에게 부여한 실의와 고독의 이미지는 분명히 위다푸郁達夫(1896-1945) 등 다음 세대 사람들의 퇴폐적 미학에 영향을 미쳤던 것이 틀림없다.

《해상화 열전》(1892)은 애정의 세계나 다름없는 환락의 세계를 쓰는데, 서로 적당히 같이 놀아주는 순간을 진심이 드러나는 최고의 시점으로 간주하니 그 솜씨가 참으로 비범하다. 작가 한방경은 백 년 전 상하이의 기생들을 위한 '열전'을 써냄과 동시에 머지않아 우뚝 솟아날 상하이의 도시적 풍모를 예언했던 것이다. 수수한 필체로 번화한 일을 묘사하고 있으며, 이런 진솔한 묘사 능력은 5·4 리얼리즘 대가들로 하여금 자신이 부족함을 느끼도록 만들만한 것이었다.《얼해화孼海花》[죄악의 바다에 핀 꽃]는 기생뽑기 대회에서 장원을 한 싸이진화賽金花의 연애 이야기를 씨줄로 삼고 [의화단 전쟁이 있었던] 1900년 경자년 전후 30년간의 역사를 날줄로 삼으면서 한편의 정치 소설을 만들어낸다. 싸이진화는 기생의 몸으로 8개국 연합군의 총사령관을 매료시켜 나라의 운명을 되돌려 놓는데, 이는 20세기 중국의 가장 애매모호한 신화 중 하나다. 국체와 여체, 정치와 욕망이 상생상극하니, 후일 상당수의 첨단 페미니즘 담론이 이로부터 영감을 받았다. 식자들이 환락가소설은 간음과 도적질을 조장한다며 질타할 때마다 사실 그들은 역사적 위기 속에서 한 시대 중국인들의 욕망과 공포가 어떻게 자신의 몸에 대한 거침없는 상상 속으로 유입되었는지에 대해서는 소홀히 했다. 그 극단적인 곳에서는 서술 방식 자체마저 산만하고 번잡하며 절도가 없을 지경이었다.

둘째, 의협·공안소설俠義公案小說에 대해서도 다시금 생각해보아야 한다. 사실은 암암리에 법률적 정의(legal justice)와 시학적 정의(poetic justice)에 대한 전통적인 담론을 새로 구축하고 있었던 것이다.《탕구지》,《삼협오의三俠五義》(1878)와 같은 작품은 강호 협객과 황제 보위를 서술함으로써《수호전水滸》이래 의협 설부의 마지막 흐름으로 간주되었다. 루쉰과 같은 학자는 이로부터 청나라 황실의 쇠퇴 및 청렴한 관리와 의로운 협객들이 세상을 바로잡아 줄 것으로 기대하는 백성들의 환상을 보았다. 그러나 각도를 달리 해본다면 우리는 또 이를 청말 작가들과 독자들의 가장 냉소적인 자기 조롱이라고 말할 수도 있지 않을까? 조정과 강호, 법 집행자와 법 농단자가 서로 뒤섞여 구분이 되지 않을 때 정의에 관한 그 모든 언급들은 붕괴의 위기에 처하게 되는 것이다. 류어劉鶚(1857-1909)의 《라오찬 여행기老殘遊記》는 한 걸음 더 나아가서 이 문제를 따져 묻는다. 우리는 일반적으로 《라오찬 여행기》를 의협·공안소설로 간주하여 읽지는 않는다. 하지만 소설에서 라오찬이 의협을 행하고 무술을 숭상한다는 배경은 그 근거를 제시해주는 것이다. 다만 시대가 달라져서, 왕년이라면 애오라지 칼에 의지해 천하를 다스리고자 했을 라오찬이 뜻을 이루지 못하게 되자 협객이 아니라 붓으로 칼을 대신하며 강호를 방랑하는 떠돌이 의사가 되었을 뿐이다. 설령 그렇다고는 하지만 그는 관부 주변을 맴돌며 '청렴한 관리가 썩은 관리보다 더 가증스럽다'라는 논리를 열심히 주장하니 공안 설부의 최저한도를 뒤집어놓은 것이나 다름 아니다.

류어의 마음 속에서 협객은 이미 병을 고치는 의사로 전락하고 말았다. 《라오찬 여행기》가 한창 성행하던 같은 시기에 일본에 유학하던 의대생 루쉰은 의학을 버리고 문학을 택하면서 작가를 직업으로 삼고자 했다. 붓으로 칼을 대신하고 먹물로 핏물을 대체하고자 하니, 혹시 루쉰의 포부는 그의 선생님인 장타이옌章太炎(1869-1936)의 '유협론儒俠論'에서 비롯되는 것일까? 잠시 이는 미뤄두자. 20세기 초 혁명적인 뜻을 품은 작가들은 스스로의 모습을 상상할 때면 자연스럽게 협객이나 자객을 그 원형으로 끌어들이고는 했다. 예컨대 천핑위안·궁펑청龔鵬程(1956-) 등 해협 양안의 학자들이 이미 이에 대해 각기 자신의 견해를 펼친 바가 있다.[32] 《동유럽의 여걸東歐女豪傑》, 《여와의 돌女媧石》, 《신중국 미래기》 등 청말의 또 다른 유형의 의협 혁명소설을 보면 민주 투사의 역사가 그리 오래 되지는 않았음을 알 수 있다. 초기 좌파 문인 중에는 스스로 강직한 기개와 부드러운 마음을 가지고 있다고 자처한 사람이 적지 않았다. 소설 또는 현실 속에서 그들(그녀들)이 가산을 털어 국난을 구제한다든가 목숨을 걸고 법도의 바깥으로 나섰던 것은 약자를 돕고 악인을 제거하고자 하는 큰 뜻을 보여주기 위한 것이었다.

셋째, 견책소설譴責小說이다. 예컨대 《20년간 내가 목격한 괴이한 일들二十年目睹之怪現狀》, 《관장현형기官場現形記》[관리 사회 폭로기] 등은 시종일관 청말 소설 연구의 샘플로 중시되고 있다. 소설의 작가들인 우젠런·리보위안은 확실히 시대 사안을 풍자하고 세상 인심을 조롱하는 면에서 신랄하고 능란했다. 그런데 이런 작품들은 '글투가 표피적이고 노골적이며 필치에 숨겨진 예리함이 없다'라는 루쉰의 혹평을 받았다. 우리가 견책소설의 결점에 대해 허물을 덮어줄 필요는 없을 것이다. 이 분야의 창시자 어르신인 오경재吳敬梓(1701-1754)의 《유림외사儒林外史》에 비해 청말 작가들은 천박하고 깊이가 없는 단점이 없지 않았다. 그렇지만 이런 현상은 작가 개인의 자기 기대치에서 비롯될 뿐만 아니라 더 나아가서 전체 문학 시장 시스템(!)의 급변에서 비롯되는 것이다. 오경재는 웃음 속에 눈물이 담긴 필치로 선비들의 과잉 배출과 성공의 난망이 가져오는 희비극을 쓰면서, 기본적으로 공부를 마친 후에는 봉사를 해야 한다는 데 대한 향수 내지는 예악이 쇠퇴한 데 대한 탄식을 잃어버리지 않을 수 있었다. 우젠런·리보위안은 더 이상 선비 세계 안팎의 반응을 느낄 만한 여유가 없었다. 그들의 시대는 이미 학술의 가치가 산산이 망가진 시대였다. 글쓰기는 감정을 담고 의지를 표현하는 것이기도 했지만 그보다는 더 나아가서 생활을 이어가는 방도가 되었던 것이다. 그들은 세상의 풍조가 암담함을 풍자하면서 스스로도 이런 세상의 풍조에 대해 책임을 져야 했다. 우젠런·리보위안은 근대 중국에서 첫 번째로 '돈벌이에 나섰던' 직업 문인들이었다.

청말의 견책 작가들에 대한 루쉰 세대의 실망은 사실 그들의 정통 유가 심리를 내보여주는 것이었다. 그들의 입장에서 보자면 글쓰기란 직분이었지 직업이 아니었으며, 글로써 도를 밝히는 일이었지 도에 맞지 않게 떠드는 일이 아니었다. 서로 대비해본다면 청말의 그러한 '품행 제로'의 문인들은 문학과 상징 자본을 가져오고 운용하는 면에서는 오히려 5·4의 지사들보다 더욱더 '현대'적인 상업적 의식을 가지고 있었다. 그러면서 그런 온갖 개그들 속에서 견책소설가들은 지극히 허무적이었다. 그들의 글투는 확실히 표피적이고 노골적이었다. 아마도 문자의 유희 외에 다른 그 무엇도 없다는 것을 그들 역시 분명히 알고 있었기 때문일 것이다. 루쉰이 이를 '견책'이라고 일컬었던 것은 사실 세상을 조롱하던 세기말의 문인들에 대해 일종의 도학적인 구식 표현으로 대접했던 것이다. 우젠런 리보위안의 작품에서 가장 중요한 감정적인 지표는 웃음─비웃음, 쓴웃음, 찬웃음, 억지웃음이다. 이런 웃음들은 '눈물이 흩날리는' 5·4의 정전 속에서는 보기 어려운 것들이다. 라오서老舍 (1899-1966)·장톈이張天翼(1906-1985)·첸중수錢鍾書(1910-1998)의 일부 작품에는 없는 것보다는 좀 나은 편이다. 다름 아니라 웃음에는 사실 눈물보다 더 큰 도덕적인 전복력이 있다. 1980년대에 이르러서야 청말의 그러한 갖가지 웃음소리가 다시금 해협 양안의 문학에 나타나기 시작했다.

넷째, 공상과학소설科幻小說이 청말에 한때 성행했다. 작가들은 번역 작품에서 받은 영감을 바탕으로 하늘을 나는 자동차와 물속을 가는 배를 만들어내면서 하늘로 날아오르고 땅속으로 파고들어갔으며 심지어는 우주를 떠돌아다녔다. 고전 중국소설에는 괴기한 일을 쓰고 신령과 마귀를 다룬 뛰어난 작품이 적지 않았다. 그렇지만 설령 신령과 마귀가 도술을 다투며 구름을 타고 안개를 부리더라도 기계의 발명에 대해 실증적인 흥미를 가졌던 일은 거의 없었다. 청말의 작가들은 쥘 베른, 허버트 조지 웰스, 에드워드 벨라미의 영향을 이어받아서 허구적인 과학 담론을 전개하면서, 그 과정에서 신마소설神魔小說의 정화를 가져와서 작품을 생산해내며 사람들의 시야를 확장시켰다. 가보옥이 시간의 터널을 돌아다니는 우젠런의 《신석두기》, 허풍선이 남작이 태양계의 뭇 행성을 항행하는 쉬

녠츠徐念慈(1875-1908)의 《신 허풍선이 남작의 모험新法螺先生譚》이 가장 단적인 예다. 그리고 이를 가지고서 소설가들은 전통 또는 서양이 구축한 '지식' 및 '진리'의 담론에 대해 일련의 대화를 전개해나갔던 것이다.

청말의 공상과학소설은 상상이 기상천외하지만 그럼에도 불구하고 그 현실적인 원인이 있다. 역사적 곤경에 대해 작가가 말로 다 설명할 수 없는 것을 힘써 또 다른 세계에 투영했다는 것이다. 《신중국 미래기》, 《달 식민지月球殖民地小說》, 《유토피아 유람기烏托邦遊記》에서부터 《신석두기》에 이르기까지 유토피아 소설이 이상적인 나라를 설정하고 세상 밖의 도화원을 가정한 것은 공간적인 위치의 이동이었다. 그리고 더욱 중요한 것은 청말 작가가 서양의 공상과학소설로부터 빌려온 '미래 완료형'의 서술 방법인데, 이를 통해 미래의 관점에서 장차 발생하게 될 갖가지 일을 역으로 서술했던 것이다. 《신중국 미래기》는 1902년에 완성되었지만 작품 속 시점은 1962년이고, 《신기원新紀元》은 더 나아가서 멀리 기원 2000년의 대중화민주국의 세계 최고의 성황을 상상하고 있다. 역사를 되돌아 찾아오고 미래를 저당 잡히는 이런 방식의 서사 전략은 또 그 말이 적중하는 때도 있는 법이다.

나는 청말 소설의 네 가지 장르 — 환락가소설, 의협·공안소설, 견책소설, 공상과학소설 — 를 내세워서, 당시 문인들의 충만했던 창작력이 그들로 하여금 서양의 물결이 밀려들기 전에 이미 커다란 수확을 거두도록 만들었다는 점을 설명했다. 그리고 이 네 가지 장르는 사실상 이미 20세기 중국의 '정통' 현대문학의 네 가지 방향을 예고하는 것이었다. 욕망·정의·가치·지식의 범주에 대한 비판적인 사고 및 욕망·정의·가치·지식을 어떻게 서술할 것인가라는 형식에 관련된 고심이 바로 그것이다. 그런데 이상한 것은 5·4 이래의 작가들이 아마도 이런 작품들로부터 영향을 받았을 텐데도 불구하고 결국 서양을 내세워서 자신의 몸값을 높였다는 것이다. 그들(그녀들)은 환락가소설은 욕망의 오염이고 의협·공안소설은 정의의 타락이라고 보았으며, 견책소설은 가치의 낭비이고 공상과학소설은 지식의 왜곡이라고 보았다. 인생을 위한 문학에서부터 혁명을 위한 문학에 이르기까지, 5·4의 작가들은 각기 품은 뜻은 달랐지만 그 이전의 형형색색의 제재와 스타일을 차츰 리얼리즘이라는 유일한 규범으로 단순화시켜 버렸다.

하지만 그렇게 억압된 현대성들이 어찌 진짜로 흔적도 없이 사라져 버리겠는가? 원앙호접파, 신감각파, 또는 무협소설에서 그 안에 내재되어 있는 비주류 창작력을 어렴풋이 찾아볼 수 있다. 그리고 설령 정통 5·4 규범 내의 작품일지라도 작가들이 또 어찌 의식적 또는 무의식적으로 욕망의 잣대에 벗어나 있는 욕망, 정의의 실천에 대한 검토, 가치의 유동성에 대한 주목, 진리와 지식에 대한 의문을 누설하지 않을 수가 있겠는가? 그런 순간들이야말로 작가들이 중국문학의 현대성을 추구하고 발굴했다는 중요한 표지다. 20세기말, 정전의 주변과 경전의 틈새로부터 중국문학 현대화의 길이 가지고 있던 복잡한 뒤엉킴을 다시금 인지하는 것이야말로 바로 그런 순간이라고 할 수 있으리라. 그리고 이런 미셸 푸코 식의 탐구와 발굴 작업은 우리를 청말이라는 단층으로 이끌어줄 것이다. 그 수십 년 사이에 갑자기 용솟음쳤다가 또 갑자기 잊히고 묻혀 버린 혁신의 흔적을 어루만지며 우리는 탄식하게 될 것이다. 어떻게 5·4를 주축으로 하는 현대성의 시야가 청말이라는 한 시대의 새로움을 추구하던 목소리, 그것보다 더 혼돈스럽고 시끌벅적하던 그 목소리를 놓쳐버렸는지를. 비록 앞에서 청말 소설의 네 가지 장르에 대해서 간단히 짚어보는 정도의 회고에 그치기는 했지만 이미 우리는 이해할 수 있게 되었다. 그것은 단순히 현대로 가는 하나의 '과도기'적인 시기가 아니라 억압된 현대의 시기였다. 5·4는 사실 청말 이래 중국 현대성 추구에 대한 마무리 — 참으로 총망하면서도 좁은 길로 나아간 마무리였을 뿐 결코 시작은 아니었다. 청말이 없었다면 5·4는 어디서 왔겠는가?

[1] 아잉阿英(1900-1977)의 《청말 소설사晩淸小說史》는 백일유신에서부터 신해혁명 사이에 1천 종 이상의 소설이 출판되었다고 추산한 바 있다. 그런데 근래에 와서 이런 추산이 여러 학자에 의해 재검토되었다. 라이팡링賴芳伶(1951-)은 이 시기에 2,000종 이상이 출판되었다고 추정한다. 재일학자 다루모토 데루오는 더욱 정밀한 추산 방법을 사용하여 1840년에서 1911년 사이에 2,304종의 소설이 출판되었으며, 그 중 창작 작품이 1,288종이고 번역 작품이 1,016종이라고 추정한다. 각각 賴芳伶, 《淸末小說與社會政治變遷》, (台北: 大安, 1990), p. 62 및 樽本照雄, 《淸末民初小說目錄》, (大阪: 大阪經大, 1988)를 참고하기 바란다.

[2] Perry Link, *Mandarin Ducks and Butterflies,* (Cambridge, MA: Harvard UP, 1980), pp. 149-155.

[3] 時萌, 《晩淸小說》, (台北: 國文天地, 1990), p. 11.

[4] Andrew Nathan and Leo Lee, "The Beginnings of Mass Culture," in David Johnson, Andrew Nathan, and Evelyn Rawski, eds., *Popular Culture in Late Imperial China*, (Berkeley: University of California Press, 1991), p. 372.

[5] 陳伯海、袁進, 《上海近代文學史》, (上海: 上海人民出版社, 1993), pp. 138-140 ; 時萌, 《晩淸小說》, (台北: 國文天地, 1990), p. 3 ; 袁進, 《中國小說的近代變革》, (北京: 中國社會科學出版社, 1992), pp. 26-27.

[6] 時萌, 《晩淸小說》, (台北: 國文天地, 1990), pp. 3-4.

[7] 리보위안은 처음 상하이에 왔을 때 《지남보指南報》의 편집을 담당했다가 나중에 《유희보遊戲報》와 《세계번화보世界繁華報》를 창간하거나 주간을 맡았다. 우젠런 및 어우양쥐위안歐陽鉅源(1883-1907) 등과 같은 기타 작가들 역시 이런 타블로이드판 신문의 단골 필자였다. 魏紹昌編, 《李伯元硏究資料》, (上海: 上海人民出版社, 1962), pp. 5-10 참고. 우젠런은 《소개보消開報》, 《채풍보采風報》, 《기신보奇新報》 등의 간행물의 주간을 역임한 바 있다. 魏紹昌編, 《吳趼人硏究資料》(上海: 上海古籍出版社, 1980), p. 4를 참고하기 바란다. Perry Link, *Mandarin Ducks and Butterflies*, (Cambridge, MA: Harvard UP, 1980), pp. 140-149도 참고하기 바란다.

[8] 時萌, 《晩淸小說》, (台北: 國文天地, 1990), p. 9.

[9] 賴芳伶, 《淸末小說與社會政治變遷》, (台北: 大安, 1990), pp. 90-91. 천핑위안은 1902년에서 1926년 사이에 57종의 문학잡지가 나온 것으로 추산하고

있다. 陳平原, 《二十世紀中國小說史》第一卷, (北京: 北京大學出版社, 1989), pp. 67-68.

[10] 賴芳伶, 《清末小說與社會政治變遷》, (台北: 大安, 1990), pp. 89-97을 참고하기 바란다. Shu-ying Tsau, "The Rise of 'New Fiction'," in Milena Doleželová-Velingerová, ed., *The Chinese Novel at the Turn of the Century*, (Toronto: U of Toronto P, 1980), pp. 25-26.

[11] 時萌, 《晚清小說》, (台北: 國文天地, 1990), p. 11.

[12] 陳平原, 《二十世紀中國小說史》第一卷, (北京: 北京大學出版社, 1989), pp. 28-29.

[13] 陳平原, 《二十世紀中國小說史》第一卷, (北京: 北京大學出版社, 1989), pp. 43-44.

[14] Benjamin Schwartz, *In Search of Wealth and Power*, (Cambridge: Harvard UP, 1964) ; C. T. Hsia[夏志清], "Yen Fu and Liang Ch'i-chao as Advocates of New Fiction," in Adele Austin Rickett, ed., *Chinese Approaches to Literature from Confucius to Liang Ch'i-chao*, (Princeton: Princeton UP, 1978), pp. 221-257 ; Leo Lee[李歐梵], *The Romantic Generation of Modern Chinese Literature*, (Cambridge: Harvard UP, 1973), chaps. 1-3.

[15] 최근의 논의로는 Lydia Liu, *Translingual Practice*, (Stanford: Stanford UP, 1996).

[16] 袁進, 《中國小說的近代變革》, (北京: 中國社會科學出版社, 1992), p. 18.

[17] 范伯群, 〈從通俗小說看近代吳文化之流變〉, 熊向東、周榕芳、王繼權編, 《首屆中國近代文學國際學術硏討會論文集》, (南昌: 百花洲文藝出版社, 1994), p. 292.

[18] Matei Calinescu, *Five Faces of Modernity*, (Durham: Duke UP, 1987), pp. 13-94.

[19] 또는 육조 및 수에 대한 당, 송과 금에 대한 원의 관계를 다시 생각해볼 수도 있을 것이다.

[20] 청말의 '신'이란 명칭 이래 전통의 변화에 대해 상대적인 것이었다. 그런데 다른 한편으로 명청 문학의 '발명'이 청말에 와서 이미 상투적인 것이 되었고, 또 청말과 동시대의 서양 독자들에게는 들어본 적도 없는 것이었다는 점에 유의해야 한다.

[21] 서양 현대성의 출현에 관한 서적은 상당히 많다. Marshall Berman, *All That is Solid Melt into Air*, (N. Y.: Penguin, 1983) 참고.

[22] John Zou, "Travel and Translation," paper presented at the conference "Literature, History, Culture: Reervisioning Chinese and Comparative

Literature", Pinceton U, June 26, 1994 참고.

[23] 1980년대의 중국문학이 비록 대대적으로 서양 모더니즘과 포스트모더니즘의 충격을 받기는 했지만, 그렇다고 해서 그것만의 독특한 모더니티와 포스트모더니티를 탄생시킨 것을 오로지 서양 문학의 진화론적인 시간표 안에 놓고 볼 수는 없을 것이다.

[24] Paul de Man, "Literary History and Literary Modernity," in Paul de Man, *Blindness and Insight*, (Minneapolis: U of Minnesota P, 1983)

[25] 17세기 유럽에 《조씨 고아趙氏孤兒》가 소개된 것이 그 한 가지 예다.

[26] Gregory Jusdanis, *Belated Modernity and Aesthetic Culture*, (Minneapolis: U of Minnesota P, 1991)

[27] 나의 이론적 근거로는 다음 것들을 들 수 있다. 카오스 이론에 대한 검토 및 그 문학사 연구에서의 의의 Williarn Paulson, "Literature, Complexity, and lnterdisciplinarity," in Katherine Hayles, ed., *Chaos and Order*, (Chicago: U of Chicago P, 1991), pp. 37-53. ; 진화론에 대한 재평가 Stephen Gould, *Wonderful Life*, (N. Y.: Bentham, 1993) ; 북아프리카 및 동남아의 '다중 현대성'에 대한 관찰 Clifford Geertz, *Afrer the Fact*, (Cambridge: Harvard UP, 1995) ; 다원문화 및 현대성에 대한 성찰 Charles Taylor, *Multiculturalism and "The Politics of Recognition"*, (Princeton: Princeton UP, 1992) 및 Charles Taylor, "Inwardness and the Culture of Modernity," in Axel Honneth, et. al., eds., *Philosophical Interventions in the Unfinished Project of Enlightenment*, (Cambridge: MIT P, 1992), pp. 88-110. 이 외 Paul A. Cohen, *Discovering History in China*, (N. Y.: Columbia UP, 1984)는 중국 현대화의 원인은 중국의 전통 내부에서 찾아야 하며, 서양의 충격은 요소 중의 하나일 뿐이라는 점을 강조한다. 이런 설명은 나의 논점과 유사하다. 다만 '현대성' 자체의 다원적인 가능성은 강조하고 있지 않다.

[28] Stephen Gould, *Wonderful Life*, (N. Y.: Bentham, 1993), p. 51.

[29] Stephen Gould, *Wonderful Life*, (N. Y.: Bentham, 1993), p. 51.

[30] 예컨대 리어우판의 연구. Leo Lee, *Voices from the Iron House*, (Bloomington: Indiana UP, 1987).

[31] Harold Bloom, *The Anxiety of Influence*, (N. Y.: Oxford UP, 1973) ; Fredric Jameson, *The Political Unconscious*, (Ithaca: Cornell University Press, 1981)

[32] 陳平原, 〈論晚清志士的遊俠心態〉, 談江大學中文系編, 《俠與中國文化》, (台北: 學生書局, 1993), pp. 227-262 ; 龔鵬程, 〈俠骨與柔情: 論近代知識分子的生命型態〉, 《近代思想史散論》, (台北: 三民書局, 1993), pp. 101-136.

제2장 돌아갈지어다
— 중국 당대소설 및 그 청말의 선구자

　나는 앞에서 청말 시기에 성행했던 네 가지 소설 장르 — 환락가소설, 견책소설, 의협·공안소설 및 공상과학·기담소설 — 에 대해 초보적인 검토를 해보았다. 다만 한정된 분량으로 인해 이런 과제들에 잠재해 있는 가능성에 대해서는 상세하게 설명하지 못했다. 또 중국 현대소설이 흥기할 당시의 갖가지 모습을 제대로 그려낼 수도 없었다. 이에 따라 나는 여기서 졸속적으로 청말 소설 현대성의 범위에 대해 결론을 내리고 싶지는 않다. 이에 대해서는 앞으로 더 많은 연구가 진행되어야 할 것으로 생각한다. 나는 차라리 당대로 방향을 바꾸어, 중국문학이 어떻게 다시 아직 끝내지 못한 과업 — '현대'의 발명 — 으로 되돌아가게 되었는지를 살펴보고자 한다. 이 과업이 사실은 일찍이 청말 시기에 이미 시작되었음에도 불구하고 말이다. 만일 청말 소설이 억압된 현대성의 한 부분을 대표한다면, 이 억압된 현대성은 어째서 그리고 어떻게 다시금 20세기말에 역사의 표면으로 떠오르게 된 것일까? 만일 진짜 그렇다면, 청말과 20세기말의 소설을 연결시켜서 새롭게 검토해보는 것은 5·4를 기준으로 하는 현대성 담론에 대해 또 어떤 충격과 영향을 주게 될

43

것인가? 이런 읽기 방법은 우리가 중국 현대성 — 청말('전현대'? 또는 갖가지 '현대성'이 발휘되기를 기다리던 단계?)에서부터 5·4(현대? 단일한 현대성의 한계?)로, 다시 20세기말(포스트 현대? 다원적인 현대성의 재차 발산?)로 — 의 각종 입각점을 새롭게 사고해보는 데는 또 어떤 도움이 될 것인가?

중국 현당대문학 연구의 각도에서 볼 때, 청말 소설 다시 읽기는 최소한 세 가지 이론적 명제를 첨예화할 수 있다. 첫째, 나는 20세기말의 중국소설을 청말 소설과 결합시킬 텐데, 그것은 두 시기가 역사적 환경, 정치적 동기, 또는 형식 실험 방면에서 표면적인 유사점이 있다는 것에만 한정되지 않는다는 점을 부각시켜줄 것이다. 당대 중국이 겪은 사회문화적 전환과 혼란은 자연스럽게 청말의 상황을 상기시키게 될 것이다. — 역사의 유령이 흩어지지 않고 또 다시 재연되는 것 같다. 그렇지만 나의 관점은 이런 논점보다는 훨씬 더 논쟁성이 있을 것이다. 내가 주목하는 것은 역사의 중복 가능성이라기보다는 역사가 다시 말해질 가능성이라고 해야 할 것이다. 다시 말해서 나는 과거와 현재가 어떤 형식을 통해서 서로 증명되고 대조되는지 하는 것에 대해 더 큰 관심을 가지고 있다.

20세기말과 청말의 소설을 나란히 놓고 보면서 나는 역사의 인과 법칙이라는 낡은 패러다임을 다시 되풀이한다든가 특정 결정론이나 목적론에 맞장구를 칠 생각은 없다. 이런 경직된 관념과는 정반대로 나는 더 많은 실마리와 흔적을 발굴해냄으로써 중국 현대문학 형성 과정의 복잡성을 다시 검토해보는데 관심이 있다. 청말 소설과 20세기말 중국소설을 대비하는 것은 따라서 일종의 알레고리적 의미가 있다. 그것은 직접적으로 다음과 같은 문제들을 의미한다. 만일 20세기말의 중국문학이 청말 문학의 어떤 특징들을 재현한다면, 이는 중국 현대문학이 여전히 전보다 그다지 멀리 나아가지 못했음을 의미하는 것은 아닌가? 또는 문학 현대화의 시도가 5·4 이후 한 바퀴를 크게 에돌아 다시 백 년 전의 출발점으로 되돌아왔음을 의미하는 것은 아닌가?

둘째, 나는 청말과 당대 중국 소설 사이에 일종의 대화 관계를 구축함으로써 5·4 전범을 전복하고 그 대신 새로운 전범을 세우려고 하는 것은 아니다. '현대'에 대한 우리의 사고와 실천은 항상 '강세'적인 패러다임—예컨대 전복, 전범의 변화, 혁명 등등—에 의해 농단되어 왔다. 그러나 '새로운' 관념의 도래를 가속화시키기 위한 구시기, 구권력, 구장르를 초월 내지 타도하려는 유토피아적인 충동 또는 행동은 이미 현대 중국에 수없이 많은 상처를 남겼다. 나는 여기서 '정복'과 '전복'이라는 이런 유의 패턴을 되풀이하지 않고 서로 다른 시기와 서로 다른 장르 사이에서 끊임없이 주고받는 상호 작용을 강조하는 방법을 사용하고자 한다.

20세기 중국문학 연구에서 중요한 인물인 샤즈칭과 자로슬라브 프루섹 두 사람은 마치 약속이나 한 듯이 자신들의 분석 토대를 청말 시기의 문학 전통, 심지어는 그보다 더 앞선 시기의 문학 전통에 두었다.[1] 그들이 볼 때 중국문학의 현대성은 신구 문학의 표면적인 균열에서 표현되는 것이 아니라 이 양자의 복잡하게 뒤엉킨 협상 사이에서 발현되는 것이었다. 다만 청말 문학에 대한 샤즈칭과 자로슬라브 프루섹의 탐구는 몇 안 되는 후계자들에게만 영감을 주었을 뿐이었다.[2] 상대적으로 보아 오히려 역사학자들이 이미 더욱 복잡한 관념의 변천과 정치적 변화에 대한 계보를 그려냈다. 이런 전환은 모두 청말의 지식계가 현대성을 탐구하는 시도 가운데서 탄생된 것이었다. 벤자민 슈워츠, 폴 코언, 하오 장의 저작은[3] 그 중에서도 가장 분명한 예에 불과하다. 그들은 모두 청말이 비단 중국 현대성 흥기의 준비 단계였을 뿐만 아니라 사실은 각종 관념과 행동 사이의 대단히 역동적인 합종연횡을 증명하고 있음을 발견했던 것이다.

최근 대륙·타이완·홍콩 및 해외 중문소설의 활발한 발전 상황에 비추어볼 때, 5·4를 중심으로 하는 중국 현대문학의 판도를 새로 그려 보는 것은 확실히 필연적인 추세. 그리고 청말 작품을 바탕으로 당대 소설을 다시 읽는 것은 우리가 현대성 논변의 또 다른 계보를 검토해나 가도록 하면서 5·4의 전통 속에서 대체 어떤 작가와 학자들이 소홀히 다루어졌는지를 발견하는 데 도움이 될 것이다. 그것은 우리로 하여금 현대성과 관련된 현재의 정형화된 논의를 새롭게 전개하고, 비록 소리 는 제거되었지만 영향은 심원했던 그런 작품들을 다시 복원하도록 촉진 해줄 것이다. 나는 리얼리즘 소설 외에 예컨대 신감각파, 비판적 서정주 의, 무협소설 및 원앙호접파 소설 등의 장르들이 중국 현대문학의 담론 에 대해 모두 대등하게 공헌했다고 생각한다.

셋째, 청말과 당대 중문소설에 대한 비교 및 대조 방식의 연구는 또 한 우리로 하여금 문학사 시기 구분론 가운데 신흥과 전통, 현대와 전 현대 등 그런 인위적인 구분에 대해 재검토하도록 해줄 것이다. 나는 중국문학의 현대성이 단일한 공식 하에서 엘리트 작가와 독자 사이에 일어난 것도 아니고, 어떤 혜택 받은 역사 시기에 존재했던 모습 그대 로를 표현하는 것도 아니라고 생각한다. 내가 1장에서 논한 것처럼 현 대성이란 결코 어떤 신비한 궁극적인 목표가 아니라 역사적으로 매번 다시 자리매김하는 것일 뿐이다. 그것은 우리로 하여금 끊임없이 낡은 형식으로부터 새로운 형식을 창출해내도록 하고, 최신의 실험적 작품 속에서 전통적인 요소를 찾아볼 수 있도록 한다. 따라서 20세기 중국문 학에서 현대의 '형성'을 고찰해보고자 한다면, 이미 현대적이라고 내세 워지는 그런 장르와 현상에 대해 관찰해 보아야 할 것이다. 그 뿐만 아 니라 현대적이 아니라고 부정된 장르와 현상에 대해서도 탐구해 보아야 할 것이다. 현대성이라는 변증법 가운데서 형형색색이면서 상호 저촉되는 시간과 공간의 틈새를 인식할 때, 비로소 우리는 중단 없이 현대라는 주문을 정련하거나 또는 제거할 수 있게 될 것이다.

나는 물론 중국 현대문학이 종말에 이르렀는지에 대해서는 추측하고 싶지 않다. 그보다 나는 독자들이 5·4 이전과 당대라는 이 두 시기에 내재되어 있는 대화와 교류에 주목하게끔 일깨워주고, 이로써 기존의 현대 시기의 시작과 마감의 좌표를 해방시켜 주고 싶다. 설령 누군가가 확연하게 쇠퇴해가고 있는 5·4라는 현대의 전통을 되돌리고 싶다고 하더라도, 일단은 끊임없이 새로운 명명을 해주어야 할 것이다. 나는 청말 시기에 한때 성행했던 네 가지 소설 담론—환락가소설, 의협·공안소설, 견책소설, 공상과학·기담소설을 설명한 바 있다. 이 네 가지 소설 담론의 서사 경향은 본디 중국의 각종 현대성 사이의 대화와 교류에 도움이 되는 것이었다. 다만 5·4 주류 작가가 서양의 패러다임에 근거하여 새로운 거대 서사의 기치를 내세우게 되면서 이런 가능성이 억압되었다. 아래에서 나는 갖가지 억압된 현대성이 20세기 후반의 중문 글쓰기에서 어떻게 다시 떠올랐는지, 그리고 이 억압된 현대성의 재부상이 청말과 20세기말 사이의 5·4 전통과 그 현대성을 재검토하는 데 있어서 대체 어떤 의미를 가지고 있는지에 대해 검토해보도록 하겠다.

1
신환락가체 소설

1980년대 후기의 중국 소설에는 욕망의 각축과 남녀의 애욕을 제재로 하는 새로운 소설 조류가 일어났다. 작가가 만들어낸 애욕의 세계 속에서 욕망이 정당화되고 한계 넘기가 체계화된다. 퇴폐를 읊조리고 감상에 빠져드는 경향은 현대판 '한량'(flaneurs)과 '요녀'(femme fatales)에 의해 몸으로 실천된다. 작가는 '시대를 걱정하고 나라를 염려한다'는 전통에 등을 돌리면서 중국 현대 '성'의 갖가지 모습을 그려낸다. 그들은 만족을 모르는 호기심으로 욕망의 미궁을 노크하고, 심미적이자 색정적인 차원의 퇴폐적인 정경에 탐닉한다. 그들은 또 너무 일찍 찾아온 세기말의 증후군을 퍼뜨리면서, 만사 시들하고 심드렁한 서사 태도를 보여준다.

'음식 남녀'는 원래부터 문학에서 써도 써도 끝이 없는 항목이다. 그런데 이 한 가닥 세기말의 풍조는 어떤 다른 점이 있는 것일까? 비록 피상적인 몸짓과 손길이 있기는 하지만, 시간의 위기의식이 바로 영원히 지워지지 않는 주제였다. 이미 숙명의 카운트다운이 시작되고, 마지막 화려함이 부패하기 시작한다. 역사의 탈바꿈 내지 쇠망의 길목에서 작가들은 몸을 뒤척이며 두려워한다. 그들은 떠들썩함 속에서 황량함을 보고, 정욕 속에서 부질없음을 깨닫는다. "시대는 급작스러운 것, 이미 파괴 속에 처했으니 또 더 큰 파괴가 오게 마련이다." 장아이링의 한 마디 말을 그 주석으로 삼으면 딱 맞을 것이다. 대파괴의 전야에 때맞춰 즐기거나 환락에 도취되는 것은 더 이상 목적 없는 탐닉이 아니라 절망에 반항하는 일종의 역설적인 태도였다.

소설의 이런 경향은 중국 현대문학에서 오랫동안 잊혔던 한 가지 전통, 5·4 주류 담론의 장대함으로 인해 주변에 방치되었던 한 가지 스타일을 다시 한 번 설명해준다. 이 주변화되었던 전통은 원앙호접파의 통속 창작, 성 박사 장징성張競生(1888-1970)의 성 미학,[4] 무스잉穆時英(1912-1940)·류나어우劉吶鷗(1905-1940)·스저춘施蟄存(1905-2003)의 신감각파소설, 위다푸·사오쉰메이邵洵美(1906-1968)[5]에서 무명씨無名氏(1917-2002)에 이르는 이들 낭만적인 문인의 행적 등에서 찾아볼 수 있으며, 최종적으로는 장아이링의 작품에 반영되어 있다.

이들 작가들은 비록 어느 정도 서양 낭만주의 담론의 영향을 받기는 했다. 하지만 이들이 보여준 성애 의식은 청말의 환락가소설에서 이미 그 실마리가 나타나고 있다. 나는 새롭게 출현한 이런 소설 조류를 '신환락가체 소설新狎邪體小說'로 설명하고자 한다. 다만 내가 '환락가'라는 단어로 당대 중문소설의 어떤 변천을 묘사한다고 해서 20세기말 대륙 또는 타이완의 이런 작품들이 청말의 유곽과 기루에서 이루어졌던 환락이라는 주제를 되풀이하고 있다는 뜻은 아니다. 내가 강조하려는 것은 당대 작가들의 사회·역사의 박동을 정욕화하려는 경향 및 문학 스타일 면에서 발전적으로 계승하려는 집착이 이미 일종의 특수한 담론을 형성했으며, 이에 따라 매번 청말 시기의 분위기를 떠올리게 만들었다는 점이다. 청말의 환락가소설은 기루를 독특한 시공간의 범주로 묘사했으며, 그 속에서 황금과 욕망, 사랑과 색욕이라는 드라마가 차례로 상연되었다. 반면에 신환락가체 소설은 기루가 상징하는 바 성애의 지리적 한계를 벗어나서 사회 자체를 혼잡한 공간으로 본다. 그곳에서는 시도 때도 없이 계급·상업·이념·육체의 뒤엉킴이 이루어지고 있다.

당대 타이완 문단의 여성작가 주톈원朱天文(1956-)과 리앙李昂(1952-)의 작품이 그 증거다. 온갖 칭찬을 받은 전자의 《세기말의 화려함世紀末的華麗》(1990)이라는 책은 그 이름 그대로 그야말로 1990년대를 위한 맞춤복 같은 제재이다. 이 책은 스스로 잘났다고 여기는 신세대 타이베이 사람들을 묘사한 7편의 단편소설을 모은 소설집이다. 세기말 타이베이라는 이 도시는 참으로 현란하고 색정적인 모습으로 화려하게 등장하여 밀레니엄의 끝을 향해 나아간다. ― "향수가 흩날리고 꽃으로 뒤덮인 참 대단한 (동아시아의) 소돔이었다."[6] 타이베이의 '신인류'들 ― 동성애 여피족, 모델/정부, 영화 제작자, 엘리트 지식인 ― 은 도시의 소음 속에서 풍정을 뒤쫓으면서, 흥분하면서도 시들해하고 탐닉하면서도 망연해한다. 이런 식으로 온통 시끌벅적하고 감상으로 넘쳐나는 것 속에는 세기말의 쾌락과 색정의 허세도 있고 또 포스트모던의 허무적이고 냉소적인 태도도 있다.

　그러나 이런 세기말적이고 자포자기적인 미학은 곧 일종의 반복, 일종의 말기 빅토리아 시대의 서양 및 청말 중국으로부터 빌려온 퇴폐적인 자태가 아니겠는가? 주톈원에서 서양 세기말 미학의 답습을 찾아내는 것은 그리 어려운 일이 아니다.[7] 그에 비해 주톈원이 어떻게 청말 환락가소설의 도덕적 초조함과 퇴폐적 미학을 계승했는가를 밝혀내는 것은 더 한층 도전적인 의미가 있다. 주톈원은 장아이링 — 1940년대 중국 퇴폐 미학 및 역사관의 여자 사제 — 의 추종자였다. 장아이링은 시종일관 청말 환락가소설의 찬양자였다. 심지어는 원래 [장쑤성·저장성 지역 방언인] 우 방언吳語으로 창작된 《해상화 열전》을 《해상화의 만개海上花開》, 《해상화의 낙화海上花落》라는 표준어판으로 번역하기도 했다.[8] 주톈원의 소설 인물은 욕정과 애정의 게임에 온 힘을 쏟는다. 그 공허함으로 가득한 탄식은 《화월흔》, 《해상화 열전》 등 백 년 전의 소설에 이미 있던 것이다. 그것은 멋들어진 봄날은 이내 사라지고 아름다운 꿈은 다시 없으리라는 데 대한 공포였다. 삶의 가장 외설적인 순간으로부터 시간의 파괴라는 무상함을 증명해주는, 인간 세상에 수시로 등장하는 크나큰 슬픔과 기쁨과 놀라움이었다.

　성애 주체에 대한 주톈원의 관점은 그녀의 세기말 미학과 더불어 《폐인 수기荒人手記》에서 남김없이 발휘된다. 《폐인 수기》는 동성애자의 타락과 구원이라는 끝없는 심사를 탐색하고 있으며, 타이완 '동성애문학同志文學'의 물꼬를 텄다. 여성작가인 주톈원은 1인칭 말투로 남자 동성애자인 화자의 역할을 대신하며 흥미진진하게 이를 풀어냈는데, 이에 따라 독자들로 하여금 미심쩍어마저 않게 만들었다. 그러나 그녀의 이 뛰어난 문자의 연출은 그 화려한 수사 및 양식화된 성애론과 더불어 백오십 년 전 진삼陳森(1797?-1870?)의 《품화보감》에서 남자 배우와 손님 사이에서 벌어졌던 가짜 봉새와 가짜 황새라는 수사적 드라마를 떠올리게 한다. 다만 20세기말 타이완의 주톈원은 청말의 진삼처럼 그렇게 외롭지는 않다. 《폐인 수기》 이후 한 바탕 '퀴어' 글쓰기의 열풍이 일어나서 독자들을 다양한 각도에서 집적대고 도발했다.[9] 1996년 우지원吳繼文(1953-)은 《품화보감》을 바탕으로 《세기말의 소년 애독서世紀末少年愛讀本》를 써내서 이 금지된 사랑을 다루는 작품에 대한 세기를 뛰어넘는 프로젝트를 완성했다.

주톈원이 타이베이의 화려하고 현란하면서도 허무하기 그지없는 기이한 광경을 만들어내고 있을 때, 리앙의 《미로의 정원迷園》(1991)은 타이베이 사람들이 성애에 깊이 빠져들어 헤어 나오지 못하는 음울한 정치적 심사를 보여주었다. 《미로의 정원》은 여주인공이 자신의 몸과 욕망을 직시해가는 험난한 과정을 다루고 있다. 다만 리앙은 타이완 여성의 주체 추구에서 만일 타이완 정치 — 예컨대 일제 강점기 타이완의 식민 체험, 1949년 이후 국민당의 통치, 1990년대에 거세게 일어났던 타이완의 민주화운동 등 — 에 대한 고려가 연계되지 않는다면 이를 성공적으로 이루어낼 수 없다고 생각한다. 욕망을 정의하는 영역에서 정치적 인식은 빠질 수 없는 요소다. 성과 정치 사이의 이런 변증법은 현대 소설에서 그 자취를 찾아볼 수가 있으며, 또 최초로 시도되었던 쩡푸曾樸(1872-1935)의 《얼해화》까지 거슬러 올라갈 수 있다.

다만 《얼해화》 식의 성과 정치라는 우언만 놓고 보자면 1970,80년대에 홍콩에 이주해서 살던 타이완 여성작가 스수칭施叔青(1945-)이 아마도 리앙보다 더욱 생동감 있게 썼다고 해야 할 것이다. 스수칭의 《빅토리아클럽維多利亞俱樂部》(1993)과 《홍콩 3부작香港三部曲》(1993-1997)[1)]

---

1) 스수칭의의 홍콩 3부작은 《그녀의 이름은 나비她名叫蝴蝶》, 《온 산에 가득 핀 자형화遍山洋

은 식민지 홍콩의 부침과 한 기녀의 성 모험을 병행한다. 여성의 사생활을 가지고 홍콩의 100년 식민지 역사를 쓰려고 한 것 같다. 왕년의 기녀/미녀 싸이진화의 드라마가 20세기말의 홍콩 창녀인 윙딱완이라는 이 인물에서 그 짝을 찾게 되었다. 스수칭의 소설에서 홍콩은 모든 사안과 사물을 거래할 수 있는 장소이자 욕망이 떠도는 색정의 땅이다. 스수칭은 교잡을 일종의 상징으로 삼아서 상업 · 정치 · 문학 · 환락이 한 통속이 되어 서로 주고받고 하는 것을 포착해내고자 한다. 텍스트 안에서 교잡이 마치 은유처럼 퍼져나가는 방식은 그것이 홍콩이라는 도시에서 애매모호하게 확산되어나가는 것과 흡사하다. 은행가 · 상인 · 정객 · 사회 명사 · 콜걸 · 매판 그리고 지식인이 한데 뒤엉켜서 자신도 어찌할 수 없이 금전 · 금융 상황 · 성 · 유행 · 이념 및 심지어 '사회비판'까지도 유통시킨다.

홍콩 여성작가 리비화李碧華(1948-   )는 모든 것을 꿰뚫어본다는 태도로 스수칭　리앙 자매2)의 작품에서 자주 보이는 초조와 울화를 대신한다. 리비화의 상상은 고금과 생사를 넘나들고, 욕정의 윤회와 업보의 증감을 파고듦으로써, 사람들의 심금을 뒤흔들어놓는 곳들을 만들어낸다. 예컨대《청사青蛇》(1990)와 같은 그녀의 옛이야기 다시 하기를 보자. 소설은 영원 회귀3)라는 욕망의 유혹을 묘사하면서, 욕망하는 자와 욕망되

紫荊),《적막한 저택寂寞雲園》세 편을 일컫는데, 윙딱완이라는 여성과 3대에 걸친 그녀 일가의 삶을 통해서 중국권 최초로 홍콩의 역사를 총괄적으로 서사 내지 재현하고자 했다.
2) 타이완의 학자 스수施淑(1940-   ), 소설가 스수칭, 소설가 리앙은 소설가 주시닝朱西甯 (1926-1998)과 번역가 류무사劉慕沙(1935-   )의 사이에서 태어난 자매간이다.
3) '영원 회귀'란 니체가 말한 것으로, 우주 안에 있는 모든 것은 시간의 영원한 흐름 속에서 늘 제 모습으로 돌아오게 되어 있다는 것, 그리하여 존재하고 있는 것들은 지금까지 끝없이 반복해서 존재해 왔고 앞으로도 끝없이 그렇게 존재하게 될 것이라는 것이다. 니체는 이렇게 영원히 회귀하는 세계의 운행을 원환운동으로 생각하였는데, 이런 원환운동에는 시작과 끝이 있을 수 없다. 과거, 현재, 미래라고 하는 시간의 세 계기도 소멸된다. 과거는 다시 경험하게 될 미래가 되고, 미래는 언젠가 경험한 과거일 뿐이다.

는 대상 사이에 상생상극하는 끝없는 순환을 보여준다. 흰 뱀 백사와 그녀의 하녀/연인/연적인 푸른 뱀 청사는 되풀이해서 꿈에서 깨어나 새로운 즐거움을 추구하며, 또 되풀이해서 시간이라는 운명 속에 빠져 들어가도록 정해져 있다. 리비화의 소설은 아마도 독자로 하여금 청말의 어떤 구체적인 환락가소설의 패러다임을 떠올리게 하지는 않을 것이다. 하지만 오랜 역사를 가진 성애 이야기에 대한 그녀의 열망이 자기도 모르게 청말의 욕망의 서사 또는 서사의 욕망을 실천했던 것이다.

리비화가 근래에 많은 사람들에게 알려진 것은 천카이거陳凱歌(1952-)가 그녀의 동명 소설을 각색하여 내놓은 《패왕별희霸王別姬》(1994)라는 영화 때문이다. 소설은 한 경극 배우와 그의 무대 상대역 사이의 감정을 서술하면서 한 자락 감동적인 동성애 이야기를 풀어놓는다. 민국 초기 경극단의 생태에 대한 리비화의 묘사는 《품화보감》과 미묘하게 호응한다. 진삼 이후 백오십 년이 어느덧 지나가버렸다. 세기말에 이르러 리비화는 바로 그 돌고 도는 색정의 세계로 다시 들어가서 이를 통해 20세기 중국의 긴가민가하는 피와 눈물의 역사를 증명한다. 다만 리비화가 역사를 소설 속에 집어넣은 것이 과연 진지한 시도였는지 아니면 퇴폐적인 유희였는지에 대해서는 제법 곱씹어볼 만하다. 리비화는 영화제작의 요구에 응해서 스스로 원작을 개작했다. 이런 행동이 청말 독자에게는 아마 그리 이상한 일은 아니었을 것이다. 더욱이 역사란 서로 다른 권력자들에게 영합하기 위해 거듭해서(또는 새롭게) 서술될 수 있는 것이라고 간주해본다면, 허구로서의 소설 또한 왜 그렇게 할 수 없겠는가? 홍콩과 관련된 이야기가 장차 대륙 역사의 일부분으로 새롭게 기록될 때, 리비화의 신환락가체 소설은 의외로 홍콩 주체 상상의 한

정동호, 〈영원회귀 문제〉, 《인문학지》제31집, 충북대학교 인문학연구소, 2005, pp. 227-245 참고.

가지 우언을 표현해주게 될 것이다.

　1980년대 이래 시대의 이념적 속박이 점차 느슨해지자 적잖은 대륙 작가들이 '성의 금지 구역'을 탐색하기 시작했다. 이런 추세는 왕안이王安憶(1954-　)의 '세 편의 사랑'—〈어느 작은 도시의 사랑小城之戀〉, 〈황산의 사랑荒山之戀〉, 〈진수구의 사랑錦繡谷之戀〉 등의 작품으로 인해 1980년대 후기에 정점을 이루었다. 그러나 성 의식을 탐구한 이런 작품들은 원래의 역사적 상황과 대비해볼 때라야 비로소 낭만적인 흔적을 가지고 있다고 말할 수 있다. 환락가소설은 화려하지만 피로한 문명, 가식적이지만 우아한 삶이라는 상황을 바탕으로 한다. 왕안이가 《장한가長恨歌》를 내놓자 독자들은 문득 '상하이파'의 정수가 다시 권토중래했다는 것을 깨닫게 된다. 왕안이는 한 여자가 상하이에서 반세기 동안 부침을 거듭했던 일을 빌어서 도시 문화의 세상 물정에 밝음, 자기 탐닉, 퇴폐와 현대 문명 사이의 상징과 각축을 남김없이 써냈다. 후일 그 뒤를 이은 사람들은 비록 의도적으로 상하이를 호명의 대상으로 삼기는 했지만 결국은 지나치게 단순함을 면치 못했다.

　내가 정의한 '신환락가체 소설'의 맥락은 쑤퉁蘇童(1963-　)의 일부 작품 및 자핑와賈平凹(1952-　)의 《폐도廢都》(1993)에서도 실마리를 찾아볼 수 있다. 쑤퉁의 퇴폐적 제재로 된 최상의 작품이 구체적 시기는 모호하지만 1949년 이전 민국 초기를 배경으로 하는 것은 전혀 우연이 아니다. 《처첩들妻妾成群》(1991)의 처첩 사이의 경쟁, 《1934년의 도망1934年的逃亡》(1988) 중의 욕정과 피로, 《양귀비의 집罌粟之家》(1988) 중의 가족 사이의 난륜과 자욱한 아편 연기, 그리고 《홍분紅粉》(1990), 《쌀米》(1991), 《남방의 타락南方的墮落》(1992) 등의 작품은 모두 음습하고 화려하면서도 문란한 구사회에 대한 일종의 스스로도 통제하지 못하는 쑤퉁의 향수를 설명해준다. 이는 머잖아 토템과 금기가 붕괴되고 말 때이자 곧 예법과 역사가 소멸되고 말 때였다. 그저 모든 것이 여전히 허깨비

처럼 으스스하게 늘어서 있고 이것들 사이에서 홀연 악의 꽃이 만개한다. 쇠약한 지주, 음탕한 처첩, 만사 시들한 기녀, 열정적인 혁명가 등등이 모조리 간통·난륜·마약·착란·음모·소동·사망으로 가득 찬 공간에 내던져진다. 그리고 혁명이 이런 요소들 위에서 자양분을 빨아들이며 자라고 있다.

그러나 지금까지 쑤퉁의 가장 주목할 만한 성과는 《나, 제왕의 생애 我的帝王生涯》(1992)라고 해야 한다. 소설은 더욱 앞선 역사로 거슬러 올라가서 거침없이 마지막 황제의 신화를 펼쳐낸다. 만일 우리가 쑤퉁의 풍자적인 의도에만 집중한다면 이는 화려하면서도 장난스러운 그의 일면을 놓쳐버리는 것이 될 터이다. 그는 궁궐의 비사, 후비의 경쟁, 실의의 황손 등 오래된 역사적 소재를 써나간다. 하지만 일종의 게임처럼 허망한 느낌을 풍긴다. 남자와 여자, 감정과 권력, 역사와 정치는 결국 알고 보면 단지 처연한 또는 탐미적인 어떤 포즈일 뿐이며 왕년의 추억만을 남겨 줄 따름이다. 이는 아마도 환락가소설의 또 다른 어떤 경지일 것이다. 《나, 제왕의 생애》가 드러내주는 참을 수 없는 가벼움은 우리로 하여금 청말 환락가소설에 감추어져 있던 일면을 다시 생각해보도록 만든다.

1993년 여름 자핑와의 《폐도》 현상은 대륙에 출판 열풍을 불러일으켰다. 이 책에 대한 비평계의 반응은 찬양과 비판이 반반이었다. 그러나 센세이션 효과만 두고 볼 때 이른바 '식욕과 색욕은 본성이니라'더니 과연 그것은 인간의 크나큰 욕망이었다. 만일 쑤퉁이 서정적인 스타일을 가지고 문명의 붕괴를 정교한 문자의 공예품으로 만들어냈다고 말한다면, 자핑와는 일종의 짝퉁 자연주의 스타일을 가지고 중국 당대 사회의 비루한 단면을 직접적으로 보여주었다. 《폐도》는 현대적이라고 자처하는 한 무리의 문인들이 명성과 이익의 장에서 술과 음식, 가무와 여색, 향락과 취미를 쫓는 퇴폐적인 모습을 묘사했는데, 오랜 역사를 가진 도시 시안이 그 배경임을 암시한다. 많은 평론가들은 자핑와의 조악한 도발적인 수법 및 고의적으로 금지 서적임을 가장한 '순수한 서적'이라는 식의 서사 방식을 애써 외면한다.[10] 그런데 이런 식의 평가는 오히려 한 가지 사실을 소홀히 하는 것이었다. 즉 가무와 색정이 한껏 넘치는 음란한 생각을 제외해놓고 본다면, 《폐도》 속의 인물 형상들은 그래도 사랑할 능력을 가지고 있거나 또는 사랑을 갈망하면서도 그 속으로 들어가지 못하고 있다는 것이다. 안목 있는 사람이라면 청말 환락가소설의 성애 담론에서 그와 유사한 현상을 발견할 수 있을 것이다. 사랑과 욕망의 게임은 이렇게도 복잡하여 서로 구분되기가 어려울 정도이다. 1990년대 초 대륙의 주류 작품 중에는 이토록 세상사에 밝은 글, 욕망과 단념할 수 없으면서도 두렵기 짝이 없는 그 결과를 탐구하는 글은 아직 없었다. 자핑와는 애초 5 · 4 작가로부터 시작된 '적나라한' 리얼리즘을 그야말로 극단까지 발휘하면서, 한 사회가 장차 욕망의 심연으로 나아가게 되는 갖가지 괴이한 현상을 보여주었다. 다만 퇴폐의 정교한 표징을 두고 말하자면 이 작품은 주톈원 · 왕안이에는 미치지 못한다.

이념의 결벽주의를 추구하는 비평가들은 어쩌면 《폐도》에서 자본주의식 퇴폐의 징조를 발견해낼 수도 있을 것이다. 당시 이념의 수호자들이 하찮은 일에 경악한 것, 그리고 수많은 대중이 몰려든 것은 공교롭게도 중국 대륙의 성애 담론의 궁색함과 빈약함을 뚜렷이 보여준다. 그런데 성애 담론의 빈약함이 곧 사회적인 정치가 더욱 순결하다는 것을 의미하지는 않는다. 오히려 아마도 규범과 위반, 생산과 소비, 인간성과 비인간성 사이에 그것들 간의 대화 시스템이 더 이상 작동될 수 없는 거대한 간격이 존재하고 있음을 말해줄 것이다. 만일 어떤 제도가 여전히 추상같이 자신을 변호하고 의식적으로 환락의 담론을 일소해나가면서, 암암리에는 오히려 이를 통해 쾌감을 느낀다면, 이런 사회에 살면서 글쓰기를 하는 작가와 독자들은 당연히 — 환락에 대한 더욱 복잡한 탐닉과 비판까지 포함해서 — 다양한 목소리가 용인되는 사회적 공간으로 들어서게 되기를 고대하게 될 것이다.

2
영웅주의의 파산

정의의 함의는 중국 현대문학에서 항상 가장 중요한 주제의 하나였다. 그리고 더 나아가서 소설을 통해 정의를 드러내고 심지어 실천하는 것은 작가의 사명이라고 간주되었다. 갖가지 차원의 사회적 혼란과 정치적 동요를 감안해볼 때, 5·4 이래의 작가들은 언제나 문학 서술에 의지하여 정의를 신장시켜왔다. 작가들은 어떻게 해야 그들 묵묵히 고통을 겪고 있는 사람들의 아픔을 표현할 수 있을까? 어떻게 해야 소설 속에서 그 죄악의 근원을 밝혀내고 현실 속에서 그것을 뿌리째 뽑아낼 수 있을까? 어떻게 해야 정의를 돕고 죄악을 제거하면서 이로써 시학적 정의와 사회적 정의를 회복할 수 있을까? 더욱 중요한 점은 이것이다. 일찍이 의협·공안소설이 정의를 밝히는 매개체로 간주되었다고 할 때, 오늘날의 작가들이 다시 이 장르를 다룬다는 것은 어떤 의미가 있을까?

1980년대 이래 타이완 해협 양안의 사회 정치적 구조에 급격한 변동이 일어났다. 이에 따라 문학과 정의 사이의 대화에도 새로운 방향이 나타났다. 부당하고 부정한 현상에 대한 사법 시스템의 대응이 둔하거나 졸속적이면, 작가와 독자는 문학에서 상상의 정의를 추구하게 마련이다. '상흔문학' 및 수많은 보고문학 작품의 성행은 곧 정의를 다시 정의하고 다시 실현해주기를 바라는 공중의 갈망을 증명해주는 것이었다. 당시 왕멍王蒙(1934-)·바이화白樺(1930-)·류빈옌劉賓雁(1925-)·다이허우잉戴厚英(1945-1996) 등과 같은 작가들의 정치적 금기에 맞선 작품은 그들에게 명성과 명예를 가져다 주었다.[11]

그렇지만 중국 작가가 '학대받는 사람들'의 대변인 또는 복수자라고 칭송되는 다른 한편으로 또 이런 논리 자체에 대한 진지한 성찰이 필수적이다. 설령 이들이 대변인과 복수자의 역할을 기꺼이 떠맡는다 하더라도 어쨌든 이들은 왕조 시절의 청백리도 아니요 정의의 집행자도 아니다. 작가들이 원래 소설(심지어 구식의 의협·공안소설)에서나 적합한 인물의 역할을 수행하게 될 때, 이는 작가의 잠재적인 도덕적 역량이 충분히 표현되었음을 의미하기보다는, 근본적으로 사회와 개인 사이의 정의의 시스템이 무너졌음을 의미하는 것이다. 루쉰의 작품이 도대체 소리 높여 '외침'을 내지르고 있는 것인지 아니면 오갈 데 없이 '방황'하고 있는 것인지에 대한 진퇴양난의 상황은 그 단적인 예라고 할 수 있다. 그것은 중국 현대작가가 적절한 사회적 역할을 모색하면서 겪게 되었던 난감한 상황을 보여주는 것이다. 마스턴 앤더슨이 지적한 바와 마찬가지로, 문학적 정의에 대한 현대 작가의 지칠 줄 모르는 추구는 결국 '리얼리즘의 한계'를 체감하는 것 — 또는 작가와 투사라는 두 가지 신분은 겸할 수 없다는 난감함을 인식하는 것 — 으로 끝났던 것이다.[12]

그런데 이미 지적했듯이 문학에 대한 루쉰과 그의 추종자들의 사명감은 청말 시대까지 거슬러 올라갈 수 있다. 류어가 그려낸 라오찬은 정처 없이 떠도는 문인/떠돌이 의사에 불과했지만 그 행동과 풍도는 강자를 제어하고 약자를 돕는 의협 영웅이나 마찬가지였다. 라오찬의 강직하고 청렴함은 그 때문에 개인의 평안을 상실하는 것도 마다하지 않고 그로 하여금 거듭해서 관청의 권위에 도전하도록 만든다. 그러나 청렴한 관리가 썩은 관리보다 오히려 더 무서운 사회에서, 진짜로 라오찬의 이런 [무술 협객이 아닌] '문학 협객'이 칼 대신 붓을 가지고서 고대의 의협 호걸이 거두곤 했던 최후의 승리를 재연할 수 있을까?

라오찬을 에워싼 곤경을 루쉰이 충분히 체감할 수는 없었을 것이다. 다만 그가 오랫동안 견지했던 회의주의적인 태도는 그로 하여금 글쓰기 행위와 정의의 집행이라는 이 두 가지의 졸속적인 결합을 쉽사리 믿지 않도록 해주었다. 그러나 5·4 문학혁명 이후의 대다수 작품은 라오찬의 교훈을 깨닫지 못했다. 그들은 루쉰이 가진 자아 성찰 능력이 결여되어 있음에도 불구하고 분별없이 붓과 칼을 결합시키는 길을 선택했다. '혁명을 위한 문학'이라는 이름 아래 이들 작가 자신과 그 인물들이 만들어낸 이미지는 아마도 진짜 투사는 아니라고 하더라도 최소한 새로운 형태의 '문학 협객'이었다. 그들은 자신들이 만들어낸 이상 세계 속에서 정의를 신장하는 드라마를 연출했다. 내가 다른 곳에서 이미 검토해본 것처럼, 이들 작가들은 '피와 눈물'의 문학의 가장자리에서 '죄와 벌'이라는 문학의 깃발을 내세웠던 것이다.[13]

현대 작가와 평론가는 대개 고전 의협·공안소설을 아주 우매한 봉건문학이라고 본다. 그렇지만 앞에서 논한 것처럼 청말의 의식 있는 작가들은 후일 혁명 사업의 원형으로서 '협' 또는 '의협'이라는 전통적인 개념을 거듭해서 간절히 호소했다. 량치차오의 《신중국 미래기》, 영남 우의 여사嶺南羽衣女士(?-?)의 《동유럽의 여걸》, 왕먀오루王妙如(1877?-1903?)의 《여자 감옥의 꽃女獄花》, 해천독소자海天獨嘯子(?-?)의 《여와의 돌》 등의 작품이 바로 가장 분명한 예증이다. 그런데 5·4 이후의 젊은 혁명 작가가 그려냈던 이타주의, 반역 정신, 형제 의리, 자기 희생, 심지어 금욕주의 등의 개념은 외래적 영향의 산물임과 동시에 모든 사람들이 다 알고 있는바 의협·공안소설 중의 유풍이자 유산이기도 하다.

소위 봉건문학을 비판하는 나머지 5·4 이후의 혁명작가들이 의식적 무의식적으로 사용했던 정의의 수사는 심지어 《삼협오의》와 같은 그런 '악영향과 폐습'을 드러내기도 한다. 과거 의협·공안소설이 의협 영웅의 충성심과 용감함을 찬양했을 때는 그 대상이 절대적인 왕권에 국한되었을 뿐이다. 만일 반역 행위를 반정부 계획으로 바꾸어놓기만 한다면 구소설 속의 패러다임은 아주 손쉽게 새 작품으로 복제될 수 있다. 중국 현대소설 그리고 현실 속에서 반역의 '신청년'들이 그 길들여지지 않은 개체를 '모든 사람이 한 마음'인 집체에 융합시킬 때, 또는 그들이 도전을 허용하지 않는 이념에다가 개인의 의지를 갖다 바칠 때, 역사는 '반동'적 주제라는 유령이 아직 사라지지 않았음을 증명하게 될 것이다.

만일 청말 의협·공안소설의 주제가 남녀 협객이 결국 '왕을 위해 앞장 서는' 조정의 호위병으로 순치되는 것에 있었다고 한다면, 놀랍게도 1920년대에서 1960년대에 이르는 일부 혁명문학이 그 역설적인 유사점을 가지고 있었다. 그것이 서술하는 것은 남녀 반역자/혁명가가 결국 이념의 수호자로 회유되고 포섭되는 이야기였다. 의협·공안소설이 문학의 전당에서 한 자리를 차지하기는 어려울 것이다. 하지만 그 간접적인 영향의 흔적을 찾아보기란 어렵지 않다. 이 때문에 우리는 묻게 된다. 이 장르가 진짜로 전범에서 배제되었던 것일까? 이 장르에 대한 청말의 부정은 사실 그것의 전통 중에서 가장 오래된 부분들과 함께 새로운 장르 속에 흡수되었던 것이 아닐까?

청말의 의협·공안소설의 각도에서 20세기말의 일부 소설을 보게 되면 이런 문제들이 갈수록 서로 연결된다. 1980년대 초기의 작품들이 이미 보여주고 있다. 역사상 전례가 없던 그 혼돈과 소란을 거친 후 최소한 시학의 차원에서는 일부 정의가 회복될 수 있다는 것이다. 그런데 1990년대 이래의 작품은 우리에게 새로운 교훈을 말해준다. 설령 그 취약한 시학적 정의조차도 해체를 해버려야 비로소 역사의 불의를 드러낼 수 있다는 것이다. 젊은 세대 작가들은 '문학 협객'의 가능성에 대해 대단히 회의적인 시선을 던진다. 그리고 더 이상 이런 유의 영웅을 창조하지 않는다.

예자오옌葉兆言(1957-)의 중편《지난 세월이 슬픈 영웅殤逝的英雄》(1993)의 제목은 우리에게 오늘날은 영웅이 사라지고 영웅주의가 쇠퇴한 시대라는 점을 간단명료하게 깨우쳐준다. 이 소설의 주인공은 국민당과 공산당을 위해 차례로 헌신한다. 그러나 영웅이 늙어가자 그에게 남은 것이라고는 자랑과 자부가 아니라 무어라 이름 지을 수 없는 허무와 좌절이다. 그는 수시로 생각한다. 지금까지 구차하게 살아남지 말고 차라리 그의 수많은 전우들처럼 어느 순간 희생해버렸더라면 하고.

왕안이의 중편소설《아저씨의 이야기叔叔的故事》(1991) 역시 유사한 주제를 탐구한다. 소설 속의 아저씨는 당시 수천수만의 젊은이들처럼 왕년에 혁명과 문학에 헌신했다. 그러나 오랜 세월 부침을 겪은 뒤 마지막에는 결국 자신의 신념이 이미 사라지고 없음을 발견한다. 이리하여 그는 환락의 유희 속에서 위안을 얻고자 한다. 그의 행동은 주변 사람들을 실망시킬 뿐만 아니라 자신의 명성도 망가뜨린다. 왕안이가 서술하는 것처럼 아저씨의 이야기가 말하고자 하는 것은 단순히 도덕의 상실이 아니다. 영웅주의의 쇠락인 것이다.

타이완 작가 장다춘張大春(1957-)은 예자오옌과 왕안이보다 앞서서 영웅은 늙고 이념은 사라져 버렸다라는 주제를 다루기 시작했다. 1970년대 말에 장다춘은 대륙에서 타이완으로 온 노병들의 만년의 생활을 그려내어(《닭털 그림雞翎圖》) 단번에 사람들을 놀랍게 만들었다. 1980년대 장다춘의 작품은 타이완의 경제와 정치의 급격한 변동에 따라 스타일과 내용에서 모두 뚜렷한 변화가 일어났다. 《장군비將軍碑》(1986)는 전통적인 역사 대하소설의 서사 법칙을 뒤집어놓는다. 그는 어느 나이 많은 국민당 장군이 세월과 기억의 터널을 오가는 것을 가지고서 중국 현대사를 한편의 단편소설 속에 압축시켜 놓았다. 위로는 온갖 전쟁에 종군한 것에서부터 아래로는 문혁과 3통[대륙과 타이완의 통상·통신·통항]에 이르기까지, 그 모든 전란과 이별, 공과와 시비가 역사의 몽타주의 한 조각으로 변한다. 그리고 마지막에는 장군비가 무너져 내리는 것과 함께 산산조각 나버린다. 장다춘은 여기서 한 걸음 더 나아가서 또 《쓰시의 나라 걱정四喜憂國》(1988)을 써낸다. 소설은 한 퇴역 노병이 '전국 군민 동포에게 고하는 글'을 되풀이해서 발표하며 반공산주의와 반소련을 고취하고자 하는 것을 묘사하면서, 세월은 흐르고 옛 일은 가버리는 냉혹함 및 신화가 웃음거리로 전락하고 마는 어쩔 수 없음을 보여준다. 유사한 제재를 다루었던 장다춘의 초기 작품인 《닭털 그림》과 비교해본다면 중국 역사에 대한 그의 시각의 전환을 충분히 발견할 수 있을 것이다.

청말의 의협·공안소설의 전통에서 볼 때 예자오옌 왕안이 장다춘의 소설은 일종의 (전통적인) 영웅주의에 대한 뒤늦은 비판이다. 이들 작가가 그려낸 인물들은 일찍이 거대한 국가 선전기구를 위해 봉사한다. 그들은 나라와 백성을 위해 싸우고, 사실은 그들이 이해할 수 없었던 궁극적인 이념에 충성한다. 그런데 이런 시급한 일들이 연기처럼 흩어져버리고, 이념 또한 그 신비함이 사라져버리고 나면, 이들 영웅들은 무거운 상실감에 빠져들게 된다. 어떤 의미에서는 20세기말의 영웅들의 말로를 그려낸 이런 이야기들은 청말 의협 서사 중에서 미처 다 써내지 못했던 부분을 마저 써낸 것이다.

《삼협오의》의 금모서 백옥당은 혼자서 위험하기 짝이 없는 양양왕의 동망진에 뛰어드는데, 미처 기관의 비밀을 밝혀내기도 전에 그 신비한 기계에 의해 난도질을 당해 낭자하게 피를 쏟으며 그 자리에서 목숨을 잃는다. 그의 죽음은 그의 고집스런 단독 행동에서 비롯된 것이다. 그렇지만 앞에서 말한 것처럼, 백옥당의 죽음은 또한 청말 의협 영웅이라는 가치관이 결국은 몰락하고 말 것이라는 점을 증명해준다. 이야기는 계속 이어지고 그의 결의형제 네 사람 역시 차례로 물러서고 만다. 그들이 받은 황제의 은혜 역시 그저 그런 것에 불과했다. 동망진은 소설의 속편에 와서야 비로소 일거에 파괴된다. 그러나 그 보이지 않는 기계—수백 명의 강호 협객들을 집어 삼키면서 그들이 철저하게 고분고분한 양민이 되도록 만들었던 그 정치적인 기계—는 여전히 의협·공안 시리즈의 처음과 끝을 관통하고 있다.

청말 작가는 민간의 협객이 조정에 회유·포섭되는 것은 법 위반자와 집행자 사이의 충돌을 해소하는 필수적인 과정이며, 이에 따라 정의와 불의 또한 합리적으로 조정될 가능성이 생겨날 것이라고 믿었던 것 같다. 그렇지만 그들의 창작은 무의식중에 오히려 회유와 포섭이 가져오는, 애초에는 예상하지 못했던 결과를 보여주었다. 20세기말의 소설가들은 전과는 다른 환경 속에서 영웅의 귀순, 호걸의 순종이 보여주는 추악한 면면을 다시금 따져보고 있다. 권력이나 이념의 신하가 되면 부귀영화가 따를 수는 있겠지만 동시에 숙청과 살육도 불러 올 수 있다는 것이다. 그런데 당대소설에서는 심지어 더욱 받아들이기 어려운 운명도 있다. 요행히 죽음을 면한 영웅이 난세에서 구차하게 목숨을 부지하는 것이야말로 차마 과거를 뒤돌아볼 수 없는 진짜 끔찍한 일이라는 것이다.

이제 영웅은 '애도' 말고는 할 게 없다. 그러니 이 시대에 글쓰기를 하고 있는 중국 당대 소설가들이 과거의 시대로 돌아가야만 그의 의협 이야기를 쓸 수 있는 것처럼 보이는 것도 이상한 일이 아니다. 모옌莫言(1955-   )의 《붉은 수수밭 가족紅高梁家族》(1987)은 항일 시기 산둥성 동북부의 농촌을 배경으로 한다. 그의 남녀 주인공은 혁명가도 아니요 무술을 숭상하는 무리도 아니다. 강인한 농민들일 뿐이다. 자연 재해, 국공 내전, 일본의 침략 등 갖가지 액운 속에서 이들 농민들은 타락하여

도적이 되기도 하고 구차하게 되는대로 살아가기도 한다. 그들은 어떻게든 살아갈 뿐만 아니라 심지어는 그럴싸하게 살아가기도 한다. 그들은 자신들만의 법률과 도덕규범을 만들어내고, 기꺼이 목숨 바쳐 이를 수호하고자 한다. 모옌은 화려한 언어와 풍부한 상징으로 이런 농민들을 민간의 영웅으로 묘사하고, 그들의 모험과 애증을 한 자락 한 자락 드라마틱한 이야기로 만들어놓는다. 그렇지만 이 마지막 의협 영웅들조차 결국에는 세월 따라 사라져버린다. 《붉은 수수밭 가족》이 부각시키는 것은 바로 이처럼 그 모든 것은 사라져버리게 마련이라는 망망한 느낌이다. 《붉은 수수밭 가족》의 화자는 가족의 유일한 후손이다. 그는 가족의 드라마를 추억하는 말투로 지금이 옛날보다 못하다는 필연성을 읊조릴 따름이다.

또 한 명의 대륙 작가 장청즈張承志(1948-)는 의협 영웅주의의 흔적과 여운을 지난 세기의 전환기까지 거슬러 올라간다. 장청즈의 중편소설 《서북성 암살기西省暗殺考》(1991)가 주목하는 것은 중국 서북 지역 회교도들이 복수에 집착하는 이야기다. 소설의 주인공은 무슬림 암살대의 소년 킬러로 처음에는 좌종당左宗棠(1812-1885)을 살해하고자 한다. 좌종당이 회족 반란을 진압하면서 학살했던 수천수만의 반역자들을 위해 복수하려는 것이다. 이 젊은 킬러는 수 없이 많은 시도를 하면서 자신의 청춘·결혼·가정 및 그 모든 것을 희생하면서 복수의 대업을 이루기에 몰두한다. 좌종당이 병사한 후 좌종당의 후손이 이제는 이미 나이가 든 킬러의 암살 대상이 된다. 그렇지만 그가 실행에 옮기려는 마지막 순간 갑자기 참으로 상상도 못한 소식이 전해져 온다. 청 제국이 이미 무너졌다는 것이다. 이 소식은 그로 하여금 경악을 금치 못하게 만든다. 그가 암살로써 복수하려는 궁극적인 이유가 일순간에 사라져버리고 말았기 때문이다. 장청즈는 이런 모든 것이 종교적인 광신 탓이라고 말한다. 하지만 그의 서술 방식은 우리로 하여금 고대 협객들의 암

살 이야기를 떠올리게 만든다. 세월은 흐르고 세상사는 바뀐다. 정치와
종교의 신념 위에 이루어졌던 이런 고고한 영웅주의는 현대 세계에 와
서 결국 그런 주인공이 지칠 대로 지쳐서 이러지도 저러지도 못하게끔
만들어버렸다.

마치 모옌과 장청즈의 회고적 정서에 호응이나 하듯이 장다춘의 무
협 이야기 모음《즐거운 도적들歡喜賊》(1990)은 1860,70년대로까지 시
대적 배경을 거슬러 올라간다. 장다춘의 설명에 따르면 이야기가 시작
되던 그 무렵 청나라 조정의 일부 성에서는 이미 그 지역 도적들과 사
이에 묵계가 이루어져 있었다. 이 묵계는 전통적인 의협·공안소설에서
나타나는 그런 것과는 전혀 다르다. 법의 바깥에서 유유자적하다가 어
느 날 갑자기 황제의 졸개가 되는 식이 아니다. 공공연하게 그들에게
'온갖 나쁜 짓을 저질러도 되는' 권력을 부여하는 식이다. 유일한 조건
은 자기 성에서는 사건을 일으키지 않는다는 것이다!《즐거운 도적들》
의 도적들은 '빈틈없이' 이 거래를 진행한다. 무법자들과 (지방) 정부 사
이에 이루어진 이런 새로운 합작 관계는 새로운 상호 기만의 네트워크
를 만들어낸다.

이런 의미에서 말하자면 장다춘은《삼협오의》등 청말 의협·공안소
설을 더욱 급진적으로 조롱한 것이다. 19세기 후반 청말의 의협·공안
소설 작품이 대거 성행하던 바로 그 시절에, 장다춘이 그려낸 허구의
즐거운 도적들은 이미 그들의 행운을 마음껏 누리며 지치지도 않고 이
를 즐겼던 셈이다.《즐거운 도적들》은 마치 우리에게 심지어 의협·공
안소설의 황금시대조차 이미 의협과 공정이라는 규범이 날로 쇠락해가
고 있었다는 점을 일깨워주는 것 같다. 다만 아마도 의협·공안소설은
후진식의 시간 속에서만 그 의미를 발휘할 수 있을 것이다.《삼협오의》
의 시대적 배경은 19세기 후반의 청말이 아니라 어쨌든 11세기 북송 왕
조의 초기였기 때문이다. 장다춘은 근래에 또《도시의 폭력단城邦暴力

團》(2000)을 내놓았다. 과거 강호의 은원이 어떻게 여전히 포스트모던 사회의 맥박을 좌우하고 있으며, 평범한 거리에서조차 곳곳에 여전히 고수들이 겨룬 흔적이 남아있음을 쓰고 있다. 그렇지만 이 소설이 보여주는 것은 옛날처럼 '헤집고' 다니는 것이 아니라 형형색색으로 '숨고' 피하는 것이다. 이에는 정의에 대한 상상의 끝없는 변화와 도피가 포함되어있다.

3
'엄청난 거짓말쟁이'의 출현

1980년대 후기에 가장 매력적인 현상 중 하나는 5·4 이래 이미 규범화되어 있던 리얼리즘에 대한 전복이다. 중국 대륙 및 기타 화문 집단의 작가들은 더 이상 비판적 사실주의와 사회주의적 현실주의에 국한되지 않았다. 그들은 방향을 바꾸어 기존에는 건드리지 않던 소재를 선택하고 폭넓은 문학 형식을 사용하는 새로운 글쓰기를 시작했다. 꼴불견의 장관, 블랙 유머, 괴이한 상상, 황당한 색정 활극 등 기존의 '외침과 방황'이라든가 '눈물이 앞을 가린다'라는 식의 감상적 공식과 반대로 가지 않는 것이 없었다. 현재의 작가들이 부각시키려 하는 것은 냉소적인 웃음소리다. 특히 중국 대륙에서는 이런 카니발식의 창조력이 극좌 사조에 대한 힘 있는 비판이 되었는데, 일찍이 극좌 사조가 30년 동안 중국 문단을 통치하면서 문학과 정치에게 준 깊은 상처는 더 말할 필요가 없을 것이다. 1980년대에 이르러 대륙 작가들은 의식적으로 현실을 비

현실로 바꾸어 놓거나 일상의 사태를 황당하고 우스꽝스러운 현상으로 비틀어놓으면서, 독자들을 확연히 다른 어떤 현실관 속으로 이끌어 들였다.

다만 현실을 그로테스크하게 비틀어 쓰는 이런 방식은 당대 대륙작가들의 독창적인 것만은 아니다. 예컨대 왕전허王禎和(1940-1990)ㆍ황판黃凡(1950-   )ㆍ왕원싱王文興(1939-   ) 등 타이완 작가의 작품에 이미 선례가 있다. 이들 타이완 작가들은 풍자와 욕설, 망상과 익살을 모두 다 가지고 있었다. 1960년대에서 1980년대 초에 이르는 그들의 소설은 이미 한 시대 타이완 독자들로 하여금 곤혹스럽게 만들었다. 또는 몰두하게 만들었다. 그들은 사회와 정치가 변동하는 시국 속에서 '웃음거리'를 가지고서 현실의 새로운 의미를 모색하고 정의했다.[14] 안목이 있다면 이런 전통을 5ㆍ4 이후의 시기로까지 되짚어 가볼 수 있다. 루쉰ㆍ라오서ㆍ장톈이ㆍ우쭈샹吳組緗(1908-1994) 및 첸중수 등의 작품 속에서 그들이 과장적인 인물, 잔인하면서도 우스꽝스러운 행동, 애매모호한 웃음 등을 가지고서 주류 리얼리즘에 대해 도전했던 것을 발견할 수 있다. 이들 작품은 중국 작가들에게 비판적 사실주의 또는 사회주의적 현실주의 외에 모방이 아닌 일종의 패러디를 미학적 토대로 하는 소설의 패러다임을 발전시켜 나갈 수 있는 능력이 있음을 분명히 보여주었다.

다만 당대작가의 작품과 비교해보자면 5ㆍ4 작가 및 그 후계자들의 조소와 풍자는 지나치게 온건한 모습을 보였다. 라오서와 장톈이 등의 작가들은 풍자와 매도를 하면서도 '글로써 도를 밝힌다'라는 사명을 외면할 수는 없었다. 그들은 '시대를 걱정하고 나라를 염려한다'는 생각을 여전히 떨쳐내지 못했다. 어쨌든 기괴함을 내세우는 청말의 그런 서사법을 선택하지는 않았던 것이다. 이에 비해 당대 작가들은 진지한 주제에 대해서 훨씬 경박하고 방정맞다. 그들은 애매모호한 전략으로 민족국가의 상상과 서사 작품 사이의 유대를 해체하고 절묘한 문구를 추구함으로써, 독자들이 안절부절 못하게 함과 동시에 호기심을 금치 못하게 한다. 이 모든 것은 그들이 흡사 청말 견책소설가의 후예인 것처럼 만들어 놓는다. 마치 한 세기를 건너 뛴 다음 마침내 우젠런의 《20년간 내가 목격한 괴이한 일들》, 리보위안의 《관장현형기》 등의 소설이 권토중래한 것 같다.

이미 지적한 바 있다. 중국식 그로테스크 리얼리즘의 가장 대표적인 실천이 바로 청말의 견책소설이다. 5·4 작가들이 수긍하는 '정통' 리얼리즘은 인생의 '재현'을 통해 인생을 개조하겠다고 엄숙하게 맹세한다. 상대적으로 봐서 청말의 그로테스크 리얼리즘의 한 곁줄기는 과장·왜곡 및 심지어 변형을 통해 현실을 새롭게 정의한다. 다만 이런 카니발식 글쓰기는 바흐찐이 (다른 맥락 하에서) 말한 바 필연적으로 사회로 하여금 활력을 회복하게 만들어준다는 것과는 다르다.[4] 이는 아마도 사회가 흘러가는대로 내버려두면서 심드렁함을 낙으로 삼는 풍조를 만들어낼 가능성이 크다. 청말 작가들 역시 현실에 대한 그로테스크 방식의 반영에 긍정적인 잠재력이 없지 않다는 점을 알고는 있었을 것이다. 그러나 그들은 세상의 불합리에 분개하는 문자의 유희 속에서 그들의 감정을 풀어내고자 했다. 이런 의미에서 말하자면 그들이 그로테스크한

---

4) 바흐찐은 '카니발적인 세계 이해'의 본질을 '강렬하게 생동감 넘치며 변형하는 힘이며 다함이 없는 생명력'으로 규정한다. 카니발에서는 계급과 지위와 나이와 소유 등에 따른 모든 위계질서가 파기되고 모든 가치가 전도된다. 또한 모든 법과 금지와 제한이 지양된다. 거기서는 최고의 지상의 힘들과 진리 및 신성까지 웃음의 대상이 된다. 죽음과 탄생을 축하하는 카니발은 무엇보다도 그 수태와 출산의 장소로서, 식사와 배설의 장소로서, 탄생과 성장과 노쇠의 장소로서 육체성과의 연관성을 통해서 구체화된다. 즉 카니발의 말은 무엇보다도 육체인 셈이다. 바흐찐은 육체성과 먹고 마시고 배설하는 것 및 성생활을 민중적인 웃음 문화의 유산으로 이해한다. 그리고 이것을 '독특한 미학적 개념'으로 보고 '그로테스크 사실주의'라고 명명한다. 박건용, 〈미하일 바흐찐의 카니발 이론과 문학의 카니발화〉, 《독어교육》제31권, 한국독어독문학교육학회, 2004, pp. 279-305 참고.

상황을 보여준 것은 일종의 자아 소모적인 수사의 유희가 된다. 가치가 해체되고 질서가 소실된 사회에서는, 사악함이 말끔하게 제거되지도 않을 뿐 아니라 오히려 공공연하게 소란을 피우고 내놓고 과시를 하게 되는 것이다.

당대 중국의 그로테스크 견책소설은 비단 청말 견책소설의 전략을 되풀이할 뿐만 아니라 또한 우리로 하여금 청말 작가가 미처 상상할 수 없었던, 재현을 핵심으로 하는 리얼리즘을 비판하도록 '유혹'한다. 과거 반세기 동안 중국인은 너무나 많은 대참사와 대재난을 겪었다. 짐작컨대 일상생활 속의 기괴함과 혼란이 결코 낯설지 않을 것이다. 괴상한 것을 보아도 괴상하게 여기지 않는다는 말이 있는데, 그와 같은 '괴상한 것'이 이미 어느 정도 통상적 경험의 일부분이 되어 버린 것이다.

1980년대 이후 관리 사회의 악습과 부조리를 폭로하는 것이 대륙 소설의 유형 중 하나가 되었다. 그러다가 근래에 와서 비로소 작가들은 자신의 상상력을 한층 더 향상시켰다. 가장 먼저 머리에 떠오르는 것들은 《단위單位》(1989), 《관리 사회官場》(1989), 《관리官人》(1991) 및 《닭털 같은 나날―地雞毛》(1991) 등 류전윈劉震雲(1958-)의 중장편 소설들이다. 이 소설들에서는 관리 사회의 소인물들이 대거 등장하는데, 음모와 반음모, 비방과 중상, 파벌 싸움, 뇌물과 수뢰, 스캔들 등이 쉴 새 없이 펼쳐지는 게임 속에 자신도 모르게 빠져 들어간다. 그들은 형태와 위치를 바꾸어가며 때로는 적이 되고 때로는 친구가 되는 코미디를 잇달아 연출한다. 류전윈은 풍자와 조롱의 능력을 아낌없이 보여준다. 또 그가 그려내는 인물들이 목적을 달성하기 위해 수단을 가리지 않는 무궁한 에너지에 호기심이 끌리게 만든다. 류전윈의 작품은 우리에게 라오서의 유머소설, 특히 《이혼離婚》을 떠올리게 한다. 그런데 그것들의 연원은, 라오서 역시 비슷한데, 청말의 견책소설까지 거슬러 올라갈 수 있다.

또 다른 예는 장제張潔(1937-)의 중편소설《열기上火》(1992)이다. 사건이 일어나는 장소는 정부 조직의 하나인 '맹 연구협회'이다. 소설은 어릿광대 같은 한 무리의 관료와 학자들이 끊임없이 이권을 놓고 다투는 것을 묘사한다. 이 협회의 창립은 공룡 시대에 이미 멸종된 '맹猛'을 연구하기 위한 것이지만, 조직이 크게 발전하게 되는 주된 동력은 협회 회원들 사이에서 주고받고 돌아가며 벌이는 권력 투쟁이다. 장제는 어쩌면 한 편의 정치 우언을 쓰고자 했을 수 있다. 그런데 여기서 관건은 장제의 이념 비판이 아니다. 관건은 그녀가 모든 가치관을 다 똑같이 보면서 황당하고 우스꽝스럽지 않은 것이 없다고 생각했다는 점이다.

장제가 그려낸 '맹 연구협회'의 회원들은 외형과 심리 등 모든 면에서 정상적인 상태가 아니다. 소설의 주인공은 '맹 연구협회'의 회장직에 대해 경선을 주장하면서도 금방 과부가 된 며느리의 침대에 기어 올라가는 것은 때마다 잊지 않는다. 그런데 후자는 기꺼이 이런 간음을 유지하고자 한다. 첫째는 드센 시어머니를 넘어서기 위해서다. 하지만 그보다 더 중요한 것은 이를 통해 자기 동생이 한 자리를 차지하도록 돕기 위해서다.《20년간 내가 목격한 괴이한 일들》속의 그 유명한 에피소드에서 거우차이는 금방 과부가 된 며느리를 설득하여 상사의 첩이 되게 하고 그 대신 자신은 승진한다. 이와 비교해보자면《열기》속의 며느리는 훨씬 적극적이고 머리가 좋다.

또 일부 작품은 괴이한 현상이 근본적으로 일상생활의 한 부분이라고 본다. 위화余華(1960-)의 작품을 예로 들어보자.《세상사는 연기와 같다世事如煙》,《1986一九八六》,《가랑비속의 외침呼喊與細雨(在細雨中呼喊)》이런 평범한 제목의 작품에서 우리가 보게 되는 것은 하나하나가 모두 광기와 황당함이라는 인생의 장면들이다. 위화는 전통적인 언어 규칙을 비틀고 당연시되던 스토리를 다시 쓴다. 그가 보여주는 세계는 환상 같기도 하고 진실 같기도 하지만 그때마다 사람을 안절부절못하게 만든다. 그의 소설은 신체의 변형·손상·훼손과 문자 형식 자체의 사분오열을 가지고서 갖가지 폭력의 우언을 '연출'한다. 중편소설《어떤 현실現實一種》(1988)이 그 중 가장 좋은 예다. 소설은 한 가정의 우연한 갈등이 초래하는 일련의 모살 사건을 쓴다. 위화는 이 피비린내 나는 가정의 분쟁과 그 경악스러운 결과를 기이하리만치 냉정하게 이야기해 나간다. 이 두 가지 상황 사이의 엄청난 차이에 대해 충격 받지 않을 독자는 거의 없을 것이다. 이야기 속의 가족 구성원들이 상대에게 서로 치욕을 주고, 괴롭히고, 상처를 주는 방법은 그야말로 리보위안의《생지옥活地獄》에서 신체를 학대하는 기괴한 장면들의 재현이나 다름없다.

위화는 중국 대륙의 선봉문학에서 손꼽히는 작가로, 항상 여러 가지 외국산 꼬리표가 따라붙는다. 그러나 그는 의도적으로 또는 비의도적으로 중국 전통의 어두운 면을 다시 썼다. 위화의 삶에 대한 음울한 관념, 언어에 대한 잔혹한 해체, 정신적 관능 증상에 대한 집착 등은 중국인이라면 습관이 되어 아무렇지도 않게 느끼는 그런 어떤 상황들을 폭로한다. 그런데 위화는 그의 소설이 '어떤 현실'에 불과하며 아무 것도 일어나지 않은 이야기일 뿐이라고 강조한다.

중국 당대소설이 보여주는 경박함과 시들함은 사실 선배 작품들의 엄숙하고 진지한 모습과 동등하게 대해야 한다. 어떤 시각에서 보자면 그것은 포스트모던한 다중 매체 세계에 살고 있는 당대 작가들의 문학의 입장에 대한 자아 풍자적인 사고를 반영하는 것이다. 그러나 또 다른 시각에서 보자면 이들 작가가 '중국을 희롱/해체'(flirtation with China)하는 행위는 다변적인 정치 환경에 직면하여 전략적으로 다시 자리매김하려는 시도를 노출한 것이기도 하다. 참을 수 없이 '가벼운' 이런 작품들을 통해서 작가들은 검열 시스템을 희롱하거나 도발하기도 하고, 민족이나 국가라는 대의를 자극한다. 그리고 그들은 이를 빌어 독자와 자신들을 '시대를 걱정하고 나라를 염려한다'는 구습에서 해방시킨다. — 설령 이런 구원이 얼마나 일시적인 현상이든 간에.

우리는 전적으로 당대작가들이 상업주의를 추구하고 역사감이 결핍되어 있는 것에 대해 개탄하고 비판할 수 있다. 다만 눈썹을 치켜세우고 눈을 부라리기 전에 청말 소설의 애매했던 상황을 다시 한 번 성찰해보는 것도 무방할 것이다. 그 시절에는 '도덕적 정확성' 또는 '정치적 정확성'이 이미 다 간파되어 그다지 신기한 방법도 아니었다. 청말 시대에는 또 하나의 특징이 있었다. 작가들은 소설을 빌어서 대도리를 논하기도 하고 독자에게 추파를 던지기도 했다. 또 사회의 불공정과 불의를 고발하기도 하고 또 이를 이용해서 큰 이익을 취하기도 했다. 20세기말 타이완의 장다춘과 대륙의 왕숴王朔(1958-) 이 두 작가의 일부 작품이 이에 비견될 만하다.

장다춘의 소설 《엄청난 거짓말쟁이大說謊家》(1990)에 들어있는 그 교활하면서도 해학적인 부분들은 수많은 타이완 독자들이 눈만 휘둥그레 뜬 채 말문이 막히게 만들 정도였다. 이 소설은 처음 저녁 신문인 《중시만보中時晚報》에 연재되었다. 그 내용은 매일 아침 신문이 그때 막 일어난 사건을 보도한 것을 다시 고쳐 쓴 것이었다. 장다춘은 전혀 상관없는 이야기들 사이에서 기기묘묘한 실마리를 찾아 자기 마음대로 서로 연결시킨다. 'B급' 탐정소설의 모든 요소들이 있을 만한 것은 모두 다 있다. 장다춘은 아침 뉴스를 저녁 소설로 바꾸어 놓으면서, 이를 통해 한편으로는 뉴스 보도의 진실성 원칙을 뒤엎어놓고, 다른 한편으로는 서사 행위의 유기적 구조에 의문을 제기한다. 일단 소설의 실제 글쓰기가 매일 발생하는 우연하면서도 진실한 사건이라야 했다. 이 때문에 '현재'를 기록하는 갖가지 노력의 취약성은 물론이고 역사의 이해란 그와 동시에 역사에 의해 뒤얽히게 되는 온갖 몸부림이라는 사실을 장다춘이 분명히 드러내준 것이다. 《엄청난 거짓말쟁이》의 글쓰기 형식(탐정소설 및 뉴스 개작이라는 패러디)이 보여준 바로 그것처럼, 그 모든 궁극적인 의미에 대한 이 소설의 조롱과 비판이 나타내는 것은 다른 게 아니다. 그것은 지식 내지 진리(진실, 진상)라는 시각의 혼란이었다. 물론 비평가들은 장다춘의 갖가지 포스트모던적인 수법을 논할 수 있다. 그러나 나는 그 속에서 정말 작가가 센세이션 효과를 노릴 때와 같은 계산법을 발견하게 된다. 그 아래에 내재되어 있는 것은 오히려 모든 제재 — 민족의 위기에서부터 개인의 스캔들에 이르기까지 — 에 대한 허무감과 초조감이다.

장다춘과 필적하기에 충분한 것이 왕숴의 '건달소설痞子小說'이다. 왕숴는 대륙의 포스트 신시기의 갖가지 현상을 써서 엄청난 호응을 받았다. 그의 소설과 영상 작품은 그 나름의 스타일을 가지고 있으며, 당대 문화의 퇴폐와 천박함의 표상으로 간주된다. 하지만 왕숴의 작품은 익살을 부린 것이라기보다는 독창적인 수완으로 실사구시한 것이라고 해야 한다. 왕숴는 누차 그의 글쓰기가 독자를 즐겁게 만들기 위한 것이자 이에 겸하여 돈을 벌기 위한 것이라고 말한 바 있다.

왕숴의 소설은 '엄숙한' 비평가들이 회피해서는 안 되는 문제들을 건드리고 있다. 예컨대 문학의 시장 가치, 세속적 취미 및 지속 불가능한 그 소비성, 그리고 가장 중요한 점인데, 진정으로 '인민'·'대중'을 대상으로 하는 문학의 생산 등등이다. 그의 《진지함이라곤 없어一點正經沒有》(1989) 첫 부분을 읽어보면 아마도 회심의 미소를 짓지 않는 독자는 없을 것이다. 이 부분의 정점은 네 명의 이류 작가가 마작판을 둘러싸고 앉아 어떻게 하면 '시대를 걱정하고 나라를 염려한다'는 문학을 이용해서 큰 이익을 취할 것인가를 거창하게 늘어놓는 것으로, 그야말로 체통이라곤 조금도 없이 이러니저러니 떠들어댄다.

4
'신중국'에 대한 상상

　　나는 중국 당대의 공상과학·기담소설에 대한 고찰로 마무리하고자한다. 앞에서 검토한 다른 세 가지 장르와 비교해볼 때 공상과학·기담소설의 시장 효과는 훨씬 작다. 하지만 그것은 제법 많은 수의 작가와독자들을 끌어들이고 있으며, 그들의 창조력과 열정은 낮게 평가되어서는 안 된다. 과학이라는 단어는 중국 '현대' 지식계의 주요 구호 중 하나다. 하지만 5·4의 문학 전통은 지금껏 공상과학·기담소설이라는 이장르를 제대로 살펴본 적이 없다. 청말에는 한 차례 작가들이 공상과학·기담소설을 쓰고 번역하는 광풍이 분 적이 있었다. 이들 공상과학 작가들은 역사에 대한 탄식에서 출발하여 미래에 대한 동경으로 마감했다. 그들은 중국과 서양의 공상과학의 신비롭고 기이한 전통 속에서 한가닥 새로운 소설의 노선을 모색했다. 그리고 이런 [국운을 만회하고자]'하늘을 떠받치려는' 의지는 전혀 바뀐 적이 없다. 량치차오·우젠런·루쉰 등 중요 작가들은 모두 다 스스로 붓을 들었다. 자기 자신의 공상과학·기담소설을 창작하기도 했고, 유럽의 성공작을 번역하기도 했다.그런데 이런 소설이 5·4 이후 갑자기 가라앉아 버렸다. 라오서의《고양이의 도시貓城記》, 선충원의《앨리스의 중국 여행기阿麗思中國遊記》등몇몇을 제외하고 나면 문단은 대략 리얼리즘의 천하가 되어 버렸다.

　　그렇지만 이런 상황이 꼭 중국 현대소설에서 공상과학·기담소설이완전히 사라져버렸음을 의미하는 것은 아니다. 독일학자 루돌프 바그너와 타이완 학자 황하이黃海(1943-)가 이미 지적한 바 있다. 1950년대중엽에서 1960년대 초까지 '과학을 향한 전진' 운동의 일부분으로서 공상과학소설이 대륙에서 반짝 성행했다가 사라진 적이 있었다.[15] 이 장르의 계보는 또 1930년대 말과 1940년대 대중과학 간행물인《태백太白》으로 거슬러 올라가볼 수도 있다. 이 잡지에는 러시아의 공상과학 작품의 중국어 번역본 및 좌익 진영 또는 우익 진영의 창작품이 게재되었다.[16]

1970년대 후기 4인방이 타도된 후 공상과학소설이 다시 한동안 유행했다. 바그너가 말한 것처럼 그것은 '로비 문학'(lobby literature)이라는 새로운 역할을 담당했다. 문학작품으로서 그것은 "미래를 망상하는 방식으로 과학자의 원대한 포부를 보여주며, 과학자의 바람이 이루어지는 순간 그들은 사회에 더욱 큰 공헌을 하게 될 것임을 묘사한다."[17] 하지만 식자들은 더 나아가서 이렇게 주장할 수도 있을 것이다. '로비문학'으로서 공상과학소설은 중화인민공화국 건국 이후 계속해서 한 자리를 차지해왔다. 건국 초기의 소설 작품은 사회주의적 리얼리즘, 혁명적 리얼리즘, 혁명적 낭만주의 등 무엇이라고 불렸거나 간에 사실상 모두다 일종의 '과학'적인 공상으로 간주될 수 있다. 그것들이 말하는 바는 각종 과학은 마르크스/마오쩌둥 사상이라는 '과학'(혹은 진리)으로 승화되었다는 이야기, 사회주의 유토피아는 미래에 반드시 실현될 것이라는 이야기였다. 비록 그 '미래'는 쳐다만 보고 만져볼 수는 없는 그런 것이기는 했지만.

만일 1980년대 초의 공상과학소설이 (더 나은) 정치와 사상의 미래를 예언하는 방면에서 '로비 문학'의 역할을 담당했다고 한다면, 1990년대의 공상과학소설은 상당히 모호한 방향을 보여준다. 전망 내지 회고에서 타이완과 대륙의 작가들은 어지럽게 모순적인 신호를 발한다. 그들은 정치의 향방에 관심을 기울이면서 거침없이 상상을 펼치는데 종종 이전 사람을 능가한다. 그들은 중국이 어떻게 기적처럼 소생될 것인지 또는 어떻게 영원히 파멸될 것인지를 상상하고, 대륙이 장차 핵폭발 이후 황무지가 되어버린다거나 또는 새로운 '황인종 재앙'을 일으키는 주도자가 될 것이라고 예언한다. 그들은 이런 것들을 빌어 서로 다른 시공간을 창조하고, 중화민족의 미래의 가능성을 상상한다. 그들의 노력은 사실 그리 낯선 것이 아니다. 그들은 바로 청말 공상과학·기담소설, 예컨대 량치차오의 《신중국 미래기》, 벽하관주인碧荷館主人(? - ?)의 《신기원》의 패러다임을 이으면서 이 장르의 새로운 영토를 탐색하고 있는 것이다.

청말 작가와 유사하게 유토피아와 디스토피아는 여전히 중국 당대 공상과학·기담 작가가 총애하는 하위 장르이다. 이들 작가는 타이완이나 대륙의 미래에 대한 상상을 통해서 그들의 정치적 초조감 또는 욕망을 표출한다. 예컨대 야오자원姚嘉文(1938-   )의 《타이완해협 1999台海一九九九》(1992)는 곧 20세기말 타이완에 관한 예언이다.

야오자원은 '타이완 독립' 주장의 전문가다. 그가 《타이완해협 1999》를 쓴 의도는 불을 보듯 뻔하다. ─ 타이완의 미래를 위해 이상적인 청사진을 그려내는 것이다. 이런 방식으로 야오자원은 현대 중국 초기의 문학 패러다임을 이어받는다. 예컨대 1902년에 량치차오는 60년 후인 1962년의 '신중국의 미래'의 번영과 성황을 썼다. 그것은 세계라는 숲속에서 다시 한 번 우뚝 솟아있는 모범 국가로, 공업 상업 군사 등 강하지 않은 것이 없으며, 모든 일이 다 흥하고 뭇 나라가 다 머리를 조아리는 나라다. 그것은 입헌군주제를 실현하고 세계 최고의 권력을 가지게 된다. 량치차오와 야오자원의 역사 다시 쓰기의 열망, 민족 부흥의 갈망은 상당히 유사한 면이 있다. 서양 공상과학소설에 익숙한 독자들이라면 그들의 소설이 비록 미래에 주목하고 있지만 과학 내지 공상의 요소가 결여되어 있다고 불만스러워 할 것이다. 그러나 그 두 사람이 모두 중도에 시작한 소설가이다보니 그들이 정치라는 '과학'에만 열중하면서 자연스럽게 다른 모든 것들을 넘어서버렸을 것이다. 그런데 만일 야오자원의 소설이 단지 량치차오의 《신중국 미래기》의 서사 수법을 되풀이한 것이라고 한다면, 그의 정치적 상상은 어쨌든 간에 중국이라는 맥락 속에서만 성립할 수 있는 것이 된다. 따라서 식자들은 미소를 금치 못할 것이다. 그가 의식적으로 만들어낸 타이완 주체는 그럼에도 불구하고 여전히 중국의 일부가 아니겠는가?

　대륙작가 량샤오성梁曉聲(1952-　)은 청말의 사회 정치와 공상과학·기담소설의 더욱 어두운 면을 다시금 포착한다. 량샤오성의《떠다니는 도시浮城》(1992)는 중국 동남부의 초거대 도시(상하이?)가 어느 해 헐거워지기 시작하더니 마침내 신비하게도 대륙과 분리되고 만다는 것을 쓴다. 떠다니는 도시에는 부박한 주민들로 가득 차 있다. 그러므로 도시가 섬이 된다는 기이한 현상은 사람들의 마음이 부침한 결과라고 아니할 수 없다. 떠다니는 도시는 동쪽으로 흘러가서 일본의 공포를 불러일으키고, 다시 더 동쪽으로 흘러가는데 아마 아메리카를 향해 가는 듯하다. 그것은 바다 위를 떠돌아다니는 동안 일련의 위기를 겪게 된다. 흡사 히치콕의 영화《새》에서 튀어나온 것 같은 괴상한 새들의 공격을 받는 것도 있다. 비록 앞날은 알 수 없지만 떠다니는 섬의 주민들은 이런 변고에도 태연자약하다. 그들은 하루도 쉴 날이 없이 암투를 벌이고 나쁜 짓을 일삼는다.

　당대 생활에 대한《떠다니는 도시》의 풍자에는 라오서의《고양이의 도시》의 흔적이 보인다.《고양이의 도시》는 한 조종사가 완전 붕괴 직전인 고양이 나라에 가는 것을 쓴 것으로, 대단히 뛰어난 정치적 우언이었다. 다만 량샤오성의 소설은 그보다는 예컨대 류어의《라오찬 여행기》와 첫 부분에서 디스토피아를 묘사한 쩡푸의《얼해화》등 청말 소설에 더욱 가깝다. 류어는《라오찬 여행기》의 서두에서 이렇게 서술했다. 머잖아 거대한 배가 침몰할 판인데, 배에 탄 선원들과 승객들은 끝없이 다투기만 하다가 오히려 의기투합하여 그들이 구조될 수 있는 유일한 희망이었던 라오찬을 바다에 내던져버리고 만다는 것이다.《얼해화》는 노락도[노예의 낙원 섬]에 사는 주민들이 비참한 운명에 마주하고서도 여전히 눈앞의 즐거움만 찾는 모습을 소개했다.

말세론적인 예언과 정치적인 풍자를 융합하고, 재난식의 공상과학소설과 전쟁 서사시를 결합하는 것은 최근 중문소설 중 공상과학·기담소설 유형의 하나라고 볼 수 있다. 일찍이 1910년대에 벽하관주인의 《신기원》이 이미 중국이 일으킨 한 차례 세계대전을 그려낸 적이 있다. 《신기원》은 중국을 군사와 과학 기술의 초강대국으로 묘사하면서 《신중국 미래기》의 계시록적인 비전을 새로운 정점으로 올려놓았다. 그런데 이는 당시 중국의 실제 상황과는 전적으로 상반되는 것이었다.

타이완의 유명 작가 핑루平路(1953-   )의 〈타이완 기적台灣奇蹟〉(1990)은 '타이완 기적'이라고 명명된 무서운 '바이러스'가 미국을 강타하는 공상을 묘사하고 있다. 이 바이러스는 위력이 얼마나 막강한지 미국인을 탐욕적이고 부패하고 잔혹한 사람들로 변하게 만든다. 타이완 사람들이 하는 행동 그대로이다. 더 나아가서 이 바이러스의 위력은 아래 몇 가지 방면으로 표출된다. 선거와 폭력·뇌물이 결합된 새로운 형태의 민주 체제, 기회주의적이고 탐욕 숭배적인 신앙과 종교, 중국 음식과 금융 투기에 대한 물릴 줄 모르는 욕망이 초기 증상인 일종의 유행병, 미국의 기후 양상과 농업 형태에 급격한 변화를 초래할 수 있는 생태적인 변이 등등.

〈타이완 기적〉은 미국을 사건 발생의 장소로 하여 세계가 타이완화되는 기적을 공상한다. 증시의 광풍에서부터 정계의 술수까지, 매춘과 도박에서부터 자만과 망동에 이르기까지, 그야말로 한 순간에 전지구에 유행하고 확산되니 참으로 장관이로구나였다. 핑루의 의도는 물론 타이완의 졸부식 모습을 보여주려는 것이다. 그런데 안타까움이 없지 않은 마음으로 어느 날엔가는 국제 정치에서의 한 약자에게 기적이 일어나기를 환상하는 것을 드러낸 것이기도 하다. 핑루의 소설 속에서 타이완은 오랜 세월 그 정치적 합법성이 부정되어 왔지만 이제는 실로 시대에 어울리지 않는 방식으로 세계라는 무대에 등장하여 기막힌 드라마를 연출하게 된다. 타이완은 자기 자신과 세계를 폄하하고 분열시키는 방식으로 세계를 주재한다. 부패라도 상관없고 음모라도 상관없다. 타이완은 마침내 세계의 질서를 재편성하는 우두머리가 된다. 그렇지만 '타이완 기적'은 공상의 승리에 불과하다. 스스로의 가치를 낮추는 방식으로 타이완의 긍지를 되찾고자 하는 것은 아Q의 논리를 떠올리게 만든다. — 굴욕을 '정신적 승리'로 바꾸는 바로 그 사고방식 말이다.

중국 당대의 공상과학소설을 논하자면 장시궈張系國(1944-   )의 작품을 거론하지 않을 수 없다. 다양한 재능을 가진 이 해외 화문작가는 홍콩, 타이완 그리고 해외 화문 독자들 사이에서 널리 사랑을 받고 있다. 장시궈는 컴퓨터공학 교수다. 하지만 소설에서, 특히 공상과학·기담소설에서 그는 제 2의 천분을 발휘하고 있다. 오랜 세월 장시궈는 '중국풍'의 공상과학을 창작하고자 노력하고 있는데,《다섯 개의 옥 디스크五玉碟》,《드래곤 시티의 장수들龍城飛將》,《깃털一羽毛》(1981-1991)의《시티城》3부작이 바로 이런 시도를 대표하는 성과다.

장시궈의 3부작은 슈퍼 G 항성계의 리콜 월드의 사우론 시티를 배경으로 한다. 이 도시는 거대하면서도 계속 자라나는 동상으로 유명하다. 동상의 모습은 사우론 시티의 통치자에 따라 달라진다. 4천년 동안 정치가·반군·다른 별의 종족이 이 동상을 차지하려고 끊임없이 전쟁을 벌인다. 동상의 숭배자·뱀 인간·표범 인간 그리고 리콜 월드 주민들이 사우론 시티 때문에 새로운 싸움에 휘말려 들어가면서 결국 제 4차 우주전쟁이 발발하게 된다. 이 전쟁의 정점은 뜻밖에도 이 거대한 동상이 신비롭게도 무시무시한 뱀장어 인간이 부리는 용 모습의 우주선에 의해 증발되어 사라져버린다는 것이다.

이는 단지 장시궈 소설의 시작일 뿐이다. 3부작의 다음 부분에서 그

무시무시한 동상이 다시 출현한다. 심지어 더 빠른 속도로 자라나면서 도시 안팎을 이리저리 꿰뚫는다. 그것은 쉼도 없고 끝도 없는 음모, 전쟁, 혁명을 초래한다. 독자들이 이 동상의 우언적 의미를 파악하는 것은 그리 어려운 일은 아니다. 그러나 독자들을 더욱 빠져들게 하는 것은 장시궈가 자신이 묘사하는 정치적 우화를 복잡하게 얽혀있는 서사 속에 끼워 맞춰 넣었기 때문이다. 이 서사가 담고 있는 소재의 원천은 대단히 광범위하다. 서양의 우주전쟁에 대한 공상도 들어있는가 하면 중국 고대의 의협 신괴 소설·역사 전기 및 군사 연의의 특징도 들어있다. 《시티》 3부작은 중국 현당대 소설에서 그것만의 독특한 면을 보여주었다고 하겠다. 그것이 독자를 이끌고 들어간 세계는 참으로 요란하고 비범한 것이다. 협객과 지사가 다른 별의 생물과 조우하고, 역사 유구한 마술과 당대의 슈퍼 컴퓨터화된 기계가 서로 경쟁한다. 그런데 식견 있는 사람이라면 19세기 중엽의 유만춘俞萬春(1794-1849)의 《탕구지》로부터 어렴풋이 그것과 상응하는 패러다임을 찾아낼 수 있을 것이다. 그의 소설은 역사 서사시와 같은 배경을 바탕으로 현대의 군사 과학 기술과 고대의 신과 마귀의 법술을 하나로 합치고자 한다.[18] 《탕구지》의 군주에게 충성한다는 사상은 본받을 만한 것은 아니다.[19] 그러나 19세기 서양의 과학 담론을 12세기에 일어났던 군사 드라마로 끌고 들어감으로써 중국의 신과 마귀에 대한 상상의 '내적 폭발'을 예고했다. 이외에 소설의 노골적인 연대의 오기 역시 중국 소설의 시간과 서사 시각의 재조합을 암시했다.

장시궈는 《시티》 3부작의 후기에서 그의 창작 동기를 언급했는데, 일종의 깊이 침전된 역사에 대한 관심에서 출발했다고 한다. 태평천국의 자취, 특히 익왕 석달개石達開(1831-1863)의 부침은 그가 가장 집중하는 인물과 사건의 하나였다.[20] 장시궈가 자신의 공상과학·기담소설을 19세기 중엽이라는 역사적 시야 속에 위치시켰던 것은 단순히 우연한 일은 아니다. 바로 그 무렵 '현대성'이 그 첫 번째 신호들을 중국의 역사적 격동 및 이런 역사적 격동을 묘사한 문학 작품 속에 깊이 새겨두었던 것이다. 장시궈의 미래주의식 공상과학 작품은 어쩌면 중국의 신과 마귀에 대한 상상 중에 이미 잊혀져버린 원천을 되살려낸 것이다. 비록 이야기의 배경은 아주 먼 미래로 설정해두었지만《시티》3부작의 시공간적 맥락은 사실 태평천국의 시대와 그리 멀리 떨어진 것은 아니다. 바로 그 시대에 외국의 신앙과 기술, 유토피아와 디스토피아의 사상, 개량파와 혁명파의 충돌 등으로 요동치면서 장차 중국을 새것과 변화를 추구하는 한 바탕의 고단한 여정으로 인도할 것이었다.

나는 대륙·타이완·홍콩 및 해외 작품을 예로 들어 중국 당대소설 발전의 네 가지 길 — 환락가소설, 그로테스크한 견책소설, (반)영웅소설 및 공상과학·기담소설을 검토했다. 이를 통해 나는 또 현대성의 네 가지 담론 — 욕망, 정의, 가치, 진리(지식)를 언급했다. 나의 결론은 이 네 가지 소설이 비록 새롭고 기이하기는 하지만 그 차원과 담론은 청말 시대에 이미 단초를 보이기 시작했다는 것이다.

첫째, 중국 당대작가는 욕망과 성애의 영역을 탐구함으로써 일종의 새로운 환락가 담론을 발전시켰다. 그것이 언급하는 상상의 영역은 오랫동안 줄곧 중국문학 현대화의 진전과 부합하지 않거나 무관한 것으로 간주되어 왔다. 신환락가소설은 환락에 도취된 사회와 사치하고 부패된 문명을 묘사하면서 청말 환락가 담론에 호응하고 있다. 그러면서 자기 시대의 윤리적(또는 비윤리적) 특징에 대해서도 제법 자기 파악 능력을 보여준다. 그것은 전통적 욕망과 그 억압 기제의 범주를 분명히 드러냄과 동시에 하나의 새롭고 더욱 광범위한 사회와 문학의 공간을 그려낸다. 그곳에서는 욕망의 정치와 정치의 욕망이 서로 교차하고 있다. 그것은 갖가지 담론을 건드리면서 글자 사이에서 욕망이 넘쳐나도록 만든다. 이에 따라 그것의 포스트모던한 의미는 이미 부르기만 해도 뛰쳐나올 것처럼 선명하다.

둘째, 중국 당대작가들은 소설의 형식을 빌어 정의와 질서를 탐구하고, 청말 의협·공안소설과 다시 대화 관계를 시작했다. 청말의 의협·공안소설은 비록 기성의 권위를 긍정하기는 했지만 그러면서도 또 하나의 잠재적인 텍스트를 포함하고 있었다. 이 잠재적인 텍스트는 공과 사, 죄와 벌의 적절성에 대해 질문을 던지면서 이를 통해 정의의 담론을 와해시킨다. 5·4 이후 많은 현대 작가들은 글쓰기와 혁명 계몽의 논리를 결합시키면서 붓과 칼을 동전의 양면처럼 간주했다. 그러나 그들은 이런 사명을 이행하면서 사실은 의도적 또는 비의도적으로 청말 의협소설의 보수적인 이상주의를 되풀이했다. 상대적으로 볼 때 당대작가들은 정치적 정의와 시학적 정의의 허망함을 간파했고, 이에 따라 청말 의협·공안소설의 잠재적 텍스트 속에서 그 어두컴컴하면서도 더욱 급진적인 차원을 보여준다. 이들 작가는 다시 한 번 문자와 정의의 변증법적인 문제를 건드린다. 비록 그들은 이런 변증법에 대해 이제 더 이상 경솔하게 결론을 내리지는 않지만.

셋째, 현실을 전면적으로 서술하려고 노력하는 가운데 중국 당대작가들은 한 가지 역설에 대처해야 했다. ― 기괴한 세상의 기이한 이야기라는 방식이라야 비로소 그들의 재현 의도를 충분히 펼칠 수 있다는 것이다. 5·4식의 리얼리즘으로는 더 이상 중국 역사 속에 내재되어 있는 공포와 상해를 포착해낼 수가 없다. 그것은 이미 그 자신이 아마도 공포와 상해를 야기할 수 있는 공모적인 관계에 있다는 점을 드러냈기 때문이다. 청말의 그로테스크한 견책소설은 쉴 새 없이 '괴현상'과 '요괴'를 나열하면서 대담하게 기존의 가치 관념을 역전시켜놓았다. 그들은 애매모호한 웃음을 날리며 현실을 '반영'하기도 하고 '반박'하기도 했다. 이런 전략은 세기말에 다시 한 번 역사의 표면으로 떠올라서 당대작가들이 현실을 해체하는 갖가지 실험을 하도록 촉진했다. 이들 세기말의 작가들은 '중국을 희롱/해체'하고 있는 것이지 '시대를 걱정하고 나라를 염려'하고 있는 것은 아니다. 따라서 그들은 현실 환경과 소통할 수 있는 전략 중의 한 가지를 찾아낸 것이다.

넷째, 중국 당대작가들은 '포스트 역사'의 시대에서 서사 행위에 종사하며 역사 자체에 대한 공상을 통해서 역사를 이해하려고 시도하고 있다. 그들은 공상과학·기담소설을 빌어서 과거를 다시 탐방하고 미래를 예측한다. 중국 현대소설의 리얼리즘 주류와는 달리 상대적으로 이런 공상의 경향은 흡사 한 바퀴 빙 에돌아서 우리를 재차 한 세기 전의 기점으로 되돌려놓는 것 같다. 즉 중국 현대문학의 청말 시기 선구자들이 일찍이 유토피아와 디스토피아라는 구조 또는 공상식의 모험 및 미래주의적인 조우를 빌어서 신중국의 미래를 상상하던 곳으로 되돌려놓는 것 같다. 만일 청말의 선구자들이 중국을 떠받든다는 명분을 문학 사업의 궁극적 목표로 삼았다고 한다면, 당대작가들은 이와 다소 다르다. 그들은 정치와 과학에서의 선견지명을 해체함으로써 신중국의 미래를 다채롭고 풍부한 모습으로 디자인하려고 시도한다.

이런 모든 네 가지 방향성은 5·4를 전범으로 하는 중국 현대문학 전통을 겨냥하고 있으며, 그것의 속박―모방을 주요 취지로 삼는 리얼리즘적 법칙, 리비도(libido)라는 본능적 욕망을 광신적 이념으로 바꾸어놓는 충동, 글쓰기와 혁명의 결합, 그리고 개인의 꿈과 환상을 희생의 대가로 하는 역사와 진리에 대한 강요 등―을 폭로하고 있다.

나는 이러한 새로운 방향성의 계보를 청말로 거슬러 올라갔다. 이와 관련해서 나는 세기의 교차기에 있는 중국 소설의 특성에 대해 그 어떤 선험적인 관점을 제시할 생각도 없고, 두 말할 나위도 없이 옳은 길을 가르쳐준다거나 앞길을 일러준다거나 할 생각도 없다. 나의 목적은 청말 소설의 억압된 현대성 및 그것들이 20세기말의 소설이라는 이 장르에 남겨놓은 흔적을 탐사함으로써 중국 현대문학의 시야를 확장하는 데 있다. 얼마나 간략하든 간에 이런 탐색이 나 개인의 행복한 놀라움을 충분히 전달해주었기를 희망한다. 세기의 교차기에 서서 문득 되돌아보게 되면 그 어떤 독자들도 깨달을 수 있을 것이다. 중국문학은 자아를 다시 발견하고 모든 목소리가 다 전해질 수 있는 출발점에 서 있다. 마치 사라져가는 20세기가 마지막 순간에 이르러 그 고통스런 실험 중에서 마침내 깨닫게 된 것 같다. 소위 전반적인 혁명이라든가 완벽한 새 출발은 불필요하다. 중국문학은 나날이 새로워지는 과정에 이미 들어서 있었으며, 이제 다시금 그 발걸음을 시작하고 있다.

[1] 고대의 서정 전통에 근거하여 중국 현대 산문 서사 작가의 주관적 경향에 대해 깊이있게 계보 연구를 행한 저술로는 Jaroslav Průšek, "Subjectivism and Individualism in Modern Chinese Literature"와 "The Changing Role of the Narrator in Chinese Novels at the Beginning of the Twentieth Century", in Leo Ou-fan Lee, ed., *The Lyrical and the Epic, Studies of Modern Chinese Literature*, (Bloomington: Indiana University Press, 1980), pp. 1-28, 110-120을 참고하기 바란다. 또 夏志淸, 〈感時憂國〉("Obsession with China")도 참고하기 바란다. 이 글에서 샤즈칭은 5·4 및 5·4 이후의 작가의 정치 의식을 《라오찬 여행기》등 청말의 소설 작품까지 추적해간다. 자로슬라브 프루셱과 샤즈칭 외에 V. I. Semanov의 창의적인 저작인 *Lu Hsun and His Predecessors*, Trans. Charles J. Alber, (White Plains, N. Y.: M. E. Sharpe, 1980)에 대해서도 경의를 표해야 할 것이다.

[2] 자로슬라브 프루셱의 제자인 Milena Dolezelova-Velingerova는 1980년에 *The Chinese Novel at the Turn of the Century*, (Toronto: U of Toronto P, 1980)을 엮었다.

[3] Benjamin Schwartz, Paul Cohen, Hao Chang, *Liang Ch'i-ch'ao and Chinese Intellectual in Crisis, 1890-1907*, (Cambridge, MA: Harvard University Press, 1971)를 참고하기 바란다.

[4] 펑샤오옌彭小妍(1952-)의 최근 연구, 예컨대 Peng Hsiao-yen, "Eros and Self-liberation: The Notorious Dr. Sex and May Fourth Fiction," in Peng Hsiao-yen, *Utopian Yearning and the Novelistic Form: A Study of May Fourth Fiction*, (Taipei: Academia Sinica, Institute of Literature and Philosophy, 1993), pp. 96-114를 참고하기 바란다.

[5] 사오쉰메이 스스로 중국 현대의 댄디(dandy)라고 표방했던 것에 대한 연구는 李歐梵, 〈漫談現代中國文學中的"頹廢"〉, 《今天》總第二十三期(1993年第四期), pp. 26-51을 참고하기 바란다.

[6] 詹宏志, 〈一種老去的聲音 — 讀朱天文的〈世紀末的華麗〉〉, 朱天文, 《世紀末的華麗》, (台北: 遠流出版社, 1990), p. 11.

[7] David Der-wei Wang, *Fin-de-siècle Splendor: Repressed Modernities of Late Qing Fiction, 1849-1911*, (Stanford: Stanford University Press, 1997)

[8] 王德威, 《被壓抑的現代性 — 晩淸小說新論》, (北京: 北京大學出版社,

2005.05), 第5章의 검토를 참고하기 바란다.

[9] 이런 작품으로는 최소한 황비윈의 《그녀는 여자, 나도 여자她是女子, 我也是女子》(1994), 추먀오진邱妙津(1969-1995)의 《악어 노트鱷魚手記》(1995), 천쉐 陳雪(1970-)의 《악녀서惡女書》(1995), 훙링洪淩(1971-)의 《우주 오디세이宇宙奧德賽》(1995), 지다웨이의 《감관 세계感官世界》(1995) 등을 포함한다.

[10] 예를 들면, 吳亮, 《城鎮, 文人和舊小說 — 關於賈平凹的〈廢都〉》, 《聯合文學》第十卷第六期, 台北: 聯合文學出版社, 1994年4月, pp. 95-96을 참고하기 바란다.

[11] 류빈옌은 《사람과 요괴 사이人妖之間》등의 조사보고를 통해 대담하게 관료기구의 수뢰와 같은 부패 상황을 폭로했다. 이 때문에 독자들은 그를 포청천에 빗대어 '류청천'이라고 칭송했다. 劉賓雁, 《人妖之間》, (香港: 亞洲出版社, 1985), p. 323의 〈발문跋〉을 참고하기 바란다.

[12] Marston Anderson, *The Limits of Realism: Chinese Fiction in the Revolutionary Period*, (Berkeley: University of California Press, 1990), chap. 5.

[13] David Der-wei Wang, "Crime or Punishment? On the Forensic Discourse of Modern Chinese Literature," paper presented at the conference "Becoming Chinese: China's Passages to Modernity and Beyond," University of California at Berkeley, June 2-6, 1995를 참고하기 바란다.

[14] 1960년대에서 1980년대 타이완소설이 웃음 속으로 휩쓸려들어간 것의 정치적 함의에 관한 상세한 검토에 대해서는 필자의 논문인 David Der-wei Wang, "Radical Laughter: Lao She and His Taiwan Successors," in Howard Goldblatt, ed., *Worlds Apart*, (Armonk, N. Y.: M. E. Sharpe, 1990), pp. 235-256을 참고하기 바란다.

[15] Rudolf G. Wagner, "Lobby Literature: The Archaeology and Present Functions of Science Fiction in China," in Jeffrey C. Kinkley, ed., *After Mao: Chinese Literature and Society, 1978-1981*, (Cambridge, Mass.: Harvard University Press, 1985), p. 37 및 黃海, 〈兩岸"想象力"的角力 — 台灣與大陸科幻小說的回顧與反思〉, 《中時晚報·時代副刊》, 第十五版, 1993年5月11日.

[16] Rudolf G. Wagner, "Lobby Literature: The Archaeology and Present Functions of Science Fiction in China," in Jeffrey C. Kinkley, ed., *After Mao: Chinese Literature and Society, 1978-1981*, (Cambridge, Mass.: Harvard University Press, 1985), p. 37.

[17] Rudolf G. Wagner, "Lobby Literature: The Archaeology and Present Functions of Science Fiction in China," in Jeffrey C. Kinkley, ed., *After Mao: Chinese Literature and Society, 1978-1981*, (Cambridge, Mass.: Harvard University

Press, 1985), p. 44.

[18] 王德威, 《被壓抑的現代性 — 晚清小說新論》, (北京: 北京大學出版社, 2005.05), 第5章의 검토를 참고하기 바란다.

[19] 王德威, 《被壓抑的現代性 — 晚清小說新論》, (北京: 北京大學出版社, 2005.05), 第3章의 검토를 참고하기 바란다.

[20] 張系國, 《一羽毛》, (台北: 知識系統公司, 1991), p. 203.

제3장 계몽, 혁명, 그리고 서정
— 현대 중국문학의 역사 명제

　　현대의 철학·논리학·언어학에서 '명제'라는 단어는 오직 하나의 판단만을 인정한다. 그러나 이 글에서 말하는 명제란 판단 그 자체에 그치는 것이 아니라 정의되고 관찰될 수 있는 현상을 가리킨다. 달리 말하자면, 나는 문학의 명제라는 각도에서 출발하여 19세기말, 20세기 및 21세기초에 이르는 기나긴 백여 년을 거치는 동안 존재했던 문학 상상의 역사적 상태를 검토해보고, 또한 문학 실천의 수행 중에 존재했던 갖가지 명제의 가능성을 검토해보고자 한다. '포스트' 학문의 시대였던 지난 수년간, 특히 포스트모더니즘·포스트구조주의·포스트식민주의 등이 흥성하던 이 몇 년 동안, 이른바 메타서사(meta-narrative)는 사실 하나의 가상적인 명제를 가지고서 서사가 보여주는 역사적 경험의 집합을 검토하는 것이었다. 이 글은 문학 실천 또는 문학 비평의 각도에서 중국 현대 역사 서사 방면의 명제를 검토해보려는 것이다.

　　다음에서는 리쩌허우李澤厚(1930-　) 선생이 제기했던 '계몽啟蒙'과 '구국救亡'이라는 관념과 관련된 글을 가지고서 이 글의 실마리로 삼고자 한다. 1986년 리쩌허우 선생은 〈계몽과 구국의 이중 변주啟蒙與救亡的雙

重變奏〉[1]라는 글을 발표했다. 리쩌허우 선생은 이 글에서, 중국이 현대성을 추구해온 지난 백여 년의 경험 속에는 시종일관 서로 뒤얽히고 서로 변증적인 관계를 형성했던 두 가지 중요한 명제가 있었는데, 하나는 계몽이고 다른 하나는 구국이라고 말했다. 계몽운동이 발전해나가던 그 시기에 중국은 내우외환에 직면했고, 뜻있는 젊은이와 지식인들이 함께 일어나 반봉건 및 반전통이라는 기치 아래에서 구국이야말로 역사적 책임을 걸머지는 중요한 출발이라고 간주했다. 그리고 이런 구국이 행동으로 실천될 때 우리는 이를 '혁명'이라고 일컫게 되었다. 리쩌허우 선생은 계몽과 구국/혁명은 우리가 경험했던 역사이며, 이 역사는 우리가 행동으로 실천함으로써 이루어낸 갖가지 결과이자 이와 동시에 우리가 철학·역사 또는 오늘날 주목받고 있는 문학 — 그것 역시 종종 계몽·구국 또는 혁명을 명제로 한다 — 등 각종 인문적 사고에 종사하는 출발점이기도 하다고 주장했다.

리쩌허우 선생은 기나긴 20세기에 시대적 형세로 인해 계몽운동이 결국 구국의 호소만큼이나 절박한 것은 되지 못했다고 생각했다. 또는 수많은 지식인과 광범위한 민중의 지지를 획득할 수 없었다고 생각했다. 그리고 이로써 구국이 계몽을 능가하게 되었다고 했다. 다시 말해서 최종적으로는 혁명의 부르짖음이 지식 문화의 추구를 압도하게 되었다는 것이다. 1980년대가 되자 그는 이제 아마도 계몽의 관련성과 절박성을 다시금 사고하는 시대가 온 것이라고 느낀 것 같다. 혁명을 거친 다음이니 계몽 문제를 다시금 사고하고 실천에 옮겨야 하지 않겠느냐는 것이었다.

1980년대는 중국 대륙 인문학계에 거센 바람이 불던 시대였다. 계몽과 구국의 이중 변주 역시 수많은 논쟁을 불러일으켰다. 어떤 학자들은 우리가 앞으로 전진해나가서 역사를 다시 개조할 수 있는 기회를 잡아야 한다고 주장했다. 그렇지만 또 어떤 학자는 리쩌허우 선생이 아마도 계몽과 구국/혁명 이 양자 사이에 가치상으로 차이를 두면서, 계몽이야 말로 우리가 진정으로 현대성을 실천해야 하는 노선임을 암시하고 있는 것 같다고 여겼다. 심지어는 계몽과 구국/혁명 사이에 시점 상의 변증법이 형성되기도 했다. 다시 말하자면 혁명이 마주하고 있는 것은 여전히 타도되고 전복되어야 할 구시대의 갖가지 현상인데, 이 상황에서 계몽이야말로 진정으로 우리에게 현대화의 새로운 시작을 가져다줄 수 있다는 것이다. 이와 같은 논쟁 속에서 1980년대 말부터 1990년대까지의 중요한 정신적인 면모와 문화적인 현상이 형성되었다.

이 글에서 무엇이 혁명이고 무엇이 계몽인지 하는 데 대해 계속 검토해나갈 생각은 없다. 또 혁명과 계몽의 내용에 대해 이것저것 빠짐없이 써나갈 도리도 없다. 그보다는 혁명과 계몽의 변증법적 관계를 더욱 복잡하게 만들어보고자 한다. 이에 따라 세 번째 명제─서정─를 소개함으로써 중국 현대문학 및 역사 서사가 낳은 대화 관계를 새롭게 살펴보겠다.

사실 무엇이 혁명이고 무엇이 계몽인가 등에 관한 일반적인 견해에는 선입관이 포함되어있다. 그렇지만 주목할 것은 혁명과 계몽이 결코 고정 불변한 관념은 아니라는 점이다. 최소한 문자 내지 언어의 변천면에서는, 또는 문자 내지 언어가 빚어낸 문학 면에서는 분명 그렇다. 그것이 실천되었던 각종 문학의 특징 또한 다양한 목소리였으며, 서로 다른 수많은 사고의 공간을 만들어냈던 것이다.

아래에서는 먼저 단어의 내력을 가지고서 혁명, 계몽, 그리고 서정이란 단어의 뜻이 어떠했는지 정리해보겠다. 내 생각에 단어의 어원을 추적해보는 것은 언어 문자와 역사의 연계 관계를 재인식할 수 있는 하나의 가능성이다. 상이한 의미는 상이한 역사 명제를 가져오며 상이한 역사 경험을 반영한다. 이처럼 우리는 언어와 현실의 경험을 필연적이고 유일무이한 사슬이라고 간주할 필요는 없다. 그와는 반대로 나는 언어 문자의 각도에서 우리가 참인 것으로 믿어왔던 역사적 진리 아래에서 이루어진 갖가지 상이한 발전 방향을 다시 한 번 이해해보고자 한다. 그런데 이런 의미들의 확산과 복잡한 특징은 특히 문학적 표현에서 한 껏 드러난다.

21세기가 된 오늘날 문학의 필요성은 무엇인가? 사실상 우리가 계속해서 문학을 검토해보는 이유 중 하나는 이런 것이다. 즉 문학이 문자 의미 서사가 발휘하는 역량을 빌어서 단순한 것을 복합적인 것으로 만들고 상상을 증폭시킴으로써, 겉으로 보기에는 고정 불변한 역사 상황 속에서도 량치차오가 말한 바 '불가사의한' 가능성을 창조해낼 수 있다 — 이것이 바로 문학이 공공의 어젠다에 참여하는 방식이다 — 는 점을 긍정하기 때문이다. 특히 강조하고 싶은 것은, 현대 중국문학이 자아 내는 서정이라는 차원은 혁명과 계몽 외에 새로운 세기를 맞아 새롭게 검토해볼만한 가치 있는 방향이라는 점이다.

1
혁명과 계몽

무엇이 혁명인가와 관련해서 과거 문자로 표현되었을 때 혁명이 암시했던 의미는 어떠했던가? '혁명'이라는 단어는 《주역 정의 · 혁괘周易正義 · 革卦》에서 "하늘과 땅이 바뀌어 사계절이 이루어지듯이, 탕왕과 무왕이 천명을 바꾼 것革命은 하늘에 대답하고 사람에 호응한 것이니, 시대를 바꾸는 것은 위대란 것이로다"[2]라고 말한 데서 처음 등장한다. 우리의 선조는 이미 왕조를 바꾸기 위한 부득이한 수단으로 혁명을 인식했다. 《설문해자說文解字》에는 '혁革'에 관해 여기서 더 나아가서 확실한 의미가 들어있다. "짐승의 가죽에서 그 털을 뽑고 다듬는 것을 혁이라고 한다"[3]라고 했는데, 은연중에 혁명의 '혁'에 살생 폭력이란 암시가 생겨난 것이다. 정치적 차원에서 "하늘과 땅이 바뀌어 사계절이 이루어지듯이, 탕왕과 무왕이 천명을 바꾼 것은, 하늘에 대답하고 사람에 호응한 것이니"라고 했는데, 왕조의 교체와 끊임없는 순환이라는 혁명의 과정 속에서 "하늘에 대답하고 사람에 호응하는 것"은 물론 하나의 관건이다. 오래 되다보니 굳어져 버린 순환적인 관념이 어쩌면 당연히 그래야 한다는 일종의 암시, "시대를 바꾸는 것은 위대란 것이로다"가 되어버린 것이다. 그런데 오늘날 우리는 량치차오가 19세기 말, 20세기 초에 세 가지 혁명 관념을 제기했으며, 또 이런 관점이 20세기에 와서 다소 달라진 것을 볼 수 있다.

1898년 량치차오는 《하와이 유람기夏威夷遊記》[4]에서 시의 혁명과 산문의 혁명의 필요성을 제기했고, 1902년 《신소설》 출간 때 중국의 미래를 건설하는 데 대한 소설의 혁명의 필요성을 제기했다. 시의 혁명, 산문의 혁명, 소설의 혁명 이 세 가지 혁명은 가로막을 수 없는 도도한 흐름을 형성했다. 량치차오의 문학혁명 관점은 1900년대 이후 각 세대 사람들에게 깊은 영향을 주었다. 량치차오의 혁명은 서양의 혁명이 거두었던 계몽에서 나온 것이자 이와 동시에 일본 메이지 유신 이후 혁명에 대한 새로운 설명과 관점에서 나온 것이었다. 량치차오의 사상에서 혁명은 반드시 폭력을 수반하는 전환을 의미하는 것은 아니었다. 오히려 은연중에 (일본이 천황제 하에서 이룬) 정통의 연속/자아의 갱신이라는 과정을 내포하는 것이었다. 혁명이 수반 하는 바 옛것을 없애고 새것을 세우게 되는 계기가 일종의 역사적 필연이 되었다. 전통적인 가치 체계를 뒤흔들어놓지 않는다는 전제 하에서 혁명은 뜻 있는 사람들이 애쓰는 목표였다. 그러나 역사는 량치차오의 희망과는 어긋나는 결과를 보여주었다.

1899년에서 1904년 사이에 량치차오는 미국, 영국, 프랑스, 독일, 그리고 심지어는 러시아를 전전하면서 온갖 혁명 담론과 동경 사이에서 각기 다른 논리와 실천 방식을 제기했다. 1925년이 되었고, 신해혁명, 2차혁명, 5·4 문학혁명 등의 사건이 이미 혁명이란 무엇이며 어떻게 해야 하는지에 대한 중국인의 관점을 대대적으로 확장시켜 놓았으며, 또 공산혁명운동이 일어나기 시작했다. 루쉰은 쉬광핑許廣平(1898-1968)에게 보내는 편지에서 당시의 혁명 현상에 대해, 특히 쑨중산孫中山(1866-1925)[쑨원]이 대표하는 혁명의 의의에 대해 느끼는 바를 이렇게 썼다. "어쨌든 개혁하는 게 좋소. 다만 개혁에서 제일 빠른 것은 역시 불과 칼이라오. 쑨중산이 평생을 뛰어다녀도 중국이 여전히 이 모양인데, 가장 큰 원인은 아무래도 그 양반에게 당과 군이 없다는 것이오. 그러니 무력을 가진 다른 사람에게 굽힐 수밖에 없는 것이라오."[5] 루쉰은 쑨중산이 완벽하고 영원한 혁명가라고 묘사하는데, 여기서 그는 쑨중산을 계속 혁명의 한 중요한 선구자로 표현하고 있다.

더 나아가서 혁명의 관념을 문학 영역에 도입하게 되자 더욱 흥미롭게도 여러 가지 이견이 나타났다. 예를 들면 장광츠蔣光慈(1901-1931)는 1925년에 쓴 〈시월혁명과 러시아문학十月革命與俄羅斯文學〉이라는 글에서 이렇게 말한다. "혁명은 곧 예술이다. 진정한 시인이라면 자신과 혁명에 공통점이 있다는 것을 느끼지 않을 수 없다. 시인─로맨티스트는 다른 시인들보다 혁명을 더 잘 이해할 수 있다."[6] 그는 교육을 받는 과정에서 점차 혁명의 이념에 공감함과 동시에 자신을 시인이자 문학 창조자라고 여기게 된다. 즉 최종적이자 가장 중요한 혁명가의 화신이라고 여기게 된 것이다. 이 외에도 1917년 천두슈陳獨秀(1879-1942)가 맨 처음 제기한 '문학혁명'[7]과 1928년 청팡우成仿吾(1897-1984)가 제기한 '혁명문학'[8]이 있다.

그런데 장광츠의 유토피아식 동경에 대해 루쉰은 찬물을 뒤집어씌워 버렸다. 루쉰 쪽에서 보았을 때 혁명적 문학가들은 부끄러운 줄도 모르고 흰소리나 하면서 사방을 돌아다니며 온갖 혁명 이론을 퍼트리고 있는 것이었다. 루쉰은 냉정한 눈으로 지켜보다가 1927년 11월 〈짧은 잡감小雜感〉이란 글에서 이렇게 말했다. "혁명, 반혁명, 불혁명. 혁명하는 자는 반혁명하는 자에게 죽는다. 반혁명하는 자는 혁명하는 자에게 죽는다. 불혁명하는 자는 혁명하는 자로 간주되어 반혁명하는 자에게 죽거나, 아니면 반혁명하는 자로 간주되어 혁명하는 자에게 죽는다. 그것도 아니면 아무 것도 아니라고 간주되어 혁명하는 자 또는 반혁명하는 자에게 죽는다. 명을 혁하고, 혁명을 혁하고, 혁혁명을 혁하고, 혁혁혁명을 … ."[9] 여기서 일컫는 혁명이란 1927년 제1차 중국공산당 혁명 이후 국민당 치하의 사회에서 발생한, 사람의 뜻대로 되지 않던 온갖 어지러운 상황을 가리킨다.

이와 동시에 마오쩌둥毛澤東(1893-1976)의 혁명 담론은 또 다른 관점을 제공한다. 그는 〈후난 농민운동 고찰 보고湖南農民運動考察報告〉에서 이렇게 말했다. "혁명은 손님 모시고 밥 먹는 것이 아니다. 글을 쓰는 것도 아니고, 그림을 그리고 꽃을 수놓는 것도 아니다. 그렇게 고상할 수도 없고, 그렇게 여유롭고 예의바를 수도 없으며, 그렇게 온화하고 선량하고 공경하고 검약하고 겸양할 수도 없다. 혁명은 폭동이다. 한 계급이 다른 계급을 뒤엎는 폭력적인 행동이다."[10]

이처럼 익숙한 혁명의 현실적 실천 외에 혁명 후와 후혁명은 또 무엇을 가리켰던가? 1949년 신중국이 건국되면서 혁명이 이미 완료되었는데 혁명의 이튿날은 무얼 해야 했을까? 혁명의 이튿날로부터 지금까지 60여 년이 되었는데 날마다 혁명이란 어떤 의미를 나타내주었을까? 그런데 몇 해 전부터 포스트 학문이 성행하게 되면서 이른바 포스트 혁명의 관념이 다시 일어나게 되었고, 한편으로는 혁명이 이미 끝났다는 것을 암시하면서 한편으로는 또 혁명이 끝났으면서도 끝난 게 아니라는 것을 암시하고 있다.

갖가지 혁명에 관한 서술에 대해 여기서 빠트린 것이 많다. 그러나 이 정도로도 우리들이 늘 입에 올리는 '혁명'이 사실은 하나의 단어 또는 하나의 역사 서사의 명제로서 극히 불안정하다는 점을 보여주기에는 충분할 것이다. 우리는 반드시 복잡하면서도 반복되고 있는 이 개념의 함의를 직시하면서 그것이 가져올 수 있는 갖가지 결과를 탐구해보아야 한다.

문학 자체로 되돌아가보자. 시대마다 문학가들은 문학 작품 속에서 혁명에 대해 그 얼마나 많이 관찰했던가? 루쉰의 《아Q정전阿Q正傳》 속의 아Q는 혁명이 복잡하게 뒤얽히는 상황 속에서 이러지도 저러지도 못하다가 마지막에는 혁명의 희생자가 되고 만다. 1920년대 말기 마오둔茅盾(1896-1981)은 《식蝕》에서 대혁명이 끝난 다음 소자산계급 출신 혁명청년이 어떻게 혁명에 대처하면서 개인의 정서를 나타냈는지를 썼다. 1940년대 자오수리趙樹理(1906-1970)는 1942년 마오쩌둥의 〈옌안 문예좌담회에서의 연설在延安文藝座談會上的講話〉 이후 《리씨 마을의 변천李家莊的變遷》을 썼다. 이 당시는 혁명이 농민혁명의 한 중요한 접점이 되었다. 작품에서 혁명은 일종의 폭동이자 일종의 계급투쟁으로서의 의미가 점차 드러나기 시작했다. 1949년 딩링丁玲(1904-1986)의 《태양은 쌍간허 강에 비친다太陽照在桑乾河上》, 저우리보周立波(1908-1979)의 《폭풍취우暴風驟雨》에서는 농촌의 경천동지할 만한 변화를 썼다. 1950년대에 이르자 '혁명역사소설'이 출현했다. 《옌안을 보위하라保衛延安》에서 《청춘의 노래青春之歌》까지, 또 《숲의 바다, 눈의 벌판林海雪原》에서 《고성의 전투野火春風鬪古城》까지 다시 한 번 우리에게 일깨워준다. 이 단어는 이미 우리의 문학 상상 속에 깊숙이 들어와 있으며, 21세기에 이르러서도 여전히 계속해서 발전하고 있는 것이다.

다음에서 혁명 후의 문학, 포스트 혁명의 문학이 무엇을 가리키는지에 관해서 한두 가지 예를 들어보겠다. 장제張潔의 장편소설 《무자無字》[11]는 과거 혁명청년으로 건국 사업에 헌신했다가 노년이 되자 혁명에 대해 성찰하고 회상하는 도전에 마주치게 되는 것을 쓴다. 소설에서 혁명 간부인 노부부는 혁명 후 오랜 세월이 지난 다음 그들의 웅대한 포부가 이미 '가정화되어', 부부가 집안싸움만 벌이고 있는 것을 발견한다. 그들의 전쟁터는 다름 아니라 침실인 것이다. 이는 참으로 감당할 수 없는 일이다. 장제는 마치 이렇게 묻는 것 같다. 만일 《청춘의 노래》[12]의 여주인공인 린다오징이 소설 속의 이야기가 끝난 다음 다시 수십 년의 가정생활을 하게 되었다면, 포스트사회주의 중국에서는 과연 어떤 상황이었을까? 만일 《붉은 바위紅岩》[13]의 장제江姐가 당에 목숨을 바치지 않고 반우파투쟁 · 문화대혁명 · 신시기를 겪게 되었다면, 그녀 개인의 삶에는 또 어떤 변화가 있었을까?

이제 '계몽'에 대해 말해보자. 일깨운다는 '계'자는 《좌전左傳》의 "하늘이 그 속을 풀어주시고 우리 마음을 일깨워 주시니"[14]라는 말에 처음 출현한다. 그리고 나중 《주역 정의 · 몽괘周易正義 · 蒙卦》에서는 "[깨우침]은 내가 몽매한 아이에게 부탁할 것이 아니라, 몽매한 아이가 내게 부탁해야 한다"[15]라는 말이 나온다. 현대에 들어오자 '계몽'은 19세기 이래 지식인들 사이에서 가장 중요한 단어가 되었다. 루쉰은 1906년에 자신이 느낀 바를 이렇게 말했다. 의학은 한두 명의 마비된 중국인의 육체를 구해줄 수 있을 뿐이다. 현대의 지식인으로서 더욱 중요한 임무는 한 명 한 명 모든 중국인의 영혼을 감동시키고 개조시켜야 하는 것이다. 루쉰은 이런 뜻에서 1906년부터 점차 일종의 계몽주의적인 태도를 보이며 문학 창작가가 된다. 그는 '악마파 시인'이 되기를 동경하며, 글로써 사람의 마음을 뒤흔들어놓고자 한다. 1908년 〈악의 소리의 타도에 관하여破惡聲論〉에서는 한 걸음 더 나아가서 "가짜 선비는 물리쳐야 하지만 미신은 보존할 수도 있다'라는 식의 반계몽적인 계몽 관념을 제기하기도 한다.[16] 당시는 서양 학문을 부르짖던 식자들이 각양각색의 태도로 사회를 누볐는데, 이들이 모두 참된 지식과 올바른 견해를 가진 사람들이었던 것은 아니었다. 가짜 선비란 바로 그런 사람들이었다. 반면에 미신은 어떤 의미에서 볼 때 백성들의 좋고 싫음을 반영하면서 서민 사회의 가치 및 지식 체계의 작동을 유지해주는 것이었다.

1910년대 이후 계몽 관념은 끊임없이 갖가지 다른 새로운 생각들을 낳았다. 어떻게 민지를 깨우치고, 지식을 전파하고, 역사의 진리를 증명할 것인가라는 이런 사명을 둘러싸고 계몽 반계몽 신계몽 계몽후 계몽의 계몽 등등 수 없이 많이 쏟아져 나왔다. 오늘날 우리가 계몽에 관해 가장 자주 떠올리게 되는 것은 아무래도 루쉰의 '쇠로 만든 방'이라는 우언일 것이다. 쇠로 만든 방에 사람들이 정신없이 잠들어 있다. 그들은 죽음이라는 운명이 서서히 다가오는 줄을 전혀 모른다. 한두 명의 깨어 있는 사람들은, 어쩌면 전적으로 헛수고가 되고 말 한바탕의 혼란만 불러오게 될 뿐인데, 도대체 이 사람들을 깨워야 할 것인가 말아야 할 것인가? 이리하여 계몽과 계몽의 대가 및 계몽의 결과가 점차 루쉰에게 하나의 명제가 되었다.

'계몽'이라는 이 단어는 서로 다른 역사적 맥락 속에서 서로 다른 정치적 특징을 보여준다. 후스는 1915년의 시에서 "다시 사람들에게 외치며, 혁명군의 선두에서 말채찍을 높이 들고, 온갖 잡귀를 채찍질로 물리치며, 삼가 새 시대를 맞이합시다."[17]라고 한다. 1919년 5·4 운동을 전후하여 서양의 학문과 계몽 사이에 더욱 섬세한 상호 관계가 발생한다. 이후 20년 동안 정치·사회·일상생활의 실천 곳곳에서 계몽의 표현을 찾아볼 수 있다. 1941년 마오쩌둥은 〈신민주주의론新民主義論〉[18]을 발표하며 혁명의 청사진을 그려낸다. 이어서 1942년 옌안에서 정풍운동[19]을 벌이며 당원의 교육에 힘을 쏟는다. 그리고 1949년 신중국 건국 직전의 〈인민민주독재를 논함論人民民主專政〉[20]에서 우리는 어느 덧 좌익 이념을 근본으로 하는 신계몽 관념이 탄생하는 것을 보게 된 다. 이런 계몽의 부르짖음은 한 세대 지식인들이 과거 자신의 부족함을 새롭게 인식하고 자기 자신을 철저히 바꾸면서 신중국의 미래를 받아들 이도록 만들었다. 1980년대에 이르러 리쩌허우 선생 등은 재차 계몽의 계기가 도래했음을 천명한다. 1980년대의 지식인들은 문화대혁명이 초 래한 엄중한 재난에 대해 그 참혹한 고통을 반추하면서 또 한 차례 새 로운 계몽의 필요성을 강조한다. 바로 이런 관건적인 지점에서, 계몽과 혁명 중 대체 어느 것이 우선인가 하는 문제가 지식인들로 하여금 각기 다른 입장에서 논쟁을 벌이도록 만들었다.

각종 계몽의 관념은 막스 베버로부터 테오도어 아도르노에 이르기까 지 서양 20세기의 현대성 계몽에 대한 관찰과도 관련이 있다. 막스 베 버는 현대성을 미혹을 물리치는 하나의 과정으로 간주한다. 계몽은 우 리에게 자유 해방의 정신을 가져오며, 참된 지식과 올바른 견해 및 신 념에 대한 자아 선택을 지향한다는 것이다. 그러나 1947년 테오도어 아 도르노는 지난 200년간의 계몽이 서양 세계에 가져온 각양각색의 결과 를 되돌아보며 의문을 갖게 되고, 계몽에 대해 다시 관찰하게 된다. 계 몽이란 무엇인가? 계몽은 우리를 인도하여 지식과 삶의 경험을 절차탁 마하는 또 다른 방식이 될 수 있을 것인가? 미혹을 물리치면서 우리는 또 어떻게 다시 새로운 미혹 — 지식의 미혹 또는 혁명의 미혹 — 을 받 아들이게 되는 것인가?[21]

중국적 맥락으로 되돌아가서 일찍이 계몽이 어떤 광활한 시야를 가 져 왔는지를 회고해볼 필요가 있다. 다시 문학의 장으로 되돌아가서 계몽 에 대한 갖가지 반성을 관찰해보자. 1920년대 예성타오葉聖陶(1894-1988) 의 《니환즈倪煥之》[22]는 계몽의 외침 아래에서 지식인이 결국에는 필연 적으로 아마도 애초에는 예상하지 못했던 계몽과 혁명이 가져올 부정적인 의의와 마주치게 된다는 것을 썼다. 소설은 아주 비참한 상황 가운데 끝이 난다. 1950년대 양모楊沫(1914-1995)의 《청춘의 노래》는 또 한 세대의 혁명청년이 역사의 시련을 겪으면서 강건하게 성장해나가는 이야기를 서술했다. 1980년대에 이르러 다이허우잉은 그녀의 소설《사람 아 아, 사람아!人啊, 人》[23]로 인도주의의 복귀를 부르짖으면서, 은연중에 신계몽운동의 서막을 열어 주었다. 21세기초에는 왕안이의 소설《계몽시대啟蒙時代》[24]가 출판되었다. 소설은 상하이의 어린 청년이 문화대혁명의 폭풍우가 막 시작되었을 때 격정과 지적 욕구의 에너지로 인해 어떻게 그들이 알고 있던 계몽 활동 속으로 휩쓸려 들어갔고, 또 어떻게 그 대가를 치러야 했는지에 대해 서술했다. 장룽姜戎(1946-   )의 《늑대 토템狼圖騰》[25]은 문화대혁명 중에 청년들이 하방되어1) 어찌할 수 없는 상황 속에서 대자연과 박투를 벌이는 또 다른 종류의 계몽의 과정을 묘사했다.

---

1) 1950년대 중반부터 중국 정부는 도시의 청년 실업 문제 해결과 시골의 인력 부족 해소를 위해 도시의 교육 받은 젊은이들을 시골로 이주시켜 노동에 종사하게 하는 대규모 정책 및 정치 운동을 실시했다. 이런 도시의 젊은이들을 일컬어 '지식청년'이라고 불렀으며, 이들이 도시에서 시골로 이주하는 것을 산촌이나 농촌으로 간다고 해서 '상산하향上山下鄉'이라고도 했고 도시에서 아래로 내려간다고 해서 '하방下放'이라고도 했다. 이 운동은 1966-1976년의 문화대혁명 기간에 최고조를 보였다가 1970년대 말에 마감되었다.

2
혁명, 계몽―그리고 서정

계몽과 혁명은 지난 한 세기의 중국 역사를 성찰할 때 소홀히 할 수 없는 중요한 명제다. 그러나 우리가 문학과 역사 · 정치의 접촉을 회고할 때면 무언가 놓치는 것들이 있는 것 같다. 내가 여기서 특별히 제기하고자 하는 관점은 '서정'이다.

현대 문학 이론에서 '서정'은 늘 소홀히 되는 문학 관념이다. 대개 일반적인 시각에서는 '서정이란 작은 도리니라' 정도로 여긴다. 일종의 시 또는 서사라는 수사의 패러다임으로서의 서정은 가볍게 읊조리거나 나지막이 흥얼거리는 것에 지나지 않는다. 일종의 감정 부호로서의 서정은 세상사에 서글퍼하는 것에 다름 아니다. 5 · 4 이래 중국의 문학 담론은 계몽 혁명을 떠받들었고, 1949년 이후에는 더욱이나 거대 서사가 모든 것을 주도했다. 마치 역사시나 다름없는 민족이라는 외침 속에서 서정은 그렇게도 개인주의적이고 소자산계급적인 정서로 보였다. 그리고 자연히 있으나마나 한 것이 되었다.

그렇지만 중국문학의 변천을 되돌아보면 금세 이해하게 될 것이다. 《시경詩經》, 《초사楚辭》 이래 서정은 줄곧 문학 상상과 실천 속에서 중요한 과제의 하나였다. 《초사 · 구장楚辭 · 九章》의 〈석송惜誦〉에는 "분통하여 말하다가 불행을 불러오느니, 분노를 풀고자 마음을 토로하노라"라고 하고 있다. 이처럼 분개를 필묵으로 옮겨야 하므로, 개인과 외재 사물 사이의 정서적 파동과 상호 작용을 펼쳐내게 되는 것이다. 후샤오밍胡曉明(1955-) 교수의 말을 빌리자면 이것이 곧 [《초사》의 《이소離騷》에서 보듯이 문학은 고통을 토로한다는] '소언지騷言志'이다. 이런 '소언지'의 관점은 《시경》의 [문학은 온갖 사상과 정서를 표현한다는] '시언지

詩言志'의 관점과 은근히 일종의 논쟁 관계를 형성한다. 육조에 이르러 육기陸機(261-303)의 《문부文賦》는 "시는 정감에서 우러나와서 아름답다"라는 의의에 주목했고, 후일 이른바 서정의 전통에 토대를 쌓았다.

20세기에 들어와서 1907년 루쉰은 〈문화편향론文化偏至論〉에서 '서정'의 관념을 제기한다. 아둔하고 고집스러우며 기민하지 못한 그 당시 나라 사람들에 대하여, 루쉰은 자성적이고 서정적인 관념을 통해 다시 한 번 민심을 진작시켜야 한다고 부르짖으면서, "현실의 물질과 자연 세계의 속박에서 벗어나서 본래의 정신세계로 들어설 것"[26]을 희망한다. 같은 해 왕궈웨이王國維(1877-1927) 역시 〈영국 대시인 바이런 소전英國大詩人白衣龍小傳〉에서 "순수한 서정 시인은 … 분노가 치밀어 오를 때마다 그 마음속의 울분을 시로 해소한다."[27]라고 말한다. 1917년에 이르러 천두슈는 〈문학혁명론文學革命論〉에서 "평이하고 서정적인 국민문학을 건설하자"[28]고 했다. '서정'은 문학 문화 담론에서 거듭하여 나타난다. 그런데 우리가 그것에 걸맞은 주목을 하지 않았던 것이다.

오늘날 우리가 사용하는 '서정'이란 단어는 기본적으로 19세기와 20세기 교차기에 독일과 영국의 낭만주의가 중국에 유입된 후 생겨난 관념들에 한정되어 있다. 이와 같은 관념들은 특히 개별 주체의 무한한 가능성을 강조하며, 이 때문에 이로부터 비롯되는 서정은 자연히 소위 개인주의를 만들어낸다. 이런 서정의 관념은 20세기 초 중국 지식인들에게 특별히 총애를 받았다. 예컨대 궈모뤄郭沫若(1892-1978)는 당시 서정의 관념에 대해 대단히 즐겨 말하곤 했다.

20세기 전반 중국문학의 서정에 대한 이해는 서양의 낭만주의와 모더니즘의 영향을 깊이 받았다. 바이런과 셸리, 또는 보들레르와 엘리엇이 새로운 영감의 대상이 되었다. 그렇지만 또 전통적인 자원의 계승이 단절된 것은 아니었다. 루쉰·왕궈웨이 등은 말할 나위도 없었고, 루쉰의 눈에 '중국에서 가장 뛰어난 서정시인'이었던 펑즈馮至

(1905-1993)는 두보杜甫(712-770)와 릴케의 영향을 동시에 받았다. 허치팡何其芳(1912-1977)의 서정적인 추구는 유미주의적인 발레리로부터 시작해서 유물주의자인 마야콥스키로 옮겨갔는데, 그러면서도 당나라 말의 온정균溫庭筠(812?-866?)과 이상은李商隱(813?-858?)을 잊지 않았다. 취츄바이瞿秋白(1899-1935)가 죽기 전에 떠올린 것은 마르크스가 아니라 《시경》의 유명한 구절인 "나를 아는 사람은 나더러 마음이 우울하다고 하고, 나를 모르는 사람은 나더러 무얼 바라느냐고 한다."였다. 다른 사람이 하니 나도 따라하는 식의 그런 편견은 내려놓자. 그러면 우리는 현대의 문인 학자들이 — 심지어 혁명가들이 — 서로 다른 서정의 유래·조건·효과를 절충해나가면서 이 문학 관념에 대해 더 많은 대화의 공간을 만들어냈다는 점을 알게 될 것이다.

서양 낭만주의를 기준으로 삼은 1920년대의 각종 서정 담론은 제쳐두고 이 관념을 한 걸음 더 앞으로 밀고 나아가보자. 낭만주의적인 서정 관념을 문학 습작 또는 열독의 초점으로 삼으면서 이와 동시에 일부 지식인들과 문인들은 또 무엇이 서정인가에 대해 여러 가지 차원에서 논쟁을 펼쳤다. 주광첸朱光潛(1897-1986)과 루쉰은 1935년 말에 당나라 전기錢起(722-780)의 시 〈성시상령고슬省試湘靈鼓瑟〉[상수 신령의 거문고 소리]를 두고 한 차례 논쟁을 했다. 과거 시험에서 지은 이 시는 마지막 구절 "곡은 끝났는데 사람은 보이질 않고, 강물 위로는 봉우리들만 푸르구나"로 대단히 유명하다. 주광첸은 이 시가 상수湘水의 신화와 자연 현상이 낳은 숙연한 아름다움, 즉 숙연미를 묘사한 것이며, 독자들이 이 시를 읽고 나면 세속에 대해 초연해지는 새로운 체험을 하게 된다고 주장했다. 그러나 루쉰은 이런 시의 창작에는 그 역사적 연유가 있으며 역사적인 상황에서 떼어내어 단지 '숙연함'만 즐겨서는 안 된다고 생각했다.[29] 다시 말하자면, 주광첸 쪽에서 보기엔 이 시에는 일종의 "음악은 끝났는데 사람은 보이질 않고, 강물 위로는 봉우리들만 푸르구나"라는 처연한 감정이 들어있는 것이다. 하지만 루쉰은 이런 시는 사실 특정한 시공간적 배경 속에서 창작된 것이기 때문에 단순히 문구만 보고 판단해서 '숙연함'만 말해서는 안 된다는 것이다. 루쉰의 입장에는 물론 그가 견지해온 문학/정치적 관점이 반영되어 있다. 반드시 역사 경험과 역사 의식 속에서 떨쳐 일어나 행동해야지 허무하고 모호한 감정 속에 구속되어서는 안 된다는 것이다.

7,80년이 지난 오늘날 우리는 더욱 객관적인 방식으로 주광첸과 루쉰의 심미적 입장을 다시 사고해볼 수 있다. 또 '서정'이란 단어가 낳은 장력 역시 다시 사고해볼 수 있다. 이 장력은 마침맞게도 주광첸이 동경하던 '숙연함'과 루쉰이 견지하던 '금강역사의 부릅뜬 눈' 사이에서 생겨나는 바로 그 장력이다. 이런 맥락 속에서 서정은 문득 그 의미가 확장된다. 서정이 분출해내는 인간과 사회, 인간과 역사의 끊임없는 상호작용 하에, 이른바 서정의 관념이 이 양자 사이에서 더욱 더 많은 영감과 더욱 더 많은 사고의 가능성을 낳는 것이다.

1939년 쉬츠徐遲(1914-1996)는 '서정의 추방放逐抒情'을 제기하며, 국난이 닥친 상황에서 감상적인 정치시는 본받을 만한 것이 아니라고 설명했다.[30] 그는 이 시대는 감상으로 넘쳐나는 서정은 불필요하므로 서정을 추방해야 한다고 주장하면서 일종의 항전적인 새로운 주체성을 부르짖었다. 이 관념은 당시 격렬한 논쟁을 불러일으켰다. 그 중에는 후펑胡風(1902-1985)의 진영도 있었다. 후펑은 서정은 그 존재의 필요성이 있으며, 당시의 국가 민족주의적 외침과 부합한다고 생각했다. 후펑의 입장에서 볼 때 서정이 없다면 곧 "시인의 개인적 정서의 능동 작용과 자아 투쟁도 없게 되는 것"이었다.[31] 후펑은 이런 관념을 통해서 이른바 주관적 전투정신을 발전시켰다. 그에 따르면 학대받는 주체는 반드시 정서적 카타르시스를 추구하게 되며, 개인 또는 사회의 매개를 거쳐서 불가사의한 능동적인 역량을 이끌어내게 되어있었다. 당시 옌안의 아이칭

艾靑(1910-1996)은 "서정은 일종의 수분을 지닌 식물이다"[32]라고 말했는데, 이는 서정에 대한 가장 서정적인 정의였다. 아이칭은 설령 혁명의 상황이라고 하더라도 서정의 과정을 전개해야 한다고 생각했다. 이와 동시에 시난연합대학의 젊은 시인 무단穆旦(1918-1977) 역시 〈방공호 속의 서정시防空洞裏的抒情詩〉를 썼다. 이런 것들을 통해 알 수 있다. '서정'을 협소한 '소자산계급'적인 정의 속에 가두어놓을 필요는 전혀 없다. 이 단어는 그 자체의 역사 정치적인 유래를 가지고 있으며, 특정한 시공간 속에서는 그 절박성을 가지고 있기도 한 것이다.

1940년대에서 1950년대까지 서정이란 무엇이며, 서정이 어떤 사회적 역할을 할 수 있는가 등의 문제에 관해 서로 다른 견해를 가진 사람으로는 네 명을 거론해볼 수 있다. 첫 번째는 선충원이다. 선충원은 언제나 중국 향토문학에서 가장 중요한 작가 중 하나다. 1940년대에 선충원은 시난연합대학에서 가르치고 있었는데, 당시 그는 중국 역사 주체의 존재 가능성과 역사의 서사 등의 문제에 대해 커다란 의문을 품게 되었다. 그는 수많은 실험을 하면서 서정이 일종의 생명의 '신성함'을 빚어낼 수 있다고 강조했다. 삶의 상처는 오로지 문자 예술 기호의 구원을 통해서만 시간이 흐른 후 또 다른 시공간 속에서 어쩌면 제대로 알아주는 사람의 호응과 이해를 얻을 수 있다는 것이었다.

두 번째는 쑨리孫犁(1913-2002)다. 그는 옌안 시기 허화뎬파의 대변인이다. 그의 작품은 일종의 서정적인 필치를 가지고서 항전 시기 좌익혁명 당원들이 농촌에서 벌였던 드센 혁명 활동을 담백하고 깔끔한 방식으로 그려냈다. 혁명의 핵심을 다룬 부분에서조차 여전히 일종의 전원적인 풍경을 사용했는데, 서정이 펼쳐내는 일종의 미래의 유토피아에 대한 커다란 포부와 동경을 다시 보게 된다.

세 번째는 후펑이다. 그는 당시 국민당 통치구역인 대후방에서 주관적 전투정신을 제기했는데,[33] 그가 주장하는 전투정신은 사실 서정의 방식으로 다시금 역사상의 수많은 상처받은 영혼들을 불러내어 사회의 불공정과 불의에 항거하는 것이었다. 후펑의 입장에서는 이런 목소리는 곧 미래의 혁명 주체를 탄생시키는 가장 중요한 자원이었다. 다른 한편으로 1949년 신중국 건국 이후 후펑은 《시간이 시작되었다時間開始了》라는 작품으로 대형 서정 역사시의 선례를 낳았다. 오늘날 많은 문학사 학자들은 여전히 '서정의 시대'라는 말로 중화인민공화국 건국 직전 10년 동안 바람이 불고 구름이 솟구치던 기세를 묘사한다. 개인과 주체 사이의 상호 호응이 장대하고 광활한 서정적 풍경을 만들어냈던 것이다.

마지막은 후란청胡蘭成(1905-1981)이다. 후란청은 항전 이후 끊임없이 그의 사적인 글을 통해 자신의 매국 행위에 대해 변명했다. 이런 평계에서 가장 중요한 밑바탕은 쑨중산이 부르짖은 국민 혁명이 미처 이루지 못한 일을 마저 완성하기 위해서 어쩔 수 없이 중국을 배반했다는 것이다. 그의 입장에서 볼 때 혁명은 그렇게도 중요한 대업이었기 때문에 작은 것을 탐하다가 큰 것을 잃을 수는 없었다고 한다. 그가 말하는 작은 것이란 항일전쟁이고, 큰 것이란 장차 끝없이 팽배하게 될 중국의 혁명사업이었다. 후란청이 사람들을 가장 경악하게 만드는 말은 이러하다. "혁명… 은 인생의 완벽함이기도 하다. 그것 자체가 목적이다. … 우리가 전쟁을 하는 것은 어떤 목적을 위해서가 아니다. 전쟁에 목적을 가한다면 그것은 참고 견디는 것이지 떨쳐 일어나는 것이 아니다. 기꺼이 목적 없는 전쟁에 나서고자 한다." '서정'은 후란청이 민족주의를 배반하는 데 있어 대단히 중요한 한 맥락이 된다. 이런 맥락 속에서 그가 상상했던 서정은 역사적 능동성을 가진 서정이다. 이에 따라 후펑의 관점과는 대화가 생겨나게 된다. 다만 결과적으로 그가 실천에 옮긴 방법은 서정과 서정의 배반 이 두 가지를 또 다른 일종의 불가사의한 이율배반적인 관계로 만들어버리고 말았다.

내가 말하는 서정은 더 이상 단일한 관념이 아니다. 혁명 계몽 등의 단어와 마찬가지로 수없는 해석과 사용을 거치면서 끊임없이 자아 변증법적인 긴장 관계를 형성하는 것이다. 이런 긴장 관계가 바로 우리로 하여금 다시 한 번 서정의 의의가 어디에 있는지를 생각해보게 만든다. 위에서 언급한 네 작가 외에 또 한 사람 서정에 대해 대단히 큰 공헌을 한 시인이 있다. 다른 사람이 아니라 바로 마오쩌둥이다. 그가 쓴 시들 예컨대 〈하신랑賀新郞〉[2]이라든가 "푸르른 산이 바다처럼 펼쳐져 있고, 지는 해가 핏빛처럼 붉구나"[34] 등과 같은 것은 널리 사람들의 입에 오르내리는 유명한 구절이다. 공교롭게도 이처럼 장대하고 광활하기 그지없는 역사적인 순간이 이처럼 격정적이고 서정적인 목소리를 만들어냈으며, 이 때문에 우리는 오히려 더욱 큰 역사의 힘을 깨닫게 된다. "강산은 이리도 사랑스러우니, 무수한 영웅들이 앞 다투어 머리 숙이누나"[35]이든 또는 "나는 사랑하는 백양을 잃고 그대는 버들을 잃었으니, 백양과 버들은 드높은 하늘로 날아올랐으리라"[36][3]이든 간에, 혁명의 대업이 곧 이루어지려는 그 무렵 그것이 스스로 도취하여 우쭐하는 것이든 또는 문득 뒤돌아보며 이미 잃어버린 삶의 근심들을 회상하는 것이든 간에, 어쨌든 우리는 서정과 혁명 사이의 미묘한 대화를 이해하지 않을 수 없다. 따라서 서정은 더 이상 단순히 개인의 내향적인 자기 성찰의 호소에 그치는 것이 아니라 개인과 역사 상황의 상호 작용적인 정서의 발산이기도 한 것이다.

다시 리쩌허우 선생이 1986년에 제기한 '계몽과 구국의 이중 변주'라는 글로 되돌아가보자. 앞에서 이미 설명했다. 구국과 계몽 두 가지 사

---

2) '하신랑'이란 원래 중국 전통시의 일종인 사詞의 한 가락이다.
3) 여기서 백양은 마오저둥의 부인 양카이후이楊開慧(1901-1930), 버들은 양카이후이 절친인 리수이李淑一(1901-1997)의 남편 류즈쉰柳直荀(1898-1932)을 가리킨다. 양카이후이와 류즈쉰은 같은 전투에서 전사했다.

이에 형성된, 일종의 서로 떼어놓기 어려운 장력은 각 세대 현대 지식인들이 반드시 마주쳐야 하는 그리고 끊임없이 논쟁해야 하는 과제가 되었다. 그런데 21세기를 목전에 두고 리쩌허우 선생은 다시 새로운 한 가지 관점을 제시했다. 구국과 계몽 외에 더욱 중요한 것으로 '정 본체情本體'라는 관념을 강조한 것이다. 정 본체란 얼른 듣기에는 사랑이나 로맨스가 충만할 것 같은 암시를 준다. 그러나 리쩌허우 선생의 관점에서 보자면 '정'이란 글자는 현실 생활에서의 실재적인 생활의 본체이다. 이 본체는 중국 전통 속의 소위 심心·성性 본체와 다른 것이 아니다. '정'은 한편으로는 육욕칠정이라는 인간의 본체를 대표하며, 또 한편으로는 이 글자가 가진 중국의 고전적 맥락 속의 정황情境·상황情態 또는 현실 생활 속의 상태狀態와 의의意義를 대표하기도 한다. 한 걸음 더 나아가서 '정'이라는 이 관념과 진실 진리 및 도 사이는 서로 연계되어 있다. 다시 말해서 중국의 지식 계보로 되돌아가볼 때 '정'이라는 글자는 다중적인 지향을 암시한다. 이 다중적인 지향이란 최종적으로 인간의 주체는 더 이상 헛되이 심성만을 따지는 그런 주체가 아니며, 인간의 주체 또한 구체적인 생활 속에서 실천하는 주체가 될 수 있다는 것으로 귀결된다. 그리고 이 정을 가진 주체는 계몽 구국의 부르짖음과 마찬가지로 우리의 역사 경험을 가득 채우고 있다는 것이다.

1956년의 미학 대논쟁 중에 리쩌허우는 주광첸과 입장이 달랐다. 그들의 대논쟁은 중국 현대 사상 및 미학 관념의 역사에서 중대한 전환점이 되었다. 주광첸이 《문예보文藝報》 1956년 12호에 〈나의 문예 사상의 반동성我的文藝思想的反動性〉을 발표하자, 황야오몐黃藥眠(1903-1987)이 같은 해 《문예보》의 14, 15호에 〈불로소득자의 미학을 논함論食利者的美學〉을 발표하여 그의 유심주의 학설을 비판했다. 그러자 유물주의 문예 이론가인 차이이蔡儀(1906-1992)가 〈〈불로소득자의 미학을 논함〉을 평함評〈論食利者的美學〉〉을 써서 1940년대 자신의 《신미학新美學》의 입장을 재차 천명하며 황야오멘을 비판했다. 1956년 12월 15일 주광첸은 다시 《인민일보人民日報》에 〈미학은 어떻게 유물론적이자 변증법적인가美學 怎樣既是唯物的又是辯證的〉를 발표하여 차이이의 구식 유물주의 관점에 반박했다. 같은 해 10월 베이징 대학 철학과 출신인 청년학자 리쩌허우 는 3만 여자로 된 〈미감, 미, 예술을 논함論美感, 美和藝術〉을 발표하여 주광첸을 비판하는가 하면 차이이도 반대하면서, 미는 객관성과 사회성 의 상호 통일이라는 유명한 관점을 제시했다.[37] 하지만 오랜 세월이 지 난 후 리쩌허우 선생이 뜻밖에도 '정'이라는 글자에 대해 한 걸음 더 들 어가서 분석하고, 구국과 계몽의 관념을 넘어서서 더욱 깊이 있게 사고 하게 된 것이다.

또 다른 예는 역사 맥락 속에서 '서정'이 대표하는 의미를 설명해줄 수 있다. '업적事功'와 '정감有情', 이는 선충원이 1952년 1월 25일 부인 장자 오허張兆和(1910-2003)와 두 아들에게 보낸 편지 속에서 자신이 느낀 바를 제시한 것이다. 당시 선충원은 많은 베이징의 지식인들과 함께 토지개혁 의 성과를 참관하러 쓰촨에 갔다. 그날 밤 시골의 숙소에서 무료하기 짝 이 없어서 혼자 《사기史記》를 읽게 된다. 오래된 기름등잔 아래에서 반 복해서 읽다보니 2천 년 전의 역사 속 인물들인 이광李廣(?-BC119)·두 영竇嬰(?-BC131)·위청衛靑(?-BC106)·곽거병霍去病(BC140-117)·사마상 여司馬相如(BC179-118) 등이 차례로 눈앞에 떠오른다. 이 인물들이 역사 책 속에서 어찌나 생생하게 살아 숨쉬고 있었던지 선충원은 상당히 감 동한다.[38] 그는 《사기》와 같은 이런 대작은 대단한 글 솜씨를 가진 사 람이라야 비로소 그것이 가능하다는 데 생각이 미친다. 물론 그 사람은 사마천司馬遷(BC145-?)이었다. 선충원은 이리하여 역사를 서술하던 그가 과거에 그 얼마나 고독한 속에서 마음 속 느낀 바를 써냈는지를 상상하 게 된다. "동양 사상의 유심주의적인 경향은 정감과 분리될 수 없다! 이 런 '정감'과 '업적'은 어떤 때는 하나로 서로 합쳐지지만 대부분은 상대적으로 존재하면서 일종의 모순적인 대치를 이룬다. 인생의 '정감'이 종종 사회 속의 '업적'과 서로 배척하는 것에 대해 한쪽만 생각하다가는 다른 쪽을 놓치기 쉽다."

> 관중管仲(BC723?-645)과 안영晏嬰(BC578-500)이 업적을 추구했다면 굴원屈原(BC340?-278)과 가의賈誼(BC200-168)는 정감을 추구했다. 따라서 정감은 또 종종 '무능'한 것이 되었다. 오늘날로 말하자면 '무지'하다는 평을 면키 어렵다. … 업적은 배워서 할 수 있지만 정감은 알기 어렵다! … 달리 말해보마. 작가의 삶에는 가치도 있고 성숙도 있다. 이 가치와 성숙은 또 모두 고통, 우환과 관계가 있다. 단순히 지식의 축적에서 오는 것이 아니다! … 책에 연료를 만들고 하는 것을 업적이라 하겠는데, 자료를 수집함으로써 완성할 수 있는 것이다. 열전은 작가의 생명 속에 어떤 특별한 것들이 필요하다. … 고통을 겪어야 축적된 정감이 성숙해진다. ― 이 정감은 깊은 체험, 지극한 사랑, 그리고 업적을 통하되 그것 이상인 이해와 인식이다.[39]

선충원은 역사 서사에서 통상 중시하는 것은 이른바 '업적'임을 지적한다. 업적이 가리키는 것은 제왕 장상, 영웅 미인, 갖가지 전쟁, 온갖 정치적 사건이다. 즉 오늘날의 이른바 각양각색의 혁명이 만들어내는 심대한 변동이다. 그러나 선충원은 우리에게 말한다. 사실 역사에는 또 한 종류의 읽기 방법과 관점이 있는데, 이러한 읽기 방법과 관점이 오히려 역사로 하여금 더욱 생생하게 눈앞에 나타나게 만든다는 것이다. 선충원이 보기에 이런 역사가 곧 정감의 역사다. 정감의 역사는 대대로 중국인들이 수천 수백 년간의 수많은 역사적 우환을 전해주도록 만들고, 그들이 끝없이 고독하고 좌절하는 가운데도 자신들이 생각하고 느낀 바를 문자로 남기도록 하면서 다시 한 번 축적하도록 만든다. 또는 사마천·루쉰·선충원 등 일부 뛰어난 작가들이 그들의 방법, 그들의 상상력을 사용하여 다시 한 번 역사상의 갖가지 인물과 사건이 글자 가운데서 생생하게 살아 숨쉬게 만든다. 이런 정감의 역사는 종종 가장 고독한 사람에게서 나오며, 종종 삶의 과정에서 가장 말로 표현하기 어려운 우환을 기록한다. 1952년 선충원의 이 새로운 깨달음은 그로 하여금 이렇게 생각하도록 만들었다. 즉 자신이 홀로 있을 때라야 비로소 업적이 아니라 정감에 대한 일종의 새로운 깨우침을 진정으로 이해할 수 있다는 것이었다.

다시 한 번 강조하고자 한다. 서정의 '정'자는 중국 고전과 현대문학의 주체에 대한 특수한 관찰이다. 내열에서 외연에 이르기까지, 관능에서 형상에 이르기까지, 감수에서 깨달음에 이르기까지, 웅지와 격정에서 번민과 방황에 이르기까지, 정이란 무엇인가 하는 것이 언제나 작가의 사색을 불러일으켰고, 정과 의지, 정과 본성, 정과 이성, 정과 무정 등의 관념에 대한 논쟁이 문학 담론을 풍부하게 만들었다.

그런데 서정의 '서抒'자는 비단 토로한다, 해소한다는 뜻만 가지고 있는 것이 아니다. 전통적인 '서序'자와 서로 통용되면서 엮는다, 합친다라는 뜻도 가지고 있는데, 일종의 역사적 시각으로서 조직하고 편성한다는 것이기도 하다. 즉, 자신의 혜안과 솜씨를 가지고 사라지고 흩어져버린 역사 인문 경험을 다시 한 번 새롭게 정련해낸다는 것이기도 하다. 선충원과 같은 작가들이 체험한 이와 같은 정신과 경험에 대한 가장 훌륭한 매개체는 바로 다름 아닌 문학과 문자이다. 이는 '서정'에는 감정에 대한 자연스러운 동경도 포함되어 있고, 형식에 대한 노력이라는 추구도 포함되어 있음을 설명한다. 정을 펼쳤다 거두었다 하는 사이에 사람을 감동시키는 문학의 힘이 저절로 생겨나게 되는 것이다. 뒷사람인 우리가 중국의 주체적인 성정을 논하면서 만일 오로지 지그문트 프로이트, 자크 라캉, 찰스 테일러라든가 정동이론(affect theory)[4]과 같은 이

---

4) 국립국어원의 표준대사전에는 '정동'을 '희로애락과 같이 일시적으로 급격히 일어나는

런 서양 학문 안에서만 맴돌게 된다면, 진주 상자만 사고 진주는 되돌려주는 식의 잘못된 선택이 아닐 수 없다.

따라서 '혁명', '계몽', 그리고 '서정' 이 세 가지 문학 서사에서의 역사 명제의 관점에 대해 나는 세 가지 사이에 이것 아니면 저것 식의 선택은 존재하지 않는다고 생각한다. 역사와 계몽은 이미 20세기의 현실적 경험이 되어버렸다. 그러니 우리는 반드시 그 존재 의의를 인정해야 한다. 그런데 역사는 서정의 소환, 서정 기호의 새로운 편성을 통해서 일종의 새로운 감동적 에너지를 발휘하게 된다. 우리는 반드시 이 점 또한 인정해야 한다. 새로운 세기로 접어든 이래 '조화로운 사회'의 동경 (및 '차이나 드림'의 실현)에 대해 깨닫는 바가 많을 것이다. 이런 에너지는 우리 사이에서 유동하고 있을 뿐 아니라 장래에도 계속해서 우리에게 분노를 풀고자 마음을 토로하는 또 다른 가능성을 가져오게 될 것이다. 이런 의미에서 볼 때 중국의 현대와 고전 사이에는 여전히 상당히 큰 대화의 여지가 존재하고 있다.

감정 또는 진행 중인 사고 과정이 멎게 되거나 신체 변화가 뒤따르는 강렬한 감정 상태'로 풀이하고 있다. 정동 이론가들은 정동에 관한 어떤 단일한, 일반화될 수 있는 이론은 없으며 앞으로도 결코 없을 것이라고 한다. 다만 대략적으로 보아 '정동'이란 느낌·감정·정서와 유사하면서도, 단순히 정신적인 것이 아니라 몸과 정신의 두 가지가 함께 작동하여 양쪽 모두에 어떤 흔적을 남기는 움직임을 일컫는다. 예컨대 '정서'(emotion)가 개인적인 측면에서 문화적으로 약호화된 방식으로 언어나 몸짓으로 나타나는 표현이라고 한다면, '정동'은 아직 인식되고 개인적인 것으로 확정되기 이전 단계의 어떤 자율성을 가진 움직임을 말한다. 이런 '정동'과 관련한 탐구는 1990년대 중반 이후 인지과학·문화연구·사회학·인류학·여성학·비평이론 등 다양한 영역에서 이른바 패러다임의 '정동적 전환'(affective turn)이라는 말을 낳을 만큼 본격적으로 확산되고 있다. 멜리사 그레그/그레고리 J. 시그워스 편저, 최성희/김지영/박혜정 옮김, 《정동 이론》, (서울: 갈무리, 2015.12), pp. 19, 585-596 ; 박현선, 〈정동의 이론적 갈래들과 미적 기능에 대하여〉, 《문화과학》 제86호, 서울: 문화과학사, 2016.06, pp. 59-81 ; 국립국어원 표준대사전 참고.

[1] 《走向未來》創刊號(1986)에 처음 게재되었다. 李澤厚, 〈啟蒙與救亡的雙重變奏〉, 《中國現代思想史論》, (台北: 風雲時代出版社, 1980), pp. 1-47 를 참고하기 바란다.

[2] 《十三經注疏 1 周易‧尚書》, (台北: 藝文印書館, 1993), p. 111.

[3] 《說文解字注》, (台北: 黎明文化, 1984), p. 108.

[4] 梁啟超, 〈夏威夷遊記〉, 吳松、盧雲昆、王文光、段炳昌點校, 《飲冰室文集點校》, (昆明: 雲南教育出版社, 2001), pp. 1824-1832.

[5] 魯迅, 〈兩地書〉, 《魯迅全集》第十一卷, (北京: 人民文學出版社, 2005), p. 40.

[6] 蔣光慈, 〈十·月革命與俄羅斯文學〉, 《蔣光慈文集》第四卷, (上海: 文藝出版社, 1982), p. 680.

[7] 1917년 2월 천두슈는 《신청년新青年》 제2권 6호에 〈문학혁명론〉을 발표하여, 후스를 '문학혁명'의 최선봉장으로 추켜세우고, 후스의 문학개량에 관한 '미완성 원고'인 〈문학개량에 관한 의견文學改良芻議〉을 중국문학 혁명의 무대에 등장시켰다.

[8] 1928년 2월 청팡우는 《창조 월간創造月刊》제1권 제9기에 〈문학혁명에서 혁명문학으로從文學革命到革命文學〉를 발표했다. 그는 여기서 5·4 이래 문학혁명의 상황을 분석하면서, "앞으로 우리의 문학운동은 일보 전진을 위해 문학혁명에서 혁명문학으로 한 걸음 더 전진해야 한다"고 주장했다.

[9] 魯迅, 〈小雜感〉, 《魯迅全集》第三卷, (北京: 人民文學出版社, 2005), p. 556.

[10] 毛澤東, 〈湖南農民運動考察報告〉, 《毛澤東選集》, (北京: 人民出版社, 1964), p. 180.

[11] 張潔, 《無字》, (上海: 上海文藝出版社, 1998 ; 台北: 馥林文化, 2008)

[12] 楊沫, 《青春之歌》, (北京: 作家出版社, 1958)

[13] 羅廣斌、楊益言, 《紅岩》, (北京: 中國青年出版社, 1961)

[14] 《十三經注疏 6 左傳》, (台北: 藝文印書館, 1993), p. 622.

[15] 《十三經注疏 1 周易‧尚書》, (台北: 藝文印書館, 1993), p. 23.

[16] 魯迅, 〈集外集補遺篇‧破惡聲論〉, 《魯迅全集》第八卷, (北京: 人民文學出版社, 2005), p. 30.

[17] 胡適, 《胡適散文》, (北京: 中國廣播電視出版社, 1992), p. 260.

[18] 毛澤東, 〈新民主主義論〉, 《中國文化》創刊號, 1940.01.

[19] 중국공산당이 1942년 2월부터 스안간닝변구에서 시작한 정치 문화 운동. 정풍이란 세 가지 풍조를 정돈한다는 것으로, 주관주의를 반대함으로써 학풍을 정돈하고, 종파주의를 반대함으로써 당풍을 정돈하고, 당팔고黨八股를 반대함으로써 문풍을 정돈한다는 뜻이다.

[20] 마오쩌둥은 중국공산당 창립 28주년을 기념하여 1948년 6월 20일에 《인민민주독재를 논함》을 발표했다.

[21] 馬克斯 · 霍克海默[Max Horkheimer]、西奧多 · 阿多諾[Theodor W. Adorno] 著, 林宏濤譯, 《啟蒙的辯證: 哲學的片簡》, (台北: 商周出版社, 2009)

[22] 예성타오의 《니환즈》는 1928년에 창작한 장편소설로, 《교육 잡지教育雜志》에 연재되었다.

[23] 戴厚英, 《人啊, 人》, (廣州: 廣東人民出版社, 1980)

[24] 王安憶, 《啟蒙時代》, (台北: 麥田出版社, 2007)

[25] 姜戎, 《狼圖騰》, (台北: 風雲時代出版社, 2005)

[26] 魯迅, 〈文化偏至論 · 墳〉, 《魯迅全集》第一卷, (台北: 谷風出版社, 1989), p. 55.

[27] 王國維, 《英國大詩人自衣龍小傳》, 《王國維文集》第三卷, (北京: 中國文史出版社, 1997), p. 400.

[28] 陳獨秀, 〈文學革命論〉, 《新青年》第二卷六號, 1917年2月. 趙家璧主編, 胡適等編選, 《中國新文學大系 · 建設理論集》, (台北: 業強出版社, 1990. 03, 台灣1版)을 참고하기 바란다.

[29] 魯迅, 〈"題未定"草(六至九)〉, 《魯迅全集》第六卷, (北京: 人民文學出版社, 2005), pp. 439-440.

[30] 1939년 5월 시인 쉬츠는 홍콩에서 〈서정의 추방抒情的放逐〉이라는 글을 발표하여, 나라가 많은 어려움을 겪고 있는 상황에서 당대문학과 서정의 관계를 다시 사고해볼 필요가 있다고 주장했다. 陳國球, 〈論徐遲的放逐抒情 ― "抒情精神"與香港文學初探之一〉, 王德威、陳思和、許子東主編, 《一九四九以後》, (香港: 牛津大學出版社, 2010), pp. 290-300을 참고하기 바란다.

[31] 胡風, 《胡風論詩》, (廣州: 花城出版社, 1988), p. 171.

[32] 艾青, 《詩論》, (北京: 人民文學出版社, 1995), p. 12.

[33] 후펑의 '주관 전투정신'이란 생각은 주로 胡風, 〈文藝工作的發展及其努力方向〉, 《胡風全集 · 評論II》3, (武漢: 湖北人民出版社, 1999), pp. 174-184 ; 胡風, 〈置身在爲民主的鬥爭裏面〉, 《胡風全集 · 評論II》3, (武漢: 湖北人

民出版社, 1999), pp. 185-191 등의 글에 들어있다. 예컨대 그는 후자에서 이렇게 언급한다. "문예 창조는 피와 살로 이루어진 현실 인생에 대한 박투로부터 시작된다." "피와 살로 이루어진 현실 인생에 대한 박투로부터 시작된다는 것은 곧 사상 투쟁을 위한 요구이며… 피와 살로 이루어진 현실 인생에 대한 박투로부터 시작될 때라야 문예 창조 안에서 비로소 창조력이 충만해지고 사상력이 강인해질 가능성이 있다." 胡風, 《胡風全集·評論II》3, (武漢: 湖北人民出版社, 1999), p. 186, 187.

[34] 毛澤東, 〈憶秦娥·婁山關〉, 《詩刊》 1957年1月號. 《毛澤東詩詞集》, (北京: 中央文獻出版社, 1996), p. 520을 참고하기 바란다.

[35] 毛澤東, 〈沁園春·雪〉, 《詩刊》 1957年1月號. 《毛澤東詩詞集》, (北京: 中央文獻出版社, 1996), p. 680을 참고하기 바란다.

[36] 毛澤東, 〈蝶戀花·答李淑一〉, 湖南師範學院院刊, 《湖南師院》 1958年1月1日. 《毛澤東詩詞集》, (北京: 中央文獻出版社, 1996), p. 100을 참고하기 바란다.

[37] 四川省社科院文學研究所編, 《中國當代美學論文選》第一集, (重慶: 重慶出版社, 1984), p. 93, 148, 253을 참고하기 바란다.

[38] 沈從文, 〈致張兆和、沈龍朱、沈虎雛〉, 《沈從文全集》第十九卷, (太原: 北岳文藝出版社, 2002), p. 317.

[39] 沈從文, 〈致張兆和、沈龍朱、沈虎雛〉, 《沈從文全集》第十九卷, (太原: 北岳文藝出版社, 2002), p. 317.

제4장

포스트 유민 글쓰기
― 시간과 기억의 정치학

'포스트 유민주의'(post-loyalism)는 내가 만들어낸 단어로, 애초 그 동기에는 조롱의 의도가 없지 않았다. 1980년대 이래 '포스트 학문'이 성행하면서 '포스트모더니즘'(post-modernism)과 '포스트구조주의'(post-structuralism)가 학계와 문화계의 새로운 인기 분야가 되었다. 거대 서사의 붕괴, 주체의 해체, 언어·기호·의미의 차연과 산종 등이 급속도로 호응을 받으며 광범위하게 토론을 불러일으켰다. 이와 동시에 홀연 '포스트식민주의'(post-colonialism) 담론이 등장했는데, 한편으로는 '포스트 학문'의 전략을 사용하며 학술 사상의 패권을 전복시키면서, 한편으로는 대학 안팎에서 '억압받는 사람들'로 하여금 소수 종족과 소수 문화 집단의 권리 회복 활동에 나설 것을 부르짖었다. 그것은 '포스트 학문'의 수사적 논증적 매력을 발휘하는가 하면 또 '포스트 학문'의 윤리적 정치적 추구가 지닌 맹점을 폭로하기도 했다. '포스트 학문'과 연합하기도 하고 그것에 대항하기도 한 것인데, 학문과 정치의 정확성에 대한 동시 추구라는 것이 물론 그 편의적인 이유였다.

내 생각에는 어차피 서로 앞 다투어 주변이 중심을 타도하고자 하는 이런 시대이니 '포스트 식민주의'에 상응하는 '포스트 유민주의'라는 것이 있어도 무방하겠다 싶었다. 당대의 화어 세계—특히 타이완—가 경험했던 문학과 문화의 도전을 꼼꼼히 살펴본 뒤, 나는 이 '포스트 유민주의'가 사실은 대대적으로 검토해볼 만한 것일 뿐만 아니라 심지어 병목 현상에 처한 민족 상상에게 한 가지 길을 제시해줄 수도 있다는 점을 이해하게 되었다.

기왕에 '유민'이라는 말을 썼으므로 사람들의 의문을 불러일으키지 않을 수 없을 것이다. 이 어휘에는 지나간 시절에 대한 회고적인 분위기가 가득하기 때문이다. 하지만 어서 이 책과 저자에게 꼬리표를 붙이고 싶은 분들이라도 일단 다음의 글(또는 이 책 전체)을 보고난 뒤 판단해주시기를 부탁드린다.

포스트 유민의 '포스트'라는 말에는 물론 그 나름의 이치가 포함되어 있다. 나의 정의 속에서 '포스트 유민'의 위치는 끊임없이 변화하는 것이다. 심지어는 적극적인 포스트 식민자를 예비하는 것일 수도 있다. 유민은 원래 '강산의 주인이 바뀌는 시대에도 지난 왕조에 충성하면서 새 왕조에서 벼슬함을 부끄럽게 여기는 사람'을 가리킨다. 이미 스러져버린 정치·문화를 추모하는 사람으로서의 유민은 시간에 어긋나는 정치적 주체를 암시하는데, 그것의 의의는 공교롭게도 그 합법성과 주체성이 이미 사라져버린 끄트머리에서 이루어진다. 이치대로라면 군주에 충성하고 나라에 보답해야 함을 강조하는 유민 의식은 20세기에 이르러서 '현대'의 발걸음을 따라 점차 사라져야 했다. 하지만 근현대 중국의 역사를 되돌아보면, 정치적 단절이 일어날 때마다 오히려 유민의 신분과 그 해석 방식이 한층 더 확장되고 복잡해졌다. —이에 따라 유민 글쓰기 또한 현대화의 세례, 심지어는 포스트 현대화의 세례까지 받게 되었다.

오늘날 중국 대륙과 타이완은 각기 민족주의라는 토템과 금기에 시달리면서도 또 각기 유사 이래 변함이 없는 정통성과 주체성을 내세우고 있다. 혁명을 떠들어댈수록 역사적 정통성이라는 합법성을 호명하고자 하며, 민주와 진보를 외쳐댈수록 오직 자신만의 유구한 신화를 발명해낸다. 그러니 '유민'이 어찌 때가 지난 것이겠는가? 그것은 이미 깔끔한 위조품, 포스트모던식 주체의 구경거리가 되어버렸다.

이런 의미에서 나는 '포스트 유민' 글쓰기의 논증 가능성을 제기하는 것이다. 이른바 '포스트'란 한 시대가 끝났음을 암시할 뿐만 아니라 한 시대가 끝났으면서도 끝나지 않은 것을 암시한다. 그런데 '유'란 '유실' 즉 상실과 포기이자, '유'란 또한 '잔존' 즉 부족과 결핍이기도 하고, '유'는 동시에 또 '유증' 즉 전승과 남김이기도 하다. 포스트 유민의 '포스트'에는 원래 유민 담론의 틀에서 벗어난다는 의미가 포함되어 있다. 그런데 실제로는 그렇지 않다. 만일 유민 의식이 어쨌든 이미 시간의 소실과 착란, 정통의 교체와 변천을 의미하고 있다면, 포스트 유민은 이보다 더 심해져서 이미 착란된 시공간을 더욱더 착란시키며 한 번도 온전한 적이 없었던 정통을 더욱더 좇고자 한다. 두 가지 모두 어떤 새로운 '상상의 공동체'(imagined community)에 대한 참으로 신랄한 조롱이다. 이로부터 생겨나는 초조와 욕망, 발명과 망각, 타협과 저항이 당대 문학의 민족주의 담론의 초점이 된다.

내 생각에 타이완을 좌표로 한다면 이 몇 년간 우리의 연구는 대체로 '이민'과 '식민'이라는 주제에 중점을 두고 진행되어 왔다. 사실상 명나라 정성공鄭成功(1624-1662)이 타이완에 머물렀던 때부터 1895년 타이완을 일본에 할양할 때까지, 또 일본 식민지 시절부터 국민당 정권이 들어설 때까지, 타이완은 유민 상상과 담론의 복합적인 가능성 ─ 정권 교체의 유민, 종족의 유민, 국가의 유민, 종교 신앙 및 이념의 유민, 문화의 유민, 지역의 유민 등 ─ 을 이미 증명해왔다. 이런 유민 신분이 만들어낸 맥락은 타이완의 현대적인 주체의 생성이 얼마나 길고 복잡한 과정이었는지를 사고하게 만든다. '식민' 및 '이민' 담론은 사실 이런 과정에서의 모순적이거나 비판적인 면을 충분히 포괄하지 못하고 있다.

유민 의식은 21세기에 이르러서도 타이완의 본토 의식 및 정권 형성과 더불어 소멸된 것은 아니었다. 오히려 타이완 문학과 문화가 현대에서 당대로 전환하는 데 있어서 하나의 매개체가 되었다. 그대는 보지 못했는가? 한쪽에서는 '오래된 영혼'[1]이 위인도 가버리고 이념도 사라져버렸다면서 탄식하며 불안해서 하루하루를 넘기기 힘들 정도인데, 다른 쪽에서는 '아시아의 고아'가 결국 알고 보니 '타이완의 아들'이더라는 것을 증명하면서 조상을 되찾고 제사를 모시며 민족의 중흥이 눈앞이라고 생각한다.[2] 양쪽 모두 전통적인 유민 의식을 극단까지 밀고 나가는 것이다. 만일 유민이 지난 왕조 내지 정통의 '상실'을 몸과 마음의 의탁 조건으로 조작한다면, 포스트 유민은 한 걸음 더 나아가서 아예 '없는 것'을 '있는 것'이라고 주장한다. 지난 왕조 내지 정통에 필수적인 역사라는 요소는 이제 불필요하다. 망한 나라의 태평연월이 꿈만 같아라는 서글픈 마음만 넘쳐난다. 포스트 유민의 논리에는 설령 지난 왕조와 정통이 존재하지 않는다 하더라도 무에서 유를 만들어냄으로써 그리

---

1) '오래된 영혼老靈魂'은 타이완 비평계에서 주톈신朱天心(1958-) 소설의 주인공들과 유사한 인물들을 통칭하는 용어로, 늘 종말로서의 죽음을 의식하고 죽음의 비밀에 끌리며, 나이는 많지 않지만 세상사를 꿰뚫고 있으며, 흡사 유령처럼 잊힌 역사를 추적하고 흘러간 과거를 한탄하며, 현대적 대도시 속에서 스스로를 소외시키는 인물들을 말한다. 주톈신은 〈죽음의 예지에 관한 기록預知死亡紀事〉에서 이런 유의 인물들을 마치 서양 점성술에서처럼 거듭해서 환생하지만 신통력은 없는 영혼과 같다고 하면서 '오래된 영혼'이라고 명명했다.

2) '아시아의 고아'는 우줘류吳濁流(1900-1976)의 일본어 장편소설 《아시아의 고아亞細亞的孤兒》(1946)에서 따온 것이다. 이 소설의 주인공은 일제 시기 타이완 출신으로 타이완, 일본, 중국 대륙 등지를 전전하는 동안 일본인은 물론이고 중국인에게까지 온갖 차별 대우를 겪다가 결국 미쳐버리고 만다.

워하거나 되돌아가려는 역사, 아니 욕망과 대상을 이끌어낼 수가 있는 것이다.

미래의 가능성을 전망하는 것이 꼭 가장 효과적인 민족 담론은 아니다. 그것은 끊임없이 과거를 되돌아보며 '하늘의 명'을 이어가느냐 아니냐에 달려있다. 대중국 논자들은 즐겨 타이완 문학사란 곧 조국을 그리워하는 해외 유민의 문학사라고 강조한다. 비록 '조국'의 정의가 모호하기 짝이 없기는 하지만 말이다. 이에 대항해서 독립 의식이 강한 타이완 작가와 논자들은 저쪽에서 부여한 유민 전통을 원수처럼 대하면서 그걸 없애버려야 후련할 것이라고 여긴다. 비록 아직 건국[즉 타이완의 독립]이 성공을 거둔 건 아니지만 이런 열혈 지사들이 앞장서서 나아가는 데는 아무런 장애가 되지 않는다. 일단 미래의 나라를 위해 과거의 역사를 쓰는 것이다. 다음번의 태평 세상이 지난번의 민족 역사 이야기로 장식된다. 이 몇 년 간 갖가지 타이완 대하 서사, 문학사론 가운데 상당수는 정통이나 정전을 이루어내려는 동기에서 출발한 것이다.

민족 담론이 일관된 상상의 원천을 애써 더듬어 올라가는 것은 원래 심하게 비난할 만한 일은 아니다. 그러나 작가나 논자들이 하늘을 받들고 명을 받잡는다는 식의 논리를 펼치는 동안 그들은 자신도 모르게 이미 민주 시기 이전의 역사관으로 후퇴하고 있는 것이다. 어느 사이엔가 이른바 타이완 주체는 초월적인 존재가 되어 버리고, 나라를 다시 바로잡아 찬란한 빛을 발하게 될 날이 머지않게 된다. 그것은 민족정신을 호명하는 신비한 신호로 떠받들어지면서, 이와 동시에 역사 현실을 반영한 자연스러운 결론이라고 해석된다. 그것은 선험적인 것이기도 하고 가설적인 것이기도 하다.

이에 따라 '한족의 유민'(라이허賴和(1894-1943))이든지 아니면 '아시아의 고아'(우쭤류吳濁流(1900-1976))이든지 간에, 또는 '지원병'(저우진보周金波(1920-1996))이든지 아니면 '신문 배달부'(양쿠이楊逵(1905-1985))이든지 간에,3) 모조리 건국 역사 서사의 대열 속에 포함시킬 수 있게 된다. 이들 작가들이 가지고 있던 이념과 창작 노선이 본디 서로 달랐음에도 불구하고, 방법만 다를 뿐 결과는 똑같은 것이었다고 간주된다. [나라에] '조정'이 생기기도 전에 이미 잃어버린 '역사 이전의 역사'가 어른거린다. 그리고 그 가운데서 그들은 마치 자신도 어쩌지 못하는 잘 준비된 유민인 것 같다. ― 그들은 과거가 아니라 미래가 (미리) 남겨둔 유민인 것이다. 가설적인 것이 선험적인 것으로 바뀌는데, 사실은 포스트 유민 담론이 스스로 '과거의 유민'이라는 분신을 창조해내는 것이다.

유민/포스트 유민 의식을 광의의 현대성이라는 상황 속에 놓고 논의해 보면 문제는 더욱 복잡하게 된다. '현대'를 현대라고 일컬을 때 그것은 시간적으로 현재와 과거, 전통과 혁신 사이의 격한 균열을 의미한다. 논자들은 이미 현대성의 역설을 지적한 바 있다. 그것은 한편으로는 시간적인 균열과 모든 것이 지나가버렸다는 느낌을 강조하면서, 한편으로는 또 끝없이 이어지는 향수를 드러낸다. 또 그것은 한편으로는 의의와 가치 면에서 과거에는 없던 것이라는 필요성을 과장하면서, 한편으로는 또 근본부터 바로잡으려는 유혹이라든가 궁극적인 목적을 추구하려는 유혹을 잊지 못한다. 우리는 알아야 한다. 이런 모순 속에서 유민 의식은 철지난 것이 아닐 뿐만 아니라 오히려 어떤 특수한 시각을 제공해줄 수 있는 것이다. 즉 그것은 현대성의 시간관념의 역설을 폭로해줄 수 있는 것이다. "우리는 되돌아갈 수 없어요"라는 장아이링의 명언을 생각해보자. 현대적 주체는 역사의 폐허 앞에 서서 끝없는 황량함을 느끼지 않을 수 없다. 그러면서 또 과거의 불가역성을 추억함으로써 자기

---

3) 여기서 '한족의 유민', '아시아의 고아', '지원병'(친일), '신문 배달부'(반일)라는 용어는 각각 차례대로 〈바둑판 옆에서棋盤邊〉(1930), 《아시아의 고아亞細亞的孤兒》(1946), 〈지원병志願兵〉(1942), 〈신문 배달부送報伕〉(1932)의 문구 또는 제목에서 따온 것이다.

자신의 독립적이고 처연한 지위를 이루어내야 한다. 이런 의미에서 우리는 모두 현대라는 상황 속에 처해 있는 시간의 유민인 셈이다.

유민은 상실의 고통을 겪고 있어서 살아도 산 것 같지가 않으며 언제나 유령과 같은 의식이 그 속에 잠복해있다. 포스트 유민 담론에서 바로 이 유령이 무대에 등장한다. 나라님 아버지라는 존재(ontology)의 상실과 붕괴는 유민의 원죄적 짐이다. 그러나 포스트 유민은 울음을 그치지 못하면서도 동시에 유령과 함께 춤추는 것을 잊지 않는다. 그의 역사적 상상 속에서 그가 욕망하는 나라님 아버지는 여전히 모든 것을 좌우하고 있는데, 아마도 근본적으로는 곧 부재하는 우상, 유령의 유령일 것이다. 이리하여 자크 데리다가 말하는 유령론(hauntology)에 대한 복잡한 동양식 상응물이 나타난다.[1] 자크 데리다의 원래 의도는 서양의 마르크스주의가 쇠퇴한 후에도 '마르크스의 유령'이 흩어지지 않고 있는 문제를 검토해보는 것이었다. 그는 이를 통해서 사상계가 역사에 대해 가지고 있는 존재론식의 변증법이 사실은 그것의 어두운 구석을 회피해왔다고 비판한다. 그런데 "유령은 늘 역사 중에 존재하고 있지만 … 그것은 파악하기도 어렵고 시간적 순서에 따라 선과 후로 쉽사리 구별되는 것도 아니다."[2] 다시 말하자면 유령은 과거로부터 오는 데서 그치지 않고 미래에도 끊임없이 되돌아올 것임을 예고하고 있다는 것이다.

자크 데리다의 견해에 근거해 볼 때 우리는 포스트 유민이 '세상 바뀐 줄 모르는 것'에 대해 논할 수 있을 것이다. 그는 판도라의 상자를 열어젖혀서 온갖 역사의 정령들이 사방에서 출몰하도록 만든 셈이다. 한편으로는 유민의 시간과 기억이 최종적으로는 해체될 것임을 의미하면서, 다른 한편으로는 유민 의식이 가진 선험적인 아집이 연장되고 과장될 것임을 의미하고 있는 것이다. 기왕에 이미 시간의 궤적이 착란되고 기억의 방법이 해방된다면, 포스트 유민이 경험한 바 상실감과 포기할 수 없는 애증은 이제 더 이상 통상적인 사유의 구속을 받지 않게 될 것이며, 끝없이 서로 다투는 부담 내지 탐닉 — 흡사 유령과 같은 매혹이 될 수 있는 것이다.

나는 이 매혹이 꼭 봉건사상의 찌꺼기인 것만은 아님을 강조하고 싶다. 현대에 들어와서 주체가 시간의 함몰과 마주하게 될 때 마땅히 지게 되어 있는 윤리적인 책임이 될 수 있다.[3] 이 윤리적 책임에는 물론 그 심리학적인 연원이 있다. 애도하는 것은 단순히 망자를 그리워하며 과거와 고별하는 것만은 아니다. 애도하는 것은 감정을 가진 주체가 사무치게 그리워하면서 마음 편히 지내지 못하게 만드는 일종의 삶의 태도 또는 삶의 내용이 될 수 있다. 프로이트의 말로 하자면, 주체는 욕망 대상의 상실에 대해 애도(mourning)라는 형식을 통해 아픔을 해소하는 것이 아니라 오히려 그것이 더욱 심해지도록 만든다. 잃어버린 대상을 내화하면서 이 슬픔은 끝이 없어라 식의 주체 자신의 우울(melancholia)의 순환을 형성하는 것이다.[4] 나는 그러나 중국의 풍부한 유민 담론 전통 바로 그것에 비추어볼 때 애도가 일종의 선택일 수도 있다는 점을 강조하고 싶다. 시간의 궤적 가운데 잃어버린 욕망 대상에 대한 그래선 안 된다는 것을 알면서도 그렇게 하는 일종의 선택인 것이다. 역사의 유해가 벗어나기 어려운 것이라면 유민의 영향 역시 사라질 수가 없는 것이다. 망각과 기억, 포기와 전달, 퇴마와 초혼의 가능성 사이에서 오가는 가운데 어느덧 모더니티와 포스트 모더니티 사이의 진퇴양난이 출현한다.

나의 《포스트 유민 글쓰기後遺民寫作》[4]에 수록한 글들은 '유민', '포스

---

4) 王德威, 《後遺民寫作》, (台北: 麥田出版社, 2007)

트 유민' 담론에 대한 나의 초보적인 관찰이다. 전체는 서로 검증되는 세 가지 주제, '꿈 깸과 꿈 꿈', '퇴마와 초혼', '고향과 타향'으로 나누었다. '꿈 깸과 꿈 꿈'은 유민 의식과 잠재의식을 넘나드는 주체의 (포스트) 심리적 기제를 다루었고, '퇴마와 초혼'은 역사적 채무에 대한 한 사회 또는 한 문화의 의례적인 프로젝트를 부각했으며, '고향과 타향'은 국가와 이산 상상이 빚어내는 시공간의 상황(chronotope)[5]을 검토했다.

현당대 타이완 문학의 맥락 속에서 포스트 유민 글쓰기의 계보를 논하게 되면, 우리에게 가장 먼저 떠오르는 것은 반공·향수의 문학이다. 이는 물론 1949년의 역사적 균열과 관련이 있다. 장구이姜貴(1908-1980)·주시닝朱西甯(1926-1998)·탕루쑨唐魯孫(1908-1985)·바이셴융白先勇(1937-) 등의 작품에서 중국은 영원한 꿈의 나라로 변한다. 하지만 또 언제든지 영원히 되돌아오지 않는 세상으로 바뀔 수 있다. 그들은 이산과 글쓰기(또는 기억의 서사)의 미묘한 밀고 당김을 보여주었다. 그런 균열의 상처는 말로 다 이야기할 수 없고 글로 다 써낼 수 없는 것이지만, 글쓰기란 언제나 사후 총명의 방식일 수밖에 없으므로 결국 언제나 애도의 자세를 보이게 마련이었다. 그런데 만일 글쓰기가 없다면, 이산 또한 장차 망각되어버릴 그런 흔적조차 남기기가 더욱더 어려워지게 될 것이다.

---

5) 크로노토프(chronotope)는 그리스어로 시간을 뜻하는 크로노스(chronos)와 장소를 의미하는 토포스(topos)의 두 단어를 합성하여 만든 말로 '시공간' 또는 '시공성'이라고 번역하기도 한다. 바흐찐은 이를 문학 작품 속에 예술적으로 표현된 시간과 공간사이의 내적 연관이라고 정의하면서, 문학 작품이 시간과 공간을 어떻게 표현하느냐를 설명하기 위해 이 개념을 사용했다. 그는 이 개념을 사용하여 문학 작품 내에서 각각 다양한 형태의 시간과 공간이 어떻게 서로 결합하느냐에 따라 문학 작품을 분류하기도 했다. 권기배, 〈바흐찐 크로노토프 이론의 국내수용에 관한 고찰〉, 《노어노문학》 제 18권 제 1호, 한국노어노문학회, 2006년 4월 30일, pp. 151-189 참고.

군인가족 동네[6) 출신 작가인 주톈신朱天心(1958-   )·쑤웨이전蘇偉貞 (1954-   ) 등은 출생이 늦어서 '포스트' 유민의 크나큰 난감함을 겪을 수 밖에 없었다. 그녀들의 아버지와 오빠들은 피와 살로 타이완을 지켰다 지만, 그녀들은 성장 과정에서 새로운 방황을 겪게 되었다. 어제의 성스 러운 전쟁은 조금씩 잊혀져갔고, 동요되어서는 안 되는 이념은 동요되 었다. 타이완 섬에 신혈통론이 성행하며 '타이완과 존망을 같이하자'는 말이 유행어가 되었을 때, 군인가족 동네 작가들은 깨달아야 했다. 아버 지와 오빠들이 타이완의 존망을 위해 바친 그 모든 것들이 오히려 자신 들의 원죄의 기원이 되어버렸다는 사실이다. 그녀들은《그리운 나의 군 인가족 동네 형제들想我眷村的兄弟們》을 절절하게 불러대든지 아니면 《시간의 대오時光隊伍》속에 들어가서 이리저리 다니다가 종적을 모르 게 되었다.

그러나 이는 사실 포스트 유민 글쓰기의 출발점이었다. 이에 따라 우 리는 묻게 된다. 순수한 타이완 본토 작가들이 어떻게 유민 상상을 발 휘하거나 거절하고 있는지? 타향에 떨어진 교민들이 어떻게 유민의 계 승자가 될 가능성이 있는지? 이미 이중 삼중으로 주변화된 원주민들도 종족과 문명에 관한 정의 속에서 유민이 되는 것은 아닌지? 그리고 역 사의 상처가 덮여버린 현장에서 멀어지거나 또는 민족 정체성이라는 목 표의 전환에 호응하면서, 누군가가 사후 총명을 발휘해서 자기 자신의 유민 신분을 발견 내지 발명하는 것은 아닌지? 내 생각에 더욱 중요한 것은 포스트 유민 글쓰기가 관심을 가진 것이 (여전히 역사 '거대 서사' 의 일부분인) 나라·신앙의 파편에만 국한되지는 않을 것이라는 점이 다. 앞에서 말한 것처럼 '현대'라는 '망망한 위협' 속에서 포스트 유민 글

---

6) 군인가족 동네眷村란 20세기 중반 중국 대륙 각지에서 타이완으로 철수한 군인과 그 가족이 모여 살던 동네로, 일반인의 주거지와는 다른 특수한 생활 문화적 상황을 보였다.

쓰기는 시간 궤도의 충돌, 문화 상상의 해체, 그리고 소소한 일상생활의 위반 등에 더욱 관계될 것이다.

1895년 타이완 할양 이후 타이완계 작가 문인들은 추펑자丘逢甲 (1864-1912)에서 라이허와 중리허鍾理和(1915-1960)까지 역대로 거의 모두 각기 다른 유민 신분을 사고하고 기억하며 창조해내기까지 한다. 당대 작가 중에는 우허舞鶴(1951-   )의 성과가 특히 주목을 끈다. 그는 역사의 상처를 탐구하고 인성의 뒤얽힘을 분석하는데, 흡사 시간과 공간의 사각 지대에서 잔해와 파편을 캐내며 그것들과의 대화를 시도하고 있는 것 같다. 그의 유별난 지식의 고고학을 통해 이미 망각되어버린 것과 기억되지 말아야 할 것, 비장한 것과 외설적인 것, 공공연한 것과 은밀한 것, 섹시한 것과 거친 것 등등 가지가지 인간사가 어느덧 무대 위에 등장한다. 우허의 포스트 유민적 생각은 타이완 원주민의 운명 속에서 그 상응물을 찾아낸다. 그의 소설《여생餘生》이란 제목을 활용해서 말해보자면 이는 일종의 '여생'의 기억과 글쓰기이다.

마찬가지로 주목할 만한 사람은 리융핑李永平(1947-   )이다. 이 남양의 선배 세대 '화교 학생'은 타이완으로 국적을 변경하지만 마음은 오로지 중국을 향하고 있다. 그런데 그의 중국은 정치적 실체라기보다는 문화적 토템이다. 그리고 타이완은 그의 고향 상상의 집합점이자 화족 문화의 축소판적 투영이다. 그러나 타이완은 타락하여 이미 파멸의 카운트다운이 시작되었다. 리융핑의 화려하고 화사한 묘사 속에서 행간에는 일종의 역사적 숙명의 초조함이 미만하다. 그의《해동청海東靑》은 50만 자를 쓰고도 완성하지 못했는데 이는 의미심장하다. 만일 리융핑 창작의 최종 목표가 이미 잃어버린 중국/어머니를 불러내는 데 있다면, 이를 문자로 구현할 때 자기 자신의 공허한 메아리만 기록할 수밖에 없다는 것이다. 그가 아무 소득이 없는 것은 서사의 성공과 실패 문제가 아니라 욕망(또는 신앙)의 득실 문제인 것이다.

나의 검토에는 두 명의 말세론자도 포함되어 있다. 장아이링은 일찍이 1940년대에 이미 상하이파 퇴폐 문화의 대변인이었으며, 실제 시기와 관계없이 세기말의 복음을 전파해왔다. 난세는 그녀 창작의 환경이었고, 말세는 그녀 창작의 통찰력이었다. 궁극적으로 난세와 말세는 모두 일종의 '아름다우면서도 처연한' 태도로 바뀐다. 그리고 장아이링의 말 한 마디 행동 하나 하나는 그녀가 국가의 유민이 아닌 일종의 도시 문명의 유민임을 암시한다. 천잉전陳映眞(1937-2016)은 이념과 종교의 말세론적 관점에서 우리를 일깨우는데, 자본주의 사회는 중병에 걸려 회복이 어려우며 오직 혁명이라는 하늘의 깨우침으로만 구원될 수 있다고 말한다. 최소한 이론상으로는 그가 동경하는 사회주의 조국은 국가·종족·계급의 한계를 초월하는 것이다. 그러나 중국이 급속하게 시장화한 오늘날 천잉전, 이 타이완 최후의 마르크스주의자는 확실히 중국의 혁명 이상의 마지막 대변인이 되려는 것처럼 보인다.

포스트 유민 작가의 대오는 계속해서 확대되고 있다. 궈쑹펀郭松棻(1938-2005)은 댜오위다오 수호 운동7)의 동료들과 함께 천지가 뒤집히는 것과 같은 해외 혁명의 세월을 보낸 바 있다. 그러다가 문득 과거를 돌아보고는 이념과 역사의 허망함을 깨닫고 마침내 문학에 삶을 의탁하게 된다. 롼칭위에阮慶嶽(1957-   )는 그의 《린슈쯔 일가林秀子一家》에서 뭇신들과 이별하는 이 시대에도 여전히 신의 부름에 감응하는 — 또는 미혹되는 — 어느 서민 가족의 이야기를 묘사한다. 궈쑹펀·롼칭위에 두 사람의 관심 사항은 같지 않다. 그렇지만 문학의 형식에 대한 추구라든가

---

7) 1970년 미국이 2차 대전 이후 점유하고 있던 오키나와의 주권 및 댜오위다오釣魚島의 관할권을 일본에 넘기기로 결정한다. 이에 중국계 사람들이 반발하여 이 과정에서 1971년 약 2천5백 명의 중국 유학생들이 뉴욕의 유엔본부 앞에서 항의 시위를 벌인다. 하지만 1972년 미국은 예정대로 이를 실행에 옮긴다. 최근의 댜오위다오 사태 역시 이의 연장선상에서 일어난 일이다.

신앙이 붕괴된 후 주체가 어떤 길을 선택하는가라는 문제에 대한 사고 등에서 그들 사이에는 기묘한 대화가 생겨난다. 그들은 모두 문학의 모더니즘에 대한 뒤늦은 추종자들이었다. 그 외에 뤄이쥔駱以軍(1967-)은 더욱 심하여 일상생활의 황량하고 황당한 소소한 사안들 속에서 '유'의 또 다른 차원—'방기'—의 본질을 간파한다. 뤄이쥔은 외성인 출신 제2세대 타이완 작가인데, 타이완 섬에서의 경험조차 부친의 중국 기억에 대한 그의 기억을 지울 수 없었다. 이는 그의 우울한 글쓰기에 대한 중요한 은유가 된다. 중국, 부친의 중국은 그가 쓸 수 없으면서도 쓰지 않으면 안 되는 안개 속의 풍경이며, 머나먼 곳의 영원한 유혹이자 고통이다.

1997년 홍콩의 '회귀'는 20세기의 역사적 대 사건이다. 그러나 회귀 이후 홍콩 서사의 '내 사랑 어디에'는 곱씹어볼 만한 문제였다. 황비원黃碧雲(1961-)·리비화·천관중陳冠中(1952-) 이 세 작가는 각자 서로 다른 스타일로 그들의 감각을 써낸다. 전생과 금생의 순환, 운명과 길흉의 장난 등이 각기 그들의 작품에 한 꺼풀 귀기를 덧보탠다. 그런데 대륙에서는 '평화적 굴기'라는 국가 담론 가운데 리루이李銳(1950-)의《인청 이야기銀城故事》가 중국 현대 국가 역사의 출발점—신해혁명의 전야로 되돌아가서, 거대 서사가 채워 넣을 수 없는 빈틈과 거대 역사가 의외로 빠트려버린 궤적을 사고한다. 자핑와는 그의 고향 스안시성으로 눈길을 돌려서, 목소리의 상실(《진강秦腔》)[8]에서부터 심지어 종의 멸종(《이리를 추억하며懷念狼》)에 이르기까지, 황토고원의 유구한 스안시 문화가 어찌하여 쇠퇴하게 되었는지를 묻는다. 국가화 내지 국제화의 물결 속에서 고향은 어찌하여 타향이라는 낯선 존재가 되는지를 묻는 것이다.

---

8) 진강秦腔은 진나라가 있던 중국 서북부 지방에서 유행하던 전통극의 하나이다.

내가 포스트 유민 글쓰기의 극치를 강조하는 이유는 작가가 추모하고 애도한다는 내용 자체에 목적이 있는 것이 아니다. 그들이 고향과 나라, 역사와 문화, 이념과 사상, 교육과 신앙을 회고하는 가운데 어떻게 상실·결핍·죽음을 최고의 형이상학적인 명제로까지 승격시키는가 하는 데 목적이 있는 것이다. 이야말로 포스트 유민들의 최종적 안식처인 것이다. 수천 년 동안 아득히 나라님 아버지를 그리워하며 울음을 그치지 못하던 그들 남겨진 신하들과 불효한 자식들은 어쨌든 행복했다. 주톈신·자핑와 등과 같은 사람들의 문제는 역사의 궤도 바깥에 내팽개쳐지거나 또는 스스로 유랑하면서 자신이 이미 우주의 길손이 되고 시간의 유민이 되었음을 깨달았다는 것(또는 그리 되기를 동경한다는 것)이다. 이것이 곧 포스트 유민 담론이 사람들을 가장 깊이 사고하게끔 하는 차원이다.

우리 이 시대의 정치가 이토록 다양한 목소리를 내고 있지만 그 목적은 하나같이 역사를 단순화하려는 데 있다. 언어와 권력의 상호 활용이 이보다 더 심할 수는 없다. 정치가들이 뭘 말해야 할지 모를 때, 혹시 문학사 논자들은 단순화하지 않고 복합화하면서 우리가 이미 잊어버린 것을 기억해내고, 우리가 생각하지 말아야 할 것을 제시해낼지도 모르겠다. 포스트 유민 글쓰기는 형식은 다르지만 그것이 접하는 명제는 다름 아닌 시간 및 기억과 관련한 정치학이다.

[1] 다음 문헌을 보기 바란다. Peggy Kamuf, "Violence, Identity, Self-Determination, and the Question of Justice: On Specters of Marx," in Hent de Vries and Samuel Weber, eds., *Violence, Identity, and Self-Determination*, (Stanford, Calif.: Stanford University Press, 1997), pp. 271-283. ; Nigel Mapp, "Specter and Impurity: History and the Transcendental in Derrida and Adorno," in Peter Buse and Andrew Stott, eds., *Ghosts: Deconstruction, Psychoanalysis, History*, (New York: St. Martin's Press ; Basingstoke: Macmillan, 1999), pp. 92-124. 자크 데리다에 대한 비판은 다음 문헌을 보기 바란다. Michael Sprinker, ed., *Ghostly Demarcations: A Symposium on Jacques Derrida's Specters of Marx*, (London: Verso, 1999)

[2] Jacques Derrida, *Specters of Marx: The State of the Debt, the Work of Mourning and the New International*, trans. Peggy Kamuf, (London and New York: Routledge, 1994), p. 4.

[3] 다음 문헌을 보기 바란다. Geoffrey Galt Harpham, *Shadows of Ethics: Criticism and the Just Society*, (Durham ; London: Duke University Press, 1999) ; Marjorie Garber, Beatrice Hanssen and Rebecca L. Walkowitz, eds., *The Turn to Ethics*, (New York: Routledge, 2000) ; Thomas Docherty, *Alterities: Criticism, History, Representation*, (Oxford: Clarendon Press ; New York: Oxford University Press, 1996).

[4] Sigmund Freud, "Mourning and Melancholia," in Adam Phillips, ed., *A Freud Reader*, (London: Penguin, 1988), p. 213. 또 다음 문헌을 보기 바란다. Jacques Derrida, *Writing and Difference*, trans. Alan Bass, (Chicago: University of Chicago Press, 1978), p. 211. "기억은 결코 단지 각종 심적 현상의 특징들 중 하나가 아니다. 그것은 심적 현상의 진정한 본질이다. 즉 저항이자 또 저항을 통해 흔적의 파괴적인 절도를 향해 열려있는 것이다." 德希達著, 張寧譯, 《書寫與差異》, (台北: 麥田, 2004), p. 405.

제5장

시노폰 문학
― 주변적 상상과 횡단적 구축

시노폰 문학(Sinophone literature)은 해외 중국학 연구 분야에서 새로운 개념이다.[1] 여태까지 우리는 현대 중국문학 내지 현대 중문문학을 논할 때 대개 modern Chinese literature라는 말로 일컬어왔다. 이런 표현은 명분에 합당한 것이기는 하지만 현당대의 맥락 속에서는 다음과 같은 의미를 파생시키기도 했다. 즉, 국가 상상의 심리, 정전 글쓰기의 숭배, 문학 및 역사의 거대 서사의 필연적 호응이 그것이다. 그러나 20세기 중엽 이래 해외 화문 문화와 문학의 왕성한 발전을 감안해볼 때, 이미 중국 또는 중문이라는 단어를 가지고서 이 시기의 문학이 낳은 잡다한 현상을 모두 포괄할 수는 없게 되었다. 특히 전지구화와 포스트식민이라는 관념이 요동치는 가운데 우리는 국가와 문학 간의 대화 관계에 대해 더욱 유연한 사고를 하지 않을 수 없게 되었다.

---

[1] 2006년 4월 미국 하버드대학에서는 왕더웨이 교수의 주도 하에 '여행 중의 중문문학과 세계 상상'(Traveling Chinese Literatures and World Imaginations)이라는 제목의 워크숍을 개최했다. 이 워크숍에서 왕더웨이는 모두 발언과 발표문을 통해서 2004년에 UCLA 스수메이 교수가 처음 제기한 '시노폰 문학'이라는 개념을 적극적으로 주장한다.

시노폰 문학(Sinophone literature)이라는 말은 화문문학華文文學이라고 번역할 수도 있겠다. 그러나 식자들에게 이런 식의 번역은 별반 의미가 없는 것이다. 우리는 이미 오랫동안 관용적으로 화문문학을 광의의 중문 글쓰기 작품으로 말해왔다. 이런 용법은 기본적으로 중국 대륙이라는 중심이 확산되어 나간 역외문학을 총칭한다는 것을 내포한다. 이로부터 파생된 것으로는 해외화문문학海外華文文學, 세계화문문학世界華文文學, 타이완 홍콩 화문문학台港華文文學, 싱가포르 말레이시아 화문문학星馬華文文學, 디아스포라 화문문학離散華文文學 등이 있다. 이는 중국문학과 대조되면서 중앙과 주변, 정통과 확장의 대비라는 더 이상 설명이 필요 없는 메타포를 만들어낸다.

그렇지만 영어적 콘텍스트에서 시노폰 문학은 다른 맥락을 가지고 있다. 이 말에 대응되는 것으로는 앵글로폰(Anglophone), 프랑코폰(Francophone), 히스패노폰(Hispanophone), 루소폰(Lusophone) 등의 문학이 포함되는데, 각 언어의 종주국 외에 기타 세계 각지에서 종주국 언어로 글쓰기가 이루어지는 문학을 의미한다. 이런 면에서 서인도제도의 앵글로폰 문학, 서아프리카와 퀘벡의 프랑코폰 문학, 브라질의 루소폰 문학 등이 참고 가능한 예들이다. 반드시 강조해야 할 점은 이들 언어 계통의 문학이 강렬한 식민 및 포스트식민의 변증법적 색채를 띠고 있으며, 모두 19세기 이래 제국주의와 자본주의의 힘이 특정 해외 지역을 점거한 후에 형성된 언어적 패권 및 그 결과라는 것이다. 외래 세력의 강력한 개입에 따라 현지의 문화는 필연적으로 절대적인 변화를 낳게 되고, 대개 언어 및 언어의 최상급 표현 — 문학 — 의 수준 차이가 가장 분명한 표징이 된다. 어느 정도의 시간이 흐른 후 설사 식민 세력이 물러간다고 하더라도, 이들 지역이 받은 종주국 언어의 영향은 이미 깊이 뿌리를 내리고 있으며, 이로부터 나타난 문학은 제국 문화의 잔류물이 된다. 이런 문학은 현지 작가에게 각인된 실어적 상처일 수도 있겠지만 동시에 일종의 새로운 유형의 창조가 될 수도 있다. 이방의, 같은 듯하면서도 같지 않은 모어적 글쓰기와 이질화된 포스트식민적 창작의 주체는 이처럼 잡다하고 불분명하며, 원 종주국 문학에 대한 조롱과 전복에 이르게 된다. 종주국의 순수한 언어는 분화되기 마련이며, 제 아무리 정통적인 문학 전통이라고 하더라도 허깨비 같은 해외의 반향이 생겨나게 되는 것이다.

시노폰 문학을 되돌아본다면 우리는 상당히 다른 추세를 발견하게 될 것이다. 19세기 이래 중국은 외부의 침략은 빈번했지만 전통적 의미에서의 식민 현상은 나타나지 않았다. 홍콩·타이완·만주국·상하이 등 식민 또는 반식민 지역에서는 중문이 여전히 일상생활의 대종이었고, 마찬가지로 비록 억눌리고 왜곡되었다고는 하나 문학 창작이 여전히 끊이지 않았으며 심지어 (상하이처럼) 특수한 현상마저 있었다. 그뿐만 아니라 정치적 내지 경제적인 요소로 인하여 백여 년 동안 수많은 화인이 해외로 이민을 했는데, 특히 동남아에서 그들은 각종 공동체를 이루면서 자각적인 언어 문화적 분위기를 형성했다. 비록 나라는 전란에 휘말리고 분열과 통일이 무상했지만, 각각의 화족 지역 사람들은 어쨌든 중문 글쓰기를 문화 전승—반드시 정권 전승만은 아닌—의 표상으로 삼았다. 가장 분명한 예가 말레이시아 화문문학馬華文學이다. 19세기 말 남양으로 부임했던 황쭌셴黃遵憲(1848-1905)에서부터 싱가포르에 거주했던 츄수위안邱菽園(1874-1941)에 이르기까지, 또 동남아를 떠돌았던 위다푸나 싱가포르에 잠시 머물렀던 라오서까지, 모두가 그들의 말레이시아와 싱가포르 경험을 글로 남겼고 또한 모두 다 중국문학의 역외 에피소드로 간주되었다. 그렇지만 20세기 중엽 이후 말레이시아와 싱가포르가 국가로 독립함과 더불어서 또 한 세대의 화문작가들이 이루어낸 계보는 중국문학으로 간주되기가 어려워졌다. 국가라는 입장에서 말하자면 말레이시아 화인 작가의 창작은 더도 덜도 아닌 외국문학이다. 그러나 대륙 및 기타 화문 지역의 문학 전통과 그들 간의 화답은 매번 역외 화문의 향불이 여전히 끊임없이 전해지고 있음을 보여주었다.

탕쥔이唐君毅(1909-1978) 선생의 명언을 인용하자면, 현대성의 잔혹한 시련을 겪으면서 대륙이든 해외든 간에 중화문화는 꽃잎이 스러지고 열매가 떨어지는 것 같은 곤경에 마주쳤지만, 뜻있는 사람들은 여전히 한 가닥 마음의 향불에 의지하여 스스로 영혼의 뿌리를 내리는 기회를 만들어냈다. 이와 같은 일종의 문명 전승에 대한 조응이야말로 시노폰 문학이 여타 언어 계통의 문학과 다른 점이다.

그러나 우리는 이로써 중화문화가 넓고 깊으며 모든 것이 다 합쳐진 것이라는 식으로 낭만화해서는 안 된다. 종래로 같은 문자를 쓰는 같은 종족의 범주 안에서도 주와 종, 안과 밖이라는 차이가 존재하고, 그 불안정한 힘이 종종 일촉즉발의 상태가 된다. 더구나 민족주의라는 깃발 아래에서 한 목소리로 내놓는 비전은 그때마다 역사적 경험 속의 균열과 유동, 헤테로글라시아적 사실을 은폐해버린다. 기존의 해외문학·화교문학은 왕왕 모국 문학의 연장물 내지 부속물로서 간주되었다. 오늘날에 뜻있는 사람들이 세계화문문학이라는 이름으로 이를 대신하면서, 각 지역의 창작 자주성에 대해 존중을 표하고자 한다. 그러나 각 지역의 대표적인 인물과 작품을 열거할 때면 그것이 아우르고 있는 의도가 그보다는 큰 것 같다. '오리지널' 중국문학에 대비해보면 금세 피차간의 높고 낮음의 구분이 분명히 나타난다. 다른 것은 말할 것도 없다. 대륙 현당대문학계의 리더 격인 인물 중에서 본업 외에 여력이 남아 해외문학의 성취에 대해 세심하게 살펴보고자 하는 사람은 아직까지 아마도 몇 사람 되지 않을 것이다.

전지구화라고 불리는 시대 속에서 문화와 지식의 정보가 신속하게 전파되는 가운데 공간적 위치 변화, 기억의 재구성, 종족의 이주 및 인터넷 세계의 이동이 이미 우리의 생활 경험의 중요한 부분이 되었다.

구체적이건 가상적이건, 또는 초국가적이건 초네트워크적이건 간에 여행이 일상적인 상태가 되었다. 문학 창작과 출판의 변화 역시 어찌 그러하지 않겠는가? 왕안이, 모옌, 위화의 작품 상당수가 홍콩과 타이완에서도 동시에 발행되고, 왕원화王文華(1967-)와 리비화의 작품 역시 순식간에 대륙에서 유행하며, 진융金庸(1924-)이 이룬 해내외의 독서 취향의 대 결집은 더 말할 것도 없다. 해협 양안의 네 지역(대륙, 홍콩, 타이완 및 싱가포르와 말레이시아)과 또 구미 화인 공동체의 상호 내왕, 미묘한 정치적 상호 작용은 문학 표현 면에서 복잡한 스펙트럼을 만들어내지 않는 것이 없다. 현당대 중문문학에 종사하는 연구자들이 만일 완고하게 고토 내지 본토를 숭상한다면 독자들이 이미 모든 것을 포용하고 있는 것보다 더 못하게 보일 터이다.

시노폰 문학(Sinophone literature)에 대한 연구가 출현한 것은 우리가 직면하고 있는 현당대문학의 과제에 호응한 것이다. 명칭 면에서 볼 때 이 연구는 국가 문학의 경계 밖에서 또 다른 이론 및 실천의 방향을 찾고자 하는 것이다. 한어漢語, 화어華語, 화문華文, 중문中文 등 무엇이라고 부르든지 간에 언어는 상호 대화의 최대 공약수가 된다. 다만 여기서 말하는 언어가 가리키는 것이 오로지 중원의 표준음적인 언어일 필요는 없으며, 오히려 시대 및 지역에 따라 바뀌는 구어, 방언, 잡음이 충만한 언어라야 한다. 바흐찐의 개념으로 말하자면 이런 식의 언어는 언제나 원심력과 구심력이 교차하는 곳에 처해 있으며, 또 항상 역사적 상황 속의 개인과 집체, 자아와 타아가 부단히 대화하는 사회적 언표 행위인 것이다. 화어문학은 서로 다른 화인 지역들에게 상호 작용적인 대화의 장을 제공하며, 이 대화는 또한 각각의 화인 지역 안에서도 존재하게 된다. 중국을 예로 들자면 강남의 쑤퉁과 서북의 자핑와, 쓰촨·티베트의 아라이阿來(1959-)와 무슬림의 장청즈가 모두 중문으로 글쓰기를 하고 있는데, 그들이 보여주는 동서남북의 잡다한 말투 및 부동한 문화·신앙·정치적인 발언 위치야말로 한 시대의 문학을 풍부하게 만드는 요소인 것이다.

당대 문학 이론에 익숙한 사람이 볼 때 아마도 이런 식의 정의는 새로울 것도 없는 상투적인 이야기일 것이다. 그러나 나의 의도는 새로운 논리를 발명하자는 데 있는 것이 아니라 역사적 상황 속에 이론적 자원을 자리매김하고 그 작용 에너지를 검토해보자는 데 있다. 이 때문에 우리는 시노폰 문학을 중국문학과 해외문학을 통합하는 또 하나의 명사로 간주한다기보다는 그것을 하나의 변증법적 기점으로 본다. 그리고 그 변증법은 문학의 창작과 읽기의 과정으로 구체화되어야 한다. 그 어떤 언어의 교차와 마찬가지로 시노폰 문학이 보여주는 것은 변동적인 네트워크로서, 대화도 충만하고 오해도 충만한 것이자 어쩌면 상호 화답하면서도 또 전혀 교집하지 않을 수도 있는 것이다. 그렇지만 어쨌든 간에 본래 국가 문학을 중심으로 하던 문학사 연구는 이 때문에 새로운 사고의 필요성을 가지게 될 것이다.

예를 들어 말하자면, 산둥에서 베이징으로 간 모옌은 그의 아름답고 환상적인 향토소설로 문단에 유명하지만 말레이시아에서 타이완으로 간 장구이싱張貴興(1956-)이 그려낸 보루네오의 밀림 또한 심금을 뒤흔들어 놓지 않는가? 왕안이와 천단옌陳丹燕(1958-)은 그녀들의 상하이를 있는 대로 다 써냈지만, 홍콩의 시시西西(1938-)와 둥치장董啟章(1967-), 타이베이의 주톈신과 리앙 역시 그(그녀)들 마음속의 정채로운 '나의 도시'를 이루어냈다. 산시성의 리루이는 향토사와 가족사를 풀어내는 데 능하며, 타이완 국적을 취득한 말레이시아 화인 작가 황진수黃錦樹(1967-)와 홍콩에서 거주했다가 현재 뉴욕에서 살고 있는 타이완 작가 스수칭 또한 자부할 만한 성취를 거두었다. 태평성세의 화려함과 창연함을 논한다면 말레이시아의 리톈바오李天葆(1969-), 타이완의 주톈원이 장아이링의 가장 뛰어난 해외 계승자이다. 윤리와 폭력의 심오하고 정미한 전환이라는 글쓰기에서는 일찍이 위화가 능수였지만 홍콩의 황비윈, 말레이시아의 리쯔수黎紫書(1971-), 타이완의 뤄이쥔 등이 이미 앞사람을 추월하는 모습을 보이고 있다. 바이셴융과 가오싱젠高行健(1940-)의 작품은 이미 디아스포라 문학의 걸작으로 칭송되고 있다. 그런데 오랜 기간 뉴욕에 거주한 부부 작가 리위李渝(1944-2014)와 궈쑹펀의 성과 역시 더욱 많은 지음들의 감상을 기다리고 있다. 시노폰 문학은 따라서 과거 해외화문문학의 복사판이 아니다. 그 판도는 해외에서 출발하지만 마땅히 대륙의 중국문학으로 확산되어 이로부터 대화를 형성하게 될 것이다. 물론 문학 연구자로서 우리는 구석구석 모두 고려하면서 단번에 모든 것을 해결하는 방식의 연구를 해낼 수는 없다. 우리는 필히 자기 자신의 한계를 인정해야 한다. 그렇지만 이것이 우리가 여타 화문 사회의 문학과 문화에 대해 가지는 호기심 및 이로써 생겨나는 존중심을 저해하지는 않을 것이며, 이미 동일한 언어 계통 내의 비교 문학 작업이 시작될 수 있는 것이다.

실제적 관점에서 말하자면, 나는 심지어 시노폰 문학이라는 관념이 서로 다른 진영의 통찰과 '비통찰'을 조화시킬 수 있다고 생각한다. 중국 지상론자들은 이 분야에 대해 그들이 도모하는 바를 전개할 필요가 있을 것이다. 아니라면 어떻게 '대' 중국주의의 포용성을 실현할 수 있겠는가? 만일 여전히 완고하게 정통 중국과 해외 화인/화교 문학을 구분한다면 식민주의 종주국과 종속지라는 상상의 방식을 되풀이하는 것이 되지 않겠는가? 다른 한편으로, '이산'(diaspora) 관점에서 출발하는 학자들은 스스로 연민에 빠지는 '고아' 내지 '사생아'적인 정서라든가 스스로 과대 망상하는 아Q 정신에서 벗어나야 할 것이다. 우리가 정리하고자 하면 할수록 어지러워지는 시노폰이라는 계보 및 사방으로 퍼져나가는 중국문학이라는 전통을 인정한 후라야만 비로소 지피지기하게 됨과 더불어 전략적으로 — 장아이링의 패러독스를 빌리자면 — 그러한 중국을 '외부에 포괄'하게 될 것이다.

이러한 관념에 근거해서 하버드대학 동아시아언어문명학과는 2006년 봄에 미국·홍콩·타이완·말레이시아에서 온 화문 작가 녜화링聶華苓(1925-   ), 리위, 스수칭, 예쓰也斯(1948-2013), 핑루, 뤼이쥔, 리쯔수, 지다웨이紀大偉(1972-   )와 현재 [하버드대학 소재지인] 케임브리지에 체재하고 있는 아이베이艾蓓(1955-   ), 장펑張鳳(?-   ), 리제李潔(?-   ) 등 10여명을 초청하고, 동아시아언어문명학과에서 중국현대문학을 전공하는 박사과정, 석사과정, 학부과정 학생들이 함께 참여하여 시노폰 문학의 가능성을 토론한다. 창작 외에 언급되는 문제로는 다음과 같은 것들이 있다.

(1) 여행 중의 '중국성': 어떻게 중국 경험과 중국 상상이 지역·종족·사회·문화·젠더 등 각종 차원에서 이동·전환되는가, 어떻게 시노폰 문학이 이러한 경험과 상상에 각인·재현되는가.

(2) 이산과 이주: 화인 후예의 해내 또는 해외에서의 이주와 이민 심지어 식민의 경험에 따라 어떻게 시노폰 문학이 그 언어·종족·법률적인 경계 넘기 문제를 체험하게 되는가.

(3) 번역과 문화 생산: 어떻게 번역(문학·영화·극에서부터 각종 물질문화의 전파까지)이 화인 공동체의 세계와의 대화 경험을 반영 및 재현하며, 또 어떻게 관련된 문화 생산이 체제화 내지 주변화되는가.

(4) 세계 상상: 어떻게 중문문학이 역사 과정에서의 본토나 역외의 글쓰기 또는 경험을 담지하며, 어떻게 다양한 초국적 현대의 경험이 다기한 언어 환경 속에서 중국—화인—의 역사를 상상하는가.

녜화링은 당대 해외 중문 창작에서 '창시자 할머니'이다. 조차 시기의 우한에서부터 항전 시기의 충칭으로, 종전 이후의 베이핑과 난징으로, 타이베이로, 다시 미국으로 이르기까지, 그녀의 삶과 글쓰기가 겪은 '삼생 삼세三生三世'는 작가의 창작 위치와 시야의 전환을 충분히 말해준다. 어떻게 여권 하나로 이를 설명할 수 있겠는가? 마찬가지로 대륙에서 태어나 홍콩에서 성장한 예쓰는 스스로 "태어나자마자 이주를 경험했다"고 말하는데, 그의 작품은 단순히 섬과 대륙의 대비에 그치는 것이 아니라 "섬 속에 대륙이 있고, 대륙 속에 섬이 있는 것"이다. 뉴욕의 스수칭은 그녀의 삶에서 섬과 얽힌 인연을 더욱 잘 이해하고 있다. 타이완에서 출발하여, 홍콩에서 한창 때를 보내고, 마침내 뉴욕의 중심 ─ 맨허턴 섬에 정착하게 된 것이다. 리위는 쓰촨에서 태어나서 타이베이에서 성장했는데, 반평생을 나라라는 이상을 위해 방랑 분투하면서 종이 위에서 영원한 꿈의 땅을 찾고자 했다. "신분은 사라지고, 정의도 모호해졌지만" 여전히 변함없는 것은 중문 글쓰기에 대한 후회 없는 집착이다. 반면에 미국에 거주한 바 있는 핑루는 타이완에 돌아간 후 다시 홍콩에서 머무르고 있는데, 그녀 자신이 말한 그대로이다. "기왕에 문자를 거처로 선택한 이상 그 자체가 (사람들의 정의 속에서, 그리고 갖가지 분류 시스템 속에서) 이산인지 이견인지, 변방인지 이역인지 … 따위에는 조금도 개의치 않는다. 문학이란 원래 스스로 자부하고 절제하는 것이며, 당연히 문학 경험 역시 스스로 아끼고 중시하는 것이기 때문이다."

중국 출신인 아이베이는 여러 차례의 풍랑을 겪은 뒤 미국 동부에 칩거하면서 창작에 전념하고 있는데, 역시 참으로 정치한 문자 속에 자신을 안돈시키고 있다. 하버드 대학에서 공부하고 있는 리제는 상하이에서 태어나 11세에 출국한 뒤에도 여전히 중문에 대한 예민한 감수성을 유지하고 있다. 그녀의 상하이 이야기의 솜씨는 예사롭지 않으며, 우리로 하여금 갈수록 모어의 신비한 부름을 이해하도록 만든다. 뤄이쥔은 타이완에서 태어나고 자란 외성인 출신 2세대 작가로서, [타이완] 섬에서의 경험은 결국 그가 '기억하는' 아버지의 중국 기억을 지울 수는 없었다. 이는 그의 울울한 글쓰기에 대한 중요한 은유이다. 중국, 아버지의 중국은 그가 쓸 수 없으면서도 쓰기를 잊을 수 없는 안개 속 풍경이요, 그 영원한 머나먼 곳의 유혹이자 고통이다. 하지만 타이완 출신으로 미국에서 유학하고 강단에 섰던 지다웨이의 글에 이르게 되면, 타이완인지 중국인지, 해내인지 해외인지, 갖가지 고향의 상상이 젠더적·퀴어적 낙인을 남겼는지 등을 묻고자 한다. 말레이시아 출신인 리쯔수는 "이곳의 화어는 거칠고, 허술하고, 난잡하고, 상처투성이이며, 곳곳에 종족과 역사의 흔적이 낙인 찍혀 있다."고 우리에게 말한다. 그러나 그녀와 그녀의 글쓰기는 불가능한 것을 가능하게 만들면서, 남양의 땅에서 화어가 기이한 꽃과 신비한 열매를 탄생시키도록 했다. "'뒤죽박죽인' 현실을 받아들이면서 '뒤죽박죽'을 스스로 즐겼기 때문에 말레이시아 화문문학은 비로소 천지개벽하듯이 자기 자신의 길과 언어 환경을 찾아낸 것이다."

빈번한 문학 여행, 동태적인 주변부 상상 가운데, 말레이시아·타이완·홍콩·미국·중국에서 온 이들 10여 명의 작가가 하버드에 모이는 인연을 가졌고, 중문 글쓰기의 경계 넘어서기와 회귀의 가능성을 토론하고, 또 해외문학의 중국에 대한 구축과 해체를 토론하게 되었다. 다시 말해서 이런 대화의 목소리 속에서 시노폰 문학의 탐색이 이미 전개되기 시작한 것이다.

제6장 문학 지리와 민족 상상
— 타이완의 루쉰, 남양의 장아이링

1
머리말

'중국' — 하나의 지리 공간적 좌표, 정치적 실체, 문학 상상의 범주로서 이 단어는 20세기 문학 발전의 역사에서 우리에게 수많은 담론·논변·영감을 가져다주었다. 21세기가 되어 새로운 역사 상황을 맞이한 오늘날, 우리는 당대의 중국문학을 검토하면서 현재의 '중국'에 대해서 또 어떻게 설명해야 할 것인가? 그리고 이런 설명들은 급변하고 있는 독서 및 창작의 경험과 또 어떤 대화 관계를 형성하게 될 것인가?

이는 물론 방대한 문제이다. 이 글의 목표는 세밀한 이론적 분석을 하는 데 있지 않다. 이 문제를 더욱 복잡하게 만들고, 이로써 토론의 시야를 확대하면서 비판의 소리를 불러일으키고자 하는 데 있다. 동시에 이 글은 학문 분야로서의 중국 현당대문학 연구에 미진한 곳이 있는지, 계속해서 개척해야 할 곳이 있는지 등에 대해 다시 한 번 검토해보고자 한다.

이 글은 세 부분으로 되어 있다. 먼저 지난 세기 말 이래 영어 세계에서 전개되었던 '중국'이란 무엇이고, '중국문학'이란 무엇이며, '중국문학연구'란 무엇인가에 대한 서로 다른 담론들에 관해 서술할 것이다. 이들 담론은 대개 공간적 위치를 기점으로 삼는다. 다음으로는 '시노폰' 담론의 전후 맥락을 소개하고, 대륙을 좌표로 삼는 '중국문학'의 외부인 해외의 최신 반향을 검토해볼 것이다.

마지막으로 특별히 '타이완의 루쉰, 남양의 장아이링'이라는 명제를 제기하고자 한다. 타이완의 루쉰은 누구이고, 남양의 장아이링은 누구인가? 이를 통해서 문학 역사의 동선은 끊임없이 재조합되어야 할 뿐만 아니라, 실제로도 '문학 지리'의 경계가 끊임없이 변화하고 있으며 지속적으로 재획정되어야 한다는 사실을 밝히고자 한다. 또한 바로 이 때문에 우리는 상상력을 동원하여 문학이라는 장의 시공간적 범주를 끊임없이 재규정해야 함을 말하고자 한다.

현대 중국문학에 대한 전통적인 연구는 루쉰·궈모뤄·마오둔에서부터 바진巴金(1904-2005)·라오서·차오위曹禺(1910-1996)에 이르기까지, 또 대가·걸작·정전에 대한 것은 물론이고 그 외에도 각양각색이어서 마치 무궁무진한 것 같다. 그런데 당대의 중국문학을 연구하게 되면 가장 먼저 떠오르는 연구 대상은 아마도 모옌·쑤퉁·위화·왕안이와 같은 소설가라든가 구청顧城(1956-1993)·하이쯔海子(1964-1989)·자이융밍翟永明(1955-)·시촨西川(1963-)과 같은 시인들일 것이다. 하지만 과거 60여 년간 중국 대륙 이외의 지역에서도 많은 작가들이 치열하게 문학 작품들을 창작해왔다. 예컨대 홍콩, 타이완, 말레이시아 화인 집단이라든가 구미의 디아스포라 작가들이 그러하다. 이들 각기 다른 지역의 중문 창작은 정치 및 역사적 이유로 인해 1949년 이후 특별히 더 풍성하게 발전하는 양상을 보였는데, 종래에는 이런 양상을 두고 '화교문학', '해외화인문학' 또는 '세계화인문학' 등으로 불렀다.

시간이 흘러 21세기가 되었는데 이런 범주가 지금도 유효한 것일까? 우리가 광의의 중국문학을 논할 때 이른바 이런 '경외' 문학 생산의 현상과 그 성과를 어떻게 대해야 하는 것일까? 설마 계속해서 과거의 '화문', '세계', '화교' 등 이런 명사들을 가지고서 이들 작가와 작품 및 이들과 중국 대륙 문학 간의 관계를 정의해야 하는 것일까? 이런 관계는 대개 '종주'와 '종속', '안'과 '밖', '회귀'와 '이산' 등등의 대립적인 중심축에 근거하여 정의된다. 물론 민족주의와 이민역사의 시각에서 보자면 이런 식의 정의에는 그 나름의 이유가 있다. 그렇지만 문학 연구자로서 문학과 지리의 관계를 진지하게 사고해본다면 우리는 관찰력과 성찰력을 활용하여 전혀 다른 명제를 제기할 수 있지 않을까? 문학 지리는 언제나 정치적 또는 역사적 지리의 아래에 부속되어야 하는 것일까, 아니면 대등 또는 대응하는 관계를 형성하는 것일까? 이것이 문학 '지리학'의 첫 번째 의미이다.

문학 종사자로서 우리는 텍스트를 처리할 때 허구의 역량을 잘 활용해야 한다. 이 허구의 역량이란 목표 없는 활쏘기 식의 무목적적인 것도 아니고 천마가 하늘을 나는 식의 허무맹랑한 공상도 아니다. 그것은 우리가 생존의 상황을 직시하게끔 자극할 때 사용하는 대화 방식이다. 이런 의미에서 문학은 종종 현실·정치·역사가 충족시켜주지 못하는 자리를 메꿔준다. 우리는 문학이라는 이 허구의 매체를 활용해서 과거와 미래에 대한 비판 또는 동경을 보여줄 수 있지 않을까? 유토피아든 아니면 '디스토피아'(dystopia)나 '헤테로토피아'(heterotopia)[1]든 간에

---

[1] 미셸 푸코는 세계를 실재적이고 일상적인 공간으로서의 호모토피아, 비실재적인 완벽한 이상적 공간으로서의 유토피아, 실재적이면서 일종의 현실화된 유토피아로서의 헤테로토피아를 상정한 적이 있다. 그의 표현에 따르면 헤테로토피아는 "주어진 사회 공간에서 발견되지만 다른 공간들과는 그 기능이 상이하거나 심지어 정반대인 독특한 공간"(p. 87)으로, "구체적이고 실제적인 장소…를 가지는 유토피아"(p. 12)이자 "현실적인 장소, 실질적인 장소이면서 … 현실화된 유토피아인 장소"(p. 47)이다. 미셸 푸코, 이상길 옮

문학에 의해 만들어진 이런 공간들은 필연적으로 역사·정치·사회 경제학이 정의하는 것과는 또 다른 지리를 만들어내게 마련이다. 그리고 바로 이 때문에 허구를 기준으로 삼는 일종의 문학 공간이 실제의 역사적 상황 속에 개입하여 충돌을 만들어내고, 허로써 실에 충격을 주거나 또는 허로써 실을 드러내는 대화의 관계를 만들어내게 되는 것이다. 이것이 문학 '지리학'의 두 번째 의미이다.

더욱 구체적인 문제로 되돌아가보자. 위에서 말한 것처럼, 중국문학사를 논할 때면 일반적으로 당연히 중국 대륙을 좌표로 삼는다. 중화인민공화국 또는 과거의 중화민국이 주권과 정치적 영토를 가진 이곳에서 있었던 문학 현상에 대해 우리는 '중국 현당대문학'이라고 부른다. 그렇지만 '국가', '문학'에 대해 조금이라도 조사해본 사람이라면 국가문학이라는 것이 사실은 19세기 이래 서양에서 민족주의가 발흥하면서 형성된 문학적 상징이라는 점을 이해하고 있을 것이다. 독립 국가라면 모두 그것을 대표하는 것으로서 국가문학이 있어야 하는 것 같았다. 이런 관념은 정치적인 담론과 역사적인 서술에만 국한되지 않았다. 심지어는 교육과 학문의 실천에서도 마찬가지로 진행되었다. 이에 따라 국가문학과 민족지리 사이의 등가성이 거의 당연한 것으로 굳어져버렸다.

그런데 최근 수십 년 사이에 이런 현상이 동요하기 시작했다. 1980년대 이래 이론적인 개입이거나 국제 정치의 현실적인 합종연횡의 주장이거나를 막론하고, 문학 연구자로 하여금 모두 국가와 문학 사이의 등가적인 관계의 필연성과 필요성에 대해 다시금 사고하도록 만들었다. 우리가 중국문학을 논할 때 그것은 반드시 어떤 정권의 부속물 또는 어떤 정치적 실체의 상징이라야 하는 것일까? 우리가 중국문학을 논할 때 다음과 같이 차분하게 생각해볼 수는 없는 것일까? 이 '중국'은 누구의 중

김, 《헤테로토피아》, (서울: 문학과지성사, 2014) 참고.

국인가? 어느 시기에 정의한 중국인가? 어떤 종류의 글이라야 제대로 표현할 수 있는 중국인가?

더욱이 중국 대륙 이외의 화어 세계의 문학에서도 훌륭하고 다채로운 성취가 있었다. 우리는 중문으로 창작된 이들 문학 작품을 중국문학의 일부분으로 간주해야 할 것인가? 아니면 화교문학, 세계화문문학으로 간주해야 할 것인가? 그것도 아니면 더욱 위대한 '천하' 문학의 일부분으로 간주해야 할 것인가? 이런 이슈는 어쩌면 이름 짓기의 취사선택에 지나지 않을 수도 있다. 하지만 자세히 생각해본다면 그것에는 해내와 해외가 민족 상상, 문학 지리 등의 담론에서 서로 경쟁하는 가운데 나온 성과들이 포함되어 있다. 이로부터 생겨난 긴장 관계에 대해서는 나중에 다시 상세하게 논의하겠다. 내가 특히 주목하기를 바라는 점은, 이런 상황 속에서 문학 연구자가 이 문제에 개입할 수 있는 신분, 입장 내지 전략으로서, 근래에 어떤 새로운 담론 방법과 명명 방식이 있었느냐 하는 점이다.

2
문화 중국에서 화어 세계로

먼저 '시노폰 문학'을 소개하겠다. 이 연구는 최근 10년 사이에 갑자기 등장하여 기존의 '해외', '화교', '세계화문' 연구와는 전혀 다른 새로운 방향을 제시했다. 시노폰 문학의 영문은 'Sinophone literature'이다. 명칭만으로 따져 보면 그것의 중점은 '글'의 부분에서 점차 '말'의 부분으로 넘어간다는 데 있다. 달리 말해 보자. 당대의 학자들은 신분 정체성 문제를 논의하면서 해내외, 이념, 성별, 국가 등등의 요소들이 만들어내는 복잡한 면들을 겪게 되었다. 그 후 갖가지 상이한 중문 글쓰기 내지 화문 글쓰기를 자유롭게 논할 수 있는 기준으로서의 더 큰 공약수를 탐구하기 시작했다. 시노폰 문학의 제기는 곧 언어 — 화어를 최대 공약수로 하여 광의의 중국 및 중국 경외 문학에 대한 연구와 토론의 장이 되기를 기대하는 것이다. '시노폰'은 새로 발명한 단어지만 근자에 들어 점차 유행하고 있으며 '화하의 소리華夏的聲音'라는 뜻이다. 간단히 말해서 우리가 어디에서 중문中文을 사용하든 간에, 어떤 중문을 사용하든 간에 — 매끄러운 중문이든, 신통찮은 중문이든, 지역적 어투나 서양식 어투의 중문이든 아니면 베이징 중앙 텔레비전의 표준 중문이든 간에 — 모두 포괄하는 것이다. 다만 이는 광의의 '시노폰'의 출발점일 뿐이다. 그것이 대내적·대외적으로 파생시키는 변주에는 다른 언어 계통 문학 연구와의 대화도 있다. 사실은 정치·역사 및 각종 각양의 문학 이념과의 사이에 긴장감으로 충만하다.

'시노폰'이라는 이 단어의 제기는 (식민성) 문학 내지 문화와 관련된 아래 몇 가지 고유명사에 비견되는 것이다. 예를 들면, 앵글로폰 문학 (Anglophone literature)은 어떤 역사적 단계에서 영어를 사용했던 정치적 실체 — 영어로 쓰고 말하던 패권 국가 — 가 세계의 다른 지역을 침략하여 그곳에서 영어가 주도하는 언어·교육·문화·행정적인 역할을 수행했다는 것을 의미한다.[1] 이런 지역은 아직 문명이 발달하지 않은 곳일 수도 있고 이미 문명이 성숙한 곳일 수도 있다. 그러나 종족 문화의 면에서 볼 때는 침략해 들어온 영어라는 패권과 관계있는 곳은 아니었다. 패권 국가는 제국 세력, 식민주의 또는 각양각색의 경제적 확장의 동기로 인하여 이런 지역에서 글쓰기와 소통의 수단이자 문화·교육의 공통 기호로서 영어를 강제했다. 오랜 시간이 흐르자 영어는 공용의 소통 수단이 되어 한편으로는 그 지역 언어·문화의 원초성을 억압하고 박탈했다. 다른 한편으로는 종주국의 영어 또한 그 지역의 영향으로 인해 잡스럽고 '순정하지 않게' 변해버렸다. 이렇게 형성된 혼종 현상은 발음 · 문법 · 수사에서부터 광의의 담론 운용과 문화 생산에 이르기까지 모든 면에서 찾아볼 수 있다.

이렇게 따져보면 서인도 제도가 바로 그렇다. 19세기에서 20세기 중엽에 이르기까지 오랜 기간 영국(및 네덜란드, 덴마크, 스페인, 미국)이 통치했으며, 이에 따라 현지 주민들이나 토착민들은 정치 · 종교 · 문화 면에서의 상대적인 약세 때문에 종주국이 강제하는 영어(또는 기타 언어)를 공식 언어로, 특히 교육과 커뮤니케이션의 수단으로 삼을 수밖에 없었다. 서아프리카나 캐나다 퀘벡은 일찍이 프랑스의 식민지였다. 이에 따라 프랑코폰 문학(Francophone literature)이 생겨났다. 또는 브라질의 루소폰 문학(Lusophone literature), 라틴 아메리카의 히스패노폰 문학(Hispanophone literature)과 같은 현상들은 전부 18, 19세기 이래 확장주의 — 제국적 확장주의든 경제적 확장주의든 또는 식민적 확장주의든 간에 — 가 만들어낸 문화적 결과이다. 이런 문학 형태들은 비록 종주국이 강제한 언어를 사용하기는 하지만 어쨌든 이른바 '조국'이라는 모체 — 영국 · 프랑스 · 스페인 · 포르투갈 — 와 멀리 떨어져 있었던 데다가 시간 · 풍토 등이 서로 혼합되었고, 그 결과 복잡하고 로컬적인 언어 표징이 형성되었다.

앵글로폰, 프랑코폰, 히스패노폰 등은 한편으로는 우리에게 현지문학과 종주국 사이의 언어/권력의 관계를 깨닫게 해준다. 하지만 다른 한편으로는 우리로 하여금 특정한 사실을 직시하게 만든다. 현지의 문화 종사자들이 그 지역 실정에 맞게끔 행하면서 상대방이 행하는 방식 그대로 되돌려줌으로써 종주국의 언어와 문화에 또 다른 부류의 파생 · 해석 · 발명을 실행해왔다는 것이다. 이리하여 뒤섞이고 혼종적인 언어적 결과로 혼합적이고 패러디적인, 심지어는 전복적인 창작이 나타났다.[2]

물론 식민자의 담론이 우위를 점했지만 그 대가를 치르게 마련이었고, 권위적인 담론을 전복하려는 피식민자의 힘이 언제든지 발휘될 태세였다. 예전에는 식민지 언어로 된 작품에 대해 우리는 일고의 가치도 없다고 생각해왔다. 그 원인은 다름 아니라 그것은 열등한 것이며, 앵무새의 그것과 같은 발성 연습에 불과하다고 여겼기 때문이다. 하지만 과거 20여 년 동안 포스트식민주의, 제국주의 비판이 성행하면서 점차 이런 유의 언어·문화 현상이 비평가들의 시야에 들어오게 되었다. 이리하여 우리는 이해하게 되었다. 다양하고 혼종적이며 비표준적인 영어로부터 위협받지 않는 소위 단일하고 순수하며 표준적인 영어(또는 불어·독어·스페인어)란 없다는 것이다. '영어'의 세계에 관해 논하려면, 자신의 언어가 얼마나 정통적이라고 확신하든 간에, 반드시 앵글로폰 세계에서 생겨난 갖가지 언어·문학 현상을 이해해야 하게 되었다.

우리는 니폰폰 문학(Nipponphone literature)도 논할 수 있을까? 이는 타이완이 1895년에서 1945년까지 50년 동안 일본 식민주의의 통치를 받았던 것을 떠올리게 만든다. 1910년대 이후 신세대 타이완 사람들은 교육 기제의 작동을 통해 일어를 일상 표현의 수단으로 삼는데 익숙해지기 시작했다. 1930년대에 이르면 일어 창작은 일종의 문화 현상이 되었다. 양쿠이·룽잉쭝龍瑛宗(1911-1999) 같은 사람들은 그 정치적 입장이 어떠하든 간에 모두 일어로 소설을 썼다. 타이완문학은 이런 상황 속에서 최소한 일부 작품이 니폰폰 문학이 되었다. 위에서 말한 것처럼, 이 니폰폰 문학이란 명칭에는 당연히 역사 비판적인 의미가 강하게 들어 있다. 이는 (일본) 식민주의가 식민지에서 타이완(또는 조선)에 강제한 일종의 문화적 패권의 결과이다. 그런데 피식민 작가와 종주국 (일본) 사이에 형성된 관계는 혹 타협이거나 혹 공모이거나 혹 충돌이거나 혹 조롱인 상황이었으며, 대개 문학적인 표현에서 그 단서를 찾아볼 수 있었다.

이제 그 다음 문제를 논해보자. 시노폰 문학이라는 이런 큰 명제 하에서 우리는 시노폰 문학은 반드시 포스트식민주의의 시각에서 이해해야 한다고 말할 수 있는 것인가 아닌가? 이는 맞는 것 같으면서도 실은 그렇지 않은 문제다. 과거 200년의 중국 역사를 되짚어본다면, 중국이 어떤 지역을 정복하여 그곳에 한어(화어)를 전적으로 강제함으로써 이른바 시노폰적인 문화 현상을 형성할 만큼 강대해진 적은 없었음을 알 수 있다. 티베트·위구르와 중원 정권과의 관계는 지극히 복잡해서 한나라·당나라 시대까지 거슬러 올라가야 한다. 기본적으로는 중화인민공화국 치하에 이르러서야 한어의 패권적 현상이 나타난다. 다만 우리가 만일 중국공산당의 집권·통치를 (서양에서 정의하는) 식민주의와 동일시한다면 이는 아마도 경솔한 판단일 것이며, 오히려 중국 정권과 이들 지역 사이의 역사적 갈등을 은폐해버리게 될 것이다. 따라서 앞으로 더욱 세심한 비판과 분석이 필요하다. 그러므로 이 단어를 사용할 때 우리는 반드시 적극적으로 성찰해야 한다. 제국주의 비판 또는 포스트식민의 사고에 의한 이런 폰(phone)이라는 문학 현상의 정의를 20세기 광의의 해외 중국문학의 발전에 진짜 적용해야 할 것인가 하는 점이다. 나는 설령 중국이 제한적인 식민 또는 반식민의 상황 속에 있었다고는 하더라도, 해외 화어문학의 출현은 종주국의 강대한 세력이 개입했다기보다 현지 거주민이 의식적 무의식적으로 화족 문화 전승의 관념을 이어가면서 화어문학 기호의 창작 형식을 연장시켜나간 것이라고 생각한다.

예컨대 전쟁 기간에 점령당했던 상하이에 관해 말해보자. 1940년대 상하이는 일본에 점령당한 시기라고는 해도 니폰폰 문학이 생겨났을 것이라고 상상하기란 아주 어렵다. 상대적으로 보아 장아이링 및 여타 작가들의 활동이 바로 이 시기에 한 때를 풍미했다. 또는 만주국 문학과 같은 경우에는 동북 지역이 점령당해 괴뢰정권이 수립되어 있던 10여

년 동안에도 문학 생산의 대종은 여전히 중문이었다. 다시 말해서 일본어의 통치가 비록 뿌리를 내리기 시작했지만 아직은 당시 만주국의 사회 심층부까지 다다를 만큼 깊이 파고들지는 않았다. 현지의 중국 작가들은 기본적으로 여전히 중문으로 창작했던 것이다. 타이완의 예는 다소 다르다. 식민 기간이 50년에 달했기 때문에 확실히 일본 정권이 문화·교육의 체제에서부터 각 세대 타이완 사람들의 생활과 언어 습관을 바꾸어놓기에 유리했다. 1930년대에 이르러 일본의 정부 매체들이 타이완을 장악했다는 것은 논쟁의 여지가 없는 사실이다. 그렇지만 우리는 또 주목하게 된다. 타이완에는 여전히 상당수의 문인들이 중문/한어의 형식 — 예컨대 한시, 백화 중문, 민난어와 커자어로 된 저술 — 으로 광의의 중국 문화에 대한 전승을 지속했다. 그리고 이를 통해 그들의 저항 심리를 투영했다. 더군다나 민간 문화는 기본적으로 여전히 상당히 심후한 중국의 전통적 요소를 유지해나갔다. 따라서 시노폰 문학을 제국주의 비판 또는 포스트식민주의의 시각에서 이해할 수는 있겠지만 이런 이론의 패러다임이 전적으로 유효한 것만은 아니다.

　더욱 구체적인 예는 말레이시아 화문문학[3](및 후일 그것으로부터 파생된 싱가포르 화문문학)이다. 말레이시아 화문문학의 발전은 참으로 지난한 역사였다. 1957년 건국 이전 말레이시아는 영국 식민지였고, 2차 대전 시기에는 일본에 점령당한 적이 있는데, 그 식민의 역사는 19세기 초기까지 거슬러 올라갈 수 있다. 영국 식민지 시기에 말레이의 공식 언어는 영어였으나 주요 거주민은 말레이계였으므로 이곳을 앵글로폰 지역이라고 말할 수 있다. 그런데 말레이 반도에는 대량의 화인 이민자가 있었다. 그들은 18세기 이래 대거 말레이반도와 기타 남양 지역에 이주해 왔다. 이런 상황 속에서 언어가 뒤섞이는 혼종성은 말레이시아 화인 집단의 숙명이었다. 말레이 반도의 화인들은 고향의 관화[2]와 방언, 말레이 사회의 말레이어, 원주민의 구어 및 식민자의 영어를 섞어 쓰면서 적절한 발언의 위치를 확보해야 했다. 그렇지만 문학 창작을 두고 말하자면 말레이시아 화인 사회는 19세기 말 이래 지금에 이르기까지 끊임없이 이어지는 화어(한어) 문학의 전통을 유지하고 있다. 이는 해외 화인 사회에서는 실로 쉽지 않은 대단한 일이다. 더구나 이런 전통 속에서 각 세대마다 뛰어난 작품이 출현했다.

1957년 말레이시아가 건국되었다. 주요 언어는 당연히 말레이어였다. 그러나 이 반도에는 거의 600만 명에 달하는 화인이 여전히 그들 자신의 말을 사용하고 있다. 그들이 떠나온 그 '나라'(청나라? 중화민국? 중화인민공화국?)는 이미 아득한 존재가 되어버렸다. 그렇다고는 하지만 이 수백만 명의 화인들은 종족의 전통 문화와 언어의 명맥을 유지하면서 화어(주로 한어 어족에 속하는 방언, 예컨대 광둥·차오저우·커자·민난·하이난의 방언)로 의사소통의 수단으로 삼으면서 한문으로 창작을 하였다. 영국의 포스트식민지라는 시각에서 본다면 말레이 사회는 앵글로폰 문학이 대종을 이루어야 마땅했다. 하지만 실제로는 그렇지 않았다. 말레이시아 화인 집단에서는 시노폰이 단연 독주했다. 말레이시아 화문문학은 시노폰 문학과 여타 식민지 언어 계열의 문학과의 차이점에 대해 특히 강력한 예를 제공해준다. 앞서 말한 것처럼 과거 영국 식민 세력, 현재의 말레이시아 정권, 또는 중국 대륙의 중화인민공화국 정권 등을 막론하고, 말레이시아 화문문학 작가들이 포스트식민주의의 영향 하에서 이런 정권들에 대해 그들의 화어 담론과 화문 창작을 진행하고 있다고 말하기는 어려울 것이다.

---

2) 관화官話란 중국어의 전국적 표준어인 국어國語 및 보통화普通話가 공식적으로 제정되기 전에 지역별로 비교적 광범위하게 통용되던 지역 공통어를 말한다. 주로 관리나 선비 또는 여러 지역을 내왕하던 상인들 사이에서 사용되었으므로 이런 이름이 붙었다고 한다. 북방관화, 서남관화, 서북관화… 등 여러 가지가 있는데 그 중에서도 북방 방언을 위주로 한 북방관화가 대표적이다.

시노폰 관념이 성행하기 전에도 이미 여러 학자들이 해외의 중국성 문제에 대해 사고하기 시작했다. 과거 20년 동안 서양의 학자들(특히 화인 학자들)이 '중국이란 무엇인가', '중국문명이란 무엇인가', '중국문학이란 무엇인가' 등에 대해 여러 가지 서로 다른 목소리를 내었고, 그러한 것들이 형성한 토론은 지금까지도 여전히 전개되고 있다. 그 중 대표적인 주요 인물들에는 최소한 다음 사람들이 포함된다.

먼저 두웨이밍杜維明(1940-) 교수를 내세워야 한다. 1989년 톈안먼 사건 이후 두웨이밍 교수와 동료 학자들은 당시 대륙의 정치적 격동과 해외 중국 문화의 불투명한 상황을 지켜보면서 새로운 길을 개척해야 할 필요를 느꼈다. 두웨이밍 교수는 정치적인 중국과 대조되는 의미에서 '문화 중국文化中國'이라는 관념을 제시했다. 그 의미는 이렇다. 대륙의 정권이 어떻게 변화하든 간에, 또 중국의 역사 자체가 어떤 기복이 있든 간에, 문화의 전달자로서 우리는 반드시 한 가지 신념을 견지해야 한다. 그것은 곧 '중국'이라는 이름의 문화 전통이 어쨌든 계속 번성할 것이며, 화족에게 과거를 이어받으며 앞날을 열어줄 것이다.[4] 이 문화적인 중국은 정치적인 중국도 아니고 주권적인 중국도 아니며 심지어는 (거대) 역사적인 중국도 아닌 것으로, 해내에서부터 해외까지 화인 사회의 최대 공약수가 된다. '문화 중국'을 더욱 확장시키게 되면 중화문화를 동경하는 모든 중국인과 외국인까지 포괄할 수 있다. 두웨이밍 교수는 모두가 알다시피 신유학의 대가이다. 그가 염두에 둔 '문화'는 당연히 유가의 도통을 핵심으로 하는 문화이다. 다만 홍콩에서는 홍콩의 중국 문화, 타이완에서는 타이완의 중국 문화라는 식으로 각 지역에서는 각기 다른 표현이 나타났다. 각각 거리와 깊이에서 차이가 있다고는 하지만 '문화 중국' 관념이 전체적으로 만들어낸 구심력은 어쨌든 두웨이밍 교수로 하여금 상당히 자신 있게 하나의 인지적·정서적·생존적인 공동체를 상상하도록 만들어주었다.

다음은 왕경우王賡武(1930-　　) 교수다. 그는 인도네시아에서 태어나서 부모를 따라 말레이시아로 이주했다. 중국에서 대학을 다녔고 다시 말레이시아로 돌아가서 학업을 계속하다가 영국에서 박사 학위를 받은 후 싱가포르와 말레이시아에서 가르쳤다. 이런 이력은 해외 화인의 학업 과정과 민족 인식의 우여곡절을 설명해준다. 왕경우 교수와 같은 화인 학자의 입장에서 보자면 '중국성'이라는 이런 관념을 세계 어디에서나 통하는 보편적인 기준으로까지 확대할 필요는 없다. 그에게 있어 이른바 '중국성'이란 장소와 시간의 제약을 받는 것으로, 일종의 로컬적이고 편의적인 중국성이다. 이런 중국성은 또한 화인이 어떤 지역에 정착하여 그곳에 뿌리를 내린 다음 그 개인이 이어받은 각양각색의 '중국' 문화의 신념을 실천하면서 객관적 요소와 협상함으로써 비로소 표출될 수 있다. 이에 따라 왕경우 교수의 신념은 두웨이밍 교수의 신념과 다른 점이 있다. 그가 강조하는 것은 로컬적이고 실천적인 '어떤' 중국성의 가능성이다. 그는 더 이상 세상 어디서나 적용되는 거대 서사적인 '문화 중국'이라는 이상을 억지로 추구하지 않는다.

　세 번째 입장은 리어우판 교수를 대표로 삼을 수 있다. 그는 1990년대에 '이동하는 중국성遊走的中國性'을 제시했다. 다시 말해서 중국성은 어느 한 정권, 한 사회, 한 지역, 한 신념으로 보장되거나 실천될 수 없다. 리어우판 교수는 이렇게 생각한다. 20세기말의 중국인으로서 하늘가 바다 끝에 있더라도 '내'가 '중국'이라는 이념을 계승하고, 논증하고, 심지어는 발명할 수 있는 주체라고 인식하기만 한다면, 자신이 얼마나 서양화되었든지 간에 이런 '중국성'을 드러낼 수 있다는 것이다. 이러한 실천은 왕경우 교수의 관점과도 다르다. 리어우판 교수의 '이동'과 '중국성'이라는 두 가지 키워드는 '중국성'이란 개인이 세계를 마주할 때 나오는 것이며, 서로 만났을 때의 대화 관계(cosmopolitanism) 및 이로써 형성된 일종의 전략적인 위치를 설명해준다. 다시 말하자면 리어우판 교수는 주변적이고 원심력적이며 탄력적인 중국성을 강조하는 것이며, 그 어떤 특정한 주권·지역·이념을 중심으로 하는 중국성과도 구별되는 것이다. 개별 주체의 구축과 해체는 리어우판 교수 주장의 가장 큰 특징으로, 자신의 젊은 시절 낭만주의에 대한 신념 및 세기말에 포스트모더니즘으로 전향한 관점을 반영하고 있다.

네 번째 예는 왕링즈王靈智(1935-   ) 교수이다. 왕링즈 교수는 푸젠성 샤먼에서 태어나서 1948년에 홍콩으로 이주하여 중등교육을 마쳤다. 그 후 미국으로 유학하여 캘리포니아 대학 버클리에서 박사 학위를 받았다. 미국에서 반전운동과 인권운동이 휩쓸었던 1960년대 중기에 그는 원래 전공이었던 중동 연구를 접고 화인 및 아시아계 소수종족 연구로 전향하여 선구자적인 인물이 되었다. 중국성 문제에 대하여 왕링즈 교수는 [중국과 거주지의] '이중 지배 구조'(the structure of dual domination)를 강조했다. 그는 한편으로는 화인이 디아스포라의 상황 속에서 중국성을 유지해야만 하는 것에 주목하면서도, 한편으로는 화인이 새로운 환경에 녹아듦으로써 그 (소수종족적인) 대표성을 갖추어야만 하는 것에 대해 깊이 인식했던 것이다.[5] 그는 화인/미국인이라는 두 가지 신분 사이의 균형을 추구하여 다양한 종족에 의한 미국성이라는 대전제 하에 자신의 중국성을 획득하고자 하면서 이와 동시에 화인 이민 집단 속에서 미국성을 받아들여야 할 필요성을 계도시키고자 온힘을 다했다.

이 네 가지 입장은 주변이든 중심이든, 실천이든 상상이든, 정치적이든 문화적이든 간에 모두 다 우리가 종사하고 있는 현재의 시노폰 연구에 앞서 그 어떤 과정이 있었음을 설명해주는 것이다. 다시 우리가 익숙한 신유학의 대가인 탕쥔이 선생의 명언을 인용해보자. 이른바 '꽃과 열매가 시들어 떨어지느니, 영혼의 뿌리를 스스로 내리는구나花果飄零, 靈根自植'라는 말이다. 갖가지로 다양하게 정의되는 20세기 중국의 디아스포라 상황은 우리에게 '꽃과 열매가 시들어 떨어지느니'라는 감개를 가져왔다. 특히 20세기 후반 무수하게 많은 해외의 중국인은 자기 자신의 신분을 어떻게 정의하든 간에 '영혼의 뿌리를 스스로 내리는구나'만 된다면 '중국'성에 대해 새로운 정의와 판단을 내린다는 것이다. 물론 '영혼의 뿌리'가 어떻게 '스스로 내리는구나'하는 것은 그 후 수많은 서로 다른 해석으로 이어지게 될 것이다.

이상 원로 화인 학자들의 입장과는 상대적으로 우리는 일련의 강력한 비판적인 목소리를 확인할 수 있다. 이런 목소리는 이미 새로운 주류가 되었다. 홍콩 출신으로 현재 미국에서 가르치고 있는 레이 초우 Rey Chow 周蕾(1957-) 교수는 가장 주목 받는 비평가이다. 레이 초우의 이론적 업적은 상당히 많은데, 여기서는 그녀의 이른바 '중국 혈통이라는 신화'(myth of Chinese consanguinity)만 소개한다.[6] 민족주의의 부름 아래 국가의 홍보 매체와 선전기구들은 언제나 갖가지 '회귀' 담론을 만들어내기에 능하다. 예컨대 '온 세계가 한 집안', '같은 문자 같은 종족', '세상에 나쁜 부모는 없다', '잎은 떨어져서 뿌리로 돌아간다' 등등의 말에는 가족 종법적인 혈연적 은유로 가득하다. 레이 초우 교수는 그 반대로 간다. '피' 또는 '혈연', '같은 문자' 또는 '같은 종족' 따위를 강조하는 것이 특정 정권, 특정 민족주의/국가주의를 대표하는 '중국'과 동일시해야 한다는 것을 뜻하는 것은 아니다. 그녀의 입장에서 볼 때 '중국'은 언제나 협상해야 하는 것이며, 끊임없이 창조되고 질문되어야 하는 것이다. 레이 초우 교수는 홍콩 출신이다. 따라서 1997년 전후에 발표된 이런 이론들에는 시기와 장소에 따른 역사적인 이유가 있다는 것을 짐작해볼 수 있다. 그녀의 입장을 직설적으로 말하자면 어떤 국가의 여권이 전적으로 중국성을 대표할 수는 없으며, 종족적인 호소 역시 전적으로 중국성을 대표할 수는 없다는 것이다.

이언 앙Ien Ang 洪美恩(1954-) 교수는 레이 초우보다 더 과격한 예다.

그녀는 인도네시아에서 태어난 이른바 페라나칸(Peranakan)이다. 즉 화인과 토착인의 혼혈 가정 출신으로, 네덜란드에서 교육을 받고 호주에서 가르치고 있다. 페라나칸은 기본적으로 중국의 예속 문화를 따르지만 생활 습관과 언어 표현 면에서의 정체성은 중국인과 유사해보이면서도 이미 달라졌다. 말레이시아 사회에서는 이런 식으로 혼종된 문화를 바바峇峇(Baba)[7]라고 일컫는다. 이언 앙의 가장 유명한 주장은 '중국어를 못하는 중국인'(on not speaking Chinese)으로 타이완 여행에서 그녀가 경험한 바를 논한 것이다.[8] 그녀는 '겉보기에 중국인 같다'는 것 때문에 보통 '우리 사람' 내지 귀국 교포로 간주된다. 난감한 것은 그녀가 비록 보기에는 중국인 같지만 배경이 다르기 때문에 사실은 중국어를 할 줄 모르며 외국인이라는 점이다. 그런데 서양에서도 그녀는 유사한 곤란을 겪은 적이 있다. 그녀의 '유사' 중국 배경 때문에 중국인을 대표하는 것으로 간주되고는 했던 것이다. 이런 경험은 이언 앙으로 하여금 양쪽 다 대처하기 어렵다는 느낌과 성찰을 불러일으킨다. 종족 문화의 본질주의적 담론 속에서 대부분의 경우 우리는 관성에 의해 편견을 갖게 되고 이로써 자신의 주제를 파악하지 못하는 오만함을 지니게 된다. 이언 앙의 예를 가지고 말해보자. 그녀는 중국적인 용모와 중국적인 혈통을 가지고 있지만 (순수한) 중국인은 아니며 무엇보다 중국어를 할 줄 모른다. 그녀의 연구는 화인 내지 '중국'의 다원성을 극력 강조한다. 그녀의 입장에서 말하자면 중국어는 확고부동한 그런 문화의 운반체가 아니다. 그것은 당연하게도 다원적인 화인 사회의 (한 가지) 소통의 도구일 뿐이다.

다시 하진Ha Jin 哈金(1956-)의 예를 들어보자. 하진의 본명은 진쉬에 페이金雪飛로 중국 동북 지역에서 태어났으며 인민군으로 복무했다. 헤이룽장대학 영문과를 졸업하고 산둥대학에서 영미문학 석사를 받은 후 1980년대 중기에 미국으로 진학했다. 톈안먼 사건 후 하진은 미국에 남기로 결정했고 영문으로 창작하기 시작했다. 그의 소설 《기다림》은 출판되자마자 크게 호평을 받았고, 그 외 다른 작품과 함께 잇달아 많은 큰 상을 받으면서 현재 미국에서 가장 중시되는 화인 영문 작가가 되었다. 하진의 소설 내용은 늘 중국과 화인 세계의 사람들과 사건들을 서술하는데, '우리'의 관점에서 보자면 그다지 특별히 사람들을 놀랍게 만드는 곳은 없는 듯하다. 그보다 더욱 흥미로운 것은 그의 영문이 배워서 익힌 것이기 때문에 한 글자 한 글자씩 다듬어서 나온 것이라서 중국 말투 내지 중국 어법의 흔적이 남아있다는 점이다. 그렇지만 하진이 어쨌든 영문으로 창작할 뿐만 아니라 크게 인정된다는 점은 깊이 생각해볼 만한 일이다. 호사가들은 그의 영문이 '순정하지 않다'고 말하기도 한다. 하지만 포스트식민 시대 이후 '순정한' 영문 창작의 언어 기준이 어느 곳에 있는지 과연 그 누가 단정할 수 있겠는가?

미국 국가 출판 상을 받았을 때 하진은 자신이 작가가 될 수 있었던 것은 '주로 영어에 감사해야 한다'고 말한바 있다. 1989년 톈안먼 사건 이후 그는 스스로 영어의 언어적 환경으로 '망명'했으며, 그렇게 하지 않으면 자신이 사고하고 목격한 것을 써낼 수 없다고 느꼈다고 한다.[9] 이런 의미에서 그는 분명히 앵글로폰 작가이다. 하지만 그가 의식하고 있는 중국 배경, 그의 소설에서 나타나는 중국 제재, 그리고 그의 글쓰기에서 보일 듯 말 듯 드러나는 '중국 어투'를 감안할 때 우리는 그 또한 시노폰 작가라고 말할 수 있지 않을까? 비록 그는 영문으로 창작하지만 그의 '발성'의 위치는 중국인 것이다. 이처럼 그는 시노폰 문학에 대해 깊이 생각해볼 의의가 있는 한 가지 예를 제시해준다.

중국 국내로 눈길을 돌려보자. 근래에 들어 학자들의 성찰은 또 어떠할까? 1990년대 이래 민족주의/국가주의를 출발점으로 하는 많은 주장들이 있었다. 비록 충격적인 반응을 낳았지만 논의와 학술의 심도 면에서는 본보기로 삼을 만한 것은 아니었다. 최근 몇 년간의 성과 중에서 한 가지 예를 들어야 한다면 푸단대학 거자오광葛兆光(1950-   ) 교수의 《이 중국에 거하라宅玆中國》를 추천할 만하다. 거자오광 교수가 사용한 '이 중국에 거하라'는 1963년 스안시성 바오지현에서 발굴된 서주의 구리 기물에 새겨진 글자 '이 중국에 거하라宅玆中國'에서 따온 것이다. 여기서 '중국'은 아마도 당시 뤄양을 지리적 중심으로 하는 문화 정치적 환경을 가리키는 것 같다. 이 기물에 새겨진 '중'자와 '국'자를 전적으로 오늘날의 중국과 같은 차원에 두고 논할 수는 없을 것이다. ['이곳 가운데 나라에 와서 살리라'라는 의미의] '이 중국에 거하라'의 내함에는 오히려 낯선 곳인 이 중국에 와서 뿌리를 내리며 길이 살아갈 집안을 안돈한다라는 뜻이 포함되어 있다. 거자오광 교수의 입장에서 말하자면 이후 그의 '중국' 담론에서 대단히 중요한 잠재적 의미가 있는 것이었다.

거자오광 교수는 심지어 시대를 거슬러 올라가서 천 년 전의 '거한다宅'에는 오늘날 '집에만 처박혀 있는 사람宅男宅女'란 표현에서의 그런 의미가 없지도 않았다고 말한다. 사실 '이 중국에 거하라'에는 이중적인 의미가 있다. 한편으로는 자기 자신의 집 안에 '거한다'는 것으로, 심신을 의탁할 곳에 대한 동경을 뜻한다. 그런데 다른 한편으로 '이 중국에 거하라'의 '중국'을 또한 역사적인 복잡다단한 콘텍스트에 놓고서 끊임없이 다시 검토해보아야 한다. 요컨대 거자오광 교수는 이렇게 본다. 이 '중국'은 역사적으로 차츰차츰 형성된 것으로 왕조의 교체와 더불어 상당한 변화가 있었다. 하지만 일종의 문화적 실존 주체로서 그것은 항상 그곳에 '거하고' 있었다. 그러므로 우리가 섣불리 해체적, 포스트식민적, 제국주의 비판적 방법으로 그것을 모조리 무너뜨릴 수는 없다. 우리가 중국의 문화 역사적 맥락 속으로 되돌아가본다면 '중국'이란 관념이 각기 다른 시기의 문화적 형상화와 표상화에서 언제나 각양각색의 방식으로 끊임없이 맴돌고 있었기 때문이다. (두웨이밍 교수의 '문화 중국'과는 달리 거자오광 교수가 관찰한 '중국 문화'는 역사적으로 부단히 변화하는 존재이다. 다만 '중국'을 담론의 전제 또는 실천의 장으로서 간주하기 때문에 다른 사람들에게 한 가닥 맥락을 제공해주며, 이를 통해 연속적이면서도 단층이 있는 하나의 전통을 설명할 수 있게 된다. 달리 말하자면, 중국의 존재와 부존재는 본질론과 역사적 경험 사이에서 동요하면서 부단히 논증을 요하는 문제가 된다.)

또 한편으로 거자오광 교수는 현재 서양에서 그리고 심지어는 중국 국내에서 유행하고 있는 다시 정의된 갖가지 '중국' 관념을 비판하기도 한다. 예를 들면, 서양에서 중국 연구를 일종의 전략적인 지역 연구(area studies)로, 즉 일종의 냉전식의 중국 연구로 간주하는 것이다. 또 일본에서 유행하기 시작해서 중국까지 번진 '방법으로서의 아시아'의 확산판으로 '방법으로서의 중국', 즉 중국을 동아시아의 합종연횡적인 콘텍스트에 두고 보자고 하는 방법이 있다. 타이완의 전임 교육부 장관인 두정성杜正勝(1944-) 교수가 제안한 것도 있다. 타이완의 지도를 가로로 놓고 보면 타이완을 중심으로 하는 동아시아의 동심원 관계가 이루어진다. 두정성 교수는 정치적인 '지도'를 다시금 자리매김하는 방식으로 중국을 해체하는 것이다. 그의 말처럼 하면 중국은 동심원의 가장 외곽, 가장 확장된 부분에 해당하며, 따라서 중국 대륙과 타이완의 관계는 그렇게 밀접하지 않게 된다. 또 최근 '새 청나라 역사新淸史'를 연구하고 있는 학자들은 몽골 제국 이래 변방 민족들, 특히 만주족이 세운 대청 제국은 사실 한족 중국을 그들의 문화 또는 정치적 이념의 절대적인 기준으로 삼지 않았다고 주장한다. 청나라 치하의 중국은 사실 황제에서 칸까지, 번진에서 중앙집권까지 상이한 제도들을 뒤섞어 놓았으며, 그들이 통치한 강역 및 방식은 이미 전통적인 '이 중국에 거하라'를 훨씬 뛰어넘는다는 것이다. 물론 포스트모더니즘인 것도 있어서 중국을 통째로 해체해버린다. 지금까지 일관된 '중국'이란 존재한 적이 없으며, 존재한 것이라면 가설적인 '상상의 공동체'였을 뿐이라고 강조한다. 거자오광 교수는 이렇게 생각한다. 이런 방법과 정의들은 각기 일리가 있다. 그러나 문화사의 각도에서 볼 때 수많은 실존적이고 사상 주체적인 징표가 있었으며, 중국이라는 이름을 내세운 각양각색의 법령·문헌·문물·제도·물질문화까지 있었다. 그러니 과거로부터 현재까지 '중국'이라는 맥락이 끊이지 않고 이어져왔음을 인정하지 않을 수 없다.

거자오광 교수의 관점은 당연히 새 청나라 역사 학파, 해체주의, 또는 포스트식민주의/제국주의비판 등 각기 다른 계통 학자들의 비판을 받았다. 물론 《이 중국에 거하라》가 에둘러서 문화 중국을 주권국가로서의 중국의 대체품으로 삼고 있는 것은 아닌지 따져보아야 한다. 하지만 이와 동시에 거자오광 교수가 이와 병행하여 진행하고 있는 또 다른 프로젝트인 '주변에서 보는 중국從周邊看中國'에 관해서도 이해할 필요가 있다. 다시 말해보자. 거자오광 교수는 '중국'이 대대로 이어지는 전통을 그 내부에서 찾고 있는 것 외에도 이 '중국'이 또 중국 주변의 각 문명 및 국가들과 (외교·무역·문화·전쟁 등) 상호 작용하는 관계 속에서 구축되었다고 지적하고 있는 것이다. 이런 관념은 사실 포스트모더니즘적인 일면이 있는데, 중국이 객체·타자로부터 관찰되고 작용되고 투사되어 형성된 주체/주권이라는 것을 의미한다. '이 중국에 거하라'와 '주변에서 보는 중국'이라는 이 두 개의 관념/프로젝트의 병행은 대단히 의미 있는 대화 관계를 형성한다. 한편으로 우리는 '이 중국에 거하라'를 말하지만, 다른 한편으로 우리는 또 '중국'이란 어쨌든 타자의 시각으로 정의·협상·상호 작용되는 정치·역사의 장이라는 점을 인정하게 되는 것이다.

현재 국외에는 또 한 무리의 학자들, 특히 중국에서 '세계를 향해 나아간' 학자들이 있다. 한편으로는 자유주의적 입장인 서양의 국가 정치·시장 경제에 대한 강력한 불만에서, 다른 한편으로는 '중국 굴기中國崛起'와 다시 타오르는 민족주의/국가주의적 열정에서, 이들은 중국이

자유주의적인 '전지구화'의 위협을 받고 있다고 인식하면서 시급하게 '전지구화'를 넘어설 수 있는 길을 찾고자 한다. 이런 콘텍스트 하에서 '전지구화'는 초국가적 자본주의 시장화와 동일시되었고, 신좌파 진영에서 반드시 제거해야 하는 역사적인 장애물이 되었다. '전지구화'를 넘어서기 위해서 일부 학자들은 민족주의적인 '국가', 사회주의 색채의 '국제', 또는 초월한 것처럼 보이지만 전통 중국의 황제적인 색채가 없지 않은 '천하', 그리고 유가적 유토피아인 '대동' 등을 동경한다. 특히 '천하'라는 이 관념은 이 몇 년간 새로운 유행어가 되었다. 그렇지만 나는 묻고 싶다. 어떤 '천하'인가? 집안의 천하인가, 당의 천하인가, 아니면 모든 사람들의 천하라는 의미의 천하인가? 어떻든 간에 최근의 한 가지 물결은 '천하 ― 국가'의 관념인데, 이는 곧 다음 사실을 증명해준다. 이 세대 중국학자들은 '중국'이란 무엇인가라는 데 대한 이론상의 초조함과 대통일의 환상을 가지고 있으며, 동시에 또 이에서 얼른 벗어날 수 있는 방법을 찾고 있는 중이라는 것이다.[10]

3
'포스트식민'인가 '포스트 유민'인가?

다음에서는 현재 시노폰 문학과 관련된 주장들에 대해 한 걸음 더 나아가서 분석해보자. 먼저 소개해야 할 것은 UCLA 스수메이史書美 (1961-) 교수의 전문 학술서 《시각과 정체성: 태평양을 가로지르는 시노폰 언설》(2007)이다. 스수메이 교수는 한국 화교 출신으로, 타이완에서 대학 교육을 받고 미국에서 유학, 취업, 정착하여 현재 UCLA의 교수로 있다. 이 책은 영어 세계에서 시노폰에 대해 글로 출판한 최초의 전문 학술서이며, 이런 의미에서도 중시해야 마땅한 책이다. 이 책 및 다른 여러 편의 논문에서 스수메이 교수는 다음과 같은 관찰을 내놓았다. 먼저 그녀는 '중국'의 존재 여부에 대해 반드시 다시 검토해보아야 한다고 강조한다. 그 방법 중의 하나는 '중국'을 담론/화어 상황의 한 집약점으로서 보는 것이다. 다시 말해서 발성(phone)의 문제에서부터 시작해서 어떻게 다시금 '중국'이 가리키는 바를 사고할 것인가이다. 예를 들어보자. 우리는 서로 당연하다는 듯이 '중국인'이라고 생각하는데, 따지고 보자면 그것은 과연 무엇을 가리키는 것일까? 언어 — 특히 한어 및 정치적으로 규범화된 국어 내지 보통화 — 가 가장 기본적인 지표가 된다. 그러나 스수메이 교수는 우리를 일깨운다. 설마 (표준적인 또는 비표준적인) 한어를 구사할 수 있는 사람만 중국인이란 말인가? 중국의 국경 안에는 55개 소수종족이 있지 않은가? 각 종족은 자신의 언어를 가지고 있지 않은가? 우리가 당연한 이치라며 한어가 중국을 통일하는 의사 전달의 수단이라고 간주해버린다면 중국 국경 내에 존재하는 '발성'의 불평등 관계를 외면해버리는 것이 아닌가? 더구나 한어는 광의에서 보자면 화어(Sinophone)를 아우르고 있는 중국 · 티베트 어족(Sinitic language)에서도 여러 언어 중의 한 갈래에 불과하지 않은가? 우리가 역사적 상황 속에서 한어가 유독 독주하는 여러 가지 원인을 인정할 수는 있다. 그렇지만 오늘날에 이르러, 특히 포스트식민적인 콘텍스트 속에서, 우리가 간단히 한어 한 가지만으로 중국성의 '유일무이'한 기준으로 삼을 수는 없는 것이다. 스수메이 교수는 시노폰의 복잡성과 활력을 해방시켜서 다양한 목소리를 내도록 해주어야 한다고 주장한다.

　말할 나위도 없이 이는 대단히 비판적인 입장이다. 최근의 논의에서 스수메이 교수는 아래 세 가지의 이론적 개입방법을 제시했다.[11] 첫째, 아마도 근대 중국에서는 엄격한 정의에서의 서양의 '해상식민주의'는 존

재하지 않았겠지만, 청나라는 그 통치가 위구르・티베트・중앙아시아
・서남아시아 등지를 포괄했다는 점에서 사실상 하나의 식민 제국이었
다. 그녀는 청 왕조는 대륙식민주의(continental colonialism)의 예로 볼
수 있다고 생각한다. 그런데 이 육상 식민 현상은 티베트・위구르 문제
에서 보듯이 오늘날에 이르러서도 여전히 해결되지 않고 있다. 둘째, 그
녀는 이주정착자 식민주의(settler colonialism)를 비판한다.[12] 다시 말
해서 해외 중국 이민자, 예컨대 남양으로의 이민자 그 자체는 디아스포
라에 속하는 집단이다. 하지만 낯선 곳에 와서 뿌리를 내리기 위해 그
들은 개별적인 또는 집단적인 힘과 자원을 가지고서 더욱 약세인 현지
의 (원)주민들을 착취하는데, 교묘한 수단과 강한 힘으로 빼앗는다는
면에서 패권주의 국가의 식민주의에 전혀 뒤지지 않는다. 청나라 시절
타이완에 이민 온 한족들이 어떻게 원주민들을 억압했는지, 또는 필리
핀・인도네시아・말레이시아의 화인 이민자들이 어떻게 현지의 상업과
산업의 명줄을 움켜쥐었는지를 생각해본다면 스수메이 교수의 이주정
착자 식민주의에 대한 비판을 이해할 수 있을 것이다. 셋째, 스수메이
교수는 시노폰의 주체로서 화인이 '꽃과 열매가 시들어 떨어지느니'라는
정서 속에 영원히 빠져있을 필요가 없으며, 낯선 곳에 와서 뿌리를 내
리는 것이 당연하다고 생각한다. 따라서 스수메이 교수는 이산을 논하
는 것이 아니라 '반이산'을 논한다. 달리 말하자면, '고향을 등지고 떠난
다'라든가 '잎은 떨어져서 뿌리로 돌아간다'와 같은 말을 하기보다는 이
주한 지역에서 재출발하여 심신을 의탁할 수 있는 가능성을 추구하는
것이 더 낫다는 것이다. 이런 의미에서 그녀의 시노폰은 일종의 정치
비판적인 전략의 운용이며, 종족 문화의 성함과 쇠함 또는 단절과 연속
에 대한 관심을 넘어서는 것이다.

한 걸음 더 나아가보자. 스수메이 교수는 시노폰을 현재의 중국 담
론에 대한 대항의 위치에 놓는다. 그것은 다름 아니라 '중국'으로서의

중화인민공화국이라는 정치적 주권에 대립되는 것이다. 해외 화어 지역의 발화 주체에게는 그들이 '중국'인이 아니라고 결정할 권리가 있다. 그리고 그들이 이런 좁은 의미에서의 '중국'인이 아니라고 자각한다면, 그들은 자신의 입장을 견지해야 하며 그것이 곧 '시노폰'의 입장이다. '같은 문자 같은 종족'이 특정 국가/정권에 대한 구심력을 보증해주는 것은 아니다. 따라서 시노폰 입장은 영원히 대항하는 입장이자, 통합됨으로써 또는 당연하다는 듯이 '중국'이 되어버리는 것을 거부하는 입장이다.

그 다음으로는 예일대학의 징 추Jing Tsu 石靜遠(?-) 교수의 책《중국인 디아스포라의 소리와 글》을 소개하고자 한다. 징 추 교수는 타이완에서 태어나 어릴 적에 미국으로 이민을 했기 때문에 미국 화인학자라고 말할 수 있다. 스수메이 교수와 마찬가지로 그녀는 해외 시노폰 집단의 신분 정체성 문제에 주목하고 있다. 그녀는 중국 국내와 국외의 화어 사회는 정치 체계가 다를 뿐만 아니라 문화 차이 역시 시간의 흐름에 따라 날로 뚜렷해지고 있다고 지적한다. 그럼에도 불구하고 그녀는 의식적으로 어떤 입장에서 여전히 언어 공동체의 가능성이 있는 것인가라는 문제를 탐색하고 있다. 바로 이 점에서 징 추 교수는 스수메이 교수와 관점의 차이를 보인다. 징 추 교수는 그다지 화어를 정치적 전략의 칩으로 간주하지는 않는다. 상대적으로 그녀는 화어를 일종의 문화적 매개체, 심지어 문화적 '자본'으로 본다. 중문/화어는 세계 각지에서 선풍을 불러일으키고 있으며, 중국과 해외의 상호 작용 역시 아주 빈번하다. 징 추 교수는 중문과 화어 이면의 정치적 대결과 게임을 논하기보다는 또 다른 일종의 정치, 시노폰 거버넌스(Sinophone governance)를 염두에 두고 있다. 즉 화어를 가지고서 서로의 관계를 협력 관리하는 협치이다. 그녀는 이렇게 생각한다. 중국 경내든 아니면 해외든 간에 그리고 중문을 사용하든 화어를 사용하든 간에 우리는 실제로 이 언어

(어족) 자체가 무궁무진한 합종연횡의 잠재력을 가지고 있음을 이해해야 한다. 갖가지 이유 — 회의會意에서부터 형성形聲까지, 지역에서 계급까지, 정치 종교에서 상업 무역까지 — 로 인해서, 중문, 화어, 또는 그 무엇으로 일컬어졌든 간에 이 언어는 변화무쌍하여 한 번도 유아독존의 자리를 허락한 적이 없다. 그런데 오늘날 우리가 만일 소통할 수 있고 또 그러하기를 원한다면, 이는 우리가 그런 경험을 통해 언어가 유동하는 과정 속에서 융통성 있는 취사선택의 필요, 대화 전개의 (도구성 뿐만 아니라) 의미성의 필요를 이해하고 있기 때문이다. 더 깊이 파고 들어가 보자. 언어의 유통에는 언제나 정치적인 고려가 수반된다. 만일 그렇지 않다면 우리는 중문/화어라는 언어권에서 의사를 표현하고 상호작용하는 그런 네트워크를 구성할 수 없는 것이다. 만일 화어와 중문의 대립만 논한다면 그 이면에 존재하는 시간과 장소의 제약, 시대에 따라 달라지는 복잡한 동기를 과소평가하는 것이다. 언어는 단순히 정치의식의 전달체 만은 아니다. 언어, 그것은 '능동'적인 사회 문화적 자본이다. 징 추 교수의 이론은 비록 해체주의에서 출발한 것이기는 하지만 사실은 영미 실용주의(pragmatism)적인 색채가 강하게 배어 있다. 지난 세기말 이래 '언어 횡단적 실천'을 강조해온 이면에 있는 불평등한 권력 관계, 비대칭적인 번역 경로, 그리고 무소부재하는 제국·식민주의적인 음모와 패권이라는 어두운 그림자 아래에서 언어/소통/번역의 가능성에 관한 그 어떠한 논의도 거의 모두 정치적으로 부정확한 행동이라고 간주되었다. — 언제든지 통합되고, 오해되고, 억압될 위험을 가지고 있었기 때문이다. 징 추 교수는 이런 이론들을 대단히 잘 알고 있으면서도 이와는 다른 시각에서 언어 시스템의 협상과 협치의 필요성, 그리고 언어(소통/이동/번역/발명 등)가 그때그때 대처하는 잠재력에 대해 다시금 사고한다. 이것이 그녀의 연구에서 참으로 귀중한 점이다.

우리는 또 말레이시아에서 타이완으로 옮긴 황진수 교수의 공헌에 유의해야 한다. 황진수 교수는 말레이시아에서 태어나고 자란 화인으로, 1990년대에 타이완으로 유학했다가 지금은 타이완에 정착했다. 이 근래에 그는 말레이시아 화문 집단에서 '파란을 불러일으키며' 상당히 큰 비판적 반향을 야기하고 있다. 해외 화어문학 발전에 대한 그의 관점은 찬성 반대와 무관하게 분명 우리를 깊이 사고하도록 만든다. 그는 이렇게 생각한다. '말레이시아 화문문학'은 말레이시아 화인 집단이 창조한 화문의 성과인 만큼 자기 자신의 다중적인 신분과 발성의 위치에 대해 진지하게 마주해야 한다. 말레이시아 화문문학은 중국 5·4 신문학이라든가 리얼리즘이라는 그런 민족/국가적 계보에 부속될 필요는 없으며, 태생적으로 가지고 있는 잡종성을 마주해야 한다. 물론 이런 잡종성은 글쓰기에서의 일종의 제약이다. 하지만 글쓰기에서의 해방이 될 수도 있다. 이 두 가지 사이의 융합과 충돌이 말레이시아 화문문학의 특징을 구성한다.

　말레이시아 화문문학의 전후 맥락에 대한 전통적인 정의는 대부분 5·4 담론으로부터 이어나간다. 예컨대 위다푸가 1938년 멀리 말레이시아·인도네시아로 이동한 것, 라오서가 싱가포르에 도착해서 〈샤오포의 생일小坡的生日〉을 쓴 것 등등을 언급한다. 이런 계보는 모체·모국에 대한 미련이라든가 그로부터 생겨난 끝없는 '상상적인 향수'를 포기할 수가 없다. 그런데 이런 '향수'는 중국이라는 이름을 떠받들고, 이유도 불분명하게 근본을 잊지 말아야 한다는 것을 내세우면서, 세상을 떠돌며 제 자리를 찾기 어렵도록 만든다. 이리하여 말레이시아 화인 작가들이 짝사랑 식, 보여주기 식의 '해외에서 뿌리 찾아 나서기'라는 억지 상상을 하게끔 만들었다. 황진수 교수는 말레이시아 화문문학의 중문은 이미 이산되고 '해방'된 것으로, 사실은 갖가지 상이한 실험의 가능성을 추구해야 한다고 생각한다. 선배 작가들이 믿었던 (중국적) 리얼리즘과는 대조적으로 그가 선택한 실험 방식은 모더니즘이다. 황진수 교수의 관점에는 애정이 지나쳐서 꾸짖는다는 느낌이 강하다. 다만 많은 선배들은 지나치게 강력한 그의 입장을 받아들이기 어려워했다는 점이 의외는 아니다.

　이상의 각종 견해에 대해서 말하자면, 스수메이 교수가 시노폰 언술(Sinophone articulations)을 제기하면서 시노폰 연구의 새로운 국면을 열었다는 점을 최대한 높이 평가해야 한다고 나는 생각한다. 그녀의 저서 이후 우리는 여러 가지 연구 전략을 사고할 수 있게 되었다. 스수메이 교수가 가지고 있는 포스트식민주의 이론 틀에 대해서는 여전히 논란의 여지가 있다. 중국 근대 역사에는 어쨌든 서양의 엄격한 정의에서의 식민주의 경험이란 없었다. 만일 서양 포스트식민주의의 방식에 따라 시노폰의 형성을 본다면 이는 억지로 틀에 끼워 맞춘다는 우려가 없지 않다. 예를 들면, 근대 중국에서 해상 식민 패권의 역사가 없었다고 하면서, 청나라라는 '육상' '식민' 패권이라며 이를 대체할 수 있는지에 대해서는 생각해볼 필요가 있는 것이다. 그 다음으로 스수메이 교수는 '해외'와 '중국'에 대해 두 개의 다른 지역으로 구분하는데 있어 지나치게 경직된 것으로 보인다. 정치 주권의 각도에서 말할 때 중국은 패권 국가이고, 해외의 각 화어 사회는 마치 모두가 '약소민족'이어서 언제든지 '식민화'(?)될 위험이 있는 것 같다. 문제는 이런 점들이다. 중국은 종래로 고정불변의 철판 같은 존재도 아니었으며 오늘날에는 중국과 해외 화어 세계 사이의 상호 작용이 대단히 빈번하다는 점을 무시해서는 안 된다. 그리고 해외 화어 '약소민족'은 이미 이산의 상황 속에 처해 있으며 각기 자신만의 타산이 있으므로, 논리적으로도 반드시 (패권과 대항하는) 생명 공동체를 형성하리라고 볼 수는 없다. (싱가포르라는 이 시노폰 국가가 영어를 주요 공식 언어로 하면서 그것을 중국 및 기타 화어 지역에 대해 먼 나라와 가까이 하고 가까운 나라를 공략하는 외교적 수단으로 삼고 있다는 점은 상당히 곱씹어볼 만한 일이다.) 억지로 중국과 화어 집단을 구분하는 것에는 분명히 적군/아군 식의 대립의 모습이 나타난다. 이는 20세기 중기의 냉전 담론을 생각나게 만들지 않는가? 더구나 역사의 변천은 파란만장한 법이니 이 근래에 중국 및 경외에서 나타나는 각양각색의 콘텍스트의 변화를 소홀히 할 수는 없는 것이다.

현재 중국 땅에는 55개의 소수종족이 있다. 만일 스수메이 교수의 가정대로라면 상대적으로 같은 숫자의 한어 이외의 언어 — 모두 시노폰에 속하는 언어가 있어야 한다. 더 나아가서 보면 이론적으로는 자기 자신의 전통을 표현하는 (문자·구전 혹은 기타의) 문학 형식이 가능하다. 이는 자연스러운 추론이다. 하지만 수천 수백 년 간의 역사적 변천이 종족 발전의 차이를 만들어냈다. 이 때문에 오늘날 '정체성의 정치'를 추구하면서 평등이라는 기치를 내세워 각 소수종족은 반드시 자신의 문학을 갖추고 한어문학과 대항해야 한다고 주장하기란 어려워졌다. (그런데 왜 하필 '문학'이 대항을 대표하는 매체가 되어야 하는 것일까? 이는 한어 문명, 심지어는 서양의 낭만적 민족주의의 상투적인 패러다임에 함몰되는 일이 아닐까?) 더구나 의도적으로 식민/포스트식민 콘텍스트를 나누는 것은 오히려 엉킨 실을 풀려다가 더 엉클어놓는 결과를 가져온다. 예를 들어 말해보자. 반환 전의 홍콩문학은 시노폰 문학에 속한다는데, 그렇다면 반환 후의 홍콩문학은 그 즉시 변신하여 중국문학이 된다는 것인가? 아마도 많은 홍콩작가들은 그렇게 생각하지 않을 것이다. 스수메이 교수의 주장대로 따라가자면, 단순히 중문/화문의 대립만을 따지기보다는 아마도 '주변에서 중심을 공략하는 것'이 더욱 효과적인 방법일 것이라고 나는 생각한다. 즉 한어/중문문학은 여태껏 한 목소리를 낸 적이 없으며 언제나 끊임없이 자기 해체를 진행해왔음을 강조하는 것이다.

우리는 반드시 한어 내부의 다양한 목소리라는 현상을 정시해야 한다. 달리 말하자면 스수메이 교수의 시노폰에 대한 사고의 범위를 더욱 확대하여 중국의 '중문'이라는 콘텍스트 안으로 끌고 들어가기를 나는 희망한다. 즉 '시노폰'의 관념을 해외 화인과 중국 경내 소수종족의 발음/발언의 위치에만 국한시킬 필요는 없다. '시노폰'의 문제의식을 광대한 중문/한어의 콘텍스트 안으로 이입해야 한다. 문학의 예를 들어 말해보겠다. 우리는 알고 있다. 쑤퉁의 작품에서 쑤저우의 특색을 느끼며, 왕안이의 작품에는 상하이의 콘텍스트가 투사된 것 같고, 이와 상대적으로 스안시성 자평와의 《진강》에서 사용한 한어/중문은 전혀 그런 식의 것이 아니다. 이와 비슷한 유형으로 산시성의 리루이, 산둥성의 장웨이張煒(1955-), 후난성의 한사오궁韓少功(1953-) 등 각 지역 작가의 작품은 각기 '보통화'를 사용한 셈이면서도 사실은 모두 지역적 특색을 가지고 있으며 각자의 개인적인 스타일은 더 말할 나위도 없다. 이처럼 한어의 '지역별로 제각각인 억양과 어투南腔北調'를 직시하게 되면, 우리는 언어의 합종연횡적인 원심력과 구심력이 원래부터 그러해왔으며 그 속에 다양한 음과 복합적인 뜻이 포함되어 있다는 현상을 불현듯 깨닫게 될 것이다. 쓰촨·티베트 지역의 아라이가 쓴 《먼지가 가라앉은 뒤》가 사용한 한어, 독실한 무슬림인 장청즈가 쓴 《영혼의 역사》에서 사용한 한어를 간단히 같은 종류의 한어라고 말할 수 있을까? 혹은 이론적으로는 그들이 티베트어나 아랍어를 쓰지 않았다는 것을 이유로 성급하게 이것이 '한어 식민 패권' 현상이라고 말할 수 있을까? 아마도 문제가 그처럼 단순하지는 않을 것이다.

따라서 나는 만일 진정으로 '시노폰' 관념을 중국 대륙에까지 확대하고자 한다면 정권의 대표성 문제에만 급급해할 필요는 없다고 생각한다. ― 이는 아무래도 상당히 보수적인 행동인 것 같다. 그러나 각 지역, 각 방언, 각 종족, 각 문화의 창작자와 독자들, 그들이 어떤 식의 한어(혹은 가능하다면 비한어)를 촉발하는지를 실제 그대로 생각해보자. 솔직히 말해서 중국 대륙 경내의 한어/중문이 바로 시노폰의 한 부분이라고 할 수도 있다. 한어 자체가 이렇게도 광범위한 것을 포용하며, 이른바 '지역별로 제각각인 억양과 어투'라는 표현만으로는 사실 각양각색의 복잡하고 불일치하는 현상을 충분히 설명해주지는 못한다. 징 추 교수의 거버넌스(또는 협치)의 관점은 이런 맥락에서 유용하다. 언어란 단순화될 수 없다(내지 소통될 수 없다)는 것을 인정하지만 그럼에도 불구하고 우리는 소통해야 한다. 이른바 표준적인 국어·보통화 — 공식 제정된 한어가 전혀 '보통의 말'이 되지는 못했지만 — 는 일종의 협상의 결과이다. 다른 한편으로 징 추 교수의 거버넌스 문제로 되돌아가보자. 우리는 언어란 언제나 협상의 관계 속에서 소통이라는 최대 공약수를 추구하고 있음을 인정해야 한다. 그러면서 우리는 또한 합종연횡적인 관계가 영원히 각양각색의 동기를 포함하고 있으며, 끊임없이 파생되는 무한한 변수는 사안별로 처리할 수밖에 없음을 인정해야 한다.

　나는 더 나아가서 징 추 교수와 스수메이 교수의 연구에서 역사적 부분을 강화하여 근현대에만 국한되지 말아야 한다고 생각한다. 수천 수백 년 동안 언어의 조합·제약·유통이 중단된 적은 없었다. '중원 정통 언어'와 '변방 잡된 소리' 사이의 경쟁과 타협은 옛날부터 그러해왔던 것이다. 스수메이 교수의 주장에 대한 나의 문제 제기를 되풀이하겠다. 우리는 더욱 복잡한 역사적 시각에서 당대 중문/화문의 경쟁 국면을 보아야 한다. 거자오광 교수가 우리를 깨우쳐준 것처럼 '같은 글자로 쓰고, 같을 길로 수레를 모는' 제도가 이미 진한 시대로부터 정착되었으며, 후일 '중국성'으로 이어지는 중요한 문화적 법률적 자원의 하나가 되었다. 그리고 다른 한편으로는 5호 16국 시대, 위진 남북조 시대, 몽골 원나라 시대 등 중국 경내의 한족의 남북 이동 시기든 아니면 이족의 중원 유입 시기든 간에 상관없이, 언어의 이산과 불일치 현상 및 언어의 협상과 수렴의 현상을 만들어냈다. 이런 현상들이 오늘날의 중문/

화어의 다툼과 관련하여 어떤 참고할 만한 곳이 있는지에 대해 계속 검토해나갈 필요가 있다.

이상 두 분의 관점과는 상대적으로 나는 해외문학의 '삼민주의'론을 제기한 적이 있다.[3] 나의 이른바 시노폰의 '삼민주의'를 이루는 것은 '이민移民', '외민夷民', '유민遺民'이다. 그 뜻을 설명하자면 이민이 되어 고향을 등지고 떠나 심신을 의탁할 세상을 찾는 것, 식민이 되어 이국의 통치를 받으면서 문화 정치의 자주적 권력을 상실하는 것, 유민이 되어 하늘의 뜻을 어기고 새 나라에 저항하면서 예사롭지 않은 상황 속에서도 옛 나라에 대한 안타까움을 유지하는 것이다. 그렇지만 이 세 가지는 서로 상대적으로 정의되는 것이며 그런 예는 곳곳에서 나타난다. 화인이 해외로 가게 되면 기본적으로 그 신분은 나라를 떠나 떠도는 '이민'이 된다. 세월이 흘러 여러 세대가 지난 후 이민의 자손들은 그 지역의 문화에 융화되어 진짜배기 외국인이 되니 곧 내가 일컫는 '외민'이 된다. 하지만 해외 화어의 발성이라는 모습을 유지하고 있는데 그것은 이주한 지역의 문화에 융화되기를 거절하는 것으로, 어쨌든 간에 여전히 '꽃과 열매가 시들어 떨어지느니, 영혼의 뿌리를 스스로 내리는 구나'라는 상상을 견지하고 있어서 이른바 '유민'이 되는 것이다. 이 세 가지는 각기 시간과 장소의 제약을 받으며, 어쩔 수 없는 그 출현의 인과관계가 있다. 하지만 만일 상술한 해외 시노폰의 현황을 세심하게 따져본다면 화어의 '이민', '외민', '유민' 문학 외에도 '포스트 유민'의 관점을 가져야 한다고 나는 생각한다.

'포스트 유민'이란 원래 내가 당대 타이완 문학과 정치를 겨냥해서 만들어낸 어휘다. 본디는 웃자고 하는 말로, '포스트 이론', 특히 '포스트식

---

3) 여기서 '삼민주의'라고 한 것은 쑨중산의 민족주의 · 민권주의 · 민생주의의 삼민주의를 패러디한 것이다.

민주의'와 '포스트모더니즘' 이론에 대해 마땅찮다는 뜻에서 한 말이다. 만일 이런 '포스트 이론'이 그렇게도 쓸모가 있다면 '포스트'를 붙여 '포스트 유민'이라고 할 수도 있지 않겠느냐는 것이었다. 하지만 그 후에 나는 '유민' 담론과 실천이 중국 전통 속에서 풍부한 의미를 가지고 있으며 현대 디아스포라 상황 속에서 불가사의한 연속성을 가지고 있음을 점차 깨닫게 되었다. 이에 따라 이를 진지하게 검토해볼 필요성을 느끼게 되었다. '유민'의 원뜻은 애초부터 시간과 어긋나는 정치적 주체를 암시하는 것이었다. 유민 의식이란 따라서 모든 것이 이미 지나가버렸으며 스러져버린 것을 애도하고 추모한다는 정치 문화적 입장이다. 그리고 그것의 의의는 공교롭게도 그 합법성과 주체성이 이미 사라져버린 끄트머리에서 이루어진다. 명나라가 망하고 청나라가 된 후에도 지난 시절을 따르는 구식 인물들이 여전히 명나라의 정통성을 주장하면서 스스로 명나라의 유민이라고 자처했다. 청나라가 망하고 중화민국 시절이 되자 또 다시 구식 인물들이 일방적인 바람으로 대 청나라의 근본을 떠받들었다. … 이런 식의 관념이 전통적인 소위 유민의 관념인데, 시간 자체의 단절과 모든 것이 지나가버린 후의 일종의 향수 식의 정치적 신분을 암시하고 있다. 그런데 '포스트 유민'은 이런 유민 관념을 해체한다(또는 불가사의하게, 마치 혼령을 불러들이듯이 유민 관념을 도로 불러들인다). 20세기에 이르러 군주에 충성하고 나라에 보답해야 함을 강조하는 유민 의식은 이치대로라면 '현대'의 발걸음을 따라 점차 사라져야 했기 때문이다. 하지만 실제로는 이와 달랐다. 청나라에서 중화민국이 되고, 중화민국에서 중화인민공화국이 되고, 사회주의에서 포스트 사회주의가 되고 하는 동안 정치적 단절이 일어날 때마다 오히려 유민의 신분과 그 해석 방식이 더 한층 확장되고 복잡해졌다. — 이에 따라 유민 글쓰기 또한 현대화의 세례, 심지어는 포스트 현대화의 세례까지 받게 되었다.

내가 말하는 '포스트'란 한 세대가 끝났음을 암시할 뿐만 아니라 한 세대가 끝났으면서도 끝나지 않은 것을 암시한다. 그리고 '유'란 '유실', '잔류'를 의미할 수도 있고 '보류'를 의미할 수도 있다. 만일 유민이 이미 시공간 착란의 징표를 의미한다면, '포스트' 유민은 이 착란의 해방 내지 심지어 재착란이다. 두 가지 모두 어떤 새로운 '상상의 공동체'에 대한 참으로 신랄한 조롱이다. 이로부터 생겨나는 초조와 욕망, 타협과 저항이 당대 타이완 문학의 민족 담론의 초점이 되었다. 만일 어쨌든 유민 의식이 이미 시공간의 소실과 착란, 정통의 교체와 변천을 의미하고 있다면, 포스트 유민은 아마도 이보다 더 심해져서 이미 착란된 시공간을 더욱더 착란시키면서 한 번도 온전한 적이 없었던 정통을 더욱더 좇고자 하는 것이다. 한 걸음 더 나아가보자. 나는 또한 포스트 유민 심리가 시노폰 세계에 가득 차 있으며, 해외 화인이 (이미 사라져버렸거나 전혀 존재하지도 않았던) '정통'의 중국을 추앙하는 가장 강력한 동력이 되었다고 생각한다.

포스트 유민 담론은 20세기 시노폰 문학의 흥기와 발전을 제대로 해석할 수가 없다. 포스트 유민적 사고가 끊임없이 이어지고 있는 것을 진지하게 직시할 때, 비로소 우리는 이것이 시노폰 문학과 [앵글로폰 등] 여타 다른 언어 계통의 문학이 가장 다른 부분이라는 점을 이해할 수 있을 것이다. 포스트 유민 담론은 우리로 하여금 해외에서 중국성을 대하거나 화어의 소위 정통성 문제를 대할 때 또 다른 차원의 비판과 자아비판을 하도록 해준다.

4
타이완의 루쉰, 남양의 장아이링

이상에서 논한 바를 바탕으로 '타이완의 루쉰'과 '남양의 장아이링'이라는 두 개의 실제 예를 가지고서 시노폰 문학 연구의 잠재력 및 중국 대륙문학과의 대화 관계를 설명해보겠다. 중화인민공화국을 좌표로 하는 현대문학사 연구는 기본적으로 혁명문학의 정전적 의미와 마오쩌둥의 《신민주주의론》에서 규정한 시간표를 강조한다. 그런데 새 세기에 이르러서 이런 식의 문학사관이 흔들리기 시작했으며, 따라서 문학의 지리적 관념 역시 변화해야 마땅하다. 한번 물어보자. 귀에 익은 대가들의 걸작 외에 타이완의 추펑자 · 라이허 · 양쿠이 · 중리허와 같은 작가들에 대해 알고 있는 중국학자들이 대체 몇 명이나 될까? 만일 타이완이 대중국의 일부라고 한다면 대륙 학계는 지난 한 세기의 타이완문학의 변천에 대해 이해해야 할 의무가 있는 것이 아닐까? 다시 각도를 바꾸어서 보자. 독립 의식을 가진 타이완 학자들이라면 타이완 문학의 자족성을 강조함과 동시에 지피지기의 심리를 가지고 '적진'에 깊이 들어가서 타이완과 중국 사이의 합류와 분리의 복잡한 관계를 검토해 보아야 하는 것이 아닐까? 루쉰 — 현대 중국 신문학의 아버지 — 이 바로 그에 딱 알맞은 한 의미 있는 초점이 된다.

'타이완의 루쉰'이란 누구인가? 우리는 장화 출신의 의사 라이허를 떠올릴 수 있다. 라이허는 일찍이 '서당' 교육을 받아 한문의 기초를 쌓았고 후일 한시로 제법 세간에 알려졌다. 그렇지만 이보다 더 큰 라이허의 공헌은 타이완의 신문학을 촉진한 데 있다. 그는 5 · 4의 물결에 호응하여 《타이완 민보台灣民報》를 펴내는 일을 주도하면서 5 · 4 작가의 작품을 대량으로 소개했는데 그 중의 한 사람이 바로 루쉰이었다. 라이허는 평생 루쉰을 숭배했다. 그는 루쉰이 문예를 가지고서 민족정신을 바꾸어 놓고자 한 포부에 공감했을 뿐만 아니라 그가 의학과 문학 사이에서 결국 문학을 선택한 것에 대해서도 인재가 인재를 알아본다는 식의 느낌을 가졌을 것이다.

루쉰은 1920년대에 이미 타이완 문학의 시야에 들어왔고, 이후 수십 년 동안 타이완의 역사적 상황에 따라 각기 다른 대접을 받았다. 루쉰의 〈고향故郷〉은 1921년에 창작되었는데, 1925년에 《타이완 신보台灣新報》에 전재되었다. 1931년 라이허는 의도적으로 루쉰의 〈고향〉을 본보기로 하여 〈귀향歸家〉을 창작하면서, 도시에서 교육 받은 한 (타이완) 젊은이가 고향에 돌아온 후 겪은 여러 가지 상황을 묘사했다. 여기서 문제는 라이허가 성공적으로 루쉰을 모방했느냐 여부가 아니다. 루쉰이 어떻게 타이완에 '이식'되어 한 타이완 작가를 깨우쳐서 타이완의 특정한 역사적 처지에 대한 독특한 작품을 써내게 했느냐 하는 것이다.

라이허의 백화 소설 창작은 1926년의 〈흥겨루기鬪鬧熱〉, 〈저울一桿稱ff〉등을 시작으로 처음부터 아주 모범적이었다. 이후 십년 동안 그는 타이완 사회에 대한 일련의 이미지들을 만들어냈다. 모욕당하고 박해당하는 노고 대중, 스스로 고상함을 자처하는 지난 왕조의 유신과 은자, 현재의 상황에 승복하지 못하는 반항적 젊은이, 농촌의 무지렁이 어진 백성 등 무수하게 많다. 이런 이미지를 바탕으로 라이허는 처음으로 식민지 타이완의 정신사를 기록해나갔다. 특히 〈저울〉은 여운이 깊게 남는 피어린 결말을 가지고 있다. 라이허는 폭력이 식민지 경제의 불공정성을 무너뜨리는 유일한 길이라는 것을 암시한 것 같다. 의식적 또는 무의식적으로 라이허는 대륙 좌익작가의 스타일에 동조했다. 그렇지만 라이허가 한시에서 보여준 협객의 기질을 생각해보면 그의 항의의 정신 속에 들어 있는 역사적 깊이를 더욱 잘 이해할 수 있게 될 것이다.

의사 라이허는 현실 생활 속에서는 온화하고 풍취가 있었으며 어진 마음으로 인술을 베풀었다. 하지만 그의 창작 속에서는 울적하고 울분에 찬 문인 지사의 모습이다. "나는 불행히도 수인의 몸으로 태어났지만 이 어찌 종족 사이의 우열과 관계가 있으리오." 이렇게 라이허의 창작 행간에는 언제나 탄식이 들어 있었다. 또한 그는 실제로 정치적인 이유로 두 차례나 투옥되었다. 아마도 대변화가 도래하기 전까지 이 식민지 작가의 운명은 이럴 수밖에 없었을 것이다. 1943년 초 라이허는 미처 일본의 패전을 기다리지 못하고 옥중에서 병사하고 말았다. 1950년대 초 그는 항일 지사의 자격으로 현충원에 봉안되었으나 7년 후 '타이완 공산당의 간부'라는 죄명으로 취소되었고, 1980년대에 이르러서야 비로소 다시 회복되었다. 오늘날 우리가 라이허를 논할 때면 여러 가지 의미에서 그를 타이완 신문학의 아버지, 타이완의 루쉰이라고 부른다.

그렇지만 '타이완의 루쉰'을 꼭 한 사람으로 한정할 필요는 없다. 우리는 또 한 명의 중요한 작가 천잉전과 루쉰의 관계를 떠올릴 수 있다. 천잉전은 1950년대 이래 타이완 좌익문학 및 좌익담론의 리더이자 타이완 소설계에서 가장 독창성이 뛰어난 작가 중의 한 명이었다. 〈나의 동생 캉슝我的弟弟康雄〉, 〈고향故鄕〉, 〈시골의 교사鄕村的敎師〉 등 그의 초기 작품에서부터 이미 강렬한 인도주의적 관심 및 침울하고 함축적인 그의 서사 스타일이 드러나기 시작했다. 이와 동시에 천잉전은 정치 활동에 발을 들여놓았다. 1968년 그는 타이완민주동맹에 참여하여 타이완경비총사령부에 체포되어 10년 형을 받았고, 1975년 장제스蔣介石(1887-1975) 총통이 서거했을 때 실시한 대사면으로 석방되었다. 천잉전의 투지는 정치적 박해로도 사라지지 않았다. 1970년대 말 이후 그는 계속해서 소설과 정치 평론을 발표하며 타이완의 정치 경제를 비판하고 마르크스주의 혁명 이념을 고취했다. 1985년에서 1989년 사이에 그는 《인간 잡지人間雜誌》를 경영하면서 언론 매체를 활용하는 방식으로 타이완 사회에 개입하며 불공정과 불의를 폭로했다. 이 때문에 반항성으로 가득 차 있는 천잉전의 이미지는 일반적인 문학 작가를 크게 뛰어넘는 것이었다.

천잉전의 작품은 루쉰 이래 1930년대 좌익문학에서 영감을 받았다. 그는 시종일관 루쉰의 불굴의 기개를 본보기로 삼았다. 천잉전은 스스로 "루쉰은 내게 조국을 부여했다." "루쉰이 내게 준 영향은 운명적인 것이었다."라고 말한 바 있다. 그는 "(초등학교) 6학년으로 올라 갈 그 해"(1949-1950년)에 우연히 루쉰의 《외침》을 읽게 되었다고 한다.

> 나이가 많아질수록 이 낡은 소설집은 결국 나의 가장 친근하고 진지한 선생님이 되었다. 이리하여 나는 중국의 가난함·우매함·낙후함을 알게 되었다. 그런데 이 중국은 곧 나의 중국이었다. 이리하여 나는 온 마음으로 이 중국 ─ 고난 속의 어머니를 사랑해야 한다는 것을 알게 되었다. 중국의 아들딸이 모두 떨쳐 일어나서 중국의 자유와 새로운 탄생에 자신을 바칠 수 있을 때 중국에는 비로소 무한한 희망과 광명의 앞날로 가득 채워질 것이었다.

이 외에 그는 일본과 유럽 문학도 제법 섭렵했다. 그가 스스로 말한 것처럼 그에게 가장 큰 영향을 준 외국 작가로는 일본의 아쿠타가와 류노스케, 러시아의 안톤 체호프 등이 있다. 그의 작품에는 전자의 어슴푸레하고 모호한 삶의 시야, 후자의 묵직하고 함축적인 문장 스타일을 모두 찾아볼 수 있다.

일본학자 마츠나가 마사요시는 일찍이 이렇게 지적한 바 있다. "루쉰 체험이 천잉전에게 준 것은 그가 현재 '타이완 민족주의'라는 분위기 속에 처해 있으면서도 여전히 전체 중국이라는 범위에서 타이완을 바라보는 시야 및 1960년대 타이완문단의 주류였던 '모더니즘'에 대한 비판적인 관점을 유지할 수 있도록 한 것이다." 첸리췬錢理群(1939-) 교수는 한 걸음 더 나아가서 이렇게 설명한다. 천잉전은 루쉰을 통해 제 3세계의 시각에서 타이완을 보는 시야를 갖게 되었다. "루쉰이 이런 말을 했던 것으로 기억한다. 그는 러시아문학에서 '한 가지 중요한 일을 깨닫게 되었다. 세상에는 두 종류의 인간이 있다. 박해하는 자와 박해받는 자다.' 내가 보기에 천잉전 역시 루쉰의 문학에서 바로 이 중요한 일을 깨닫게 되었다. 이리하여 이런 전지구화 시대에도 자기 자신의 제3세계적 입장을 확립하고, 타이완문학을 제3세계 문학이라는 넓은 시야에 놓게 된 것이다." 첸리췬 교수는 천잉전이 '루쉰의 좌익'적인 해외의 계승자라고 결론짓는다.

이상의 학자들이 언급한 천잉전과 루쉰의 관계에 대한 것은 다소 일방적인 느낌이 있다. 확실히 천잉전이 한시도 잊지 않은 것은 루쉰으로 대표되는 좌익의 인도주의적 리얼리즘 사명이었다. 하지만 논자들은 또 그의 작품에는 최소한 다음과 같은 사상적 실마리가 포함되어 있음을 지적하기도 한다. 집안의 기독교적인 배경 때문에 어린 시절 천잉전은 독실한 기독교 신자였다. 그의 작품에서는 원죄 의식과 계시의 희망이 종종 의도하지 않은 잠재적인 텍스트가 되었다. 이밖에 또 1940년대 타이완문학이 받아들인 우울하고 완곡한 일본적 색채가 줄곧 그의 서사와 서정의 바탕색을 이루었다. 더욱 주의할 것은 천잉전이 리얼리즘을 사명으로 삼기는 했지만 그가 경험한 문학 환경 및 그가 받아들인 문학 자원은 그의 작품 속에 한 세대에 걸친 타이완문학의 모더니즘 의식이 반영되도록 만들었다는 것이다.

천잉전의 문학·정치 사업은 서로 인과 관계가 있기도 하고 서로 모순적이기도 하다. 천잉전은 쉬난춘이라는 필명으로 자기 자신의 창작 배경과 한계를 논한 적이 있다. "기본적으로 천잉전은 중소 도시의 소지식인 작가이다." "현대 사회의 계급적 구조 속에서 … 일종의 중간적 지위에 있었다. 경기가 좋고 나갈 길이 많을 때면 이들 소지식인들은 쉽사리 위로 올라갈 수 있다. … 하지만 아래로 가라앉게 되면 대개 의 기소침하고, 비분강개하며, 방황하게 된다." 다시 말해서 천잉전은 그가 비판하고자 하는 대상과 사실은 같은 배경과 자원을 공유하고 있었던 것이며, 사회에 대한 그의 비판 역시 자신의 원죄에 대한 참회였던 것으로, 이로부터 생겨나는 장력은 참으로 대단하다. 이로 미루어볼 때 천잉전의 문학관은 항상 자기 부정과 취소의 문학관이었으며, 목적을 달성하는 수단이었다. 그렇지만 그는 확실히 자기 작품에서 이데올로기 이외의 것이 가진 흡인력을 저평가했다. 그의 작가로서 명망은 공교롭게도 또 바로 이런 모순 속에서 이룩된 것이었다. 이 방면에서 천잉전은 의도적이든 아니든 간에 루쉰과 서로 대조된다.

천잉전의 창작은 세 단계로 나누어서 논할 수 있다. 1959년부터 1968년에 투옥되기 전까지 천잉전이 발표한 소설은 대개 낭만이 가득한 우울한 기질의 인물을 부각시킨다. 이 인물의 이상에 대한 추구, 어쩔 수 없는 좌절, 비극적인 결말을 통하여 천잉전은 말로 다 드러낼 수 없는 정치적인 동경 및 역사적 환경의 한계를 토로한다. 〈시골의 교사〉의 남양에서 돌아와 뜻은 있으나 펼치지 못하는 젊은 교육 개혁가, 〈나의 동생 캉슝〉의 육체와 신앙의 타락으로 고통 받다가 결국 자살하고 마는 허무주의자가 그 대표적인 예다. 다른 한편으로 천잉전은 1950,60년대 타이완의 계급·종족 등의 현상에 관심을 갖기도 했다. 예를 들면 〈장군족將軍族〉은 사회 최하층으로 몰락한 외성인 군인과 본성인 어린 창녀를 묘사하는데,[4] 그들은 서로 의지하고 돕는 중에 사랑이 싹트지만

---

4) 현재 타이완의 인구는 2,300만 명 남짓한데 그 종족 구성이 다소 복합적이다. 태평양 중부/남부 도서 지역 종족인 오스트로네시아(Austronesia)계의 원주민(약 2%), 대략 17세기에 정점을 이루며 중국 대륙의 푸젠성 남부 지역에서 이주해온 한족계의 흑로인河洛人(약 70%)과 하카인客家人(약 15%), 그리고 1945년 이후 특히 1949년 무렵 중국 대륙 각지에서 대거 이주해온 한족계(약 13%)로 나뉜다. 이들 중에서 1945년 이후에 이주해온 사람들을 외성인外省人이라고 부르며 그 이전에 이주해온 사람들을 본성인本省人라고 부르는데, 때로는 그중에서도 특히 흑로인만을 본성인이라고 부르기도 한다. 다른

결국에는 사회의 질시와 냉대를 이겨내지 못하고 자살로 마감하고 만다. 또 예를 들면, 〈첫번째 업무第一件差事〉는 사업에서 약간 성공을 거둔 한 중년의 외성인 상인이 어떤 과정을 거쳐 차츰 사업·감정·삶의 허무를 느끼게 되고 온갖 고민을 하던 끝에 결국에는 마지막 탈출구로 죽음을 선택하게 되는지를 묘사한다. 자살 사건을 담당한 젊은 본성인 경찰은 죽은 사람의 동기를 이해할 수가 없다. 하지만 은연중에 어떤 삶의 불안감을 느끼게 된다.

1966년을 전후하여 천잉전의 스타일이 점점 바뀌기 시작한다. 〈마지막 여름날最後的夏日〉, 〈탕첸의 코미디唐倩的喜劇〉, 〈6월의 장미꽃六月的玫瑰花〉 등의 작품은 조롱과 풍자로 과거의 우울과 낭만의 색채를 대체한다. 하지만 곧 이어서 투옥이라는 재앙을 만나고, 그의 창작 생애가 일시 중단된다. 1975년 천잉전이 출감한 후에는 글의 스타일이 완전히 바뀐다. 그의 《워싱턴 빌딩華盛頓大樓》 계열의 소설, 예컨대 《야행화차夜行貨車》, 〈출근족의 하루上班族的一日〉, 〈만상제군萬商帝君〉[뭇상인의 신], 〈구름雲〉 등은 타이완의 다국적 자본주의 경제 구조와 신흥 중산계급의 물신화와 허영을 비판한다. 그 중 가장 논란이 된 것은 중편 《야행화차》이다. 내국 기업과 외자 기업, 도시와 농촌, 남성과 여성 사이의 갖가지 뒤엉킴과 대립 관계를 묘사하는데, 그 모든 관계는 또 다국적 경제 시스템의 개입에 의한 것이어서 더더욱 복잡하게 되어 버린다. 민족주의는 확실히 그의 시야를 충족시켜주지 못하는 것이었다. 그는 전지구화 추세 하의 자본제국주의에 더욱더 주목하면서, 오직 경제적 계급

한편으로는 타이완 사람이라고 하면 이 모든 사람을 포괄하기도 하고, 본성인만 의미하기도 하며, 심지어는 그중 인구의 대다수를 점하는 흑로인만 지칭하기도 한다. 이에서 보듯이 각 집단 간에는 복잡 미묘한 관계가 존재하며, 이는 타이완이 역사적으로 원주민이 정착한 이래 여러 차례에 걸쳐 식민자의 식민 지배, 지배층의 강압 통치, 대규모 이주를 경험한 것과 관련이 있다.

의 시각에서 파고들 때 비로소 문제의 근본을 파헤칠 수 있으리라고 생각했던 것이라고 말할 수 있다. 그는 당시 성행하고 있던 타이완 본토의식 운동5)과는 매사가 어긋났다. 다른 한편으로 1990년대 학계에서 유행하던 포스트식민 담론에 비추어보자면 오히려 이를 선도했던 인물이라고 할 수 있다. 그러나 전체적으로 말하자면 이 시기 천잉전의 창작에는 조급함이 드러났다. 그의 '주제 선행'에 대한 생각이 서사 역량에 악영향을 미쳤다고 할 수 있다.

1980년대 이래 해협 양안의 관계가 점차 해빙이 되고, 언론 자유가 점차 개선되기 시작했다. 천잉전은 과거에 비해 더욱 직접적으로 개인의 이데올로기를 투영했다. 그는 해협 건너편과 빈번하게 접촉했을 뿐만 아니라 새삼스럽게 타이완의 과거 정치적 금기 속에서 희생되었던 사람들에 대해서도 긍정하기 시작했다. 1950년대 좌익 활동과 관련된 보고서와 보고문학 외에도 이 시기에 가장 주목받은 작품은 〈산길山路〉을 필두로 하는 〈산길〉·〈초롱꽃鈴鐺花〉·〈자오난둥趙南棟〉 삼부작이었다. 이 세 작품은 모두 백색 공포의 시대에 일어났던 박해 또는 억울한 옥살이를 배경으로 하는데, 한 세대 타이완 좌익 관계자들의 헌신과 희생, 동요와 배반, 애도와 추모의 정서를 묘사하고 있다. 그 당시 성행하던 '상흔' 내지 항의 방식의 글쓰기와 다른 점은 이 세 작품이 각기 광범위한 시간적 과정을 다루고 있다는 것이다. 이를 통해 천잉전은 과거의 일에 대해 향수식의 회고뿐만 아니라 더 나아가서 역사와 기억, 혁명과 퇴폐의 변증법적 관계를 캐묻고 있다.

'산길 삼부작'에서 가장 입에 오르내린 작품은 〈산길〉이다. 이 작품의

5) 타이완 본토의식 운동이란 타이완 본토 문화의 발양 및 문화적 탈식민화를 주장하는 운동으로 특히 1987년 계엄 해제 이후 활성화되었는데, 사실상 탈중국화를 전제로 하는 이 운동은 문화 영역은 물론이고 정치·경제·사회·교육 등 모든 영역에서 지금까지도 심대한 영향력을 발휘하고 있다.

주인공 차이첸후이는 약혼 관계로 인해서 약혼자 황전보가 관여했던 좌익운동에 관련된다. 그리고 이 때문에 리더인 리궈쿤과 알게 되고 몰래 사랑을 하게 된다. 리궈쿤은 금세 체포되어 사형되고, 황전보 역시 형을 받고 수감된다. 이렇게 되자 차이첸후이는 리궈쿤의 아내라고 속이고 리궈쿤의 집에 들어가서 온갖 고생 끝에 부유한 가업을 이룬다. 오랜 세월 후 황전보가 출옥하고 차이첸후이가 이 소식을 듣게 되는데, 그녀는 갑자기 자신이 오랜 세월 평안한 생활을 한 것은 이미 혁명 이상을 크게 배반한 것이라고 느끼게 된다. 그녀는 유서를 남기고 시름시름하다가 죽는다. 천잉전이 묘사한 한 세대 좌익 청년들의 피눈물 어린 일들은 참으로 감동적이다. 그러나 그 자신도 회의를 금할 수 없다. 시간이 흐르고 모든 일이 과거가 되었지만 왕년의 혁명가들의 격정이 어찌 이렇게 연기처럼 사라질 수 있단 말인가? 그런데 "만일 대륙의 혁명이 타락한다면, 궈쿤 오빠의 죽음, 그리고 … 그 기나긴 옥살이는 결국 죽음보다, 반평생의 감옥살이보다 더 잔혹한 헛수고가 되는 것은 아닐까?" 또 다른 작품 〈자오난둥〉에서는 혁명 열사가 남겨놓은 고아조차 세월이 흐르자 타락한 세대가 되어간다. 천잉전은 '역사'의 진리를 믿었지만 역사는 실천이 수행했던 그 실천의 방식과 조건에 따라 종종 그에 대한 최대의 도전이 되었다.

2001년 천잉전은 다시 《충효공원忠孝公園》이라는 제목으로 세 편의 소설을 낸다. 이 소설에서 그는 태평양 전쟁이 끝나고 오랜 세월이 지난 후의 타이완 출신 노병들의 배상 운동 및 당대 정상배들의 친일적 면모, 백색 공포 시기 정부 정보원들의 말로, 대륙에 남아있는 타이완 출신 노병들의 귀향 과정 등을 따져본다. 그의 정치적 관심은 여전히 전과 다름없이 강렬하다. 하지만 그 필치는 한결 질박하고 묵직해졌다. '산길 삼부작'에서 보여주었던 서정적 색채는 이제 더 이상 나타나지 않는다.

첸리췬 교수의 말에 호응하자면 천잉전이 발휘했던 루쉰 정신은 '루쉰의 좌익'이라고 일컬을 수 있다. 그러나 '당의 좌익'은 아니다. 첸리췬 교수의 말은 표현이 묵직하고 의미가 심원하다. 천잉전이 견지한 이상은 그가 국민당의 감옥 속에서 7년 세월을 보내도록 만들었다. 그러나 그가 비판한 대상은 타이완의 계급적 불평등, 타이완 정당의 압제, 전 세계의 각양각색의 '자본주의적 착취'가 낳은 온갖 불공평한 현상을 모두 포괄한다. 그러므로 첸리췬 교수와 같은 학자들이라면 모두 상상해보게 될 것이다. 만일 천잉전이 진짜 어느 날 현당대의 중국으로 되돌아가게 된다면,[6] 당대 중국의 불공평하고 비정상적인 수많은 현상에 대해 그가 용기를 가지고 당의 좌익적인 처리 방식이 아니라 루쉰 식의 좌익적인 외침을 내지를 것인지 아닌지에 대해서.

화어 세계의 중요 지역인 타이완을 떠나서 우리의 지리 좌표를 남양으로 이동해보자. 우리가 논하는 해외 장아이링 현상의 최근 발전은 바로 '남양의 장아이링' 글쓰기이다. 장아이링은 20세기말 중문/화어 세계에서 가장 주목받는 작가 중 한 명이다. 그녀는 1960년대에 샤즈칭 교수의 평가에 의해 정전의 반열에 들어갔지만 그녀 개인은 생애 후반에 해외를 떠도는 경험을 했다. 1990년대에는 다시 그녀의 작품이 해외에서의 명성을 대동하고 '대륙을 수복'하기도 했다. 이는 현대 중국 작가와 문학사에 대한 시노폰의 콘텍스트 및 담론의 영향을 충분히 설명해준다. 오늘날에는 장아이링의 기세가 심지어 루쉰을 위협하기까지 한다. 그녀의 추종자들은 이미 '너무 많아서 족보에 다 올리지 못할 정도이다'. 수 년 전에 나는 장아이링의 해외 계보를 쓴 적이 있다. 소위 장아이링파 작가는 간단히 논하기만 해도 수십 명에 이르렀는데, 남녀 상관없이 모두 장아이링이 되고 싶어 했다.

---

6) 천잉전은 실제로 2006년에 베이징으로 가서 2016년에 베이징에서 병사했다.

그러나 말레이시아에 나타난 '장아이링'이 내놓은 것에는 제법 유별난 지역적 특색이 있다. 말레이시아 화문문학은 당대 문학을 다루는 학자가 소홀히 할 수 없는 큰 부분이다. 말레이시아 화문문학의 발전은 애초부터 시노폰 문학의 특수 케이스였다. 비록 객관적 환경면에서는 가지가지 불리한 요소들이 있었지만 오늘날에 이르러서는 이미 '가지 많고 이파리 무성한' 형세를 이루고 있다. 말레이시아에 정착해 살든지 아니면 다시 해외로 이민했든지 간에 말레이시아 화인 작가들은 갖가지 제재를 파고들면서 독특한 스타일을 이루어냄으로써 다른 화어 환경의 ― 타이완·대륙·홍콩·북미 화인 집단 등 ― 창작과 어깨를 나란히 할 만하다. 소설을 예로 들어본다면, 타이완의 리융핑·장구이싱·황진수, 말레이시아의 판위퉁潘雨桐(1937-)·샤오헤이小黑(1951-)·량팡梁放(1953-), 또는 해외를 오가는 리쯔수를 언급하는 순간 우리는 즉시 이들 작가 각자의 특색을 떠올릴 수 있다.

이처럼 광의의 말레이시아 화문문학의 범주 속에서 리톈바오는 미묘한 위치를 차지하고 있다. 리톈바오는 1969년 쿠알라룸푸르에서 태어나 17세부터 창작을 시작했다. 1990년대에 이미 두각을 나타내 말레이시아 화문문학계에서 일련의 중요한 상을 수상했는데, 이 당시 리톈바오는 20여 세에 불과했지만 필치는 노련하고 세밀한데다가 고풍이 넘쳐났다. 《남양부 인물 열전州府人物連環志》과 같은 작품은 식민지 시기 남양부(쿠알라룸푸르) 차이나타운의 인간 세상의 풍속 세태를 그려냈는데, 참으로 실감이 나서 극찬을 받은 바 있다. 이후 그는 더욱 더 발전하여 문자가 만들어내는 의고적인 세계 속에 완전히 빠져들었다. 이 세계는 농염하고 화려하며 담담한 퇴폐적 색채를 띠고 있다. 〈장타오와 리훙絳桃換荔紅〉[7], 〈타오훙과 푸른 문신桃紅刺青〉[8], 《미녀와 연인十艶憶

---

7) 장타오와 리훙은 이 소설의 여주인공 이름으로, 각각 '진홍색 복숭아'와 '붉은색 여지'라

檀郎》중의 〈비단옷 향기綺羅香〉, 〈하이탕춘絳帳海棠春〉, 〈의자 들어 미인을 앉히다貓兒端凳美人坐〉 등 그의 일부 작품의 제목을 보기만 해도 이미 반쯤 짐작 할 수 있다. 심지어는 그의 블로그 제목조차 '자줏빛 고양이와 꿈속 복숭아의 백화정紫貓夢桃百花亭'이다.

리롄바오의 동년배 작가들은 대부분 새로운 시도에 용감하고, 한시도 말레이시아 화인의 역사적 상황에 대해 잊지 않는다. 황진수·리쯔수 등 그러하지 않는 사람이 없다. 심지어 리융핑·장구이싱 등 약간 앞선 세대의 작가들도 모두 신분·문화의 다중성을 상당히 의식하고 있다. 리롄바오의 글은 그러나 의도적으로 현재의 절실한 이런 제재들을 회피한다. 그는 오히려 나지막한 여인네의 한탄을 늘어놓고 노랫소리와 어렴풋한 그림자를 묘사한다. "나는 현재를 그다지 쓰지 않는다. 내가 호흡하는 것은 지금의 공기이지만 내 눈앞에 떠오르는 것은 이미 스러져버린 금빛 그림자이다. — 쓰고자 하는 것, 이미 쓴 것이 여기서 모두 잠시 비망록이 된다." 그는 분명히 백약이 무효인 '해골 집착자骸骨迷戀者'다.

다만 나는 리롄바오가 이처럼 '백약이 무효'이기 때문에 그의 창작관이 우리의 호기심을 불러일으킨다고 생각한다. 붉은 꽃이 흔들리고 푸른 이파리가 나부끼는 그의 글이 있기 때문에 당대 말레이시아 화문 창작 판도의 뒤엉킴과 복잡함이 더욱 분명히 드러난다. 그러면 리롄바오의 서사가 단지 독자로 하여금 그 옛날의 그윽한 정서만 떠올리게 만들 뿐인가? 혹시 그가 의도적이든 아니든 간에 말레이시아 화문문학의 현대성의 또 다른 극단적인 징조를 드러내는 것은 아닌가?

는 뜻이다. 소설의 제목은 한 남녀의 비련을 다룬 전통 극의 제목 〈복숭아와 여지를 바꾸다絳桃換荔紅〉에서 따온 것인데, 이 극에는 여자 주인공이 여지를 던져주니 남자 주인공이 복숭아에 시를 써서 돌려주는 내용이 들어있다.
8) 타오훙은 여자 주인공의 이름으로, '도홍색' 즉 '복숭아꽃 같이 붉은 색'이란 뜻이다. 그녀와 사랑했던 남자 주인공 아샹에게는 하트형의 푸른 문신이 있었다.

리롄바오의 고전 세계는 사실 그렇게 고전적인 것은 아니다. 시공간의 면에서 말하자면 대략 그가 출생한 1960년대 말 쿠알라룸푸르를 좌표로 하여 앞뒤 1,20년으로 확장될 뿐이다. 1940,50년대에서부터 1970,80년대의 기간은 사실 우리들의 시각에서 보면 '현대' 시기에 해당한다. 그러나 리롄바오의 눈에는 모든 것이 마치 딴 세상 같은 분위기를 가지고 있다.

리롄바오의 문필은 세밀하고 번잡하여 당연히 장아이링을 떠올리게 만든다. 이 몇 년 동안 그도 분명히 '남양의 장아이링'이라는 부담을 떨쳐내지 못하고 있다. 만일 장아이링 투라는 표식이 이미지의 '불완전한 대조'와 화려하면서도 창연함에 있다면, 리롄바오의 글쓰기는 아마도 거의 이에 가까울 것이다. 하지만 꼼꼼히 읽어본다면 우리는 리롄바오(및 그의 인물)에는 장아이링의 안목과 경험이 결여되어 있으며, 이 때문에 장아이링의 쌀쌀맞음과 예민함도 빠져있다는 것을 발견하게 될 것이다. 그렇지만 이것이야말로 아마도 리롄바오의 본래 면모일 것이다. 그는 일종의 남루한 화려함을 묘사한다. 다만 그렇게도 창연한 것은 마치 쿠알라룸푸르가 어쨌든 상하이나 홍콩보다 못하며, [장아이링의 작품인]《전기》의 발상지와는 멀리 떨어져 있어서 제 아무리 감동적인 드라마라고 하더라도 그렇게 드라마틱하지 않다는 것을 암시하는 듯하다. 그는 문장 방면에서 공들여 다듬는다. 이는 오히려 우리로 하여금 그의 작품이 가지고 있는 스타일과 내용, 시공간과 콘텍스트 사이의 거리를 깨우쳐준다. 이로써 장아이링을 사숙한 '남양의' 제자로서 리롄바오는 이미 자신도 모르게 그의 디아스포라적인 위치를 드러내고 있다.

우리는 장아이링의 세계에 남양의 그림자가 없지 않음을 기억하고 있다. [〈경성지련傾城之戀〉의] 판류위안은 원래 말레이시아 화교의 후예이다. [〈붉은 장미와 흰 장미紅玫瑰與白玫瑰〉의] 왕자오루이가 등장할 때 입은 옷은 "남양 화교가 집에서 입는 사롱천으로 만든 상하의였다.

사롱천에는 꽃이 수 놓여 있고, 거뭇거뭇 빼곡 들어찬 것은 용인지 뱀인지 초목인지 알 수 없지만 이리저리 뒤얽혀 있어서, 석탄색 속에서 드문드문 굴녹색이 드러났다." 장아이링에게 남양이란 이미 관용화된 상징적 의미 그대로였다. 화려하고 이채로운 남방, 욕망의 세계였던 것이다.

이와 대조적으로 리톈바오는 그곳에서 태어나고 자랐으므로 확실히 다른 관점을 가지고 있다. 그에게는 비록 장아이링 투가 넘치지만 그가 보여주는 그림에는 세속의 분위기가 가득하다. 리톈바오의 작품에는 외형적 풍경은 잘 등장하지 않으며, 고무나무농장이나 열대림이라든가 강물이나 코끼리 떼와 같은 배경도 출현하지 않는다. 그의 '지방색'은 대개 답답하고 어둑한 실내에서 발휘된다. 그는 장아이링의 남양적 상상을 완전히 보통 사람의 집으로 되돌려놓는데, 그 가운데서 분위기가 절로 드러난다고 생각한다. 신작 《비단옷 향기綺羅香》에 들어있는 〈좀도둑 남녀의 과거사雌雄竊賊前傳〉는 시장의 여자애와 양아치와의 연애를 쓴다. 〈의자 들어 미인을 앉히다〉는 노년 여자의 치정과 감당할 수 없는 결말을 쓰고, 〈두 여자의 사랑 노래雙女情歌〉는 평범한 두 여자의 일생에 걸친 투쟁을 쓴다. 모두 그렇게 대단한 제재는 아니다. 이런 상황 속에서 리톈바오는 고집스럽게 그만의 옛날을 되돌리고 그만의 고향을 그리워한다. 그는 일종의 특수한 말레이시아 화인의 풍정을 표출한다. — 윤회적이고, 자체 소모적이며, 위치가 어긋나는 인물들의 '인물 열전'이다.

더 깊이 들어가 보자. 리톈바오의 소설은 장아이링을 닮은 것이 아니라 오히려 장아이링에게 영향을 주었던 원앙호접파 소설의 격세 유전인 것 같다. 《옥리혼玉梨魂》, 《미인의 눈물美人淚》, 《연꽃 비芙蓉雨》, 《비련의 거울孽冤鏡》, 《기러기의 눈물雪鴻淚史》…… 심지어 《해상화 열전》등, 이런 소설의 작가들은 세속 남녀들의 탐욕·집착·불평·원망과 어쩔 도리 없는 울고 웃는 인연을 풀어놓는데, 스스로 감상적이 되다보니 같은 부류처럼 느끼게 되어 자기 연민의 감정까지 없지 않다. 이른바 재주 있는 선비가 실의 낙백하고 어여쁜 여인이 불운을 겪는다는 것, 이것이야말로 리톈바오의 입맛에 들어맞는 일이었다. 《비단옷 향기》의 머리말 제목은 〈비단옷의 풍진 내음과 성모의 풍도綺羅風塵芳香和聖母聲光〉로 이렇게 말하고 있다. "대저 빈한한 집에서 뛰어난 여인네가 나오느니, 홍진세계에 떨어졌으나 이채로운 꽃이 아닌 이가 없다. 배경은 언제나 흉험한 강호에다가 간드러진 노랫가락 넘치지만, 원시에 가까운 환락의 골목 안쪽 향기로운 방초들은 비록 저속할지언정 다소는 진심을 가지고 있는 법이다." 진실도 하구나, 그 말이여.

장아이링은 원앙호접파의 전통으로부터 가르침을 받았다. 하지만 '붉은 깃발을 내걸고는 실은 붉은 깃발을 반대한다'는 말처럼 '통속으로 시대를 반대했다'. 리톈바오에게는 이런 야심은 없다. 그는 쿠알라룸푸르의 반쯤은 새로운 그리고 그다지 오래되지 않은 화인 사회의 분위기 속에 깊이 침잠해 들어가서 스스로 빠져나오지 못한다. 그는 "그저 잃어버린 세월의 동굴 속에서 너무 일찍 스러져버린 노랫가락에 깊이 취해 있기만을 바랄 따름이다. 왕년의 앵무새 소리는 시간과 공간 속에서 제자리를 찾지 못하여 그저 별난 취미를 가진 자의 귓가와 뇌리 속에 머무를 뿐이다. 기억, 몽환과 함께 온통 불그스레한 색깔의 안전그물이나 짜면서 우리들 이런 꿈속 넋들이 다소나마 의지하도록 해준다."는 것이다.

문제는 이런 것이다. 청나라 말이나 중화민국 시기의 원앙호접파 선배들과 비교했을 때 리톈바오가 대체 무슨 '내력'을 가지고 있기에 자신의 글에서 이처럼 화려하면서도 우울한 행위를 하도록 만드는 것일까? 이는 우리로 하여금 말레이시아 화문문학과 중국성 사이의 변증적인 관계로 들어가게끔 이끈다. 1969년 리톈바오가 태어난 이 해는 말레이시아 화인 사회의 정치 역사에서 중요한 한 해이다. 말레이시아가 독립한 이래 화인과 말레이 사람 사이에 정치 권리·경제 이익·문화 전승 면에서 생긴 갈등은 시종 해결되기 어려웠다. 이와 동시에 말라야 공산당 ― 특히 화인 가담자들 ― 이 점차 확산되어서 사회 질서를 불안정하게 만드는 요소가 되었다. 갖가지 갈등은 마침내 5월 13일의 유혈 충돌로 이어졌다. 정부는 대대적인 진압에 나섰고, 이를 기화로 각종 화인 배척 정책이 실시되었다. 가장 먼저 충격을 받은 것은 바로 화인 사회에서 최우선적으로 중시하던 화문의 교육과 전승 문제였다.

5·13은 이로 인해 그 이후 말레이시아 화문문학의 상상 속에서 떨쳐낼 수 없는 어두운 그림자가 되었다. 그러나 우리가 리롄바오의 소설을 읽어보면 그가 그리워하는 그 시절의 말레이시아 화인 사회가 어떤 경천동지할 변화를 경험했는지를 연상하기란 대단히 어렵다. 〈오색나비는 고양이를 따라彩蝶隨貓〉에서 하녀 출신으로 세월이 흘러 나이가 든 '마제'는 평생 남 좋은 일만 한다. 세상일은 삼대처럼 어지럽지만 마치 자신과 아무 관계가 없는 것 같다.

> 한국 전쟁은 아득한 일이 되었다. 월남에서 전쟁이 일어났는데 태국까지 번질 거라는 말이 있었다. 중동에서 다시 전쟁이 일어나서 무슨 나라가 서로 싸우고 사람이 죽고 했다. 그다음엔 인도네시아에서 또 다시 화인들을 내치고 있었다. … 싱가포르와 말레이가 쪼개졌을 때 그녀는 처음에는 별 거 아니라고 생각했고 나중에는 실망스러워했다. … 69년 5월 13일 대폭동이 일어나자 그녀는 옛 주인을 보러 갔다. 날이 어두워지기도 전에 변고가 일어났다는 걸 알게 되었고 그네들 대신 문단속을 해주었다. 햇빛 자락이 온통 불그스레한 것이 어찌나 불가사의하게 반짝이던지 …

정통 리얼리즘적인 말레이시아 화문문학의 전통과 비교하자면 리롄바오의 글쓰기는 또 다른 극단을 대표한다고 해야 할 것이다. 그는 민족이나 종족의 대의를 떠받들지 않는다. 특히 말레이시아 화인의 지방적 색채나 민족적 풍모를 표방하는 그 어떤 제재도 공경은 하되 멀리한다. 위에서 말한 것처럼 그가 계승한 서사 전통은 5·4 신문예의 해외판이라고 말하기보다는 신문예라는 간판을 핑계대면서 원앙호접파로 넘어가버린 것이라고 말해야 할 것이다. 이로 볼 때 리롄바오는 중국 정서를 가지고 있다고는 하지만 그의 중국은 결코 '꽃과 열매가 시들어 떨어지느니, 영혼의 뿌리를 스스로 내리는구나'라는 주장이 담고 있는 꿈속의 땅이 아니다. 그보다는 장헌쉐이張恨水(1897-1967), 저우서우쥐안周瘦鵑(1895-1968), 류윈뤄劉雲若(1903-1950) 등이 풀어내놓았던 덧없는 세상이나 환락의 골목으로 이루어진 사람 세계였던 것이다. 이런 의미에서 리롄바오는 사실 자기만의 방법으로 주류 말레이시아 화문문학 및 주류 중국문학 주장과 대화를 펼쳤던 것이다. 그의 이데올로기는 보수적이다. 하지만 지나치게 탐닉하다보니 오히려 애초 예상하지 못했던 급진적인 의의를 가지게 되었다.

리롄바오의 문장에 대한 정성은 또 그의 선배인 리융핑과 장구이싱을 떠올리게 만든다. 리융핑은 한자에 공을 들이면서 중국을 나타내는 기호라고 상상하는데 거의 토템적 숭배에 가깝다. 장구이싱은 복잡하고 어지러운 이미지를 늘어놓으면서 최소한의 상형·회의·형성을 뒤흔들어놓는데 또 다른 종류의 기이한 광경을 만들어낸다. 두 사람 모두 일반적인 관행에 따르지 않아서 문장 구사 면에서 실험성이 충만하다. 이에 따라 중국성을 포용 내지 성찰함과 동시에 중국성을 해체하고 있다. 황진수가 두 사람을 모더니즘파로 분류하는 것에는 이유가 있다. 두 사람 모두 5·4 리얼리즘 이래 현대 중문을 투명한 기호로 간주하는 신화를 전복하고 있는 것이다.

이런 리융핑이나 장구이싱에 비하자면 리롄바오의 글은 물 흐르는듯하여 훨씬 읽기가 편하다. 하지만 이는 어쩌면 표면적일 것이다. 그가 고전 시사와 소설 장구를 인용하고, 20세기 중기 (대체로 타이완·홍콩의) 통속문화를 늘어놓으면서, 이를 거듭거듭 되풀이하며 만들어내는 알레고리의 그물망은 사실 그 또한 세심한 사람이라면 꼼꼼히 곱씹어봐야 하는 것이다. 더구나 그가 본뜨는 원앙호접파는 그 자체가 신구 구분이 안 되고 아속이 뒤엉켜 있는 애매한 전통을 가지고 있다. 더 깊이 들어가 보자. 리톈바오가 이런 모든 '중국'이라는 상상의 자원을 말레이 반도로 가져온 후 그 얼마나 성심을 다했다고 하더라도 '귤나무도 옮겨 심으면 탱자가 되어버린다'는 식의 그런 결과를 피할 수는 없었다. 바로 이런 시공간과 맥락의 층층의 차이 사이에서 리톈바오의 서사는 불분명해진다. 그는 왜 이렇게 쓰는 걸까? 그의 인물은 어디에서 온 걸까? 어디로 가는 걸까? 중국성 여부 역시 알 수 없는 수수께끼가 되어버린다.

1938년 말 위다푸가 싱가포르에 와서 그의 삶의 마지막 7년간의 유랑을 시작했다. 이 신문학의 실력자는 대량의 구식 시와 사를 창작했는데, 질과 양에서 그의 정치 평론과 수필을 넘어서는 것이었다. 위다푸는 〈해골 집착자의 혼잣말骸骨迷戀者的獨語〉에서 솔직하게 인정했다. "나처럼 이렇게 게으르고 따분하면서 항상 불평이나 늘어놓고는 하는 무능력자에게 성격상으로 가장 적당한 것은 역시 구식 시다. 다섯 자나 일곱 자를 꿰맞추다보면 불평도 다 하게 마련이니 참으로 편리하다."

이런 관점에서 리톈바오를 보면 우리는 묻게 된다. 그 또한 '해골 집착자'가 아니던가? 세기말의 남양 화인 사회를 배회하는 가운데 그에게 있어 시간이란 지금 막 시작된 셈이면서 이미 과거 완료형으로 등장한 것이다. 다만 리톈바오는 어쨌든 위다푸가 아니다. 위다푸는 남하하기 전에 이미 요란하게 혁명도 하고 연애도 한 바 있으며, 더욱이 그가 생각나는 대로 읊어대는 중국 구식 시와 사는 뿌리 깊은 교양이자 중국성 그 자체를 증명하는 일종의 표식이었다. 리톈바오는 늦게 태어나서 실은 구식 시와 사의 마지막 시대를 놓쳐버렸다. 그가 익숙한 것은 그저 유행가로 그것도 시대가 지난 유행가였다. "진짜배기 시대곡[1930-60년 대 유행가]은 다만 농염한 시와 사의 유풍을 이어받은 것이었다." 〈뜨락 엔 봄빛이 가득하고滿園春色〉, 〈푸른 시내는 밝은 달을 비추고淸流映明 月〉, 〈푸른 바다를 보고나니 강물이 물 같으랴曾經滄海難爲水〉 등 "한 때 소리를 잃어버린 시대곡이 해밝은 동굴 속에 내던져져서 해와 달이 한 참이나 지난 후 한 소년의 마음속에서 유유하게 흘러나오기 시작했던 것이다."(〈시대곡時代曲〉)

위에서 말한 것처럼 나는 '포스트 유민'의 관점에서 당대 문학 속의 사건과 기억에 관한 정치학을 검토해보았다. 이미 사라져버린 정치 문 화를 추모하는 사람으로서 유민이 가리키는 것은 "시간과 어긋나는 정 치적 주체로, 그것의 의의는 공교롭게도 그 합법성 즉 주체성이 곧 무 너지려고 하는 끄트머리에서 이루어진다. 유민 의식이 이미 시공간의 소실과 착란, 정통의 교체와 변천을 암시한다면, 포스트 유민은 이보다 더 심해져서 이미 착란된 시공간을 더욱더 착란시키면서 한 번도 온전 한 적이 없었던 정통을 더욱더 좇고자 하는 것이다."

이런 정의에서 리톈바오를 볼 때 나는 그를 당대 포스트 유민이라는 대열에 참여한 말레이시아 화인의 특별한 예라고 부를 수 있다고 생각 한다. 나라 또는 정통이라는 라벨을 내던져버린 그의 글쓰기는 농염함 을 최우선시하여 독특한 일면을 이루었다. 설령 '시대를 걱정하고 나라 를 염려한다'는 식의 어떤 정서가 들어있다고 하더라도 이는 모두 애끓 는 슬픔의 구실이 될 따름이다. 그는 문자의 상징을 운용하고, 인물의 심리를 조탁한다. 제 것이라면 뭐든 귀중하게 여기는 식으로 '고고하고 군건함'이 있는가 하면 일종의 의외인 '가벼우면서도 엄숙한 소동, 진지 하지만 명분 없는 다툼'을 낳기도 한다. '장씨의 갓을 이씨가 쓴다'는 식 으로 어긋남이 있으니 이로써 새로운 해석이 생겨난다. 그리고 우리는 고운 비단과 향기로운 내음 속의 귀기, 화려한 문장 속의 공허를 느끼지 않을 수 없다.

리롄바오는 20세기말에 뒤늦게 찾아온 원앙호접파 작가이자 남방의 남방에서 떠돌고 있다. 그가 자각하고 있는 위치에서 되돌아본다면 우리는 문득 이해하게 된다. 원앙호접파 역시 본디 일종의 '이산' 문학일수도 있다는 것을. 대전통에서 떨어져 나오고 시대로부터 뒤처진 후 원앙호접파 문인들은 오늘을 어루만지며 옛날을 그리워하면서 삶의 온갖 맛이 뒤섞인 우수에 잠겼다. 아름답기만 한 시문은 신세 한탄을 해소하거나 전환해주는 수사적인 연출이 되었다가, 오래오래 지나다 보니 결국은 일종의 '중독'이 되었다. 이리하여 남양에서는 [흘러간 여가수인] 야오리姚莉(1922-)・샤허우란夏厚蘭(1933-)의 노랫소리와 [흘러간 여배우인] 린다이林黛(1934-1964) 러디樂蒂(1937-1968)・유민尤敏(1936-1996)의 이미지 속에서 리롄바오가 그의 옛일, 그의 '롄바오 일화'를 주절주절 풀어놓는다. 이는 아마도 리롄바오가 현대 중국/화어 문학의 변천에 대한 애초에는 생각지도 못했던 공헌일 것이다.

[1] 이에 대한 포스트식민 이론가들의 검토는 상당히 많다. 이와 관련된 기본적인 검토로는 Catherine L. Innes, *The Cambridge Introduction to Postcolonial Literatures in English*, (Cambridge, UK: Cambridge University Press, 2007)를 참고할 수 있다.

[2] 나는 당연히 호미 바바의 주장을 가리킨다. Homi K. Bhabha, *The Location of Culture*, (London: Routledge, 2004)를 보기 바란다.

[3] 말레이시아 화문문학馬華文學은 말레이(싱가포르 포함) 또는 말레이시아(보르네오섬의 사바주, 사라왁 주 및 1965년 전후의 싱가포르 포함)의 화문문학 작품을 말한다. 이와 관련된 연구는 張錦忠, 《馬來西亞華語語系文學》, (吉隆坡: 有人出版社, 2011)를 보기 바란다.

[4] Wei-Ming Tu, "Cultural China: The Periphery as the Center," *Daedalus*, 120:2(1991), pp. 1-32.를 보기 바란다. 이와 관련된 논의는 Wei-Ming Tu, ed., *The Living Tree: The Changing Meaning of Being Chinese Today*[長青樹: 今日身為華人的意義流變], (Stanford, Calif: Stanford University Press, 1994)를 참고하기 바란다.

[5] Ling-chi Wang, "The Structure of Dual Domination: Toward a Paradigm for the Study of the Chinese Diaspora in the United States,"[雙重統合結構: 思索美國境內華人離散研究的一個典範] *Amerasia Journal*, 21:1-2(1995), pp. 149-169를 보기 바란다.

[6] 이와 관련된 논의는 그녀의 Rey Chow, *Writing Diaspora: Tactics of Intervention in Contemporary Cultural Studies*[書寫離散: 當代文化研究中的介入策略], (Bloomington: Indiana University Press, 1993)를 참고하기 바란다.

[7] 토착 화인土生華人(Cina Peranakan) 또는 해협 화인海峽華人(Cina Selat, Straits-born Chinese)이라고 일컬어지기도 한다.

[8] 그녀의 Ien Ang, *On Not Speaking Chinese: Living between Asia and the West*[論不說中文: 在亞洲與西方之間生活], (London: Routledge, 2001)를 보기 바란다.

[9] 하진이 Ha Jin, "Exiled to English," in Shu-mei Shih, Chien-hsin Tsai, and Brian Bernards, eds., *Sinophone Studies: A Critical Reader*, (New York: Columbia University Press, 2013), pp. 117-130에서 말한 것을 보기 바란다.

[10] 근자에 가장 주목할 만한 문헌으로는 趙汀陽, 《天下體系: 世界制度哲學討

論》, (北京: 中國人民大學出版社, 2011)를 들 수 있다.

[11] 이와 관련된 논의는 스수메이 교수가 명예 주편을 맡은 Shu-mei Shih, Chien-hsin Tsai and Brain Bernards, eds., *Sinophone Studies: A Critical Reader*[華語語系研究: 批判讀本], (New York: Columbia University Press, January 2013)를 보기 바란다.

[12] 구미학계에서는 이에 대한 논의가 한창이다. Lorenzo Veracini, *Settler Colonialism: A Theoretical Overview*[定居者殖民主義: 一個理論的綜觀], (Houndmills, Basingstoke: Palgrave Macmillan, 2010)를 참고하기 바란다.

제7장

'뿌리'의 정치, '추세'의 시학
― 시노폰 담론과 중국문학

1
머리말

　시노폰 연구는 새 세기에 들어선 이래 가장 주목 받는 담론 중 하나다. 이 담론은 지난 세기 말 전통적인 화문문학에 대한 천펑샹陳鵬翔(1942-　) 교수의 비판에서 비롯되었다.[1] 그러나 시노폰 연구가 사변적인 방향을 가진 의제가 될 수 있었던 것은 스수메이 교수에게 공을 돌려야 한다. 그녀의 저서인《시각과 정체성: 태평양을 가로지르는 시노폰 언설》(2007)은 풍부한 논증과 선명한 입장으로 인해 출판 후 곳곳에서 대화를 이끌어냈다. 우리는 어쩌면 그녀의 입장에 꼭 동의하지 않을 수도 있다. 그러나 그녀의 담론 역량 및 정치적인 이상만큼은 반드시 존중해야 한다.[2]

　만일《시각과 정체성》을 좌표로 삼는다면 우리는 당대 시노폰 담론의 대략적인 계보를 그려낼 수 있을 것이다. 이 계보에는 최소한 다음

것들이 포함된다. 우선 두웨이밍 교수의 '문화 중국文化中國', 왕경우 교수의 '로컬적, 실천적 중국성地方/實踐的中國性', 리어우판 교수의 '이동하는 중국성遊走的中國性', 왕링즈 교수의 '중국과 거주지의 이중 지배 구조中國/異國雙重統合性' 등의 이론이 있다. 그리고 레이 초우 교수의 '반혈통적 중국성反血緣中國性', 이언 앙 교수의 '중국어를 못하는 (반)중국성不能言說中文的(反)中國性', 하진 교수의 '영어로의 망명流亡到英語' 등의 성찰이 있다.[3] 이들 학자는 각기 해외의 한 곳에 거하면서 각기 나름대로 그 주장의 동기를 가지고 있다. 대체로 말하자면 앞의 학자들은 화인의 디아스포라적 상황을 인정하되 그 속에서 실낱처럼 이어지는 문명의 가닥을 찾아내고자 노력하면서, '꽃과 열매가 시들어 떨어지느니, 영혼의 뿌리를 스스로 내리는구나'의 가능성을 상상한다. 뒤의 학자들은 '정체성'의 정치에 의문을 제기하면서, 공동체를 실천 또는 상상하는 합리성이나 합법성으로서의 '중국'(혈연 · 언어 · 글쓰기 · 주권)을 해체하고자 하는데, 심지어는 아예 뿌리 자체를 뽑아버리려고 시도하기도 한다.

스수메이 교수는 이 계보의 변증성을 심화시켰다. 그녀가 강조한 것들은 그때마다 논쟁을 불러일으켰는데, 청 제국 이래 중국의 (티베트 · 몽골 · 위구르 및 기타 소수종족에 대한) '대륙 식민성', 중국의 해외 이민들이 행한 약탈적 성격이 강한 이주지에서의 준식민적 행위, 낯선 곳에 왔으면 뿌리를 내리는 것이 당연하다는 의미의 '반이산'론 등이 모두 그렇다.[4] 방법학 면에서 볼 때 그녀는 북미 포스트 식민주의 및 소수종족 연구 이론에 호응하면서 이를 화인의 입장에 적용하려고 노력한다. 이와 동시에 장진중張錦忠(1956-) 교수는 타이완에 이주한 말레이시아 화인 출신 학자의 관점에서, 서로 다른 화어 지역의 문화적 발전은 복잡하게 꼬여 있어서 한두 가지 이론으로 정리하기가 어렵다는 점을 지적한다.[5] 징 추 교수는 영미의 실증주의적 특징을 발휘하여 화어 콘텍스트 내에 존재하는 문학의 합종연횡(literary governance)의 각종 양태

를 상세하게 정리한다.[6]

짧은 몇 년 사이에 시노폰 연구의 발전이 이처럼 풍성함을 보이는 것은 물론 이 의제의 잠재력을 보여주는 것이다. 다만 현재 이루어지고 있는 토론에는 ― 나 개인까지 포함하여 ― 여전히 많은 맹점과 누락이 존재한다는 것 역시 부정할 수 없다. 특히 주목할 것은 각종 토론에서 비록 그 입장이 분명하기는 하지만 그럼에도 불구하고 이른바 '뿌리'의 공간 정치에 대한 집착을 벗어나지 못하고 있다는 점이다. 이 글에서는 시노폰 연구의 일부 의문점에 대해 답을 제시하고자 한다. 동시에 포스트 식민주의 또는 민족주의를 토대로 하는 현재의 공간적인 '뿌리' 담론에 대해 건의를 해보고자 한다. 이 글은 세 부분으로 되어 있다. 첫 번째 부분은 Sinophone을 '華語語系'라고 번역한 것을 홍콩의 황웨이량黃維樑(1947-) 교수가 비판한 데 대해 답하는 것이다. 두 번째 부분은 내가 제시한 바 있는 포스트 유민 담론에 대해 다시 검토해본 것이다. 세 번째 부분은 '추세'의 시학勢的詩學을 제시하여 '뿌리'의 정치根的政治에 대처하고자 하는 것이다.

2
반드시 이름을 바로 잡아야 한다?

2013년 8월 홍콩의 《문학평론文學評論》에 황웨이량 교수의 장문의 글 〈분과 학문 이름 바로잡기: '화어어계문학'과 '한어신문학'學科正名論: "華語語系文學"與"漢語新文學"〉이 게재되었다. 이 글에서 황웨이량 교수는 2006년 《명보 월간明報月刊》에 실린 나의 글 〈문학의 여행과 세계의 상

上文學行旅與世界想像〉에 대해 이의를 제기했다. 황웨이량 교수의 논점은 아래와 같이 종합할 수 있다.

첫째, '華語語系文學'는 'Sinophone literature'의 중문 번역어인데 그 적합성에 대해 생각해봐야 한다. 일반적으로 말해서 '語系'(어족)는 언어의 가족을 일컫는다. 예를 들면 중국·티베트 어족, 인도·유럽 어족, 캅카스 어족 등 각 어족은 수십 개 내지 심지어 수백 개의 어종을 포함하면서 방대한 체계를 이루고 있다. 이와 대조적으로 화어, 또는 황웨이량 교수의 정의에 따른 한어라는 통칭은 중국 티베트 어족의 한 갈래일 뿐이다. 만일 '語系'라는 이름을 붙이면 "한어를 모르는 사람들이 오해하여, '한어'는 '바벨탑'(Tower of Babel)과 같은 언어의 대가족이며, 그 속에는 수많은 언어가 있다고 생각하게" 만들 것이다.[7]

둘째, 시노폰이라는 단어는 영어 어휘 가운데 앵글로폰, 프랑코폰, 히스패노폰 등의 단어와 그 정의 면에서 혼동되는 점이 많다. 뒤의 세 단어는 모두 유럽 국가가 국외에 퍼뜨린 언어 공동체를 가리킨다. 예컨대 영국에 의한 인도, 프랑스에 의한 서아프리카, 스페인에 의한 라틴 아메리카 등이 그렇다. 시간이 오래 되자 이들 외래의 강세 언어가 은연중에 영향을 주어 로컬 언어의 토대가 되었다. 그렇지만 어쨌든 간에 이런 현상은 일종의 언어 내부의 변화일 뿐 '語系'와는 무관한 것이다.

또 황웨이량 교수는 '華語語系'라는 번역 내지 해석의 문제 외에도 이렇게 말한다. 현재 중국 대륙 이외의 한어/화어문학 현상을 지칭하는 각종 명사, 예컨대 화문문학, 대륙 외 화문문학, 세계화문문학 등이 이미 존재하고 있다. 요컨대 이런 것들은 중국문학계가 '역외' 문학에 대한 존중과 포용을 보여주는 것이며, 따라서 일부러 '華語語系文學'라는 용어를 사용하는 것은 사족의 느낌이 있다. 황웨이량 교수는 더 나아가서 이렇게 암시한다. '華語語系文學'를 제창하는 나와 같은 사람들은 종종 판도·전략·대항·통합 등등 도발적인 문구를 사용하는데 이는 화문문학의 '대동 세계'적인 '왕도'에 어긋나는 것이다.

마지막으로 황웨이량 교수는 현행의 문학사 편제를 뛰어넘는 대륙 학계의 최신 시도라면서 마카오대학 주서우퉁朱壽桐(1958-   ) 교수의《한어신문학漢語新文學》을 예로 든다. 이 책은 '국가 판도, 정치 지역'이라는 제약을 극복하고자 하면서, '한어의 심미적 표현의 법칙성'을 출발점으로 하여 대륙 중국과 화인 세계의 문학적 표현을 검토하고 있다고 한다. 이에 따라 진융 · 바이셴융 · 위광중余光中(1928-   ) 등이 정전의 반열에 들어가게 되며, 한어문학의 포용적인 특징을 보여준다는 것이다. 이에 근거한 황웨이량 교수의 결론은 'Sinophone literature'의 올바른 이름은 '한어문학漢語文學'이라야 한다는 것이다.

학계의 선배인 황웨이량 교수가 '華語語系'라는 단어에 대해 가르침을 주신 것에 대해서는 충심으로 감사드려야 한다. 다만 그의 이의 제기에는 시노폰 담론에서 일어나기 쉬운 혼란스러운 점들이 없지 않으며, 이와 유사한 의문을 가진 사람 또한 적지 않을 것이다. 따라서 확실하게 정리할 필요가 있다. 황웨이량 교수가 말한 것처럼 '華語語系'의 '語系'라는 단어는 이름과 내용이 부합되지 않는 점이 있는 것처럼 보인다. 다만 나는《명보 월간》의 글이 게재된 그 다음 호에서 독자의 글에 대해 답하면서 '語系'라는 단어를 사용한 것은 부득이한 '전략적인' 고려에 의한 것이라고 설명한 적이 있다. 이는 스수메이 교수의 시노폰에 대한 정의 문제로 되돌아가야 하는데, 사실상 황웨이량 교수의 질문 대상은 스수메이 교수라야 맞다.

스수메이 교수의 시노폰에 대한 정의는 황웨이량 교수와 정반대다. 그녀는 시노폰을 사용한 의도에 대해 자신의 저서에서 처음부터 분명히 밝히고 있다. 곧 중국 · 티베트 어족의 복잡성과 더불어 한어가 그 중 한 가지일 뿐이라는 점을 우리에게 일깨워주고자 하는 것이다. 스수메이 교수가 주목하는 범위에는 공교롭게도 한어의 잡종성 및 '중원의 표준적인 언어中州正韻'(보통화?) 이외의 화하 문명 속에 존재하고 있는 그 외 발음으로 된 표현이 포함된다. 그녀는 대륙 경외의 한어권, 또는 경내와 경외의 소수종족의 언어 전파 현상에 착안하고 있다. 그녀의 시노폰 시야를 '華語語系'라는 단어로 풀이한 것은 따라서 사실 이유가 있는 것이다. 빅터 메어 교수는 우리가 통칭하는 한어는 애초부터 통일적인 어종이 아니며, 각지의 소위 한어 방언이 그처럼 복잡하고 불일치한데 대해 이를 지역어(topolect)[1]로 간주할 수 있다고 주장한다.[8] 빅터 메어 교수 관점의 연장선상에서 보자면 한어는 곧 하나의 '바벨탑'이라고 말할 수 있다. 스수메이 교수와 빅터 메어 교수의 관점은 의외로 중국 정부에 의해 증명된다. 2013년 9월 5일 신화사는 중국 교육부의 관련 언급을 배포한다. "중국에는 현재 4억 여 명의 인구가 보통화로 소통하지 못하고 있다." 이들 중 대다수는 뜻밖에도 한어 사용자인 것 같다. "보통화를 발전시켜 차이나 드림을 이룩하자"는 것이 이 해의 목표가 되었다.[9]

스수메이 교수의 시노폰에 대한 정의는 그 특정한 정치적 사고방식을 가지고 있는데 이에 대해서는 나중에 다시 논하겠다. 다만 그녀가 가정하는 시노폰 관념은 황웨이량 주서우퉁 교수의 한어라는 틀을 넘어서는 것으로 깊이 생각해볼 가치가 있다. 중화 문명의 변천 과정에서 표의 방식으로서 글쓰기의 대종은 두 말할 나위도 없이 한어이다. 그러나 '같은 글로 쓴다'는 현상만으로 지역 · 계층 · 종족 · 문화 속의 형성形

---

1) 빅터 메어는 언어(language)와 방언(dialect)의 중간적 개념의 용어로서 서로 '소통이 불가능한 방언'이라는 의미의 지역어(topolect)를 제안하면서, 중화인민공화국에서 말하는 7대 방언은 사실 7대 지역어이고 그 아래에 각 지역어의 방언들이 포함된다고 본다. 다른 한편으로 어떤 학자들은 전국적 표준어인 보통화는 각 지역별로 지역보통화를 형성하고 있는데, 이것이 오히려 서구에서 말하는 방언의 성격에 가깝다고 보기도 한다. 김석영, 〈표준중국어계 지역변이형과 중국어 교육의 표준 문제〉, 《중국언어연구》제46집, 서울: 한국중국언어학회, 2013.6, pp. 301-334 참고.

聲・회의會意적인 갖가지 가능성을 배제할 수 있는 것은 아니다.[10] 화문이나 한어 연구가 아니라 시노폰 연구를 강조하는 것은 정통 한어 글쓰기의 표의 시스템 이외, 이내, 이하에 그 나름대로 체계를 가지고 있는 갖가지 발언 위치, 발성 방식, 언술 행위를 이해하고 있기 때문이다 (또한 이에 유의해야 함을 깨우치기 위해서이다).

언어에서 문자, 그리고 다시 문학까지는 물론 너무나 복잡한 문제이므로 여기서는 잠시 논하지 말자. 내가 강조하고자 하는 점은 이런 것이다. 우리가 비록 한어 글쓰기의 중요성을 인정하더라도 황웨이량 교수가 제언한 것처럼 그것을 유일한 '심미적 판별 기준'으로 볼 필요는 없다. 어떤 시대나 어떤 지역에는 그 시대나 그 지역의 문학이 있다는 것쯤은 누구나 하는 말이다. 문자를 장기로 하지 않는 지역이나 계층이라고 한다면 '문학'은 또 어찌 정의될 것인가? 이런 비판 및 자아비판의 틀을 유지할 때라야 황웨이량 교수가 되풀이해서 말하는 화문문학의 '대동세계'가 비로소 관변 이데올로기나 주류 이데올로기의 논리에 빠지지 않을 수 있을 것이다.

Sinophone/華語語系에 대한 나의 용법에는 나름의 이론적 맥락이 있다. 그럼에도 불구하고 나는 '語系'(어족)라는 단어가 앵글로폰, 프랑코폰, 히스패노폰의 역사 및 담론 상황에 적합하지 않다는 것은 인정해야 마땅할 것이다. 이로 인해 황웨이량 교수의 가르침은 내게 이런 생각이 들도록 만들었다. 이 이전에 나는 의도적으로 시노폰과 다른 어종이 이산과 확산의 현상에서 같은 차원의 것이라고 번역했는데 이것이 오히려 문제의 초점을 모호하게 만들었다는 것이다.

이와 동시에 나는 Sinophone의 번역어로서 황웨이량 교수가 '한어문학'을 제시한 것에 대해서는 이의를 제기하지 않을 수 없다. 원인은 다른 것이 아니다. 모두가 알다시피 앵글로폰, 프랑코폰, 히스패노폰 문학은 식민 및 포스트 식민의 변증적인 색채가 강하게 배어 있으며, 19세기 이래 제국주의와 자본주의의 힘이 해외의 어떤 지역을 점거한 후 형성한 언어적 패권과 그 결과를 반영하고 있다. 외래 세력의 강력한 개입으로 인해서 로컬의 문화는 절대적인 변화가 일어나게 된다. 그리고 언어 및 언어의 최상급 표현—문학—의 수준 차이가 대개 가장 분명한 표징이 된다. 시간이 흘러 설령 식민 세력이 물러간다 하더라도 이런 지역들이 받아들인 종주국 언어의 영향이 이미 깊이 뿌리박혀 있고, 이로부터 생겨난 문학은 제국 문화가 남겨놓은 허물이 된다.[11] 이런 문학은 로컬 작가에게 각인된 실어의 상처일 수도 있지만 이와 동시에 또 다른 형태의 창조가 될 수도 있다. 이방의, 그럴싸하지만 사실은 아닌 모어 글쓰기를 하는, 소외된 포스트 식민 창작 주체는 이렇게도 잡종적이고 혼합적이 된다. 그리고 이로써 오리지널 종주국 문학에 대한 패러디와 전복이 된다. 종주국의 순정한 언어는 반드시 분화되고, 더 이상 그럴 수 없이 정통인 문학의 전통에도 유령과 같은 해외의 메아리가 생겨난다.

바로 이 점에서 우리는 스수메이 교수와 황웨이량 교수의 절대적인 거리를 찾아볼 수 있다. 스수메이 교수는 포스트 식민주의와 소수종족 문학의 이론을 받아들이면서 중국—청 제국에서 중화민국, 그리고 중화인민공화국까지—역시 광의의 제국 식민주의의 연장이라고 간주한다. 이리하여 그녀가 정의하는 시노폰은 곧 앵글로폰, 프랑코폰, 히스패노폰 등 경외문학과 상호 호응을 하게 된다. 그녀는 궁벽한 중국 국경 주변부의 약소 종족과 머나먼 해외의 이산 집단에 공감한다. 그녀의 시노폰은 강력한 반패권적 색채를 띠고 있다. 그녀의 입장에서 보자면 경내의 소수종족 및 해외 화어 사회에 대한 중화인민공화국의 문화정책은 두 말할 나위도 없이 일종의 변형적인 식민 수단이다. 황웨이량 교수는 스수메이 교수와 정반대다. 그가 보기에, 기존에는 해외문학·화교문학이 종종 조국문학의 연장물 내지 부속물로 간주되어 왔지만, 오늘날에는 이를 대신하여 세계화문문학 등의 이름을 붙이면서 각 지역의 창작 자주성을 존중한다는 점을 충분히 보여준다는 것이다. 그는 자신이 추진하는 '한어신문학'을 내세워 정치화를 거부하면서, '중국'에서 비롯된 한어문학을 모든 것은 한군데로 모이는 법이라는 은유로 간주한다.

나는 수수메이 교수와 황웨이량 교수의 이론은 각각 너무 지나쳐서 오히려 미치지 못하는 면이 있다고 생각한다. 스수메이 교수는 청나라 이래 중국의 상황을 식민과 피식민의 시각에서 해석하지만 일부를 가지고 전체를 판단하는 점이 있다. 청나라가 '제국'인지 아닌지에 관해 근래에 많은 논쟁이 일어나고 있다. 청나라는 역대로 한족과 만주족 문화를 통괄하여 관리하고 여타 종족과의 관계를 조정해가면서 온갖 정책을 병행해서 실시했다. 이를 두고 구미의 정의에 따라 간단히 식민정책이라고 말하기란 극히 어려운 일이다.[12] 청나라는 원래 만주족이 세운 나라이지만 오랑캐 땅을 벗어나서 한족 땅에 들어와 중원을 통치했으니 스수메이 교수가 정의한 바 주변에서 중심을 공략한 시노폰 정권이 아니겠는가? 청 제국에 대한 그녀의 비판은 사실 자신의 관점을 반대 증명하는 것이다. '중국'은 종래로 복잡하고 다의적인 정치 전통을 가지고 있다. 다른 한편으로 스수메이 교수는 로컬 원주민에 대한 이주자의 경제 문화 및 정치적 약탈이 이주정착자 식민주의(settler colonialism)를 형성하면서 제국 식민주의와 오십보백보의 관계에 있음을 강조한다.

19세기 이래 중국에는 외환이 빈번했다. 하지만 전통적 정의에서의 완전 식민화 현상은 나타나지 않았다. — 우리가 포스트 식민 이론을 교조적으로 적용해서 '외래정권'의 통치를 모조리 식민통치라고 간주하지 않는 한 그렇다. 홍콩·타이완·만주·상하이 등지와 같은 식민 또는 반식민 지역에서도 중문은 여전히 일상생활의 대종이었다. 문학 창작은 억압되고 왜곡되기는 했지만 여전히 단절되지는 않았으며 심지어는 특수한 표현까지 나타났다.[13] 이는 우리로 하여금 식민 담론 외에 이들 지역에서 화인들이 그들의 문화 언어 전통을 이어나가게 만든 동기에 관해 생각해보도록 한다. 다른 한편으로 정치나 경제적인 이유로 인해 백여 년 동안 수많은 화인이 해외로, 특히 동남아로 이민을 갔다. 그들은 갖가지 공동체를 이루면서 자각적인 언어 문화적 분위기를 형성했다. 비록 나라는 어지럽고 분열과 통일이 무상했지만 각 화족 지역의 백성은 어쨌든 중문 글쓰기를 종족 문화—꼭 정권은 아닌—전승의 기호로 삼았다.

황웨이량 교수가 '한어신문학'을 내세워 설명한 시노폰 관점 역시 내게 의문을 불러일으킨다. 그는 한어문학의 대집결을 열정적으로 추구하는 나머지 의식적 무의식적으로 이 점을 무시해버린다. '같은 문자 같은 종족'의 범주 안에는 늘 주와 종, 안과 밖이라는 구분이 존재해왔다. 국가주의라는 기치 아래에 한 목소리로 내세웠던 미래는 매번 역사적 경험 속에 존재하는 단절과 분리, 다양한 목소리라는 사실을 은폐해버렸다. 그는 강조한다. 그의 한어문학이라는 대동 세계에서는 진융·바이셴융이 전통적인 중화인민공화국 문학사의 대가들과 동등한 대접을 받을 것이며, 이것이야말로 진짜 문학의 '조화로운 사회'라고. 과연 그렇다면 어째서 중국 옌롄커閻連科(1958-)의 《인민을 위해 복무하라爲人民服務》, 미국 하진의 《자유로운 삶》, 프랑스 가오싱젠의 《나 혼자만의 성경一個人的聖經》, 홍콩 천관중의 《태평성대盛世》, 타이완 우허의 《혼란亂迷》이 이런 '조화'를 위해 제거되어 버리는 것일까?

황웨이량 교수는 해외 중국학 학자들이 의도적으로 도발적인 문구를 사용하여 조국과 적이 된다고 비난한다. 그가 문학에서의 '정치화 거부'를 바라면 바랄수록 '중국' '한어' '문학'의 정의의 복잡성이 더욱더 잘 드러난다. 한어를 중국문학의 최대 주종으로 존중하는 것이 우리의 공통된 인식이다. 하지만 이것이 한어권 이내와 이외의 문학과 정치를 '한 이불로 다 덮어버리는 것'[즉 사실과 차이를 무시한다는 것]을 의미하지는 않는다. 깔끔하게 정리하고 싶지만 그리 되지 않는 것이다. 이에 나는 황웨이량 교수의 [이름을 바로잡자는] '정명설'에 대해 유보적이다. 우리는 중국/한어문학에서 다양한 화어로 다양한 목소리를 내는 논변의 의의를 인정해야 한다. 한어와 대비해볼 때 화어는 상대적으로 더 넓은 지역·문화·종족·언어/어음의 잡종성과 포용성을 가지고 있다. 이것이 또한 바로 스수메이 교수가 'Sinophone'의 번역어로서 '화어'를 강조한 초심이기도 하다.

3
포스트 이민이 원주민을 만날 때

위에서 소개한 바 시노폰 해석의 두 가지 입장—포스트 식민주의 대 민족주의—에 대해 나는 '포스트 유민 글쓰기'라는 관점을 제시한 적이 있다. 나의 논점은 이른바 시노폰의 '이민', '외민', '유민'이라는 '삼민주의' 현상에서 유래하는 것이다.[14] 화인이 해외로 가게 되면 기본적으로 그 신분은 나라를 떠나 떠도는 '이민'이 된다. 세월이 흘러 여러 세대가 지난 후 이민의 자손들은 그 지역의 문화에 융화되어 내가 일컫는 '외민'이 된다.—즉 스수메이 교수는 이 점에서 볼 때 시노폰이 결국 과도기적인 현상이라고 생각하는 것이다. 하지만 여전히 해외 화어의 발성이라는 모습을 유지한다. 그것은 곧 이주한 지역의 문화에 융화되기를 거절하면서 비상한 상황 속에서도 옛 나라에 대한 안타까움을 유지하는 것으로, '유민'이 되는 것이다. 이 세 가지는 각기 시간과 장소의 제약 및 인과 관계가 있으며, 서로 상대적으로 정의되는 예 또한 곳곳에서 나타난다. 그러나 상술한 해외 시노폰의 현황을 세심하게 따져볼 때 나는 또 화어의 '이민', '외민', '유민' 문학 외에도 '포스트 유민'의 관점을 갖추어야 한다고 생각한다.

'포스트 유민'이란 원래 내가 당대 타이완 문학과 정치를 겨냥해서 만들어낸 어휘로, '포스트 이론', 특히 '포스트 식민주의'와 '포스트 모더니즘' 이론에 대해 조롱의 의미가 없지 않은 나의 반응에서 나온 것이다. '유민'의 원뜻은 원래 시간과 어긋나는 정치적 주체를 암시하는 것이다. 따라서 유민 의식이란 모든 것이 이미 지나가버렸으며 스러져버린 것을 애도하고 추모한다는 정치 문화적 입장을 의미한다. 그리고 그것의 의의는 공교롭게도 합법성과 주체성이 이미 사라져버린 끄트머리에서 이루어진다. 송원, 명청의 교체 시기마다 종실 후예, 의인 지사들이 지난 왕조의 역법을 폐기하지 않고 혹 멀리 옛 군주를 떠받들거나 혹 서서히 대사를 도모하거나 하면서 '유민' 현상을 이루었다.

'포스트 유민'은 이런 유민 관념을 해체한다(또는 불가사의하게 마치 혼령을 불러들이듯이 유민 관념을 도로 불러들인다). 이치대로라면 20세기에 이르러 민주·공화·혁명 사상이 주도하면서 군주에 충성하고 나라에 보답해야 함을 강조하는 유민 의식은 '현대'의 발걸음을 따라 점차 사라져야 했다. 이번이 지나면 다음번은 없는 법이다. 하지만 실제로는 이와 달랐다. 청나라에서 중화민국이 되고, 중화민국에서 중화인민공화국이 되고, 사회주의에서 포스트 사회주의가 되고 하는 동안 정치적 단절이 일어날 때마다 오히려 유민의 신분과 그 해석 방식이 더욱 확장되고 더욱 복잡해졌다. ― 이에 따라 유민 글쓰기 또한 현대화의 세례, 심지어는 포스트 현대화의 세례까지 받게 되었다. 청나라 말의 지난 나라의 문화를 이어서 타이완에 온 국민당의 지난 나라의 문화가 있었으며, 더욱 불가사의한 것은 당대 대륙의 신좌파가 마오쩌둥 시대의 '태평성대'를 그리워하는 것이다. 이는 마치 멀리 '선대의 황제'를 섬기며

흐느낌을 참지 못하는 모습을 보여주는 듯하다.

내가 말하는 '포스트'란 한 세대가 끝났음을 암시할 뿐만 아니라 한 세대가 끝났으면서도 끝나지 않은 것을 암시하며, 심지어는 미래를 위해 '사전 설정'해놓은 과거/역사를 암시하기도 한다. 그런데 '유'란 '유실', '잔류'를 의미할 수도 있고 '보류' — 증여와 보존을 의미할 수도 있다. 상실, 잔존, 유증 세 가지 사이에는 끊을 수도 없고 정리할 수도 없는 관계가 형성된다. 만일 유민이 이미 시공간 착란의 징표를 의미한다면, '포스트' 유민은 이 착란의 해방 내지 심지어 재착란이다. 두 가지 모두 어떤 새로운 '상상의 공동체'에 대한 참으로 신랄한 조롱이다. 이로부터 생겨나는 초조와 욕망, 발명과 망각, 타협과 저항이 당대 시노폰 담론의 초점이 된다.

《포스트 유민 글쓰기》에 대해서는 일찍이 여러 질문이 제기되었다. 가장 직접적인 도전은 이런 것이다. 이는 곧 '유민' 의식이 죽은 시체를 빌어 혼이 되살아난 것으로, '포스트' 유민은 즉 유민의 뒤를 이어 오는 것이라는 주장이다. 이런 주장은 단어만 보고 잘못 해석한 감이 있다. '포스트 유민'의 '포스트'가 계승한 '포스트 이론' — 포스트 모더니즘에서 포스트 역사주의, 포스트 식민주의 등에 이르기까지 — 의 이론적 자원을 무시한 것이다. 자크 데리다의 '유령론'(hauntology)이 내게 미친 영향은 특히 뚜렷하다. 내가 빌려온 시체와 되살려 놓은 혼은 이런 콘텍스트 속에서 사고해야 한다.[15] 그러나 내가 더욱 강조하고 싶은 점은 '유민'설이 중국 전통 중의 독특한 담론에서 비롯되었으며, 따라서 이를 가지고 시노폰의 기억의 정치학을 논의함과 동시에 또 혼이 흩어지지 않고 있는 중국 의식을 반성해 본다는 것에는 또 한 겹의 역사적 관련성이 있다는 것이다.

'유민' 의식의 탄생은 나라의 교체 외에도 지역, 문화 및 심지어 '천하'의 흥망성쇠에서 비롯되는 것 같다. 아무튼 간에 유민은 시공간의 주름 속에서 정통의 끄트머리에 위치하면서 해탈의 길을 고심하고 있다. 그런데 나의 관점은 이렇다. 만일 유민이 어쨌든 이미 시공간의 소실과 착란, 정통의 교체와 변천을 의미하고 있다면, '포스트 유민'은 이미 착란된 시공간을 더욱더 착란시키면서 한 번도 온전한 적이 없었던 정통을 더욱더 좇고자 하는 것이다. 이런 모습은 퇴폐적이고 탐닉적일 수 있는데, 그렇지만 나는 그보다는 그 속에 비판과 해탈의 계기가 들어있음을 지적하고 싶다.

시노폰 세계에 미만한 '포스트 유민' 심리는 해외 화인이 (이미 사라져버린, 한 번도 존재한 적이 없던) '정통' 중국을 거부 또는 수용하고자 하는 최대의 동력이 된다고 나는 생각한다. 논자들은 또 포스트 유민 이론이 의도적으로 신흥 민족주의 및 포스트 식민 담론을 폄훼하면서, 기존의 또는 이미 무너진 정권의 합법성을 위해 핑계를 찾고 있다고 말하기도 한다. 실은 정반대다. 나는 '포스트 유민'은 강력한 비판의식 ― 및 자아비판 의식 ― 을 가진 언술이라고 생각한다. 심지어 나는 열렬한 민족주의자 및 포스트 식민주의자일수록 그들/그녀들의 사고 속에 존재하는 혼이 흩어지지 않고 있는 유민 정서에 대해 더욱더 반성해보아야 한다고 말하고 싶다. 그대들은 보지 못하셨는지? '산하가 대립하며 새 나라를 세우고자 하는' 시대에 가장 시급한 일은 다름 아니라 그 유래가 있는 그러나 '어쨌든 이미' 잃어버린 나라 또는 땅의 근원을 밝히는 것이 아니던가? 미래를 위해 역사를 발견(발명)하고 가설이 선험적인 것이 되는 순간 포스트 유민이라는 두 얼굴의 유령이 등장하는 것이다.

달리 말해보자. '포스트 유민'은 '유민'의 연장인 것만은 아니다. 돌연변이적인 의미를 갖는 것이다. 포스트 유민 담론은 우리가 해외에서 중국성 또는 이른바 화어의 정통성과 유산 계승권 문제를 대할 때 복잡한 선택권을 가져온다. 해외의 시노폰 백성은 세대가 거듭된 후 물론 스수메이 교수가 예측한 것처럼 윗대의 중국 정서를 점차 망각하고 폐기할 가능성이 있다. ― 일찍이 황종희黃宗羲(1610-1695)가 말한 바 있으니 '유민은 세습되지 않는다'. 또 어쩌면 징 추 교수가 말한 것처럼 (정치·경제·문화·종족 등) 각종 소통의 동기를 바탕으로 의식적으로 중국(고국이라는 이름을 빌어서?)과 서로 협상하고 네트워크를 구축할 가능성도 있다. 더욱 급진적인 가능성도 있다. 어떤 (중원의, 또는 타이완의, 또는 '남양인민공화국'의) 정권/패권이 존재하느냐의 여부와는 별개로, 어째서 시노폰 백성은 이산 이후 '우린 되돌아갈 수 없어'라는 것을 분명히 알면서도 여전히 고국과 고토에 대한 그들의 충절 또는 배반에 대해서 형상화하고, 해체하고, 추가하고, 변형하고, 패러디하는 것일까?

'중국'이라는 유령은 진지하게 대해야 한다. 퇴마인가 초혼인가? 일종의 '의식'으로서 포스트 식민 담론은 20세기 시노폰 문학의 흥기와 발전을 제대로 해석할 수가 없다. 포스트 유민적 사고가 끊임없이 이어지고 있는 것을 진지하게 직시할 때, 비로소 우리는 이것이 시노폰 문학과 여타 앵글로폰, 프랑코폰 등 경외의 문학이 가장 다른 부분이라는 점을 이해할 수 있을 것이다.

이상의 논의는 아마도 류즈쥔劉智濬(?-) 교수의 〈왕더웨이가 원주민을 만날 때: 왕더웨이의 포스트 유민 담론을 논함當王德威遇上原住民: 論王德威的後遺民論述〉[16]에 대한 대답이라고 할 수도 있을 것이다. 포스트 유민 담론에 대한 류즈쥔 교수의 관심은 나를 감동하게 만들었다. 한편 그가 이 글에서 보여준 염려와 오독은 졸저인《포스트 유민 글쓰기》의 언술의 부족함을 설명해주는 것이기도 했다. 솔직히 말해서《포스트 유민 글쓰기》의 등장에는 특정 역사라는 시간적인 요소가 존재하며, 이는 이 언술에 전념한 나 개인의 노력과 반성을 보여주는 것이기도 하다. 그렇지만 나는 여러 차례 지적했다. '포스트 유민'이란 단어의 유효성은 어떤 정권을 보위하는 데 있는 것이 아니다. 어떤 비판적인 측면을 제기함으로써 '민주'와 '현대'라고 부르는 정치의식 속에 분명히 존재하지만 보고도 알아채지 하는 맹점을 이해하게 만들어주고, 사료에서 미처 생각하지 못했던 창조성을 발견하도록 해주는 데 있는 것이다. 류즈쥔 교수가 나의 '중화민국의 유민'에 대한 조롱을 일종의 자기 연민으로 간주하는 데 대해서는 더 드릴 말씀이 없다. 그의 타이완 문학사 역사관은 주톈신·우허·리융핑·뤄이쥔 등 내가 일컫는 바 포스트 유민 의식을 가진 작가들을 용납하지 않는데 이는 이해할 수가 없다. 리융핑·주톈신·뤄이쥔 세 사람은 외성인 1세대(?) 및 2세대에 속하는 작가여서 어쩌면 순수한 혈통이 아닐지도 모르겠다. 하지만 우허는 '순수' 타이완 사람이 아니던가?

류즈쥔 교수의 비판은 특히 우허가 우서 사건[2]을 묘사한 소설《여생》및 나의 평론에 집중된다. 이 작품과 관련된 토론은 대단히 많으므로 여기서는 생략하겠다. 류즈쥔 교수의 비판은 주로 우허가 타얄족의 항일 사건을 긍정적으로 서술하지 않은 것을 겨냥하고 있다. 이는 타얄족 선열들에게 부끄러운 일일 뿐만 아니라 심지어는 타얄족 전체에게 불경한 일이라고 한다. 더구나 우허가 타얄족 후예의 망가진 생존 상황에 대해 묘사한 것은 당대 타이완 원주민의 주체성을 모욕한 것이며, 또한 타이난 사람인 우허가 타얄족 이야기를 쓴 것 자체가 곧 주제넘은 참견이라는 것이다.

---

2) '우서 사건霧社事件'은 일제 시기 최대의 항일 사건이었다. 1931년 10월 27일에 타얄족 마헤보부족의 우두머리인 모나 루도가 여섯 부족 전사 300명과 함께 일본인을 습격하여 134명을 살해하고 목을 베었다. 이에 일본은 군경 약 7천 명을 동원하여 진압 작전을 펼쳤고, 여섯 부족 인구 1,236명 중 모나 루도를 포함해서 644명이 전사 또는 자살했으며 생존자들 대부분은 일본에 투항했다. 그런데 이듬해 4월 25일 일본에 투항한 564명에 대해 다시 적대적 부족이 머리사냥을 가했고, 결국 겨우 298명만 살아남아 여생을 살게 되었다. 왕더웨이 지음, 김혜준 옮김,《현대중문소설작가 22인》, (서울: 학고방 2014.12), pp. 443-444 참고.

류즈쥔 교수의 출발점은 굳건한 (원주민) 민족주의 및 포스트 식민주의에서 유래하는 것이다. 400여 년 동안 타이완 원주민은 네덜란드 사람에서부터 국민당에 이르기까지 외래인의 박해를 받아왔다. 그들의 헛된 항쟁, 그들의 서글픈 존재 등등은 식자들의 '원시적 열정'(primitive passion)[3]을 자극하지 않는 것이 없다. 그렇지만 각각의 외래 정권이 타이완을 장악하기 이전 시기 내지 같은 시기에, 각 시기별로 타이완에 이민을 온 한족들이 갖가지 자발적인 동기에서 원주민에 대해 교묘한 수단과 강한 힘으로 탈취한 일 또한 비판받아야 마땅하지 않을까? 일찍이 스수메이 교수가 언급한 '이민자의 식민 행위'라는 말에 이미 정곡을 찌르는 관찰이 들어있다. 가장 불가사의한 점은 타얄족의 '열사' 정신과 폭력에 맞선 장거에 대한 류즈쥔 교수의 글에는 수사에서 논리에 이르기까지 앞서 말한바 (더구나 상당히 국민당 방식인) 유민 의식으로 가득 차 있다는 것이다. 우서 사건은 타이완 역사의 중요한 순간이었고, 열사는 천추에 전해질 것이니 그 충성과 용기를 본받아야 하며, 뒷사람으로서 우리는 결코 만에 하나라도 무례해서는 아니 된다 등등.

우허의 《여생》이 중요한 까닭은 그가 모나 루도를 현충원에서 불러냈다는 것이다. 그는 우리에게 말해준다. 우서 용사들의 항일은 사실이

---

3) '원시적 열정'(primitive passion)은 레이 초우가 제시한 개념으로, 그녀는 대략 다음과 같이 설명한다. 중국과 같은 비서양의 엘리트 지식인은 문학예술이 대중의 생활 기록 수단으로 이동하는 상황에 처하게 되자, 자신의 문화적 생산물을 쇄신함으로써 이를 해결하고자 한다. 그것은 곧 여성이라든가 서발턴 등 집단 내부의 구성원을 원시화하는 것이다. 그리고 이는 더 나아가서 서양의 압력에 대항하는 것이기도 하다. 즉 이를 통해 전체 공동체의 시원성과 정체성을 확보함으로써, 비록 그 순수성과 역사성이 서양에 의해 훼손되기는 했지만 언젠가 서양을 능가할 수 있는 잠재력을 가지고 있음을 증명하려는 것이다. 요컨대 이들은 자신의 문화적 난감함을 원시적/시원적 상상의 단절 내지 손상에 대한 열정적 표현으로 극복하고자 하는데, 이때 주로 활용되는 것이 수난을 겪는 어머니·여성(처녀)·대지(대자연) 등의 이미지이다. 레이 초우 지음, 정재서 옮김, 《원시적 열정》, (서울: 이산, 2004.04) 참고.

다. 그러나 반제 반식민 외에 부락의 '머리사냥 논리'가 그렇게 만들었을 가능성도 있다. 중국 담론에서 소홀히 하는 제2차 우서 사건은 공교롭게도 일본인의 도발 하에 타얄족 부락 사이에서 벌어진 전쟁이다. 동료들(특히 타얄족 작가)과 비교할 때 우허가 이 이야기를 써낼 수 있는 자격은 더 많은 것도 아니고 더 적은 것도 아니다. 중요한 것은 그가 외부에서 온 한족이 다시금 '조우한' — 다시금 '예견한'이 아니라 — 우서 사건의 충격·난감·성찰이다. 그에게는 이를 빌어 자신의 응어리를 풀고자 하는 동기가 있다. 그는 오리지널 그대로의 타얄 언어로 표현할 수 없다. 그는 현장에 있지도 않았다. 그러나 그는 이런 한계를 숨긴 적도 없으며, 그의 이야기를 그 어떤 반식민 또는 (심보정沈葆楨 (1820-1879) 식의) '유민 세계'에 자리매김할 생각도 없었다. 더 극단적으로 말하자면 타이완의 원주민 종족은 원래부터 한족도 아니고, 한족이 스스로 우쭐해하는 유민의식을 위해 포장할 필요도 없다. 이런 의미에서 우허는 포스트 유민 작가이다. 그는 혈연·종족·종법·언어를 토대로 하는 유민 서사 논리를 내버리고 우서 사건의 편린과 그것이 타이완의 후세대에게 유증/증여한 의미를 다시금 사고하는 것이다.

타이완 본토 입장을 견지하는 학자들이 타이완 토착성(indigeneity)을 구축하고자 하는 이상은 당연히 존중할 만하다. 그렇지만 뿌리찾기에 대한 조바심이 강한 나머지 그들은 부지불식간에 오리지널 고향, 오리지널 도리, 오리지널 주민, 오리지널 가르침의 연쇄를 만들어낸다. 한편으로는 원주민을 근본부터 바로잡는 이 섬의 상징으로 만들면서, 다른 한편으로는 또 원주민의 절대적인 본체성을 환원시키기에 급급하다. 전자는 원주민을 우언화하고,[17] 후자는 원주민을 시원화/단절화한다. 둘다 성의는 대단하지만 원주민의 로컬적, 역사적 상태가 시대와 더불어 변화해왔다는 점은 간과한다. 이와 동시에 우리는 최근에 동남아나 다른 지역에서 옮겨온 새로운 주민(이민 온 외민?)에 대해서도 관심을 가져야 하지 않겠는가?

　우리는 문제를 더욱 다양하게 다루어야 한다. 방법 중의 하나로 '포스트 유민이 원주민과 조우'하게 만드는 것도 무방할 것이다. 싱가포르 작가 셰위민謝裕民(1959-)의 《남양 이미지의 재구축重構南洋圖像》[18]에 들어있는 중편 《암본의 휴일安汝假期》이 혹시 그 예가 될 수 있다. 이 이야기에서 한 싱가포르 청년과 그 아버지가 인도네시아 말루쿠 제도의 주도인 암본으로 뿌리를 찾으러 간다. 그들은 우연히 그들의 원적이 안후이성 펑양현이고 성이 주 씨였다는 것을 듣게 된다. 그들의 10세조는 1662년 명나라가 망하고 난 18년 뒤 정성공을 찾아 타이완으로 가려다가 태풍을 만나 암본까지 떠내려 온다. 19세기 중엽에 이르러 한 무명의 광둥 사람이 우연히 토착민을 만난다. "성조는 베이징 어투와 비슷하고" "억양은 푸젠도 아니고 광둥도 아니었는데" 주 씨의 후인이었다. 무명의 광둥 사람은 부탁을 받고서 그 아들을 데리고 중국으로 돌아갔는데 곧 싱가포르 청년의 증조부였다. 증조부는 후일 중국에서 인도네시아로 이민을 갔다가 1960년대에 인도네시아의 화교 배척으로 중국으로 돌아간다. 이 때 아들 하나를 싱가포르에 맡겼으니 다름 아닌 청년의 아버지였다. 이야기는 정점을 향해 간다. 부자 두 사람은 암본에서 가족의 후인을 찾은 것 같았지만 그러나 그들이 보기에는 그야말로 토착민이었으니 …

　《암본의 휴일》의 이야기는 이것이 전부 다는 아니다. 한 네덜란드 여자가 이전 식민지에 와서 겪는 향수어린 모험, 주인공의 포스트 모더니즘 식의 연애 게임 등이 포함되어 있다. 다만 우리의 입장에서 말하자면 어떻게 명나라 유민이 각지를 전전하다가 인도네시아 토착민이 되며, 식민지 경험과 중국의 부름을 거치게 되고, 다시 신흥 국가인 싱가포르의 국민이 되었느냐 하는 것은 그야말로 포스트 유민 계보에서의 한 가지 우언이다. 싱가포르 부자가 혈육과 다시 상봉한 것 같았지만 그러나 문제가 발생한다. "우리들의 혈통은 대체 어디까지 거슬러 올라갈 수 있는 걸까? 3대 전에는 인도네시아 토착 혈통이 들어있고, 다시더 나아가면 원래는 또 명나라의 귀족이다. 더 거슬러 올라간다면 한족인지 아닌지 누가 알겠는가?" 고층 빌딩 속에서 근무하는 청년이 가족의 내력을 되돌아보는데, 마치 유혹처럼 파란만장하지만 또 그렇게도곳곳에 허점이다. 그렇다. 포스트 유민이 원주민과 만나게 되면 기억이재조합되고 신분이 바뀐다. 시노폰의 역사와 허구는 비할 데 없이 복잡하게 변하느니, 대체 '중국'은 어디로 나아갈 것인가 하는 문제는 결국문답조차 할 수 없게 된다.

4
'뿌리'의 정치, '추세'의 시학

현재 시노폰 담론과 중국문학 담론이 서로 이견을 표출하는 과정에서 각기 그 근거로 삼고 있는 이론적 자원은 기본적으로 '공간/위치의 정치'(spatial and positional politics)에서 벗어나지 못한다. 중국 현당대문학을 언급하게 되면, 논자들은 즉각적으로 중국 대륙이생산한 문학을 떠올리게 된다. 그리고 그때마다 긍정적으로 또는부정적으로 '중화인민공화국'의 '대서사'와 연결 짓는다. 이와 대조적으로 시노폰 문학을 언급하게 되면, 해외문학 및 소수종족문학의연상이 떠오르게 된다. 이런 이분법적 토대 위에서 우리는 안과 밖(interiority vs. exteriority), 포괄과 배제(inclusion vs. exclusion), 정착과 이산(settlement vs. diaspora) 등 경계를 구분하고 입장을 구별하는 언술을 하게 된다. 이로써 나타나는 윤리 문제, 예컨대 적과 벗(hostility vs. hospitality), 협치와 대항(governance vs. resistance) 등은 특히 더 곱씹어 볼 만하다.

'국가'와 '문학'은 원래 20세기 이후 서양에서 들어온 정치·심미적인 구조물이다. 따라서 '중국' 문학의 국가 위치를 논하는 것은 크게 비난할 일은 아니다. 다만 문학사 관찰자로서 우리는 연구 대상을 다시 한번 역사화해야 한다. 우리는 중국을 고정불변의 철판으로 간주하면서 '중'자만 보면 무조건 반대할 필요까지는 없다. 그보다 먼저 이른바 '중국'이 주권 실체인지, 지식 체계인지, 문명 전승인지, 아니면 민족 상상인지, 심지어는 욕망과 애증의 대상인지를 질문해야 한다.[19] 우리는 또 '문학'을 단순히 서양식으로 글의 한 갈래로 환원시킬 필요도 없다. 중국 문명에서 '문文'의 사유와 표징은 복잡한 전승을 가지고 있으며 가볍게 지나쳐서는 안 된다.[20] 마찬가지로 시노폰 문학 역시 비록 최근의 발명이지만 역사화될 필요가 있다. 시노폰 담론의 등장은 화어 지역 학자들이 근래의 신분에 관한 우려에 대해 응답한 것이다. 한편으로는 비록 포스트 식민, 포스트 유민 등의 담론의 영향을 받았지만 다른 한편으로는 '중국 굴기'와 연동된 산물이 아닐 수 없다.

어쨌든 간에 양쪽의 담론은 모두 특정한 지리 또는 심리 좌표를 기점으로 한다. 나는 이 좌표를 '뿌리'라는 은유로 이름 붙이고자 한다. 중국 담론은 해외 이산 상황에 대하여 항상 이런 식으로 대한다. 조국의 역사 문명은 마치 장대한 나무 같아서 뿌리 깊고 가지 튼실하다. 반면에 화인 후예는 해외에서 가지를 뻗고 이파리를 내더라도 결국은 '뿌리 없는 난초' 같아서 뿌리를 찾으려는 충동을 피할 수 없다. 이산자들이 결국 바라는 것은 다름 아니라 '잎은 떨어져서 뿌리로 돌아간다'는 것이다. 시노폰 문학이 기존의 해외화교문학 및 화문문학과 가장 다른 점은 뿌리를 찾고 뿌리로 돌아간다는 식의 이런 일방향적인 운동의 궤도를 반대한다는 것이다. 다만 그렇다고 하더라도 논자들의 수사 전략은 여전히 '뿌리'라는 은유를 둘러싸고 이루어지는 것 같다. 중국문화 · 정치의 영향은 그렇게도 심원하므로 뿌리째 뽑아버려야만 새로운 발전을 도모할 수 있다고 한다. '잎은 떨어져서 뿌리로 돌아간다'는 외침과는 반대로 이주지인 낯선 곳에 뿌리를 내린 후라야 시노폰의 주체성이 이루어질 수 있다 — 그것이 이 주체성의 주조이건 아니면 폐기이건 간에 — 는 것이다.[4]

이런 바탕 위에서 우리는 동시에 비교적 섬세한 두 가지 반응을 되돌아볼 수 있을 것이다. 1961년 탕쥔이 선생은 〈중화민족의 꽃과 열매가 시들어 떨어지다中華民族之花果飄零〉를 발표하여, 화족 문화가 사분오열하는 것과 도덕 가치를 견지해야할 필요성에 대해서 강개하여 서술했다. 3년 후 그는 다시 〈꽃과 열매가 시들어 떨어지고, 영혼의 뿌리를 스스로 내리다花果飄零及靈根自植〉를 발표하여, 해외 망명 인사들이 자중자애하면서 새로운 국면을 이루어나가기를 기대했다. 이 두 편의 글은 20세기 하반 중국 경외의 디아스포라 담론에 심원한 영향을 주었다. 탕쥔이 선생이 강개해서 글을 쓰도록 만든 것은 물론 1949년 중국의 정치적 대변동이었으며, 당시 지식인들은 하늘가 바다 끝을 떠돌면서도 자신의 몸과 마음을 다하여 기울어진 대세를 만회하고자 했다. 그러나 탕쥔이 선생의 호소가 사람들을 감동시키는 이유는 단순히 한 시대 또는 한 정권이 무너진 것을 애도하는 데 있는 것이 아니다. 청나라 말과 중화민국 초기 이래로 그가 믿던 유가의 도통이 이미 현대라는 광풍 속에서 꽃과 열매가 시들어 떨어지는 곤경에 빠져버리지 않았던가? 더 이전

---

4) 시노폰의 주체성은 중국과 단절하고 현지성을 획득함으로써 이루어진다. 이를 주체성의 주조라고 할 수 있다. 그런데 일단 시노폰의 주체성이 완성되면 시노폰이라는 과도적 성격의 집단은 소멸되고 현지화된 새로운 집단이 형성되는 것이다. 따라서 시노폰의 주체성이 주조된다는 것은 동시에 시노폰이라는 주체성이 폐기된다는 것이기도 하다.

으로 거슬러 가보면 19세기에 공자진龔自珍(1792-1841) 세대의 학자들이 '쇠락한 세상'이라는 탄식을 하면서 '우환'이라는 단어로 역사에 주를 달았다.[21] 또는 명청 교체 시기의 왕부지王夫之(1619-1692)는 어느 집안 어느 성씨의 흥망을 탄식한 것이 아니라 문화 전통의 존폐를 탄식했다. 이런 것들은 이미 현대 중국의 '시대를 걱정하고 나라를 염려하는' 서사에 대한 사전 설명이었던 셈이다.[22]

지난 세기에는 '뿌리'에 관한 또 한 종류의 언급이 있었는데, 공교롭게도 탕쥔이 선생이 대표하는 신유학파 전통과는 정반대였다. 그것은 곧 루쉰의 《들풀》(1926)이었다. 《들풀》의 머리말을 보도록 하자.

생명의 흙을 땅에 흩뿌렸으나 큰키나무는 자라나지 않고 들풀만 자라나니 이는 나의 허물이어라.

들풀, 뿌리도 깊지 않고 꽃과 잎도 아름답지 아니하누나. 하지만 이슬도 빨아들이고, 물도 빨아들이고, 오래된 주검의 피와 살도 빨아들이며, 각기 자신의 생존을 쟁취하리라. 생존할 때도 여전히 짓밟히고 잘릴 것이니 죽어서 썩을 때까지.

그럼에도 나는 평온하고 달갑도다. 나는 웃고 노래하리라.[23]

루쉰의 중국 주체에 대한 사고 역시 문명과 그 존재의 존망에까지 미친다. 중화문화의 꽃과 열매가 시들어 떨어진 이후 세기의 강풍과 광풍이 이렇게도 잔혹한데 어떻게 영혼의 뿌리를 스스로 내릴 것인가? 영혼의 뿌리가 존재하지도 않는 황야에서는 오직 들풀만 '평온하고' '달갑게' 자생 자멸하면서 '웃고 노래하리라'.

탕쥔이와 루쉰은 시대와 이론적 입장 등이 다르다. 그러나 그들은 모두 단순한 민족주의적 입장에서 벗어나서, 더욱 넓은 의미에서의 중국 문화가 현대성과 만난 이후 마주치게 된 위기에 대해 사고하고 있다. 탕쥔이가 유가적 자원으로부터 속죄의 길을 찾고 있다면, 루쉰은 그와 정반대로 나아가면서 희망과 절망은 모두 허망한 것이며 사지에 처한 뒤라야 기사회생을 말할 수 있다는 변증성을 견지한다.

만일 서양의 당대 이론으로 가본다면, 질 들뢰즈와 펠릭스 가타리가 제시한 '리좀론'(theory of rhizome)이 어쩌면 또 다른 비평의 측면이 될 수 있을 것이다. 들뢰즈와 가타리, 이 두 사람은 이렇게 비판한다. 서양의 자본주의 작동 하의 지식 체계 및 주체 구축이 주와 종, 중심과 주변이라는 이분법에 과도하게 의존한다. 이런 체계와 구축은 기본적으로 뿌리와 가지, 꽃과 열매라는 '나뭇가지 형태(arborescence)의 사고'에서 벗어나지 못한다. "우리는 나무가 어떻고 하는 것에 신물이 난다. 뿌리가 어떻고 하는 것도 믿지 않는다. … 생물학에서 언어학에 이르기까지 나무[나무라는 상징]와 관련된 그 모든 언급에 충분히 시달렸다. 오로지 땅속줄기와 공기뿌리와 헛뿌리와 리좀만이 진정으로 아름답고 사랑스럽고 정치적인 것이다."[24] 리좀은 길게 뻗어나간 섬유, 늘어난 줄기 등 제 각각인 것, 심지어는 "나무 자체를 뚫고나가 신기하고도 새로운 용처를 보여주는 것"을 의미한다.[25]

들뢰즈와 가타리의 이론적 근원은 상당히 복잡하여, 라이프니츠의 원자론에서부터 세기 교체기의 무정부주의 및 서양 마르크스주의까지 포함하는데, 여기서는 생략하자. 다만 그들의 이론이 강조하는 리좀 상상이 어디에나 파고들고 여기저기 뒤엉키는 것과 마찬가지로, 우리는 이를 중문/화어 콘텍스트에 접붙일 수 있을 것이다. 그리고 이를 통해 중국 국경 안에서부터 바깥까지 언어·문화·정치의 뿌리의 얽힘이 한 번도 말끔하게 정리된 적이 없으며, 여기저기 뻗어나가 서로 뒤엉키고 어디든지 파고들었던 현상을 제대로 볼 수 있게 될 것이다. 이와 동시에 우리는 이 '리좀'론에는 해방/해체의 카니발적인 기분이 가득하며 말투는 열정적이지만 일방적인 희망 사항에서 벗어나지 못하고 있다는 점 또한 반드시 인정해야 할 것이다.

영혼의 뿌리, 들풀, 리좀 등의 이론은 우리가 익숙한 '뿌리' 담론을 어느 정도 수정해준다. 이밖에 포스트 식민주의의 대가인 스튜어트 홀의 '뿌리가 아닌 경로'(roots and routes) 이론 역시 참고할 수 있다.[26] 다만 이런 이론들은 기왕에 '뿌리'라는 은유를 인용하고 있으므로, 여전히 한계 내지 제한의 인정 및 공간 내지 위치의 정의를 바탕으로 글을 전개한 것이다. 그것들은 각기 정치적 의도를 가지고 있지만 또한 내포된 상징에 의해 제약된다.[27] 우리의 도전은 '뿌리'를 가진 — 동시에 입장/위치 심지어는 경로를 가진 — 이러한 담론들 이외에 또 다른 이론적 돌파의 가능성은 없을까 하는 것이다.

프랑스의 중국학자 프랑수아 줄리앙은 중서 사상 체계에 대한 그의 연구에서 거듭해서 지적한다. 플라톤 이래로 존재론에서 형성된 (예컨대 이상과 재현, 진실과 허구 등) 서양의 이원 대립적 체계와는 대조적으로 중국 전통에서는 이와 유사한 상응물이 결여되어 있다. 그는《주역周易》 등을 예로 들면서 상대적으로 다른 체계를 그려내고자 한다. "그리스 사상은 변화 생성 속에서 '존재'를 추출해내기에 급급했는데, 중국인은 존재란 변화 중일 때만 실재라고 생각한다."[28] "만일 차이를 물화 내지 본질화한다면 이는 장차 되돌릴 수 없이 빈약하고 비생산적인 일이 되고 말 것이다."[29]

서양 중국학계에서 사실 프랑수아 줄리앙과 유사한 관찰이 그 이전에도 없지 않았다.[30] 그러나 그가 중서 철학을 넘나드는 방식은 주의할 만하다. 프랑수아 줄리앙은 중국 체계에서의 공간 관념은 본질화된 '차이'(difference)의 관점이 아니라 '간격'(écart)의 관점이라는 것을 강조한다. 간격은 '이것 아니면 저것' 식의 차이를 낳지 않는다. 그러면서 '갔다가 오고, 왔다가 가는', '가까이 하지도 않고, 멀리 하지도 않는' 동선을 갖는다. 린즈밍林志明(1965-   ) 교수의 말로 하자면, "그것은 자신의 한계를 넘어서면서(자신의 사상과 간격을 만들어내면서) 동시에 또 사상에 하나의 새로운 가능성을 부여한다(타인의 사상과 간격을 만들어낸다)."[31] 더욱 의미 있는 것은 프랑수아 줄리앙이 시간관 중의 한 가지 요소를 강조하는 것인데, "더 이상 행동으로 따지는 관점이 아니라 (사물 발전 과정에서의) 변동으로 따지는 관점이다."[32] 서양의 시기 관념(kairos)에 속하는 시간은 우연에서 나오는 것이어서 제어할 방법이 없다면, 우리의 임기응변의 방도는 어쩌면 유리한 관건의 장악 및 사고의 사전 방지일 수도 있고 어쩌면 영웅 식의 자아 발명 내지 초월일 수도 있다. 중국 전통에서 시기란 '우연'에 대처하는 것 말고도 일종의 '발전 추세 속의 잠재력'이자 일종의 추세에 따라 유리하게 이끄는 또는 추세를 봐서 개입하는 방법인 것이다.

여기서 키워드는 '추세勢'이다. '추세'에는 위치 · 정세 · 권력 · 활력의 함의가 들어 있으며, 항상 권력 · 군사 등의 배치와 관련된다. 프랑수아 줄리앙은 인도 · 유럽 어족 중에는 '추세'에 상응하는 단어가 없다고 생각한다. 그는 이렇게 묻는다. "어떻게 현실 자체의 국면을 따라 그것들의 활동력을 사고하는 것일까? 또는 어떻게 각 상황이 동시에 현실의 발전 과정(comme coursdes choses)이라고 감지될 수 있는 것일까?"[33] 그는 '추세'에 대해 "상황 발전의 자연적 추세야말로 현실을 결정하는 가장 좋은 방식"이라고 설명한다.[34] 근래에 '추세'에 대해 새로운 해석을 가함으로써 주목받고 있는 사람으로는 또 왕후이汪暉(1959-   )가 있다. 그는《근대 중국 사상의 흥기現代中國思想的興起》에서 유종원柳宗元(773-819)을 빌려와서 '추세'란 일종의 역사적 모멘텀이며, '이치理'와 상호 작용하고 상호 가감하는 관계가 있다고 강조한다.[35] 왕후이는 이에 근거하여 송나라 이후의 사상적 변환을 설명하는데, 시간의 계측 가능한 에너지와 계측 불가능한 에너지가 분출되어 논의의 여지가 없던 기존의 '천리天理'가 양적 변화를 통해 질적 변화를 일으키도록 촉진한다는 것이다. 프랑수아 줄리앙의 영감은 왕부지로부터 온 것이다. 왕부지의 시학관은 그로 하여금 역사·사상의 범주를 넘나들면서 심미적 효과의 가능성 — 에너지를 축적하며 서서히 발휘하는 일종의 준비, 또는 상황의 변화에 따라 적절히 대응하는 일종의 표출 — 으로서 '추세'를 사고하도록 만들어주었다.

일찍이 《문심조룡文心雕龍》의 〈추세 결정定勢〉에 이미 '추세勢'가 문학이론의 중요한 항목으로 들어가 있다. 당나라 시절 왕창령王昌齡(698-757), 교연皎然(730-799) 등의 문학 이론에서는 '추세'가 시문의 '구법句法' 문제나 전략적 배치에 인용되었다.[36] 프랑수아 줄리앙이 언급한 것처럼, 왕부지의 논의 속에서 '추세'는 섬세하게 다루어지며 역사를 읽고 시를 감상하는 지표가 된다. 프랑수아 줄리앙은 이렇게 지적한다. '추세'라는 것 때문에 중국의 심미적 개념이 서양의 '미메시스'(mimesis)설과 전혀 다른 개념에 토대를 두고 있음이 분명히 드러난다. 예술 활동을 모방·재현(representation)의 과정이 아니라 일종의 실현(actualization)으로 보는 것이다.[37] 싱가포르 학자 샤오츠蕭馳(1947-)는 이를 근거로 더욱 발전시켜나간다. 왕부지의 시론은 '세를 취하는 것取勢'에서 '세를 기다리는 것待勢'에 이르기까지, 또 '세를 쌓는 것養勢'에서 '세를 남기는 것留勢'에 이르기까지, 모든 것은 때를 기다리며 준비를 해나가고 가만히 있는 가운데도 움직임이 있는 시인의 함양과 관계가 있다.[38] 시에서부터 서예에 이르기까지 문학예술의 표현 속에서 '추세'의 변화 과정은 얼른 보기에는 전혀 종잡을 수 없는 것 같지만 또 사실은 추적해볼 수 있는 것이다.

'추세'가 앞에서 다룬 시노폰 담론과 무슨 관계가 있는가? 앞서 말한 것처럼 '뿌리'를 출발점으로 하는 시노폰 담론은 찬성과 반대를 막론하고 공간의 정치학에서 벗어날 수 없다. 시노폰 논의의 맥락에서 보면 확실히 우리는 정치화를 거부하는 담론을 행할 수도 없고 그럴 필요도 없다. 그렇지만 우리가 '뿌리'의 정치를 따지는 것과 동시에 더욱 변증적인 잠재 에너지를 가지고 있으면서 또 더욱 심미적 의의를 가지고 있는 어떤 시학을 설정해볼 수는 없는 것일까? 나는 '추세'의 언술이 탐색의 기점이 될 수 있을 것이라고 본다. — 이는 일종의 접붙이기 방식의 독해다. 만일 '뿌리'가 어떤 위치의 한계, 어떤 경계의 생성을 전제로 한다면, '추세'는 곧 공간 이외의 간격의 가감과 이동을 전제로 한다. 전자가 언제나 우리에게 하나의 입장 내지 방위(position)를 일깨워준다면, 후자는 곧 우리에게 일종의 경향 내지 성향(disposition/propensity), 일종의 모멘텀(momentum)을 일깨워준다. 이런 경향과 모멘텀은 또 입장의 설정 내지 방향의 안배와 긴밀한 관계가 있다. 따라서 공간 정치의 의도가 없지 않다. 더욱 중요한 것은 '추세'는 어쨌든 이미 일종의 심정과 자세를 암시하고 있다는 것이다. 나아가건 물러나건, 또는 긴박하건 느슨하건 간에, 실제 효과의 발생 전이나 발생 중인 힘 내지 끊임없이 솟아나는 변화로 이어지지 않는 것이 없다.

시노폰이 중국문학이냐 아니면 화어문학이냐의 선택을 앞에 두고 있을 때, 단순히 '뿌리'의 자리매김 및 오고 가는 경로에 대한 탐색을 하기보다는,[39] 그와 동시에 심미와 정치 사이에 처해있는 '추세'의 시학이 내포하고 있는 바, 시기와 판세를 따지는 판단력 및 함축적이고 초월적인 상상력에 대해서 생각해보는 것도 무방할 것이다. 어쩌면 식자들은 '추세'의 이론이 중국 전통에서 나온 것이며 더구나 역외의 중국학 학자들이 전용한 것이므로 정치적 부정확성이 이중으로 의심된다고 반박할 수도 있을 것이다. 나의 답은 이렇다. 만일 우리가 대량으로 서양 이론을 인용하여 화어 담론을 뒷받침하면서 자유자재로 운용할 수 있다면, 중국에서 비롯되는 사상 자원에 대해 두려워할 게 또 무어 있겠는가? 그리고 프랑수아 줄리앙, 샤오츠 등이 중국학의 각도에서 중국 사상을 천착하여 많은 통찰을 보여주었는데, 이는 바로 시노폰 학계의 입장에 근거하면서 주변으로부터 중심에 혜택을 주고 중심을 변화시키는 사고 및 언술의 방법이라고 볼 수 있지 않겠는가?

시노폰 연구의 '추세'를 논하는 것은 힘을 빌려와서 그 힘을 발휘하자는 것이자, 문학사의 '숨겨진 것'과 '드러난 것'의 계보를 다시 쓰자는 것을 의미한다. 우리는 발굴해내야 한다. 예를 들면 '홍색 경전'에 의해 가려져 있는 홍색 경전인 양쿠이의 〈신문 배달부送報伕〉, 진즈망金枝芒(1912-1998)의 《기아飢餓》와 《전란의 야라딩烽火牙拉頂》, 천잉전의 《산길 삼부작》, 류다런劉大任(1939-)의 《떠도는 군체浮遊群落》, 궈쑹펀의 《쌍월기雙月記》; 향토문학의 역외 계승인 중리허의 〈원향인原鄉人〉, 황춘밍黃春明(1935-)의 《바다를 바라보던 나날看海的日子》, 둥웨이거童偉格(1977-)의 《돌아가신 할아버지王考》; (포스트) 모더니즘의 선구적인 실험인 류이창劉以鬯(1918-)의 《술꾼酒徒》, 시시의 《하늘을 나는 양탄자飛氈》, 왕원싱의 《집안 변고家變》, 가오싱젠의 《나 혼자만의 성경》; 포스트 사회주의 이후의 역사인 신치스辛其氏(1950-)의 《체크무늬 테이블보 술집紅格子酒舖》, 리쯔수의 《고별의 시대告別的年代》, 리위의 《황금빛 원숭이 이야기金絲猿的故事》; 아직 미완인 성/별 혁명적인 녜화링의 《쌍칭과 타오훙桑青與桃紅》, 바이셴융의 《불효자孽子》, 추먀오진邱妙津(1969-1995)의 《악어 노트鱷魚手記》, 우지원의 《어지러운 은하天河撩亂》 등등.

시노폰 연구의 '추세'는 또 주객이 끊임없이 자리를 바꾸는 비평 전략을 채택한다. 안과 밖의 '차이'는 깨트려야 하고, 너와 나의 '간격'은 계속해서 밝혀내야 한다. 시노폰 문학은 과거 해외화문문학의 복사판이 아니다. 그 판도는 해외에서 출발하지만 마땅히 대륙의 중국문학으로 확산되어 이로부터 대화를 형성하게 될 것이다. 물어보자. 모옌은 화려하고 환상적인 향토소설로 유명하다. 그런데 말레이시아에서 타이완으로 간 장구이싱이 그려낸 보루네오의 밀림 또한 심금을 뒤흔들어 놓지 않는가? 왕안이가 묘사한 상하이도 생동적이지만 주톈원 역시 타이베이의 세기말의 화려함을 썼다. 자핑와가 《폐도》를 썼다면 주톈신에게는 《고도古都》가 있다. 더욱 극단적인 예를 들자면 아라이는 한어로 티베트 콘텍스트의 《먼지가 가라앉은 뒤》를 썼고, 하진은 영어로 중국 콘텍스트의 《난징 진혼곡》을 썼다는 것이다. 우리는 자신이 가지고 있는 위치의 한계를 인정해야 한다. 그렇지만 이것이 화어문학의 경계가 어디에 있는가에 대한 우리의 호기심과 탐색을 방해하지는 않는다. 이미 일종의 동일한 언어 계보 내의 비교문학 작업이 전개될 수 있게 되었다.

곡절 많은 시노폰의 계보와 사방으로 퍼져나간 중국문학의 전통을 이해한 뒤에야 비로소 우리는 지피지기하게 되고 이와 더불어 전략적으로 — 장아이링의 패러독스를 빌리자면 — 그러한 중국문학을 '외부에 포괄'하게 될 것이다. 우리가 루쉰을 읽게 되면 타이완의 루쉰인 라이허를 떠올리게 될 것이고, 우리가 장아이링을 감상하게 되면 남양의 장아이링인 리톈바오에게 눈길을 돌리게 될 것이다. 회족인 장청즈는 애국주의 작가이지만 "나의 뿌리는 서아시아의 아랍에 있으니" "중화민족에 속하지 않는다."[40]라는 명언을 했다. 말레이시아 화인인 리융핑의 중국 정회는 그렇게도 깊지만 조국으로 돌아가는 것은 거부했다. 그는 '춘화도'나 마찬가지인 한자로 행하는 글쓰기 가운데서 그의 뿌리찾기 여정을 완성한다.[41] 뤄이쥔은 온 천지를 뒤덮은 간체자 문화를 마주하면서 그의 '번잡하고 복잡한 번체자' 글쓰기를 떠받들면서 서하에서 영감을 받았다고 공언한다.[42]

더욱 중요한 것은 시노폰 연구의 '추세'가 무에서 유를 만들어내고 허를 가지고 실을 만들어내는 문학 현상 내지 상상의 관찰에서 나왔다는 점이다. 둥치장이 보통화와 광둥어가 뒤섞인 홍콩(로봇)인의 창조 역사 (《하늘의 작품과 인간의 발명, 진짜처럼 생생하게天工開物·栩栩如真》[5])

---

5) '하늘의 작품과 인간의 발명天工開物'은 원래 송응성宋應星(1587-1666?)이 1637년에 간행한 농업 및 수공업에 관한 백과사전식 과학 서적 《천공개물天工開物》이란 이름에서 가져온 것이다. '진짜처럼 생생하게栩栩如真'는 원래 '살아있는 것처럼 생생하다栩栩如生'라는 말을 약간 변형한 것이다. 작가는 이 작품에서 근대적 사물과 홍콩의 역사, 사실과

를 써내고, 마젠馬建(1953-)이 천안문 사건 이후 마비가 온 젊은이들을 《산해경山海經》의 세계(《베이징 식물인간肉之土》)에서 질주하도록 만들고, 뤄이쥔이 온갖 디아스포라들이 다 함께 서하 호텔(《서하 호텔西夏旅館》)에 묵도록 하고, 간야오밍甘耀明(1972-)의 원주민이 다시금 귀신 드라마 같은 식민 역사의 현장으로 들이닥치고(《귀신 죽이기殺鬼》), 황진수가 그 자신의 남양인민공화국(《남양인민공화국 비망록南洋人民共和國備忘錄》)을 건국할 때, 우리가 보게 되는 것은 작가 개인의 수없는 상상력에만 그치지 않는다. 동시에 그 속에서 말로 다 할 수 없는 시노폰의 '시간의 복잡한 역사[6]'를 이해하게 되는 것이다. 일어난 적이 없는 역사라고 해서 일어날 수 없는 역사임을 의미하는 것은 아니다. 가장 불가사의한 허구가 가장 현실적인 핵심을 짚어내지 말라는 법은 없는 것이다.

내가 희망하는 시노폰 문학 연구는 경솔하게 차이를 만들어 내거나 제거하는 것이 아니다. 간격을 확인하고, 기회를 발견하고, 가감을 관찰하는 것이다. 들풀이 영혼의 뿌리를 만나게 하고, '포스트 유민'이 원주민을 — 또한 새로운 주민도 — 만나게 하고, 《작은 재회小團圓》(장아이링)가 《소시대小時代》(궈징밍郭敬明(1983-))를 만나게 하고, '차이나 드림'이 《꿈 탐닉자噬夢人》(이거옌伊格言(1970-))를 만나게 하는 것이다. 시노폰 담론이 중국문학을 만나게 될 때 펼쳐지는 것은 복잡하게 꼬여 있는 '뿌리'의 정치만은 아니다. 그보다는 온갖 모습의 '추세'의 시학이 될 것이다.

허구의 결합이라는 방식으로 그의 홍콩을 창조해내고 있다.

6) '시간의 복잡한 역사時間繁史'란 원제목이 '시간의 간단한 역사時間簡史'인 스티븐 호킹의 《시간의 역사》를 빗대서 한 말이자 董啟章, 《時間繁史‧啞瓷之光》, (台北: 麥田, 2007)에서 따온 말이기도 하다.

[1] 쟝화싱莊華興(1962-)은 최근 그의 논문에서 천평샹이 '시노폰'(Sinophone)이라는 단어를 처음 사용했다고 밝혔다. 莊華興,〈馬華文學的疆界化與去疆界化: 一個史的描述〉,《中國現代文學》第22期, 台北: 中國現代文學學會, 2012年12月, p. 101.

[2] 나와 스수메이 교수의 다른 문제 제기 방식에 관해서는 이 책 제6장을 참고하기 바란다.

[3] 이 학자들의 이론적 서술에 대해서는 이 책 제6장을 참고하기 바란다.

[4] Shu-mei Shih, "The Concept of Sinophone," *PMLA: Publications of the Modern Language Association of America*, 126:3(2011), pp. 709-718.

[5] 張錦忠,《馬來西亞華語語系文學》, (吉隆坡: 有人出版社, 2011)

[6] Jing Tsu, *Sound and Script in Chinese Diaspora*, (Cambridge, MA: Harvard University Press, 2011)

[7] 黃維梁,〈學科正名論: "華語語系文學"與"漢語新文學"〉,《文學評論》(香港) 第27期, 香港: 香港文學評論出版社, 2013年8月, p. 34.

[8] Victor Mair, "What Is a Chinese 'Dialect/Topolect'? Reflections on Some Key Sino-English Linguistic Terms," *Sino-Plantonic Papers*, 29(1991), pp. 1-31.

[9] 이런 현상은 우리의 의문을 불러일으킨다. 보통화는 한어와 동일하거나 심지어 한어를 대표할 수 있는 것인가? 중국 국가 교육부의 중국어 국제화 추진 팀國家漢辦이 해외 한어 교육의 확산에 노력하고 있는데, 이는 분명히 한어와 보통화를 동등한 언어로 보는 태도이다. 이리하여 한어 속의 복잡한 방언 문제가 단순화되어 통일되는 현상이 나타난다. 물론 이것은 정치·문화·교육상 소통의 적절성을 유지하기 위한 것이다. 하지만 그럼에도 불구하고 한어가 곧 하나의 통일된 언어라는 것을 반증하는 것은 아니다. http://news.163.com/13/0905/16/9819PF160001124J.html

[10] 왕후이는 중국의 방언/국어의 문제를 논할 때 다른 견해를 견지한다. 그는 중국 언어의 현대적 특징은 민족 언어(방언 및 그 외 언어적 실험) 및 한어 글쓰기가 만들어낸 상상의 공동체이며, 또 이로 인해 국가의 건국과 통일의 과정에서 중요한 요소를 형성하는 것이라고 강조한다. 汪暉,《現代中國思想的興起》第一部 上卷, (北京: 三聯書店, 2004), pp. 74-81. 그러나 국가의 통일이 형성하는 '초안정적인'(?) 구조가 내부에서 수시로 발생하는 다양한

소리와 복합적인 의미의 현상을 은폐할 수는 없다.

[11] 미셀 세르는 프랑스 국내의 프랑코폰 현상에 대해 날카롭게 비판한다. 그는 현대 프랑스어의 형성은 대량의 방언과 속어에 대한 억압을 전제로 하며, 심지어는 독단적으로 정치 지리적 주변부를 만들어내는 것까지 포함하고 있다고 지적한다. Michel Serres, "Conclusion: My Mother Tongue, My Paternal Languages," in Elisabeth Mudimbe-Boyi, ed., *Empire Lost: France and Its Other Worlds*, (Lanham, MD: Lexington, 2009), pp. 197-206.

[12] 최근의 평론으로는 마크 엘리엇 교수의 글 歐立德[Mark C. Elliott], 〈傳統中國是一個帝國嗎?〉,《讀書》, 2014年1月號, pp. 29-40를 보기 바란다. 물론 스수메이 교수 역시 이주정착자 식민주의(settler colonialism)를 강조했는데, 이 글의 뒷 부분을 보기 바란다.

[13] 타이완의 한시는 식민자의 회유 도구 또는 피식민자의 문화 신분 유지의 표징이 되었다. 즉 타협의 기호이자 항쟁의 기호였던 것이다.

[14] 王德威,《跨世紀風華: 當代小說二十家》, (台北: 麥田出版社, 2002), p. 417을 참고하기 바란다.

[15] 王德威, 〈後遺民寫作〉,《後遺民寫作》, (台北: 麥田出版社, 2007), pp. 1-36.

[16] 劉智濬, 〈當王德威遇上原住民: 論王德威的後遺民論述〉,《台灣文學研究學報》第6期, 台南: 國立台灣文學館, 2008年4月, pp. 157-191.

[17] Kuei-fen Chiu, "The Production of Indigeneity: Contemporary Indigenous Literature in Taiwan and Trans-cultural Inheritance," *The China Quarterly*, 200(2009), pp. 1071-1087를 보기 바란다.

[18] 謝裕民,《重構南洋圖像》, (Singapore: Full House Communications, 2005), pp. 55-129.

[19] 이 분야의 토론으로는 葛兆光,《宅玆中國: 重建有關"中國"的歷史論述》, (台北: 聯經出版公司, 2011)을 참고할 수 있다.

[20] 서양 미학의 정의에 따라 학문분야의 하나로서 '문학'을 판단하게 된 것은 1902년 이후의 현상이었다. 陳國球,《文學史書寫形態與文化政治》, (北京: 北京大學出版社, 2004)을 보기 바란다. 전통적인 문/학의 개념에 관해서는 James J. Y. Liu, *Chinese Theories of Literature*, (Chicago: University of Chicago Press, 1979)를 참고할 수 있다.

[21] 나의 글인 David Der-wei Wang, "How Modern Was Early Modern Chinese Literature? On the Origins of Jindai Wenxue," paper presented at the conference "Regarding Modern Chinese Literature: Methods and Meanings,"

the University of Chicago, May 7-8, 2005를 보기 바란다.

[22] 왕부지는 비록 명나라 말의 유민이었지만 명나라 황실에도 연연해하지 않았고 청나라 황실에도 충성하지 않았다. 오로지 중국 문명의 보존에만 힘썼다. 왕부지는 또 '조정'의 정통 관념에도 반대하면서 그 대신 천하의 흥망을 따지면서 이렇게 말했다. "분리되는 것도 있고 단절되는 것도 있으니 일관統이라 할 것도 없다. 그러니 또 어찌 순정하다正느니 순정하지 않다不正느니 하겠는가? 천하를 논하는 사람이라면 천하의 공도를 따라야 하는 법이다. 천하는 한 성씨의 개인 소유물이 아니다." 王夫之, 舒士彦點校, 《讀通鑑論》, (北京: 中華書局, 2013), p. 922.

[23] 魯迅, 〈題辭〉, 《魯迅全集》第二卷, (北京: 人民文學出版社, 2005), p. 163. 이 글은 《語絲》第138期, 1927年7月2日에 처음 발표되었다.

[24] Gilles Deleuze and Félix Guattari, A Thousand Plateaus: Capitalism and Schezophrenia, trans. Brian Massumi, (Minneapolis: University of Minnesota Press, 1987), p. 15.

[25] Gilles Deleuze and Félix Guattari, A Thousand Plateaus: Capitalism and Schezophrenia, trans. Brian Massumi, (Minneapolis: University of Minnesota Press, 1987), p. 19.

[26] Stuart Hall, "Cultural Identity and Diaspora," in Jana Evans Braziel & Anita Mannur, eds., Theorizing Diaspora, (Blackwell Publishing, 2003), pp. 223-237. 인류학자 제임스 클리포드 역시 유사한 관찰을 내놓았다.

[27] 가야트리 스피박은 이렇게 말했다. "제가 한 가지 전적으로 불신하는 게 있다면, 실은 불신 이상으로 경멸하고 멸시하는 게 있다면, 그건 뿌리를 찾고 있는 사람들입니다. 뿌리를 찾으려는 사람이라면 벌써 [실용적인 뿌리식물인] 순무를 키우고 있을 테니까요." Gayatri Chakravorty Spivak, The Post-Colonial Critic: Interviews, Strategies, Dialogues, Sarah Harasym, ed., (New York: Routledge, 1990), p. 93.

[28] 余蓮[François Jullien]著, 卓立譯, 《勢: 中國的效力觀》[La Propension des choses, Pour une histoire de l'efficacité en Chine], (北京: 北京大學出版社, 2009), p. 188. François Jullien, The Propensity of Things: Toward A History of Efficacy in China, trans. Janet Lloyd, (New York: Zone Books, 1995), p. 216.

[29] 余蓮[François Jullien]著, 林志明譯, 《功效論: 在中國與西方思維之間》[Traité de l'efficacité], (台北: 五南圖書出版社, 2011), p. 5. François Jullien, Chemin Faisant, Connaître La Chine, Relancer La Philosophie, (Paris: Seuil, 2007), p. 111.

[30] 문학의 각도에서는 Stephen Owen, *Readings in Chinese Literary Thought*, (Cambridge, Mass: Council on East Asian Studies, Harvard University, 1992), pp. 1-28를 보기 바란다. 철학의 각도에서는 A. C. Graham, *Disputers of Tao: Philosophical Argument in Ancient China*, (La Salle, IL: Open Court, 1993)를 보기 바란다.

[31] 余蓮[François Jullien]著, 林志明譯, 《功效論: 在中國與西方思維之間》 [Traité de l'efficacité], (台北: 五南圖書出版社, 2011), p. 10. '차이'·'간격'의 관념은 자연스럽게 자크 데리다의 그 유명한 '차이'(différence)와 '차연'(différance)을 연상하게 만든다. 그러나 양자의 이론적 배경은 전혀 다르다. 가장 기본적으로는, 만일 자크 데리다가 행하는 것이 의미의 해체라고 한다면 프랑수아 줄리앙이 제기하는 것은 의미의 효과이다. 후자는 본질/비본질주의적인 분류를 하지 않는다. 그 대신 차이의 차이 ― 간격 ― 을 의미가 부단히 솟아나고 형성되는 방법임을 강조한다. '사이間'에 관해서는 벨기에의 중국학 학자 니콜라스 스탠다트 교수의 논문 Nicolas Standaert[鍾鳴旦], "Don't Mind The Gaps: Sinology as an Art of In-betweenness," *Philosophy Compass* 10:2(2015), Wiley-Blackwell Publishing, Inc., pp. 91-103를 참고할 수 있다.

[32] 余蓮[François Jullien]著, 林志明譯, 《功效論: 在中國與西方思維之間》 [Traité de l'efficacité], (台北: 五南圖書出版社, 2011), p. 7. François Jullien, *Chemin Faisant, Connaître La Chine, Relancer La Philosophie*, (Paris: Seuil, 2007), p. 83.

[33] 余蓮[François Jullien]著, 卓立譯, 《勢: 中國的效力觀》[*La Propension des choses, Pour une histoire de l'efficacité en Chine*], (北京: 北京大學出版社, 2009), p. 1. François Jullien, *The Propensity of Things: Toward A History of Efficacy in China*, trans. Janet Lloyd, (New York: Zone Books, 1995), p. 11.

[34] 余蓮[François Jullien]著, 卓立譯, 《勢: 中國的效力觀》[*La Propension des choses, Pour une histoire de l'efficacité en Chine*], (北京: 北京大學出版社, 2009), p. 45. François Jullien, *The Propensity of Things: Toward A History of Efficacy in China*, trans. Janet Lloyd, (New York: Zone Books, 1995), p. 63.

[35] 汪暉, 《現代中國思想的興起》第一部 上卷, (北京: 三聯書店, 2004), 第一章.

[36] 관련 검토는 蕭馳, 《聖道與詩心》, (台北: 聯經出版公司, 2012), pp. 144-145를 참고하기 바란다. 《문심조룡》의 '추세 결정'에 관해서는 涂光社, 《勢與中國藝術》, (北京: 中國人民大學出版社, 1990), pp. 158-171를 참고할

수 있다.

[37] 余蓮[François Jullien]著, 卓立譯, 《勢: 中國的效力觀》[*La Propension des choses, Pour une histoire de l'efficacité en Chine*], (北京: 北京大學出版社, 2009), p. 56. François Jullien, *The Propensity of Things: Toward A History of Efficacy in China*, trans. Janet Lloyd, (New York: Zone Books, 1995), p. 75.

[38] 蕭馳, 《聖道與詩心》, (台北: 聯經出版公司, 2012), 第四章을 보기 바란다.

[39] 이는 다시 한 번 스튜어트 홀의 '뿌리가 아닌 경로'(roots and routes) 이론을 떠올리게 만든다.

[40] http://bbs.tiexue.net/post2_6569889_1.html

[41] 李永平, 〈文字因緣〉, 《迌迌: 李永平自選集 1968-2002》, (台北: 麥田出版社, 2003), p. 40.

[42] 駱以軍, 《西夏旅館》, (台北: 印刻出版, 2008.10), 第41章을 참고하기 바란다.

제8장

시노폰 바람이 불다
― 말레이시아와 시노폰 문학

1

　근래에 시노폰 연구가 활발해지면서 말레이시아 화인 사회의 인문 현상 ― 특히 문학 ― 이 연구의 중심이 되었다. 학술 저서에서 논문에 이르기까지, 말레이시아 화문 작가에 대한 구미와 타이완·홍콩 학계의 연구가 여기저기서 이어지고 있다. 확실히 '말레이시아'는 '시노폰'의 중요한 지리적 기호가 되었다.[1]

　말레이시아의 화문문학이 어째서 이렇게 중시되는 것일까? 말레이시아 화인의 이민 역사, 언어 자원, 정치 풍파, 그리고 복잡한 집단 관계 등은 모두 깊이 생각해볼 만한 요소들이다. 특히 주목할 부분은 19세기 말 이래 말레이시아 화문문학이 이루어낸 특별한 성과가 대륙, 타이완, 홍콩 및 다른 화어 지역의 문학에 비해 분명히 특이한 일면을 이루었기 때문이다. 그런데 현재의 연구 방향으로 볼 때 앞으로도 계속해서 발굴해낼 여지가 있다고 생각한다. 그 중 가장 주목할 만한 것에는 다음 두 가지가 포함된다.

말레이시아 화문문학 담론은 기본적으로 여전히 포스트 식민 담론 및 민족 담론을 토대로 하고 있다. 물론 말레이시아 화문문학의 굴기는 식민과 포스트 식민 콘텍스트의 영향을 받은 것이다. 그러나 실제 운용은 이를 훨씬 넘어서는 것이다. 이민 사회의 변천, 유민 의식의 증감, 외민 신분의 취사선택은 늘 작가와 독자로 하여금 화인을 화인으로 만드는 과거와 미래에 대해 생각해보도록 만든다. 말레이시아의 독립 건국 이후 어떻게 화인이 온갖 어려움을 극복하고 공민 신분을 발전시켜나갈 것인가 하는 점은 이미 새 세대의 공동 인식이 되었다. 말레이시아 화문문학과 공민 의식 간의 관계를 정의하는 데 대해서는 여전히 논란이 분분하며, 앞으로 또 더 많은 비판과 대화의 목소리가 등장하게 될 것이다.

현재 우리가 말레이시아 화문문학의 역사적 맥락을 논하는 것은 기본적으로 20세기 중국 신문학이 남하한 뒤에 생겨난 현상에 집중되어 있다. 논자들은 서로 다른 서술 실천(예컨대 리얼리즘과 모더니즘의 대항 등), 정치 입장(예컨대 좌익과 우익, 중국성/반중국성/말레이시아성 등), 지리 위치(예컨대 남하와 현지 등)을 발굴해내기는 하지만 토론의 초점은 여전히 신문학의 범주를 벗어나지 못한다. 이런 식의 연구에는 그 자체의 논리가 있다. 신문학이 어쨌든 말레이시아 화인 종족이 현대적 콘텍스트에 진입하고 계속해서 분투해 나가는 과정을 증언하고 있기 때문이다. 그렇지만 현재의 말레이시아 정치 현실에 대처하여 어떻게 다른 각도에서 역사의 현장에 들어설 것인가 하는 것이 시급한 일이 되었다. 말레이시아 화문문학이 시노폰 연구를 통해 세계문학의 대화에 참여하는 것은 노력해볼 만한 방향이다.

이 글에서는 이 두 가지 문제에 대해 설명해보고자 한다. 다만 완벽한 대답은 아닐 것이다. 일종의 연구 방법으로서 시노폰 연구의 역사는 아직 10년이 되지 않으며, 담론의 발전에 대해서는 여전히 각양각색의 주장이 있다. 바로 그렇기 때문에 말레이시아 화문문학의 예는 당연히 또 우리에게 특별한 시각을 제공해주고, 이 담론의 통찰과 비통찰을 점검해주게 될 것이다.

2

시노폰 문학은 해외 중국학 연구 분야에서 새로운 개념이다.[2] 여태까지 우리는 현대 중국문학 내지 현대 중문문학을 논할 때면 대개 modern Chinese literature라는 말로 일컬어왔다. 이런 표현은 명분에 합당한 것이기는 하지만 현당대의 맥락 속에서는 다음과 같은 의미를 파생시키기도 했다. 국가 상상의 심리, 정전 글쓰기의 숭배, 문학 및 역사의 거대 서사(master narrative)의 필연적 호응이 그것이다. 그러나 20세기 중엽 이래 해외 화문 문화의 왕성한 발전을 감안해볼 때, 이미 중국 또는 중문이라는 단어를 가지고서 이 시기의 문학이 낳은 잡다한 현상을 모두 포괄할 수는 없게 되었다. 특히 전지구화와 포스트 식민이라는 관념이 요동치는 가운데 우리는 국가와 문학 간의 대화 관계에 대해 더욱 유연한 사고를 하지 않을 수 없게 되었다.

시노폰 문학이라는 말은 화문문학이라고 번역할 수도 있을 것이다. 그러나 식자들에게 이런 식의 번역은 별반 의미가 없는 것이다. 우리는 이미 오랫동안 관용적으로 화문문학을 광의의 중문 글쓰기 작품으로 말해왔다. 이런 용법은 기본적으로 중국 대륙이라는 중심에서 확산되어 나간 역외문학을 총칭한다는 것을 내포한다. 이로부터 파생된 것으로는 해외화문문학, 세계화문문학, 타이완·홍콩 화문문학, 싱가포르·말레이시아 화문문학, 디아스포라 화문문학 등이 있다. 이는 중국문학과 대조되면서 중앙과 주변, 정통과 확장의 대비라는 더 이상 설명이 필요 없는 메타포를 만들어낸다.

그렇지만 영어 콘텍스트에서 시노폰 문학은 다른 맥락을 가지고 있다. 이 말에 대응되는 것으로는 앵글로폰, 프랑코폰, 히스패노폰, 루소폰 등의 문학이 포함되는데, 각 언어의 종주국 외에 기타 세계 각지에서 종주국 언어로 창작되는 문학을 의미한다. 이런 면에서 서인도제도의 앵글로폰 문학, 서아프리카와 퀘벡의 프랑코폰 문학, 브라질의 루소폰 문학 등이 참고 가능한 예들이다. 반드시 강조해야 할 점은 이런 언어 계통의 문학들이 강렬한 식민 및 포스트 식민의 변증법적 색채를 띠고 있으며, 모두 19세기 이래 제국주의와 자본주의의 힘이 특정 해외 지역을 점거한 후에 형성된 언어적 패권 및 그 결과를 반영하고 있다는 것이다. 외래 세력의 강력한 개입에 따라 현지의 문화는 필연적으로 절대적인 변화를 낳게 되고, 대개 언어 및 언어의 최상급 표현 — 문학 — 의 수준 차이가 가장 분명한 표징이 된다. 어느 정도의 시간이 흐른 후 설사 식민 세력이 물러간다고 하더라도, 이들 지역이 받은 종주국 언어의 영향은 이미 깊이 뿌리를 내리고 있으며, 이로부터 나타난 문학은 제국 문화의 잔류물이 된다. 이런 문학은 현지 작가에게 각인된 실어의 상처일 수도 있겠지만 동시에 일종의 새로운 유형의 창조가 될 수도 있다.[3]

시노폰 문학을 되돌아본다면 우리는 상당히 다른 추세를 발견하게 될 것이다. 19세기 이래 중국에는 외부의 침략은 빈번했지만 전통적 의미에서의 식민 현상은 나타나지 않았다. 홍콩·타이완·만주국·상하이 등 식민 또는 반식민 지역에서는 중문이 여전히 일상생활의 대종이었고, 마찬가지로 비록 억눌리고 왜곡되었다고는 하나 문학 창작이 여전히 끊이지 않았으며, 심지어 (상하이처럼) 특수한 현상마저 있었다. 그 뿐만 아니라 정치적인 요소 내지 경제적인 요소로 인하여 백여 년 동안 수많은 화인이 해외, 특히 동남아로 이민을 갔다. 그들은 갖가지 공동체를 이루면서 자각적인 언어 문화적 분위기를 형성했다. 비록 나라는 어지럽고 분열과 통일이 무상했지만, 각각의 화족 지역의 백성은 어쨌든 화어·화문 글쓰기를 문화 전승 — 꼭 정권 전승만은 아닌 — 의 기호로 삼았다.

가장 분명한 예는 말레이시아 화문문학이다. 19세기 이래 화인이 대거 남양에 이주하기 시작했다. 당시 대영 제국의 식민 세력이 말레이반도에서 굴기했고, 현지의 말레이족, 새로 이민 온 화족, 그리고 원주민과 그 외 종족이 모두 억압을 당했다. 전형적인 식민 담론에 따르면 화인 문화는 영어화되어 앵글로폰 정권의 한 갈래가 되어야 했다. 하지만 실제는 이와 달랐다. 화인은 종족 전통을 엄수했을 뿐만 아니라 스스로 화어 교육 체계를 만들었고 심지어는 이를 토대로 하여 화문문학을 발전시켰다. 이런 전통은 일본이 말레이반도를 점령한 시기 및 그 후 말레이시아가 독립 건국한 초기에도 여전히 지속되었다. 심지어 5·13 사건[1] 이후 화문 교육 상황이 나날이 어려워져갈 때도 대다수 화인의 각오에는 영향을 주지 않았다. 화어는 화인이 말레이인의 통치와 말레이화에 저항하는 종족의 구심력을 나타내는 도구가 되었다.

스수메이는 시노폰 연구를 이끌어낸 개척적인 선구자다. 그녀는 〈반이산: 문화 생산의 장으로서의 시노폰〉이라는 글에서, 시노폰 연구는 해외 화인의 출발지에 대한 디아스포라적 심리만 중시해서는 안 되며, 화인이 낯선 곳에 와서 뿌리를 내린 다음 어떻게 화어를 바꾸어나가고

---

1) 5·13 사건은 1969년 5월 13일에 발생한 말레이계와 중국계 사이의 대규모 종족 충돌 사건이다. 당시 총선에서 야당 특히 중국계 정당이 약진함으로써 주류 종족이지만 극빈자의 절대 다수를 차지하고 있던 말레이계가 경제적 소외감과 더불어 정치적 박탈감까지 느끼게 됨으로써 일어났다. 그 결과 말레이시아의 헌정이 2년간 정지되고 빈곤 퇴치와 경제적 불평등 해소 정책을 전개하게 된다.

현지화 해나가는가 하는 노력에 주목해야 한다고 강조했다(史書美, 2013: 11-17). 진실도 하여라, 그 말이여. 그렇지만 스수메이는 또한 화어가 일단 현지의 콘텍스트에 녹아들고, 만일 신규 이민자의 지원이 결여된다면, 강세 언어의 주도 하에 사라져버릴 운명을 면하기 어렵다고 생각한다. 시노폰의 연구는 따라서 일종의 '과도기적 언어' 상태에 대한 연구가 되기 마련이라는 것이다. 이런 관점에 대해 우리는 의문이 생기지 않을 수 없다. 말레이시아를 예로 들자면 비록 객관적 상황이 좋다고 할 수는 없지만, 화어는 화인의 자각적인 종족·문화의 상징이자 심지어 정치 표현이기도 하다. 현지의 화인이 여전히 힘을 다해 화어 교육과 화어가 추락하지 않도록 유지하고 있는데, 옆에서 보는 사람이 마치 당연하다는 식의 논리로 화어는 필연적으로 소실될 것이라고 예언하는 것은 언어란 곧 문화의 에너지이자 정치의 에너지라는 점을 너무 낮추어 보는 것 같다.[4] 더욱 중요한 것은 이런 관점에는 더욱 세밀한 역사적 차원의 사고가 결여되어 있다는 점이다.

포스트 식민 담론 및 반제국패권 담론과 대조적으로 나는《포스트 유민 글쓰기》(2007)에서 이른바 포스트 유민 담론을 제시한바 있다. '유민'의 원뜻은 원래 시간과 어긋나는 정치적 주체를 암시하는 것이다. 따라서 유민 의식이란 모든 것이 이미 지나가버렸으며 스러져버린 것을 애도하고 추모한다는 정치 문화적 입장을 의미한다. 그리고 그것의 의의는 공교롭게도 합법성과 주체성이 이미 사라져버린 끄트머리에서 이루어진다. 송원·명청의 교체 시기마다 종실 후예, 의인 지사들이 지난 왕조의 역법을 폐기하지 않고 혹 멀리 옛 군주를 떠받들거나 혹 원대하게 대사를 도모하거나 하면서 '유민' 현상을 이루었다. '포스트 유민'은 이런 유민 관념을 해체한다(또는 마치 혼령을 불러들이듯이 불가사의하게 유민 관념을 도로 불러들인다). 여기서 말하는 '포스트'란 한 세대가 끝났음을 암시할 뿐만 아니라 한 세대가 끝났으면서도 끝나지 않은 것을 암시하며, 심지어는 미래를 위해 '사전 설정'해놓은 과거/역사를 암시하기도 한다. 그리고 '유'란 '유실', '잔류'를 의미할 수도 있고 '보류' — 증여와 보존을 의미할 수도 있다. 상실, 잔존, 유증 세 가지 사이에는 끊을 수도 없고 정리할 수도 없는 관계가 형성된다. 이는 우리가 해외에서 중국성 또는 이른바 화어의 정통성과 유산 계승권 문제를 대할 때 새로운 선택을 가져다준다.

포스트 유민 담론을 바탕으로 말레이시아 화문문학을 논하게 되면, 우리는 지난 2백 년 동안 영국과 일본 등 식민 세력의 간섭 속에서도 화인이 전통을 지속하거나 심지어 발명해왔던 노력이 중단되지 않았던 것을 진지하게 대할 수 있게 될 것이다. 반드시 다시 한 번 '유민'의 '포스트'가 암시하는 시간 순서의 착란 현상을 강조해야 한다. 만일 유민이 이미 시공간 착란의 징표를 의미한다면, '포스트' 유민은 이 착란의 해방 내지 심지어 재착란이다. 두 가지 모두 어떤 새로운 '상상의 공동체'에 대한 참으로 신랄한 조롱이다. 이로부터 생겨나는 초조와 욕망, 발명과 망각, 타협과 저항이 당대 시노폰 담론의 초점이 된다.

나는 포스트 유민 담론이 말레이시아 화문문학의 풍부성을 설명하기에는 아직 충분치 않다고 생각한다. 우리는 포스트 이민, 포스트 외민 담론을 추가해야 할 필요가 있다. 먼저 포스트 이민 담론을 논하도록 하자. 왕경우 이래로 학자들은 여러 차례 지적했다. 화인 백성들이 일단 이주지에 와서 뿌리를 내리게 되면 자연스럽게 현지 문화와 관계가 발생하고, '로컬적 중화성'이 형성된다.[5] 스수메이의 '반이산론'이 왕경우보다 급진적인 점은 그것이 해외 시노폰 백성은 세대가 거듭되면 필연적으로 점차 선조들의 고국에 대한 정회를 망각하고 폐기하게 될 것임을 강조하는 데 있다. 그녀의 입장에서 말할 때, 이민 문화는 종점이 있어야 하며, 그래야만 어떻게 현지 문화와 서로 침투하고, 서로 작용하고, 서로 융합할 수 있느냐를 논할 수 있다. 이런 견해는 일리가 있다.

그렇지만 여전히 국가 · 민족의 동일성으로 자리매김하는 공간 지리적인 사유에 제한을 받는다. 예컨대 옌칭황顏淸煌(1937-　)·쉬더파許德發(?-　) 등 말레이시아 화인 학자들은 모두 공통적으로 지적한다. 화인이 남양에 이주한 초기에는 주로 방언 · 문중 · 지역이 정체성 형성의 방식이었다. 1911년 영국 식민정부가 인구 조사를 실시했을 때 10종의 방언이 화인 공동체를 식별하는 방식이었고, 1957년에는 심지어 11종의 방언으로 증가했다. 이와 동시에 1940년대 이래 화인 이민의 민족국가 의식이 나날이 강화되자 점차 '화인'이라는 단어가 종족 정체성의 공통 인식이 되었다. 1957년 말레이시아 건국 이후에는 화인은 이른바 삼대 종족 중의 하나가 되었다. '화인'은 역사적 변천에 따른 '발명'이었던 것이다.[6] 이런 각도에서 이민을 논한다면 우리는 국가민족주의 아래에 수없이 복잡하게 얽혀있는 (종교 · 지역 · 방언 등의) 집단 관계를 직시해야 한다. 더 나아가서 보자면 '중'자가 암시하는 민족 정체성 문제를 해체하더라도, 여전히 '화'인 또는 '화'어가 당연하다고 간주할 수는 없다. 이런 '중' · '화'의 관계들이 구성하는 관계의 전환은 이것 아니면 저것 식의 양자택일로 단순화하기란 어려운 것이다.

전지구화적인 신속한 이동의 시대에 '이민'의 출발점과 종점 역시 반드시 다시 정의해야 한다. 즉 현재의 국제적 경험에서 볼 때 이민자가 진짜로 이상적인 '민족 용광로'에 녹아들어갈 수 있는가하는 것은 여전히 논쟁의 초점이다. 장진중이 지적한 것처럼 이민자가 현지 문화를 '공감하는가' 하는 것과 현지 문화에 '공감되는가'하는 것은 별개의 문제이다(張錦忠, 2003: 195-97). 포스트 이민의 사고 역시 '디아스포라'론을 뛰어넘고자 한다. 하지만 이민 동기와 동선의 복잡성을 강조하면서, 더 이상 단순히 '한번 가면 돌아오지 못한다' 또는 '잎은 떨어지면 뿌리로 돌아간다'의 양자택일에 국한되지 않는다. 전통적인 '뿌리가 아닌 경로'(roots and routes)의 공식은 더욱 복잡해져야 한다. 이민자의 재이민, 다중 정체성, 철새 식의 이동 등은 이제 사회학자·인류학자가 직면한 문제가 되었다. 징 추가 말한 것처럼 오늘날에 이르러 (정치·경제·문화·종족 등) 각종 소통의 동기를 바탕으로 시노폰의 각 지역, 각 공동체가 언어의 우세를 이용하여 의식적으로 중국(고국이라는 이름을 핑계로?)과 대중화권의 합종연횡적인 네트워크(Sinophone governance)를 형성하는 것이다(Tsu, 2011: 1-17).

말레이시아 화인의 처지는 이토록 좋지 않다. 그런데도 성급하게 '반이산'을 논하는 것은 비록 정치적으로는 정확하다 치더라도 신발을 신은 채 가려운 곳을 긁는 것 같은 우려가 없지 않다. 화인이 어떻게 국가 담론에 역행하면서도 공민권을 쟁취할 것인가와 더불어 '포스트 이민'의 활동력을 생각해보는 것은 피할 수 없는 추세이다. '포스트 이민'은 실질적인 이주 행위가 일어날 수도 있고 아닐 수도 있다. 그러나 문자의 상상의 공동체 속에서 중국을 포함하는 다른 시노폰 지역과 상호 작용을 해나갈 수는 있을 것이다. 이것이 곧 시노폰이 담론의 자원을 제공할 수 있는 부분이다. 이와 상대적으로 타이완에서 이루어지고 있는 '경외' 말레이시아 화문문학의 '이민' 글쓰기는 또 다른 방향을 제시한다. 1960년대 이래 말레이시아 화인 출신의 '화교 학생'들이 대거 타이완에 유학 왔는데, 학업을 마친 후 타이완에 남기를 선택하여 거대한 담론 역량을 형성하면서 혹 말레이시아로 돌아간 사람들과 서로 화답을 하거나 혹 해외에서 독특한 목소리를 발전시켜 나갔다. 그들은 말레이시아 현장에 있지는 않았지만 말레이시아 화문문학의 향방에 대해 비할 데 없이 강력한 영향을 주었다.

더욱 역설적인 것은 포스트 외민 담론이다. 이론적으로는 유민도 세습되지 않고 이민도 세습되지 않는다. 이민과 유민 세계의 반대편은 왕조 교체, 타향, 이국, 외족이다. 이는 중화와 오랑캐를 구분하는 임계점이다. 중국 역사를 되돌아보면 중화와 오랑캐의 구분은 원래부터 끊임없이 상호 작용하는 담론이었다. 중국 고대 역사에서 '오랑캐'에는 부정적인 의미는 없었다. 그저 한족이 다른 종족을 일컫는 통칭이었다. 은나라와 상나라는 제하諸夏 즉 여러 하족들의 '타자'였고, 공자와 맹자는 모두 '오랑캐'에 대해 긍정적으로 언급했다고 쉬줘윈許倬雲(1930-   )은 말한다.[7] 중고대 시기에 중화와 오랑캐의 관념이 상호 작용한 예는 도처에서 보인다. 5호 16국이 가져온 남북 문명의 재조정, 당나라 제국 체재 하의 오랑캐와 한족의 문화 융합은 모두 이렇게 볼 수 있다.[8] 남송에서 명나라 말에 이르기까지는 갖가지 정치적·사상적 이유 때문에 오랑캐를 방비하자는 주장이 주류가 되어 심지어는 후일 혁명 담론에 영향을 주기도 했다. 이런 주장은 청나라에 와서 크게 바뀐다. 만주족이 중원을 통솔하면서 정통을 유지하기 위한 담론은 더 이상 민족 대의에 국한되지 않고 예약 문화 맥락의 전승에 의지하게 되었다.[9] 청나라 옹정 황제는 《맹자孟子》의 구절에 호응하여 이렇게 말했다. "우리 청나라에 만주가 있는 것은 중국에 관적이 있는 것과 마찬가지다. 순 임금은 동쪽 오랑캐 사람이고, 문왕은 서쪽 오랑캐 사람이지만, 어찌 그 성스러운 덕에 흠이 가겠는가!"[10]

최근의 연구에서 거자오광은 지적한다. 중화와 오랑캐 담론은 20세기 초에 또 한 차례 논쟁을 겪었다. 청말 혁명 때 '만주족을 몰아내고 중화를 부흥시키자'라는 종족주의적인 담론에서 시작하여 '사방의 종족을 중화에 받아들이자'라는 국가주의 담론으로 넘어갔다고 한다.[11] 양계초는 근대에 '화족' 관점을 주창한 선구자 중의 한 명이다. 그는 〈역사상 중국 민족에 대한 관찰歷史上中國民族之觀察〉에서 "우리 중화족은 본디 무수한 갈래의 종족이 섞여서 이루어졌으며, 그 혈통 또한 수많은 외래 종족과 적지 아니 뒤섞여있다."(梁啟超, 2001: 3213)고 말했다. 설령 화족의 중심인 한족이라고 하더라도 그 또한 외족과 기나긴 융합의 변천을 겪었다. 양계초의 본래 의도는 현대 중국은 다원적인 일체가 되어 외부의 모욕에 저항해야 함을 강조하는 것이지만 이와 동시에 한족 중심주의적인 신화를 타파하는 것이기도 했다. 구제강顧頡剛(1893-1980) 등 그 뒤를 이은 사람들은 더욱 급진적인 방식으로 중국이라는 땅과 민족이 하나라는 전통적인 관점에 대해 의문을 제시할 수 있었다(顧頡剛, 1982: 96-102). 그렇지만 이런 '전통을 의심하는 담론'은 곧 이어서 민족국가 통일 담론에 의해 가려져버렸다.

화인 이민 또는 유민이 처음 타지에 도착했을 때 중화 사람과 오랑캐夷 · 외족番 · 야만족蠻 · 외국 놈鬼 따위를 가지고서 자신의 종족적 문명적 우월성을 구분하는 방식으로 삼았다. 그런데 뜻밖에도 타지에 있다 보니 처한 위치가 바뀌게 됨으로써 (현지 사람의 눈에는) 화인 자신이 타자 · 외인 · 이족 — 즉 오랑캐가 되어버렸다. 그러니 세월이 흐르고 흘러 다시 중원의 고국으로부터 상대적으로 타자와 외인이 되어버린 것은 더 말할 나위도 없다. 누가 중화이고 누가 오랑캐인지 신분의 지표는 사실 유동적이기 그지없다. 상술한 포스트 이민, 포스트 유민의 복잡한 맥락 때문에 우리는 '포스트 외민'의 등장을 직시해야 한다. 여권 하나로 안과 밖, 중화와 오랑캐의 관계를 모두 설명할 수는 없다. 포스트 외민은 중화와 오랑캐의 가장자리를 넘나들고 양자의 경계를 뒤섞으며, '정통' 중화 문화를 희석시키고 비틀어놓는다. 그렇지만 동시에 중화문화의 차원을 증폭시키고 풍부하게 만든다.

두웨이밍은 과거에 '문화 중국'의 관념을 주장하면서, 중국 문화가 이르지 못하는 곳이 없으며 문화권의 바깥에 있는 '오랑캐'라도 '은연중에 영향을 받아 바뀌면서潛移默化' '중화'가 될 수 있다고 주장했다.[12] 시노폰의 입장에서 보자면 여전히 이는 모든 것은 한군데로 모이는 법이라는 식의 사고다. '포스트 외민'이라는 맥락 속에서 우리는 오히려 '잠재적인 오랑캐潛夷'와 '침묵하는 중화默華'가 어떻게 중국에 대응하고 있는가 하는 그런 입장과 역량을 사고해보아야 한다. 심지어

'오랑캐'가 (사실은 의미가 끊임없이 달라지고 있는) 그런 '중화'를 '바꾸어 놓을默化' 수도 있는 것이다. 역사를 되돌아보는 사후 총명의 관점에서 볼 때, 만주인이 중원을 다스리면서 남송에서부터 명나라 말까지의 중화와 오랑캐 관념을 극복한 청나라는 곧 '시노폰'의 제국이었던 것이다.

3

이상의 생각은 우리가 말레이시아 화문문학의 범주와 역사적 심도를 다시 획정하는 데 도움이 된다. 현재 말레이시아 화문문학에 관한 정의는 대부분 5·4 전후에 중국 작가가 남하하면서 말레이반도에 가져온 문풍을 기점으로 삼는다. 팡슈方修(1922-2010)의 말을 인용해보자.

> 말레이시아 화인 신문학은 간단히 말해서 중국 5·4 문화운동의 영향을 받아 말라야(싱가포르와 보루네오 주를 포함) 지역에 등장한, 말라야 지역을 주체로 하는 새로운 사상과 새로운 정신을 가진 화문 백화문학이다. … 말레이시아 화문 신문학은 싱가포르와 말라야 지역을 주체로 하므로 중국의 신문학과는 다소 다른 점이 있게 되었다. 그것은 중국 신문학에서 유래하고 동일한 어문 계통에 속하지만, 발전 과정에서 점차 중국 신문학과 가는 길이 달라져서 독립하게 되었다. 중국 신문학은 시종일관 중국 지역을 주체로 하지만 말레이시아 화인 신문학은 결국 말라야 문학의 일환이 되었고, 현지의 말레이문학·타밀문학·영문문학 등과 함께 하나의 전체를 이루면서 현지 인민을 위해 봉사하게 되었나. (方修, 1986: 8)

팡슈는 말레이시아 화인 신문학의 탄생을 언급하면서 자신도 모르게 전통적인 가족사 서술 방식을 사용한다. 말레이시아 화문문학의 '유래'는 5·4에서 비롯되지만 '주체'의 발전 과정에서 '가는 길이 달라'지는 것이 필연적임을 인식하고 마침내 '독립하게 되었다'. 또 말레이시아 화문문학의 매체는 백화문인데, 이 백화문학은 최종적으로는 다른 언어의 문학과 함께 하나의 '전체'를 이루게 되기를 기대한다. 과거의 가정에서 새로운 가정으로, 말레이시아 화문문학은 삶의 수레바퀴를 한 바퀴 돌고난 후 그 다음 단계를 기대하고 있는 것이다. 따라서 민족사/가족사와 문학사의 진전은 서로 부합되는 것이다. 이런 서술 속에서 팡슈가 사실주의/현실주의를 문학사의 축으로 삼는 것은 놀라운 일이 아니다. 사실주의/현실주의는 확실히 창작의 대종이었을 뿐만 아니라 더 나아가서 사실주의/현실주의의 형식과 이념은 팡슈 자신의 역사관 ─ 문학이 인생을 반영한다는 기승전결 방식의 선형적인 발전의 역사관 ─ 을 구현해주기 때문이다.

이런 역사관은 두 가지 이데올로기 ─ 한 가지는 식민자와 피식민자의 정치 및 문화적인 권력 투쟁, 다른 한 가지는 이민자의 방랑과 이산이라는 고향 이별의 정서 ─ 의 얽힘에서 나온다. 그 아래에 잠재해 있는 것은 고국/국가 담론이다. 문학은 피식민자가 미래의 그리고 현지의 주체를 쟁취하기 위한 투영이 되고, 이민자가 고향을 되돌아보며 이러지도 저러지도 못하는 마음의 표현이 된다. 이 두 가지는 모두 상상의 공동체 서술의 연장이다. 오늘날의 말레이시아 화문문학과 말레이시아 국가 문학의 입장에서 보자면 이런 담론에는 보충이 필요하다. 고정불변의 철판과 같은 리얼리즘과는 달리 말레이시아 화문문학의 모더니즘 작품은, 바이야오白垚(1934-2015)의 비할 데 없이 울적한 시에서부터 원샹잉溫祥英(1940-)의 부조리 색채의 소설에 이르기까지, 시대를 걱정하고 동족을 염려하는 서사 방식을 화족 개인 또는 화족 집단의 생존 상황에 대한 우언적인 사고로 승화시킬 수 있었다. 또 최근에 재발견되거나 발명된 좌익 서사는, 진즈망과 허진賀巾(1935-   )의 말라야 공산당 투쟁 실록이든지 아니면 황진수의 《남양인민공화국 비망록》과 같은 광상곡이든지 간에 모두 말레이시아 화인이 걸어온 길에 대해 다시금 생각해보는 노력이다. 눈길을 해외로 돌려본다면 여러 세대에 걸친 타이완 거주 말레이시아 화인 작가들의 이방의 글쓰기는 '포스트 이민'의 '다중적 건너가기'에 토론의 공간을 제공하기에 충분하다.

그러나 목표가 무엇이든 간에 이상의 언급들은 팡슈가 수립한 모델을 피해가기가 어렵다. 다시 말해서, 그의 비판자들은 비판의 어조는 격렬하더라도 그가 수립한바 중국에 대해 상상 또는 망상하는 은원의 서사를 무시할 수가 없다. 역사적 시야를 확대해보자. 시노폰의 각도에서 볼 때 중국은 정치적 주권을 가진 실체(중화민국 또는 중화인민공화국)일 뿐만 아니라 또한 일종의 역사적 경험이라고 말해야 할 것이다. 이처럼 유민 담론 및 포스트 유민 담론은 당연히 한 자리를 차지해야 한다. 예를 들면 한시의 전통이 그렇다. 중국 전통 문화의 정수를 대표하는 한시는 20세기 초에 강력한 충격을 받았다. 5·4 신문학 운동의 전통 타도라는 소리가 넘쳐나는 가운데, 격률과 전고를 사용하는 한시가 자연스럽게 가장 먼저 그 충격을 받게 되었다. 그렇지만 해외에서 한시의 전승이 끊이지 않았던 것에는 또 다른 차원의 의미가 있다. [한시라는 이 형식은 고국을 불러내는 초혼 의식, 이산을 거절하고 역사를 붙들어 매는 상상 행위를 대표했던 것이다.[13]

이런 전통에는 '남양의 시인' 추수위안·린원칭林文慶(1869-1951)·구훙밍辜鴻銘(1857-1928)·양윈스楊雲史(1875-1941)와 그 밖에 이에 참여한 학교, 시 동아리, 신문사 및 기타 문화 사업 분야의 수많은 문인들이 포함된다. 이들 중에 어떤 이는 한족의 후예이고, 어떤 이는 토박이 해협 화인인 바바족이고, 어떤 이는 일시 거주한 사신이었다. 그들의 정치적 입장은 사실 왕정파에서부터 유신파까지 다양했다. 하지만 단순한 이데올로기 방면 외에 중국에 대한 '각자의 표현'에는 생각해볼 만한 곳이 너무나 많았다. 또한 이 때문에 말레이시아 화문문학 역사 이전 시대의 향방을 풍부하게 만들었다. 추수위안은 1890년 부친을 뒤따라 싱가포르에 왔으며, 그 후 중국으로 돌아가서 과거에 응시하고 [1895년의] '시모노세키조약 반대 상소문 사건公車上書'에 참여하기도 했다. 하지만 추수위안의 의의는 싱가포르와 말레이시아 화교 사회의 유신 계몽 역할에만 그치지 않는다. 그보다는 그의 일생이 보여주었던 일종의 명사 풍모 — 전통과 끊임없이 교류한 심지에 있다. 추수위안은 한시를 빌어서 대륙·타이완·남양의 시인들과 서로 빈번하게 교류하면서 긴밀한 사교 네트워크를 형성했으며, 또 이를 통해 싱가포르 화족의 현지 의식을 풍부하게 만들었다. 추수위안은 시가 쇠퇴해가는 어지러운 세상에서 '풍월'의 능력을 '풍토'에 대한 관심으로 바꾸어놓았던 것이다.[14]

린원칭은 바바족 3세 출신으로 서양 학문의 영향을 깊이 받았지만 중국문화에 대한 독실한 감정을 발전시켜나가서 남양 유교운동의 주축 인물이 되었다. 그는 쑨중산과도 왕래가 있었다. 1906년 2월 쑨중산이 싱가포르에 와서 동맹회 분회를 조직할 때 린원칭은 흔쾌히 이에 가입했고, 그 후 쑨중산이 남양에서 모금을 할 때 천자겅陳嘉庚(1874-1961)과 더불어 주된 자금 원천이 되었다. 공자 존숭과 혁명 유신의 사이에서 린원칭이 선택한 위치에는 장력이 가득했다. 구훙밍은 바바족 배경을 가지고 있을 뿐만 아니라 심지어 유럽 혈통도 섞여 있었다(모친은 말레이와 포르투갈 혼혈의 후예다). 중화와 오랑캐의 배경이 뒤섞인 가운데 그는 중국으로의 회귀를 선택하여 보수파의 대표 인물이 되었다. 린원칭·구훙밍의 유가와 중국에 대한 동경에는 해외 화인의 콤플렉스가 들어있는 것이 사실이다. 하지만 중국 현대화 과정에서의 한 가지 선택을 심도 있게 대표하는 것이기도 하다. 공자학원이 전 세계에 퍼져있는 오늘날에 와서 보면, 린원칭·구훙밍과 같은 해외의 '뒤떨어진' 인물들에게 오히려 선견지명이 있었던 것 같다.[15]

이렇게 유민 및 포스트 유민이 형성한 문학의 네트워크에는 후일 타이완으로 간 리융핑 및 신주시사2)의 원루이안溫瑞安(1954-) 등의 시인도 포함해야 한다. 리융핑은 한자의 세계에서 심신을 의탁할 귀착점을 찾았다. 그에 대해 말하자면 가물가물한 중화의 상상은 무수한 한자들의 글자와 행 사이에서 '춘화도'나 마찬가지인 카니발로 완성될 수 있었다. 원루이안 등이 고취했던 신주시사의 스타일에 대해서 말하자면 현대판 의병 식의 결기와 아취를 만들어낸다. 다른 한편으로 쿠알라룸푸르에 정착한 리톈바오는 조국 또는 정통에 대한 의탁을 포기한다. 그의 글쓰기는 농염함을 최우선시하여 독특한 일면을 이루었다. 설령 '시대를 걱정하고 나라를 염려한다'는 식의 어떤 정서가 들어있다고 하더라도 이는 모두 애끓는 슬픔의 구실이 될 따름이다. 그는 문자의 상징을 운용하고, 인물의 심리를 조탁한다. 제 것이라면 뭐든 귀중하게 여기는 식으로 '고고하고 굳건함'이 있다. 우리는 고운 비단과 향기로운 내음 속의 귀기, 화려한 문장 속의 공허를 느끼지 않을 수 없다. 남양에서는 [흘러간 여가수인] 야오리·샤허우란의 노랫소리와 [흘러간 여배우인] 린다이·러디·유민의 이미지 속에서 리톈바오가 그의 옛일, 그의 '톈바오 일화'를 주절주절 풀어놓는다.

말레이시아 화문문학의 역사는 또 외민 및 포스트 외민 담론을 반드시 포함해야 한다. 앞에서 이미 중국 문명에서의 '오랑캐'의 불확정성에 관해 논의했다. 여기서는 말레이시아 화문문학에서 화인이 아닌 '오랑캐'가 화어문학에 주는 연구 자원에 대해서만 지적하고자 한다. 5·4라

---

2) 신주시사神州詩社는 1976년에 말레이시아 출신 화인 문학청년들이 주도하여 창립한 타이완의 시 창작 단체로 줄곧 중국 대륙을 정신적 문화적 고향으로 강조했는데, 1980년에 좌익단체로 몰려 원루이안 등 일부 동인이 구속되면서 와해되고 말았다.

는 좌표를 떠나 19세기로 가보자. 당시 말레이반도에는 이미 백화 중문 사업이 전개되고 있었음을 알 수 있다. 이런 현상은 선교사의 활동과 긴밀하게 연결되어 있다. 1807년 영국 선교사 로버트 모리슨이 광저우에 왔지만 선교에 어려움이 많았기 때문에 마카오·자바·페낭·말라카 등지를 전전하며 성경 번역과 교리 작성 작업에 종사한다. 1812년 그는 《중문 문법》을 편저하고, 1813년과 1819년에 조수인 윌리엄 밀네의 도움을 받아 각각 《신약》과 《구약》의 번역을 완성한 후 1823년에 《성서》라는 제목으로 합쳐서 출판한다. 이와 동시에 1819년에 밀네는 《장씨와 위안씨의 대화》를 저술하는데, 백화로 된 허구적 서사 형식으로 기독교의 정신을 보여준다. 사실 이는 현대 백화문의 기원의 하나이며,[16] 또한 우리에게 말레이시아 화문문학의 '유래' 문제를 다시 생각해 보도록 만든다.

말라카는 남양 선교사 문학 활동에서 중추적인 지위를 차지한다. 1815년에 말라카에서는 세계 최초의 중문 민간 신문인 《월간 세속 이야기察世俗每月統紀傳》가 발행되어 서양 과학 지식과 법률을 소개하는 한편 교리를 전파한다. 1818년 로버트 모리슨은 잉와칼리지를 세워 중서 전도사를 훈련시키면서 체계적으로 출판 사업을 진행한다. 1829년에는 전설적 인물인 카를 귀슬라프가 말라카에 와서 그의 선교와 모험을 펼치기 시작한다. 1840년에는 중국학 학자인 제임스 레그가 그를 이어 교장이 된다.

기존의 중국문학사는 백화문학 서사의 기원을 탐구하면서 기본적으로 서양 선교사의 중국문학 현대화에 대한 공헌을 은폐한다. 이는 국가/민족주의가 영향을 주었기 때문이기도 하지만, 우리의 문학 생산 지식이 심미적 차원에만 편중되어 있는 것과도 관련이 있다. 경외의 중문, 특히 서양 선교사가 주도한 중문 창작 또는 번역이 어찌 문학사의 문간을 넘어설 수 있느냐고? 이런 편견들은 근래에 들어와서 차츰 깨지고 있다. 그리고 시노폰의 시각에서는 이와 같은 현상이 오히려 이치에 맞는 당연한 일이다. 그러니 말레이시아 화문문학의 발단에 대해 논할 때 19세기 말라카— 및 싱가포르—의 '외민'의 문학 생산을 그 범주 속에 넣는 것에 대해 누가 부적절하다고 하겠는가?

그런데 포스트 외민 담론의 다른 한쪽 끝에서 우리는 당대 화인의 비화어 창작이 만들어내는 범주 분류에 관한 논쟁을 보게 된다. 만일 말레이시아 화문문학 작가가 자신의 창작성과를 국가 문학의 체계에 집어넣고자 열성적으로 희망한다면, 논리적으로 볼 때 화인이 말레이어, 타밀어, 심지어 식민 시기의 공식 언어였던 영어로 창작했던 작품도 넣어야 할 것이다. 이는 곧 '말레이시아 화문문학馬華文學에서 화인 말레이시아문학華馬文學으로'라는 명칭의 전환 및 미묘한 언어의 양도 문제와 관련된다.[17] 이런 식의 토론이 지속적으로 전개되고 있는 시기에 두 명의 젊은 말레이시아 화인 영어 창작자가 이미 국제적으로 홀연 높은 명성을 얻게 되었다. 타이완에서 태어나고 말레이시아에서 성장했으며, 영국에서 공부하고 정착한 타시 오, 그리고 말레이시아에서 태어나서 영국으로 유학을 갔다가 남아프리카에서 거주하고 있는 트완엥 탄은 모두 부커상(The Booker Prize)의 후보로 올랐던 적이 있다.[18] 후자는 심지어 '아시아의 부커상' 격인 맨 아시아 문학상(The Man Asian Literary Prize)을 수상하기도 했다. 그들의 작품은 엄격한 의미에서 보자면 앵글로폰 문학의 가장 좋은 표본이다. 그렇지만 만일 우리가 포스트 외민 담론을 시노폰 토론에 적용하게 되면 이들 작가들도 마찬가지로 우리의 시야에 담을 수 있을 것이다. 그것은 다름 아니라 그들의 영어 글쓰기가 말레이반도의 다중 언어 전통을 잇고 있으며, '말레이 영어'는 또 적절하게 변용된 상당수 화인의 일상 언어이기 때문이다. 중화/오랑캐가 뒤섞이는 언어 현상이 비록 영어로 출현했지만 언어 표현의 과정에서 불가피하게 그 콘텍스트가 화어화되는 것이다. 더욱 중요한 것은 이들 작가들은 말레이시아 창작을 대표하는데, 중국에서 보자면 그들은 근본적으로 오랑캐요, 타자이며, 외인이라는 점이다.

4

시노폰 연구가 활발해진 이후 말레이시아 화문문학은 점차 주목받는 학문이 되었다. 판위통·리쯔수·리뗀바오 등 말레이시아의 작가와 리융핑·장구이싱·황진수 등 '경외 말레이시아 화문문학' 작가들이 이미 인기 있는 연구 대상이 되었다. 솔직히 말해서 일부 연구에서는 '기호화'와 '괄호화' 경향까지 나타났다. 현재의 담론 범위를 종합해보자면 우리는 특정한 주제(예컨대 디아스포라), 제재(예컨대 5·13), 위치(예컨대 보루네오), 작가(예컨대 타이완 거주 말레이시아 화문문학 작가), 장르(예컨대 소설) 등이 특히 주목받고 있음을 어렵지 않게 발견할 수 있다. 이런 현상은 비록 그 나름의 이유가 있겠지만 함의가 국한 — 기호화라는 국한 — 되기도 한다. 이뿐만 아니다. 수잔 손탁의 관념을 빌리자면 '말레이시아'는 심지어 '괄호화'될 수 있다.[19] 말하자면 말레이시아는 연구자가 욕망을 투사하고, 캠프(camp)3)를 만들어내는 문화자본이

---

3) '캠프'(camp)란 원래 *Oxford English Dictionary*(1909)에 따르면 '과시적인, 과장적인, 가장적인, 연극적인' 또는 '남자가 여자 같은, 호모적인'이라는 의미의 형용사이자 그런 행동, 태도를 가리켰다고 한다. 그러다가 1920년대에 이르러 미학주의·귀족적 무관심·아이러니·연극적 경박함·패러디·여성적임·성적인 일탈 등을 드러내는 문학적 스타일을 지칭하게 되었고, 한편으로는 20세기 중반까지 동성애를 의미하는 은어로 사용되었다고 한다. 그런데 수잔 손탁은 〈캠프에 관한 노트〉(1964)에서 이 단어를 대중문화의 비정치적이고 아이러니하며 조악하고 천박한 성향 등을 위주로 하는 일종의 현대

될 수 있다는 것이다.

나는 특정 작가와 제재 외에도 말레이시아 화문문학 담론 영역에는 아직 많은 것들이 개발될 수 있다고 생각한다. 풍부한 담론이 있어야 미래의 텍스트 및 문화 생산 연구에 더욱 깊이 있는 성과가 나올 것이다. 현재의 기존 규모로 보건대 다음 세 가지는 탐구해볼 가치가 있다.

(1) 국가와 종족 문학의 지속적인 변증 (2) (문학) 역사, 심미성 및 글쓰기 윤리의 재발견 (3) 말레이시아 화문문학과 시노폰 문학 및 세계 문학의 상호 작용.

앞 절에서 말한 것처럼 현대 화어문학의 흥기는 점차 강화되는 화인의 민족·지역·국가 의식과 긴밀한 관계가 있다. 기존의 주류 담론은 대부분 말레이반도 화인거주지에 대한 5·4 신문화운동의 이데올로기적 영향 및 남하 문인들이 가져온 글쓰기 자원에 치중한다. 그러나 설령 현대문학 창작의 잠재적 요소로서 '중국'의 시대에서조차 글쓰기와 관련된 동기가 현지의 인정 풍토인지 아니면 그리운 조국인지 하는 것이 이미 논쟁의 초점이 되었다. 1937년에 이미 위다푸는 선언했다. "남양의 문예는 마땅히 남양의 문예라야 하지 상하이나 홍콩의 문예여서는 안 된다. 남양이라는 이 지역의 고유성, 즉 지방성은 마땅히 어떻게든 그것을 발전 확산시켜서 문예 작품 속에서 표현해내야 한다."(方修, 2000: 445)[20] 남양에 대한 위다푸의 소속감은 명확하지 않다. 1948년 저우룽周容(1912-1998) 등이 일부 남하 문인들은 '피난 심리'를 가지고서 말레이 경험을 대하면서 누구든지 '젖만 주면 엄마'라는 식으로 전혀 현지 의식이 없다며 사정없이 비판했고, 이로 인해 논쟁이 일어났다.[21]

적이고 일반적인 심미적 감수성 내지 스타일이라는 의미로 사용했고, 그 후 문학·문화·사회·팝아트 등의 영역에서 이에 관해 광범위하고 다양한 이론/담론이 전개되었다. 강태희, 〈워홀, 팝, 캠프〉, 《현대미술사연구》 제17집, 서울: 현대미술사학회, 2005.6, pp. 165-197 및 Wikipedia의 "Camp (style)" 항목 참고.

저우룽은 다름 아니라 최근에 《기아》 등의 소설로 인해 재발견된 작가 진즈망이다.[22] 진즈망은 장쑤성 창수 출신으로, 1935년 '12·9 운동' 이후 좌익 활동에 관여했다. 진즈망이 당시 많은 혁명청년들과 달랐던 점은 옌안으로 가지 않고 남양을 선택한 것으로, 그는 말레이반도에서 24년 동안 무성하게 가지를 뻗고 잎을 피웠다. '말레이시아 화인 문예'와 '교민문학'이 논전을 벌이던 기간에 진즈망은 말레이시아 화문문학이 비록 언어 형식은 중국에서 왔지만 반드시 '지금 이곳'의 현실에 녹아들어가야 하고, 그렇게 하지 않으면 그것을 '말레이시아 화문문학'이라고 부를 수 없으며 '교민문학'이 될 뿐이라고 강조했다. 이 입장이 보여주는 로컬적 구심력은 다수의 남하 문인이 가진 방랑과 타국살이라는 모습과는 구별된다. 그러나 진즈망은 그의 사회주의적 국제주의(socialist internationalism)라는 이상을 몸으로 실천하기도 한다. 진정으로 세계 혁명을 논하려면 고국 밖의 낯선 곳에서도 뿌리를 내릴 결심을 가지고 있어야 한다는 것이었다.

어쨌든 간에 20세기 상반기의 말레이시아 화문문학 논의는 1957년 말레이시아 건국으로 인해 길을 바꾸어야 했다. 말레이시아 화문 작가들은 자신의 창작 및 더욱 넓은 의미에서의 민족 국가 인식의 성격 문제를 진지하게 생각해보기 시작했다. 하지만 이는 쉬운 일이 아니었다. 1969년 5·13 사건이 발생한 이후 말레이인이 주도하는 정권이 국가 문화 정책을 급격히 위축시켜서 화어 교육은 커다란 타격을 받게 되었다. 화인 공동체는 실패를 교훈 삼아 미래를 생각하면서 1983년 3월 30일에 《국가 문화 비망록國家文化備忘錄》을 발표했다. 이 문건은 처음부터 명백하게 "다원적 민족, 다원적 어문, 다원적 종교, 다원적 문화의 국가"라는 말레이시아의 특징을 지적하고, 정권 당국이 말레이족 중심주의를 신중하게 생각해보면서 "국가의 원칙, '자유' '사회'"를 존중해줄 것을 요구했다. 부록 부분에서는 각별히 문학의 중요성을 표명했다.

"말레이시아 화문문학은 지금까지 이 사회와 이 나라 인민을 그 봉사 대상으로 삼아왔으며, 의심의 여지없이 그것은 우리 국가 문학의 일환이자 토박이 말레이시아 문학이다. 그 어떤 부정적인 … 조처도 화족 공민의 국가 의식을 부정하고, 화족의 국민적 지위를 부정하는 것을 의미한다."(林木海, 1983: 23) 그 중 가장 힘 있는 논점은 이렇다. "타고르는 한 번도 인도의 국어를 가지고 창작을 한 적이 없고" "그의 모어인 방글라데시어로 글을 썼으며," "필리핀의 국부인 닥터 호세 리살은 그의 고전적 저작인 《내게 손대지 말라》에서 필리핀의 국어인 타갈로그어로 쓰지 않고 스페인어로 썼다."(林木海, 1983: 23)[4]

《국가 문화 비망록》의 출현은 위르겐 하버마스의 말로 하자면 그야말로 '헌법 애국주의'와 '종족 애국주의' 간의 분쟁의 임계점에 있는 것이다(哈貝馬斯, 2002: 133). 전자는 법률의 정의 아래에 국가에 대해 공민이 갖는 충성 의식을 강조하고, 후자는 피는 물보다 진하다는 식의 종족적 우월감을 강조한다. 화어문학이 《국가 문화 비망록》의 부록에서 이렇게 중요한 지위를 갖는 것은 그것이 화인 공동체에게는 말레이시아 화인의 공민 지위를 협상하는 무대로 간주되기 때문이다. 이 문건은 따라서 말레이시아 화인 담론에서 기존의 식민, 이민, 유민, 외민 입장이 공민 의식으로 전향한 중요한 증거이다. 후일 말레이시아 화문문학과 관련한 방향이 어떻게 갈라지든 간에 모두 이를 출발점으로 해야 하는 것이다.

이는 우리로 하여금 1997년 쿠알라룸푸르의 말레이시아 화문문학 국제학술회 및 그 후에 계속된 논전으로 되돌아가도록 만든다. 회의에서 타이완 작가 보양柏楊(1920-2008)은 말레이시아 화문 작가들이 '이민문학에서 벗어날 것'을 주장하고, 이로부터 황진수·린젠궈林建國(1964-) 등

---

4) 호세 리살은 중국계 필리핀인이었다.

의 '젖떼기론斷奶論'에 관한 논쟁이 촉발된다. 오늘날의 관점에서 보자면 보양의 논점, 예컨대 말레이시아 화문문학의 주체화·본토화·반비애화와 중국 전통에 대한 '젖떼기'는 그다지 신기할 게 없다. 그는 사실 진즈망이 50년 전에 했던 논조를 되풀이한 것이며, 또 스수메이의 '반이산'론을 예고한 것 같기도 하다. 문제는 이런 '어머니의 젖'을 어떻게 뗄 것이며, 떼고 난 후 문학의 '영양분'을 어디서 섭취할 것인가 하는 점이었다. 린젠궈의 반향이 가장 격렬했다. "'젖떼기'에 대한 나의 답은 일석삼조의 생각으로, 반노예·반통합·반한족쇼비니즘에 사용하자는 것이다. 우리는 그 어떤 교조에 대해서도 노라고 말할 수 있어야 하는 것처럼, 중국에 대해 노라고 말할 수 있어야 한다. 그래야 창작을 할 때 비로소 자주적인 인격을 가질 수 있다. 인격이 부자유하면 우리는 중국문학을 비판적으로 계승할 수도 없고 무슨 인성이니 문학이니 하는 것도 논할 수 없다."(林建國, 2002: 366)[23] 그가 떼고자 하는 젖에는 중국 것(한족쇼비니즘)뿐만 아니라 말레이시아 것(통합주의)이나 심지어 국제적인 문화적 계급 패권 것(노예주의)도 있다.

황진수·린젠궈와 날카롭게 맞서는 이는 천쉬에펑陳雪風(1936-2012)이다. 그는 이렇게 주장한다. "중화 문화는 아무리 변해도 그 근본과 떨어질 수 없다. 기왕에 말레이시아 화문문학이 중화 문화를 계승하고 또 화문을 표현 방식으로 한다면 어떻게 바뀔 수가 있겠는가? 말레이시아 화문문학이 민족성과 문화성의 연원 관계를 벗어나기란 아주 어렵다. 따라서 중화 문화의 말레이시아 화문문학에 대한 자양분 제공 관계는 자연스러운 것이다."(陳雪風, 2002: 368)[24] 천쉬에펑의 설명은 정리와 사리에 맞다. 다만 '불변으로 모든 변화에 대처한다'는 그의 자세는 황진수와는 완전히 반대이다. 황진수는 강조한다. "역사화된 당대의 문제를 다시 당대화—역사화해야 한다. 화인의 의식 심층부에 있는 '중국 콤플렉스'에 대해서도 마찬가지다. 그것은 향토 허구보다 못하다."(黃

錦樹, 1997: 3, 12)[25] 그러나 아래에서 논할 예정인바 그 당시 황진수의 이른바 당대 문제의 '역사화'에는 아직 명확한 정의가 없었다. 만일 말레이시아 화문문학이 중국성 · 말레이시아성 · 전지구성(전지구적 문학계급성)을 동시에 배척한다면 그것이 의존해야 할 '자양분' 내지 '젖'은 또 어디서 와야 되는 것일까?

논쟁의 다른 한편에서는 좡화싱莊華興(1962-   )과 같은 학자는 '국가 문학'의 이념을 제기하면서,《국가 문화 비망록》의 말레이시아 화문문학과 말레이문학 간의 화이부동한 정신으로 다시 돌아간다. 좡화싱은 특히 번역의 중요성을 제기하는데, 서로 다른 문학 사이의 번역을 통해서 비로소 공민 의식 교류의 무대로서의 문학이 가능하다고 생각한다.[26] 그의 관점은 린진후이林金輝(?-   )와 같은 학자의 호응을 받았다.[27] 좡화싱과 린진후이의 '번역 공화국'에는 유토피아적 색채가 없지 않다. 하지만 확실히 말레이시아 화문문학을 국가 체제 속에 진입시키기 위해 노력하고 있는 것이다. 단지 그들의 구상에는 번역 자체의 정치성이라는 사실에 대해서는 언급이 없으며, 문화 생산 과정의 자원 분배의 문제에 대해서는 더더욱 그러했다.

이와 동시에 타이완 거주 말레이시아 화문문학 학자인 장진중은 복수 시스템 문학론을 제시하면서 말레이시아 화문문학을 화인 말레이시아 문학으로 확장할 것을 제안한다. 장진중의 아이디어는 이스라엘 구조주의 학자 외에도 화인미국문학 등과 같은 다문화주의(multiculturalism)에서 나왔을 것이다(張錦忠, 2003: 163-76). 또 시노폰의 콘텍스트에서는 위에서 내가 언급했던 포스트 외민 담론 중 언어 · 문화의 경계 넘기 현상과 관계가 있다. 다만 이 주장 역시 진짜《국가 문화 비망록》의 이상에 도달할 수 있을지 아니면 그저 분배적인 명목주의(tokenism)의 위치에 그치고 말지는 아직 지켜볼 필요가 있다.

말레이시아 화문문학의 민족적 자리매김에 관한 이런 문제는 최근에 들어 다시 방향이 바뀐다. 2013년 타이완 거주 말레이시아 화인 학자인 린젠궈와 황진수가 각각 논문을 발표하면서 말레이시아 화문문학 역사와 문학성에 대해 논쟁을 벌인다. 린젠궈의 글인 〈문학과 비문학의 거리文學與非文學的距離〉(2013)는 말레이시아 화문문학 역사의 맥락을 정리한 후 말레이시아 화문문학이 존재하기가 쉽지 않음을 인정하면서 이 전통에는 정전과 대가가 결여되어 있다는 사실을 있는 그대로 밝힌다. 그는 '문학성'이라는 가설적 입장 자체가 역사화되어야 하며, 따라서 우리는 "이 문학에 좋은 작품이 없을 수도 있다는 사실을 받아들여야 한다."고 주장한다. 황진수는 곧 〈검토의 시작: '왜 말레이시아 화문문학인가?'로 돌아가서審理開端: 重返"為甚麼馬華文學"〉(2013)를 발표하여 그와 린젠궈 두 사람 사이에 있었던 말레이시아 화문문학 방법론에 대한 기본적 이념의 같은 점과 다른 점을 되돌아본다. 황진수는 '문학성'에 대한 린젠궈의 유보적 관점에 대해 의문을 제기하면서 문학사는 '문학'의 '우월성'을 기준으로 삼아야 한다고 주장한다. 장진중(2013)은 린젠궈와 황진수 두 사람의 논쟁에 호응하면서 두 사람의 영역이 사실은 다른 가운데도 같은 것이라고 말한다. 이런 식의 논쟁은 오히려 말레이시아 화문문학 및 그 담론의 장력을 표출해준다.

린젠궈와 황진수는 원래 경외 말레이시아 화문문학 담론에서 동지다. 그렇지만 황진수가 나중에 발견한 바로는 두 사람의 차이가 이미 1990년대 초에 나타나기 시작했다. 황진수는 그 당시 린젠궈의 중요한 글인 〈왜 말레이시아 화문문학인가?為甚麼馬華文學〉(1990)를 비판했다. 역사주의 관점을 채택하여 말레이시아 화문문학을 역사적으로 그럴 수밖에 없는 현상이라고 합리화했으며, 이에 따라 어째서 이 전통에 대가와 정전이 결여되었는가 하는 심미적 문제를 회피했다는 것이다. 황진수는 한 걸음 더 나아가서 린젠궈가 말레이시아 화문문학 역사를 '합리화'한 수단은 러시아 형식주의 이래 각양각색의 서양 이론이었다고 지적했다.

그의 결론은 이렇다. 린젠궈에게는 '왜 말레이시아 화문문학인가?'라는 이러한 질문의 제기가 없었으며, 그럴 필요도 없었다. 이 문학의 현존성 여부는 더 이상 따지고 들 필요는 없으며, 진짜 시급한 도전은 어떤 작품을 내놓는가 하는 것이다.

냉정하게 말해서 린젠궈의 주장에는 근거와 논리가 있다. 그의 학술적 훈련으로 볼 때 그는 당연히 황진수가 말레이시아 화문문학 역사상 대부분의 작품과 평론의 수준이 평범하다고 보는 관점에 동의할 것이다. 그렇지만 그는 그렇게 본다 하더라도 우리는 문학사의 전체 계보를 그려내고 그 속에서 발전의 맥락을 관찰해볼 필요가 있다. 그러므로 말레이시아 화문문학의 갖가지 현상 — 황진수가 극도로 비판하는 리얼리즘 저작을 포함해서 — 을 전부 계보에 넣어야만 한다. 린젠궈의 이론적 토대에는 구조주의의 텍스트 개방론, 피에르 부르디외의 문화 생산의 장 이론, 그리고 역사주의의 심미적 사회학 등을 볼 수 있다. 그러나 황진수는 이들 이론이 서양의 단편적 언급들을 가져온 것일 뿐이며, 말레이시아 화문문학 역사화의 노력이 역사의 현장을 환원시키고 창작가의 좌표를 그려내는 셈이 된다고 치더라도, 결국에는 말레이시아 화문문학이 '문학'인 의의를 충분히 드러내지는 못할 것이라고 생각한다. 여기서 무엇을 '문학'이라고 하는가 하는 점이 논쟁의 마지막 초점이 된다. 린젠궈는 '문학'이 문화 기제의 능동성이라는 것을 인정하지만, 황진수는 '문학'이 일반적으로 말하는 '우월성'과는 다르다는 것을 강조하고자 한다(黃錦樹, 2013: 30-33).

역설적인 것은 린젠궈와 황진수 두 사람은 의견이 서로 엇갈리지만 약속이나 한듯이 '윤리'를 각자 주장의 결론으로 삼는다는 점이다. 린젠궈의 입장에서 말하자면, 문학사는 더 이상 심미적 고하의 논평에 급급하지 말고 목표를 더욱 넓은 의미의 윤리로 돌려야 한다. 바꾸어 말하자면 그는 형식주의적인 퍼즐로부터 말레이시아 화문문학의 합종연횡적인 텍스트 및 문인들이 서로 뒤얽혀서 만들어내는 관계를 다시 이해하고 성찰하고자 한다. 그러나 황진수는 문학의 윤리는 포용적일 뿐만 아니라 더 나아가서 '고전적'(canonical) ─ 비록 다다를 수는 없지만 갈망해마지 않는 동경 ─ 이라야 한다고 생각한다. 이미 1992년에 그는 말레이시아 화문문학에 '정전이 결여되어 있으며' 그럴 상황이 형성되기는 어려울 것이라고 대놓고 말해서 커다란 파문을 불러일으켰다(黃錦樹, 2002: 107-9). 여기서 우리는 한 걸음 더 나아가서 말레이시아 화문문학이 호소하는 공민성에 대해 린젠궈와 황진수 두 사람의 관점이 어떠한지 추론해보자. 린젠궈는 문학사의 계보를 건립하는 가운데 모든 참여자들이 이루어내는 생태계에 대해 긍정하기를 희망한다. 황진수는 문학이 문학인 까닭은 어쨌든 '문文'과 '질質'의 영역을 전제하기 때문이라고 생각한다. 린젠궈의 윤리적 의도는 '외양은 다르지만 근본은 동등하다不齊之齊'의 이상에 가까운데 반해, 황진수는 진정한 윤리는 '훌륭한 이를 만나면 동등해지고자 한다見賢思齊'라는 기준에 있다고 암시하는 듯하다.

황진수의 언급은 때때로 야멸찬 곳이 있다. 이 때문에 쉽사리 오해를 불러일으킨다. 이 근래 말레이시아 화문문학이 바라는 만큼의 수준에 다다르지 못하는 것에 대한 황진수의 비판적인 심리, 모더니즘에 대한 찬양, 경외 말레이시아 화문문학이 보여주는 '우월감' 등등은 매번 현지 말레이시아 화문문학 문단의 반박을 불러일으켰다. 린젠궈와 황진수의 논쟁 가운데 그가 의도적으로 강조해서 '문학'과 '비문학'을 구분하고 구조주의에서부터 싱가포르와 말레이시아에 이르기까지 당대 문학 이론에 대해 조롱한 것은 사람들에게 비난의 구실을 제공하는 것이었다. 그는 흡사 폐쇄된 심미적 문학의 상아탑 속으로 되돌아가서 '내재성'의 문제를 다시 꺼내 든 것 같다. 이는 포스트 학문이 성행하고 해체주의가 유행하는 시대에 그것과 정반대로 가는 것이나 다름없다. 그렇지만 황진수의 평론을 자세히 읽어보면 금세 이해할 것이다. 그가 '문학의 우월성'을 추구하는 것은 심미적 형식주의의 극단을 추구하는 것이라기보다는 역사(및 문학사)에 개입하는 또 다른 방법을 추구하는 것이라고 할 수 있다. 그는 더 이상 부르디외 식의 준사회학적 방식의 관찰이라든가 신역사주의 방식의 형식 정치학 논쟁의 순환과 같은 현재의 구미 이론에 만족하지 않는다. 이런 것들은 그의 입장에서 볼 때 말레이시아 화문문학의 역사 — 병력 — 를 분석하고 묘사하는데 있어 아무런 대처 방안도 제공하지 못하는 것이다. 그의 결론은 이렇다. 문학의 기준이 없다 치더라도 우리는 문학의 기준을 '창조'해내야 한다. 기왕에 문학을 논한다면 일단 문학이 '문학답게' 만들어야 한다. "어째서 말레이시아 화문문학을 창작해야 하는가? 하나의 선택 사항이다. 그것은 또 윤리 문제이자 실천 문제이기도 하다. 그것은 많은 이론을 필요로 하지 않는다. 필요한 것은 행동이다."(黃錦樹, 2013: 37) '문학'은 필히 동사가 되어야 한다. "말레이시아 화인을 문학할 때" 비로소 이 종족이 말레이시아에서 발 디딜 자리를 계속 유지해나갈 수 있을 것이다.

남은 문제는 행동의 자원 — 젖 — 이 어디서 오느냐 하는 것이다. 일단 황진수가 서양의 새로운 이론도 거절하고 5·4 신문학의 계몽과 혁명 담론도 배제한데다가 말레이시아성에 통합되기도 바라지 않으므로 그에게는 자원이 허공에 뜬 것 같다. 나는 황진수의 답이 사람들의 예상을 뛰어넘는 것이라고 생각한다. 그는 현대 산문의 '진실성'을 논의한 다른 일련의 글에서, 당대 산문 창작이 '글을 짓기 위해 감정을 조작하고', [진실한 서정적 자아를 표현하는 글쓰기의 마음이란 의미의] '문심 文心'을 허구로 대체하고, 문학 장르로서의 산문이 전제하고 있는 자서전적 성격을 재주 부리기로 왜곡한다고 비판한다. 황진수는 산문만 유일하게 진실성을 가지고 있다고 내세울 생각은 없다. — 모든 문학 장르는 결국 전부 문자의 연출일 따름이다. 그가 관심을 갖는 것은 문학 장르가 작가와 독자 사이에 만들어놓은 계약적 성격이다. 다시 말해서, 각 장르는 독자가 '진실이라고 믿는'(verisimilitude) 특수한 조건을 가지고 있으며, 산문을 두고 말하자면 그 조건은 작가의 '진실 추구'라는 자서 전적 성격과 연결되는 것이다. 다만 황진수는 계약적 성격을 바탕으로 하되 또 '글쓰기는 그 성심을 표현해야 한다修辭立其誠'는 것을 강조하는 데, 이는 그로 하여금 중국문학 이론의 발단으로 되돌아가게 만드는 것 같다.[28]

'글쓰기'의 계약성과 '글쓰기'의 내면성, 글쓰기의 '이치'와 글쓰기의 '마음' 사이에서 황진수는 양자의 이율배반적인 관계를 이해하고 있는 것 같다. 그러나 그의 입장은 후자에 더욱 기울어져 있다. 그의 말레이 시아 화문문학 역사에 대한 판단으로 돌아가 보면 우리는 유사한 논리 를 볼 수 있다. '빛나도다 그 글이여', 황진수의 생각은 결국 중국문학 전통 속의 글쓰기에 대한 관념과 서로 통한다. 다만 특이한 것은 그가 '행동'으로서의 문학을 강조하기 때문에 중국 전통의 '문심론文心論'의 선 험적인 차원을 전환시켜서, 문학으로 하여금 말레이시아 화문문학이 역 사에 관여하고 역사를 다시 쓰는 매체가 되도록 한다. ― 말레이시아 화 문문학의 '운명'으로서 문학은 (황진수가 생각하는) 문학의 '혁명'으로 완성되어야 한다.[29] 문학의 허구 여부와는 별개로 글쓰기 과정 자체가 이미 역사에 참여하는 것이니 어찌 아이들의 놀이일 수 있겠는가?[30] 이 는 황진수의 윤리적 임무이다.

5

린젠궈와 황진수의 논쟁 및 장진중·좡화싱의 평론은 말레이시아 화문문학 담론을 또 다른 차원으로 제고시켰다. 그러나 20여 년간의 대화 이후 각자의 입장은 이미 분명하게 달라졌다. 우리는 이런 평론들이 제기한 문제를 새로운 방향으로 이끌 새로운 담론 공간을 찾아야 할 필요가 있다. 나는 이런 결정적인 시점에서 시노폰 담론을 도입하는 것은 다음과 같은 의의가 있다고 생각한다.

말레이시아 화문문학은 기존의 중국문학의 패권적 전통에 대해서는 이미 '되돌아갈 수 없다'. 반대로 말레이시아의 종족 억압 정책에 대해서도 국가의 법률 속에 진입하는 입장권을 받을 도리가 없다. 이런 상황에서 작가·독자·평론가 여부와 상관없이 모두 시노폰 세계가 창조해내는 공간으로부터 말레이시아 화문문학을 다시금 자리매김해봄직하다. 이 공간은 미셸 푸코가 말하는 헤테로토피아(heterotopia)에 가깝다.[31] 헤테로토피아는 하나의 구체적인 또는 상상적인 공간 존재로, 사회에 의해 명명되고 형성되면서도 '역외'의 존재로 처리된다. 헤테로토피아는 한 사회의 욕망 혹은 공포, 감시와 포용의 공간을 반영하지만, 또한 그 특이한 지위 때문에 주류 권력과 연합하면서도 투쟁하는 미묘한 상호 작용을 형성한다. 말레이시아 화문문학은 문학의 중국성 또는 말레이시아성을 불안정하게 만든다. 그것은 '국가문학'이라는 기치 아래서 하나의 '그럴싸하지만 실은 아닌' 서사 논리를 운용한다. — 좌우가 바뀌어 비치는 거울 속의 이미지와 유사하다. 동시에 말레이시아 화문문학 역사와 문학성의 문제는 또 시노폰의 등장으로 인해 갑자기 그 시야가 확장되기도 한다. 위에서 말한 것처럼 이 역사는 무수한 '이민', '유민', '외민'이라는 맥락으로 이루어진다. 그것의 중심적 위치는 민족 담론에 애써 매달리는 수준에 머물러서는 안 된다. 그것의 문학성 또한 더욱 광범위한 비교문학(또는 비교화문문학)의 맥락에서 정의되어야 한다. 더욱 중요한 점은 시노폰 연구를 통해 말레이시아 화문문학이 세계문학과 연계된다는 것이다.

여기서 나는 재미 말레이시아 화인 학자 펭 치아 Pheng Cheah 謝永平(?-)의 최근 연구 관점을 소개하고자 한다. 현재 말레이시아 화문문학 담론의 장에서 펭 치아는 익숙한 이름은 아니다. 그의 주요 분야는 유럽 사상, 코스모폴리타니즘 및 비교문화 연구이다. 그러나 최근 그의 '세계문학'에 대한 저작은 타산지석의 효과를 줄 수 있다.[32] 펭 치아는 세계문학의 관념이 18세기 유럽에서 시작되었다고 말한다. 괴테가 가장 먼저 제시했고, 칸트·헤겔·마르크스 등이 모두 이에 관해 언급했으며, 서로 다른 사변적 체계를 형성했다. 근래에 들어 '포스트 학문'이 퇴조를 하자 세계문학의 관념이 다시 제기되었다. 비록 기존의 모델을 어느 정도 뛰어넘는 점이 있지만 그러나 여전히 많은 맹점을 드러내고 있다고 펭 치아는 말한다. 한편으로는 21세기의 세계문학이 이미 유럽이라는 한계를 벗어나기는 했지만, '세계'가 어떻게 형성되고 운용되는지, '문학'이 어떻게 창조되고 어떻게 세계라는 체계에 진입하게 되는지 등등에 대해서는 사실 여전히 일방적인 희망 사항의 색채에서 벗어나지 못한다. 다른 한편으로 좌파 내지 친좌파 학자들은 문화 생산, 문학 물질성에 대한 관심을 연구 방법에 도입할 것을 극력 희망하는데, 표면적으로는 문학의 엘리트적인 심미적 색채를 타파하고 그것을 '역사화'하는 것 같지만 실제로 제시하는 것은 기존 공간 내부의 도해법이다.

세계문학 연구의 현황에 대한 펭 치아의 가장 큰 비판은 두 가지다. 첫째, 역사에 내포되어 있는 '시간성'에 대한 학자들의 연구에 맹점이 있어서 운용 면에서 의도적 비의도적으로 시간을 공간화하게 된다. 시간은 혹 사적 유심론(칸트·헤겔)의 선험적 현현이 되기도 하고, 혹 사적 유물론(마르크스)의 인과 관계가 되기도 한다. 두 가지에는 모두 목적론적 경향이 가득하다. 이에 따라 과거나 미래를 막론하고 시간의 차원은 단순화되고, 일종의 원래 그래야 하는 양식, 일종의 공간적인 배치로 정형화된다. 이렇게 공간화된 시간관은 '세계'문학의 발전에 장애가 된다. 일종의 발전과 파생의 가능성으로서의 '세계'가 이미 제한을 받기 때문이다. 둘째, 현재 세계문학 연구는 지역·비평 차원의 상호 작용 연구에서는 비록 커다란 수확이 있기는 하지만, 학자들이 전망과 '규범성'(normative)을 가진 시야를 구축하는 데 있어서는 용기가 결핍되어 있다. 온통 보이는 것이라고는 구조와 해체, 반패권과 저항의 담론인데, 사실 대부분은 현재 상황의 조정에 그치거나 심지어는 현재 상황에 안주하면서 일종의 이상, 일종의 실천으로서 '세계'가 가진 활력의 분출을 막고 있다.[33]

펭 치아의 시간과 시간성에 대한 이론적인 설명은 마르틴 하이데거의 현상학, 한나 아렌트의 행동 서사학, 자크 데리다의 '차연/공연'의 해체 서사학 등과 관련되는데 여기서는 생략하자. 하지만 그의 '규범성' 관념에 대한 주장은 그가 유럽의 이상 철학 담론으로부터 영감을 받았다는 것을 충분히 보여준다.[34] 그런데 펭 치아의 의도는 지금의 세계문학과 코스모폴리타니즘을 비판하는 데 그치지 않는다. 그는 더 나아가서 그의 담론이 우리가 세계를 재인식하는데 도움을 줄 것이라고 확신한다. 그리고 그의 표본 선택의 초점은 아프리카, 라틴 아메리카, 아시아의 포스트 식민주의 문학 — 특히 소설 서사이다. 그는 상상을 작동하여 '세계'를 재현하고 발명해내는 소설의 갖가지 가능성, 그리고 시간의 중층적 차원을 작동하는 소설의 유토피아적 에너지 등을 강조한다. 이런 부분을 보면 발터 벤야민에서부터 한나 아렌트, 미하일 바흐찐의 영향을 뚜렷이 볼 수 있다.

우리의 관심사는 펭 치아의 이론이 어떻게 시노폰과 말레이시아 화문문학의 연구에 개입되느냐 하는 것이다. 펭 치아는 말레이시아 화인 출신으로 해외에 정착하여 오랜 시간 거주하고 있다. 세계문학 및 포스트 식민 현상에 대한 그의 탐구는 그렇게 풍부하면서도 사변적인 역량을 가지고 있다. 그런데 타이완에 거주하는 말레이시아 화인 영화 감독 차이밍량蔡明亮(1957-)의 작품 및 기타 화어 지역의 영화(예컨대 홍콩 감독 프루트 챈Fruit Chan 陳果(1959-)의 영화)를 제외하면, 아직 그의 눈길이 시노폰 문학 연구에까지 미치지는 못하고 있다. 이는 유감이라고 하지 않을 수 없다. 주제넘은 참견이겠지만 우리가 펭 치아의 입장에서 시노폰 속의 — 특히 말레이시아 화문문학의 — 의의를 생각해보는 것도 무방할 것이다.

위에서 지적한 것처럼 펭 치아의 출발점은 세계문학에 대한 다시 보기와 포스트 식민 문학이 제시해주는 비평의 예증이다. 이는 우리의 말레이시아 화문문학 논쟁이 계속해서 중국성/말레이시아성의 문제에만 국한해 전개할 필요가 없다는 점을 일깨워준다. 우리는 세계문학을 재정리하는 과정에서 시노폰이 어떤 독특한 측면을 제시할 것인지, 그리고 이로써 말레이시아 화문문학의 재정의와 해답에 어떤 도움이 될 것인지에 대해 탐구해볼 수 있다. 더 나아가서 시노폰을 통하여 우리는 또 어떻게 말레이시아 화문문학과 세계문학 사이의 관계를 정립할 수 있을 것인지에 대해 탐구해볼 수도 있다.

기본적으로 펭 치아 이론의 표본은 앵글로폰 문학이고, 이론의 전제는 포스트 식민 상황이다. 하지만 위에서 여러 번 설명했듯이 식민과 포스트 식민 콘텍스트의 출현 여부가 시노폰 문학의 유일한 기준은 아니다. 우리는 반드시 고려해야 한다. 포스트 이민, 포스트 유민, 포스트 외민의 맥락이 형성하는 언어 네트워크의 그 복잡한 점이 포스트 식민/식민 콘텍스트보다 더 심하면 더 했지 부족하지는 않다. 그렇다면 말레이시아 화문문학은 이러한 맥락이 뒤섞이는 가운데 자연스럽게 가장 주목받는 표본이 된다. 식민주의가 만들어 놓은 세계(문학)관 및 포스트 식민 담론이 아마도 형성하게 될 비판의 습관을 타파할 때 우리는 비로소 말레이시아 화문문학의 다성성을 이해하게 될 것이다. 그리고 화어의 '세계'가 곧 말레이시아 화문문학이 다시금 자아를 자리매김하는 기점이다.

그 다음으로 펭 치아가 세계문학의 '시간'의 벡터에 대해 거듭해서 경의를 표하는 것 역시 말레이시아 화문문학의 작가와 평론가에게 더욱 큰 확신을 줄 것이다. 말레이시아의 현재 상황을 고려해보면 말레이시아 화문문학이 (공식적으로) 한 자리를 차지하기란 어려울 것이다. 그러나 문학 자체가 미래를 향해 끊임없이 작동하는 창조적인 활동이기 때문에 시간의 흐름 속에서 상상력이 온갖 가능성을 해방시키고 투사하게 될 것이다. 이런 부분에서 어쩌면 일찍이 내가 제시한 '추세勢'의 미학이 '시간時'의 관념에 동력을 보태줄 수도 있을 것이다.[35] 만일 '시간'이 우리에게 변화가 전개되는 흐름을 일깨워준다면, '추세'는 우리에게 일종의 경향(disposition/propensity), 일종의 모멘텀(momentum)을 일깨워준다. 이런 경향과 모멘텀은 또 입장의 설정 내지 방향의 안배와 긴밀한 관계가 있다. 따라서 공간 정치의 의도가 없지 않다. 더욱 중요한 것은 '추세'는 어쨌든 이미 일종의 심정과 자세를 암시하고 있다는 점이다. 나아가건 물러나건, 또는 긴박하건 느슨하건 간에, 실제 효과의 발생 전이나 발생 중인 힘 내지 끊임없이 솟아나는 변화로 이어지지 않는 것이 없다.

마지막으로 우리는 펭 치아가 한 순간도 잊지 않는 바 일종의 '규범성' 인문 행동으로서 문학이 세계를 각인하고, 세계에 참여하고, 또는 세계를 개조한다는 것에 이르게 된다. 얼른 보기에 펭 치아의 입장은 칸트의 미학으로 되돌아간 것 같다. 그러나 그가 말하는 '규범'은 시간의 진전과 상호 보완적인 것이다. 다시 말해서 규범은 선험적이거나 사물화된 표지일 필요는 없으며, 세계문학이 '어떤 것일 수 있는가'에 대한 일종의 보증용 동경인 것이다.[36] 시간의 전개 과정에서만 규범의 지표적인 의의가 생겨나고, 실천되고, 또는 검증될 수 있을 것이다.

린젠궈와 황진수의 문학사/문학성에 관한 논쟁을 되돌아본다면, 우리는 펑 치아의 주장에서 하나의 돌파구를 찾을 수 있을 것 같다. 그런데 '포스트' 학문이 쇠퇴하고 담론이 불분명한 학계에서, 황진수와 펑 치아 두 사람이 독자적인 기치를 내걸고 우리에게 문학의 '입언' 문제, '규범' 문제를 다시금 생각해보도록 요구하는 것은 사람들에게 새로운 느낌을 준다. 물론 황진수가 택한 길은 중국의 전통적인 문심론, 시와 역사의 상호 인증, 인물의 평가와 시대의 이해라는 이런 체계에서 온 것이며, 특히 말레이시아 화인의 존속에 대한 그의 위기감은 강렬한 우환 의식을 보여준다. 펑 치아는 기본적으로 서양의 학술 시스템 속에서 이론의 세계성 또는 '세계'의 이론성을 논한다. 두 사람의 대화는 아직 시작되지 않았지만 이는 세계문학 연구와 시노폰 연구의 상호 인증이 충분히 가능하다는 점을 우리에게 깨우쳐주는 것이 아니겠는가? 황진수는 이렇게 말한 바 있다. "말레이시아 화문문학이 단지 파초에 부는 바람과 야자에 내리는 비, 방언과 토착어, 열대 이야기에만 기대는 것은 현대 중문문학이라는 싸움터에서 그 지위를 확보하기에 충분하지 않은 것 같다. 그것은 필히 더욱 급진적이고 더욱 전면적으로 세계문학의 자원을 동원하고, 심지어 전혀 다른 서사 형식을 전개해야 한다."[37] 그 다음은 물론 어떻게 세계문학의 자원을 동원할 것인가이다.

이론적 패러다임의 논박 가운데 우리는 문학 창작으로 되돌아가게 된다. 시노폰 문학 연구의 최종적인 관심은 화인 후예와 화인 외민의 목소리의 전승이며, 시와 지연 문화 정치에 대한 끊임없는 재사고이다. 이는 나로 하여금 시인 우안吳岸(1937-2015)을 떠올리게 만든다. 우안은 1937년 사라왁의 쿠칭에서 출생했으며, 15세에 시를 쓰기 시작해서 반세기 동안 끊임없이 전념해왔다. 우안의 첫 번째 시집인 《방패 위의 시편盾上的詩篇》은 1962년 홍콩에서 출판되었는데, 그에게 '라랑 강변의 시인'이라는 이름을 가져다주었다. 1966년 그는 사라왁 독립 운동에 가담하여 10년간 투옥되었고, 출옥 후 계속해서 문학 창작을 했다. 일종의 '기이한 소리'에 대한 그의 추구는 아직 이루지 못했을 것이다. 하지만 그는 말레이시아 화인 역사라는 '기슭이 없는 강'에서 이리저리 오가며 '다중적인 건너가기'의 방법을 찾고 있다.[38] 이 기이한 소리에 대한 자리 매김, 다중적인 건너가기에 대한 탐사가 바로 시노폰 연구자들이 반드시 영원히 가져야 할 목표이다.

〈破曉時分〉　　　　　　　　〈동틀 무렵〉

破曉時分　　　　　　　　　동틀 무렵
我聽見一種奇異的聲響　　　나는 기이한 소리를 들었어라
一種全新的聲音　　　　　　완벽하게 새로운 소리를
我張開眼睛　　　　　　　　내가 눈을 뜨자
晨光也是奇異的新　　　　　아침 햇살 또한 기이하게 새로웠어라
長夜的黑暗　　　　　　　　긴긴 밤의 암흑
鑄造了如此明亮的白晝　　　이리도 환한 대낮을 만들었어라
生命的種子　　　　　　　　생명의 씨앗은
總是在黑夜裏播下的　　　　언제나 어둔 밤에 뿌려지는 법
我記起來了　　　　　　　　나는 생각이 떠올랐어라
但我忘了我是誰　　　　　　그런데 내가 누군지 잊었느니
我沒有名字　　　　　　　　나는 이름이 없어라
窗外的樹在晨風中輕輕舞蹈　창밖의 나무는 아침 바람 속에 가벼이 춤추느니
我想　　　　　　　　　　　나는 생각하였어라
　今後即使有狂風來襲　　　이젠 광풍이 들이닥쳐도
　也可以隨之舞得瀟灑　　　바람 따라 거침없이 춤추고
　一面高歌　　　　　　　　소리 높여 노래하리라
　片片的落葉　　　　　　　하나하나 떨어지는 이파리들
　都是新的生命　　　　　　그 모두가 새로운 생명이러니
（吳岸, 2012: 177）　　　　（우안, 2012: 177）

후기

2014년 6월 20, 21일에 나는 말레이시아 화인 연구 센터馬來西亞華社研究中心의 초청으로 제 2회 화인연구국제학술회에 참석했다. 회의 전에 가오자첸高嘉謙(1975-) 교수와 함께 페낭을 방문했고, 회의 후에 좡화싱·장진중·가오자첸 등과 함께 말라카를 방문했다. 그 사이에 시노폰 인문 연구와 말레이시아 화문문학 연구에 대해 많은 토론이 있었다. 장진중은 특히 'Sinophone'의 번역어 중 하나로 '시노폰 바람華夷風'을 거론했는데, Sinophone의 phone은 소리·풍향·풍조·풍물·풍세를 의미하며 어쨌든 중화와 오랑캐 사이에서 오락가락 흔들린다는 것이다. 이 말이 상당히 좋아서 본문의 제목으로 삼았는데, 감히 고견을 가로채려는 것은 아니다. 장진중 교수 및 동행자들에게 감사를 표하면서 말레이시아 행의 풍성한 수확을 기념하고자 한다.

[1] 현재 싱가포르와 말레이시아 화문문학 현상에 대한 각종 중문 문학평론집, 논문, 저서는 셀 수 없을 정도로 많다. 영어 저작도 최소한 다음과 같이 이미 세 권이 나와 있다. E. K. TAN, *Rethinking Chineseness: Transnational Sinophone Identities in the Nanyang Literary World*, (Amherst, NY: Cambria Press, 2013) ; Alison Groppe, *Sinophone Malaysian Literature: Not Made in China*, (Amherst, NY: Cambria Press, 2013) ; Brian Bernards, *Writing the South Seas: Imagining the Nanyang in Chinese and Southeast Asian Postcolonial Literature*, (Seattle: University of Washington Press, 2015).

[2] 이 글에서 'Sinophone'을 중국어로 '華語語系'라고 번역하며 '어족語系'이라는 단어를 사용한 것은 비교적 엄격한 정의에서 볼 때 언어학의 '어족'(family of languages), 예컨대 중국 · 티베트 어족(Sino-Tibetan family), 인도 · 유럽 어족(Indo-European family) 등과는 다소 다르다. 이는 중국 대륙 및 해외 각지의 화족 지역에서 한어로 쓴 문학이 만들어내는 복잡한 맥락을 설명하기 위한 것이다.

[3] 이방의, 겉은 같은 듯하면서도 실은 같지 않은 모어적 글쓰기와 이질화된 포스트 식민적인 창작의 주체는 이처럼 잡다하고 불분명하며, 이리하여 원종주국 문학에 대한 조롱과 전복을 초래하기에 이른다. 종주국의 순정한 언어란 분화되기 마련이며, 제 아무리 정통의 문학 전통이라고 하더라도 허깨비 같은 해외의 메아리가 생겨나게 되는 것이다.

[4] 전 세계의 유태인 문화와 현대 국가로서 이스라엘이라는 존재를 참고할 수 있을 것이다. 다만 이는 너무 큰 문제이고 중국의 이산 현상과 꼭 서로 어우러지는 것만은 아니므로 이 정도에서 그치도록 하겠다.

[5] 왕경우는 '중국성'은 살아있는 것으로 시대에 따라 달라질 수 있다고 생각하면서 이렇게 말한다. "'중국성'은 공동의 역사 경험의 산물이면서 역사의 기록 또한 끊임없이 그것의 발전에 영향을 준다. 중국이 스스로 중국임을 아는 이유는 그것이 근거하는 것이 가면 갈수록 중국 자체의 '중국성'이기 때문이다. '중국성'은 또 중국인炎黃子孫이 아닌 사람의 눈에 비치는 '중국'의 그런 특질들과 관계된다. 또는 그들이 보기에 이미 '중국'이라는 그런 성분들과 관계된다. Gungwu Wang, *The Chineseness of China: Selected Essays*, (Hong Kong: Oxford University Press, 1991), p. 2.

[6] 顔淸煌, 〈從移民到公民: 馬來西亞華人身份認同的演變〉, 林忠强、莊華

興等人編,《第一屆馬來西亞華人研究雙年會論文集》, (古隆坡: 華社研究中心, 2013), pp. 1-15. 1911년 영국 식민정부의 인구조사에서 화인은 10개 방언 집단으로 분류되었다. 푸젠福建·광둥廣東·차오저우潮州·하이난海南·커자客家·푸저우福州·푸칭福清·광시廣西 및 북방 지역인데, 1957년에 싱화興化가 추가되었다. 1881년, 1891년, 1901년의 인구조사에서 바바족은 7대 집단의 하나로 간주되었다. 쉬더파는 이렇게 말한다. "아무리 늦어도 1940년대 말에는 화문 신문 잡지에서 대개 '화인'이라는 공동의 명칭을 사용하기 시작했다. 방언성이 약화되고 화인 또는 방언의 관습적인 호칭면에서 한쪽이 늘면 다른 쪽이 줄어드는 것은, 화인 사회가 총체적으로 화인의 공공 영역에서 스스로 화인이라고 부르면서, 푸젠 사람·광둥 사람·커자 사람 등의 정체성이 2차적인 종족 특색의 정체성을 형성하게 되었음을 설명해주는 것이다. 이는 19세기와 20세기 초에는 상상하기 어려운 것이었다." 許德發, 〈淡去方言性: 一九五〇年代馬來西亞政治變動下的華族次族羣關係演化〉, 林忠強、莊華興等人編,《第一屆馬來西亞華人研究雙年會論文集》, (古隆坡: 華社研究中心, 2013), p. 127. 쉬더파의 논리는 추이구이창崔貴強(1935-), 마이류팡麥留芳(1942-) 등을 이어받은 것인데, 그들은 그 이전에 이에 대해 상세하게 논한 바 있다.

[7] 許倬雲,《我者與他者: 中國歷史上的內外分際》, (台北: 時報出版公司, 2009), 第一至三章. 葛兆光,《宅玆中國: 重建有關"中國"的歷史論述》, (台北: 聯經出版公司, 2011), 第一章. 그들과는 상대적으로 리디아 리우는 영국인들이 아편전쟁 이래 의도적으로 '오랑캐夷'의 원래 의미를 왜곡하면서 중국 침략의 구실로 삼았다고 의식적으로 강조한다. 하지만 이는 지나치게 억지로 둘러맞춘 것이다. 문헌학(philology)의 각도에서 볼 때 '오랑캐夷'라는 글자는 청나라 초기에 이미 복잡한 의미를 가지고 있었다. 청나라 황실 담론의 해석은 송나라와 명나라의 중화와 오랑캐 담론에 대한 반발에서 나온 것으로, 그 정치적 동기는 사실 너무나 분명한 것이었다. 뒷사람들이 제한적인 역사적 식견에 근거해서 반제 반식민 문장을 대거 써내는데, 나무만 보고 숲은 보지 못하는 그런 단점이 없지 않다. Lydia Liu, *The Clash of Empires: The Invention of China in Modern World Making,* (Cambridge, MA: Harvard University Press, 2006), chap. 2를 보기 바란다.

[8] 천인커陳寅恪(1890-1969)는 적어도 당나라 중기에 종족이 아니라 문화가 집단의 우열을 가리는 준거가 되었다고 지적한다. 陳寅恪,《唐代政治史述論稿》, (上海: 上海古籍出版社, 1997), pp. 16, 27-28.

[9] 楊念羣,《何處是江南: 清朝正統觀的確立與士林精神的變異》, (北京: 三

聯書店, 2010), 第六章을 보기 바란다.

[10] 雍正,《大義覺迷錄》卷一,《四庫禁燬書叢刊史部(二十二)》, (北京: 北京 出版社, 2000), pp. 260-261.《孟子·離婁》"舜生章"에서는 이렇게 말하고 있다. "순舜 임금은 제풍諸馮에서 나서 부하負夏로 옮겼다가 명조鳴條에서 죽 었으니 동쪽 오랑캐東夷 사람이다. 문왕文王은 기주岐周에서 나서 필영畢郢에 서 죽었으니 서쪽 오랑캐西夷 사람이다. 지리적인 거리가 천리가 넘고 시간 적인 간격은 천년이 넘지만 가운데 나라에서 뜻을 이루어 실행하니 부절을 맞추는 것처럼 딱 들어맞는다. 선대의 성인이든 후대의 성인이든 그 도리는 마찬가지다."

[11] 葛兆光,〈納四裔入中華〉, "Unpacking China: An International Symposium [打開中國國際研討會]," Harvard University, Cambridge, 24-25 April 2014. James Leibold, "Searching for Han: Early Twentieth-Century Narratives of Chinese Origins and Development," in Thomas S. Mullaney et al, eds., *Critical Han Studies: The History, Representation and Identity of China's Majority*, (Berkeley: University of California Press, 2012), pp. 216-237.

[12] 두웨이밍의 '문화 중국'에는 세 가지 의미 영역을 포함한다. 첫 번째 의미 영역은 대륙·타이완·홍콩·마카오와 싱가포르를 포함하는데, 다시 말하 자면 중국인 내지 화인으로 구성된 사회다. 두 번째 의미 영역 역시 모두가 익숙한 것으로서 곧 세계 각지에 산재해있는 화인 사회다. 세 번째 의미 영 역은 학술계·정치계·기업계·언론계 등을 망라해서 중국에 관심을 가지 고 있는 모든 국제적 인사인데, 달리 말하자면 이런 영역에는 일본인·미국 인·프랑스인·한국인·호주인·러시아인·헝가리인 등등이 모두 포함된 다. 杜維明,《文化中國的認知與關懷》, (台北: 稻香出版社, 1999), pp. 8-11 을 참고하기 바란다. 이와 관련된 논의는 Wei-Ming Tu, ed., *The Living Tree: The Changing Meaning of Being Chinese Today*[長青樹: 今日身為華人的意 義流變], (Stanford, Calif: Stanford University Press, 1994)를 참고할 수 있다.

[13] 高嘉謙,《漢詩的越界與現代性: 朝向一個離散詩學(1895-1945)》, 國立政 治大學博士論文, 2008를 보기 바란다.

[14] 高嘉謙,《漢詩的越界與現代性: 朝向一個離散詩學(1895-1945)》, 國立政 治大學博士論文, 2008, 第五章.

[15] 李元瑾,《林文慶的思想: 中西文化的匯流與矛盾》, (新加坡: 亞洲研究學 會, 1990)를 보기 바란다.

[16] 袁進,〈近代西方傳教士對白話文的影響〉,《二十一世紀》第12期, 香港: 香 港中文大學中國文化研究所, 2006年, pp. 77-86. 또 姚達兌,《晚清漢語基

督教文學研究(1807-1902)》, 廣州中山大學中文系博士論文, 2013, 第五章을 보기 바란다.

[17] 장진충은 이에 대해 많은 검토를 했다. 張錦忠,《南洋論述: 馬華文學與文化屬性》, (台北: 麥田出版社, 2003), pp. 191-207의 말레이시아 화인 영어 작가인 셜리 린에 대한 그의 검토를 보기 바란다.

[18] 타시 오의 작품《하모니 실크 팩토리》는 2005년에 예선에 올랐고,《별 다섯 개짜리 억만장자》는 2013년에 예선에 올랐다. 탄 트완엥의 작품《비의 선물》은 2007년 예선에 올랐고,《해 질 무렵 안개 정원》은 2012년 결선에 올랐으며, 나중 맨 아시아 문학상을 수상했다.

[19] Susan Sontag, "Notes on Camp"[1961], in Sally Everett, ed., *Art Theory and Criticism: An Anthology of Formalist, Avant-Garde, Contextualist, and Post Modernist Thought*, (North Carolina: Mcfarland, 1995), pp. 96-109.

[20] 郁達夫, 〈幾個問題〉,《晨星》1939年1月21日. 方修編,《馬華新文學大系(二): 理論批評二集》[1970], (吉隆坡: 大衆書局, 2000), pp. 444-448에서 인용.

[21] 周容, 〈談馬華文藝〉,《戰友報‧文藝》第47期, 1948年1月1日. 葉尼, 〈逃難作家: 寫作閒話之二〉,《南洋周刊》第32期, 1939年2月13日, p. 12. 金進,《馬華文學論稿》, (上海: 復旦大學出版社, 2013), 第二章에서 인용.

[22] 方山, 〈寫在前面: 悼念金枝芒老前輩逝世十六周年〉, 方山編,《人民文學家金枝芒抗英戰爭小說選》, (吉隆坡: 二十一世紀出版社, 2004), p. 3.

[23] 林建國, 〈馬華文學斷奶的理由〉[大中華我族中心的心理作祟, 1998], 張永修、張光達、林春美編,《辣味馬華文學: 九〇年代馬華文學爭論性課題文選》, (吉隆坡: 雪蘭莪中華大會堂與馬來西亞留台聯總, 2002), pp. 365-366. 이 글은 애초 〈大中華我族中心的心理作祟〉라는 제목으로《星洲日報‧尊重民意》(1998年3月1日)에 게재되었다.

[24] 陳雪風, 〈華文書寫和中國文學的淵源〉[1998], 張永修、張光達、林春美編,《辣味馬華文學: 九〇年代馬華文學爭論性課題文選》, (吉隆坡: 雪蘭莪中華大會堂與馬來西亞留台聯總, 2002), pp. 367-368. 이 글은 애초《星洲日報‧尊重民意》(1998年3月1日)에 게재되었다.

[25] 황진수의 비판은 〈馬華現實主義的實踐困境: 從方北方的文論及《馬來亞三部曲》論馬華文學的獨特性〉、〈中國性與表演性: 論馬華文學與文化的限度〉가 대표적인데, 모두 黃錦樹,《馬華文學與中國性》[1998], (台北: 麥田出版社, 2012)에 수록되어 있다.

[26] 莊華興, 〈代自序: 國家文學體制與馬華文學主體建制〉,《國家文學: 宰制

與回應》, (吉隆坡: 大將出版社, 2006), pp. 17-19. 그 외《中文, 人》, 2008
年4月, pp. 9-15의 그의 발언을 보기 바란다.

[27] 林金輝, 〈透過翻譯的對話, 搭建理解的橋梁〉, 《中文, 人》, 2008年4月, pp.
3-8.

[28] 黃錦樹, 〈"文心凋零?": 抒情散文的倫理界限〉, 《中國時報 · 人間副刊》,
2013年5月20日, E4. 상세한 분석은 黃錦樹, 〈面具的奧秘: 現代抒情散文
的主體問題〉, 《中山人文學報》第38期, 高雄: 中山大學文學院, 2015年,
pp. 31-59를 보기 바란다.

[29] 황진수의 입장은 장타이옌이 글과 혁명을 논한 입장을 떠올리게 만든다. 황
진수의 석사논문은 장타이옌을 주제로 했다. 黃錦樹, 《章太炎語言文字之
學的知識(精神)系譜》, (台北: 花木蘭文化出版社, 2012)를 보기 바란다.

[30] 서양의 진실/허구라는 2분법적 지식론과 비교해볼 때, 중국의 전통 문론은
'글'이 일종의 기호 · 문채 · 풍모로서 시공간의 진행 과정 속에서 부단히 드
러나고, 구현되고, 구성되는 과정을 특히 강조한다. 예컨대 Stephen Owen,
Traditional Chinese Poetry and Poetics: Omen of the World, (Madison:
University of Wisconsin Press, 1985)을 보기 바란다.

[31] Michel Foucault, "Of Other Spaces"[1967], in Michiel Dehaene and Lieven
De Cauter, eds., *Heterotopia and the City: Public Space in a Postcivil Society*,
(London and New York: Routledge, 2008), pp. 13-30. Henri Lefebvre, *The
Production of Space*, (Oxford: Blackwell, 1991), pp. 13-29.를 참고하기 바란다.

[32] Pheng Cheah, "What Is a World?," in Gerald Delanty, ed., *Routledge
Handbook of Cosmopolitan Studies*, (New York: Routledge, 2012), pp.
138-50. 저자의 Pheng Cheah, *What Is a World? On Postcolonial Literature
as World Literature*, (Durham: Duke University Press, 2016), chap. 1을 보기
바란다. 세계 문학에 관한 상이한 견해에 대해서는 Christopher Prendergast,
ed., *Debating World Literature*, (London: Verso, 2004)를 보기 바란다.

[33] Pheng Cheah, *What Is a World? On Postcolonial Literature as World
Literature*, (Durham: Duke University Press, 2016), chap. 2-6을 보기 바란다.

[34] 특히 칸트 철학. Pheng Cheah, *Spectral Nationality: Passages of Freedom
from Kant to Postcolonial Literatures of Liberation*, (New York: Columbia
University Press, 2003)을 보기 바란다.

[35] 이 책의 제7장을 보기 바란다.

[36] 칸트로부터 다시 출발하려는 시도와 유사하다. 또 Gayatri Chakravorty
Spivak, *An Aesthetic Education in the Era of Globalization*, (Cambridge, MA:
Harvard University Press, 2012)의 서론을 보기 바란다.

[37] 〈火笑了〉, 2014年7月28日. 콜롬보 서적 전시회에서 거행된 《火, 與危險事物》의 강연 원고. 후일 《東方日報 · 東方文薈》, 東方網, 2014年8月2日에 게재.

[38] 재미작가 리위의 명작 제목 및 내용을 차용한 것이다. 李渝, 《應答的鄕岸》, (台北: 洪範書店, 1999)를 보기 바란다. 또 李渝, 《夏日踟躇》, (台北: 麥田出版, 2002), pp. 3-18의 나의 서론을 보기 바란다.

1. 중문 논문·문장

葛兆光, 〈納四裔入中華〉, "Unpacking China: An International Symposium[打開中國國際研討會]," Harvard University, Cambridge, 24-25 April 2014.

顧頡剛, 〈與劉胡二先生書〉, 《古史辨》第一冊, (上海: 上海古籍出版社, 1982), pp. 96-102.

龔鵬程, 〈俠骨與柔情: 論近代知識分子的生命型態〉, 《近代思想史散論》, (台北: 三民書局, 1993), pp. 101-136.

歐立德[Mark C. Elliott], 〈傳統中國是一個帝國嗎?〉, 《讀書》, 2014年1月號, pp. 29-40.

唐君毅, 〈花果飄零及靈根自植〉, 《說中華民族花果飄零》[1971], (台北: 三民書局, 2005), pp. 28-64.

梁啟超, 〈夏威夷遊記〉, 吳松、盧雲昆、王文光、段炳昌點校, 《飲冰室文集點校》, (昆明: 雲南教育出版社, 2001), pp. 1824-1832.

魯迅, 〈"題未定"草(六至九)〉, 《魯迅全集》第六卷, (北京: 人民文學出版社, 2005), pp. 439-440.

魯迅, 〈兩地書〉, 《魯迅全集》第十一卷, (北京: 人民文學出版社, 2005)

魯迅, 〈文化偏至論·墳〉, 《魯迅全集》第一卷, (台北: 谷風出版社, 1989)

魯迅, 〈小雜感〉, 《魯迅全集》第三卷, (北京: 人民文學出版社, 2005)

魯迅, 〈題辭〉, 《魯迅全集》第二卷, (北京: 人民文學出版社, 2005)

魯迅, 〈集外集補遺篇·破惡聲論〉, 《魯迅全集》第八卷, (北京: 人民文學出版社, 2005)

賴和, 〈飲酒〉[1927], 林瑞明編, 《賴和漢詩初編》, (彰化: 彰化縣立文化中心, 1994), p. 121.

劉智濬, 〈當王德威遇上原住民: 論王德威的後遺民論述〉, 《台灣文學研究學報》第6期, 台南: 國立台灣文學館, 2008年4月, pp. 157-191.

李歐梵, 〈漫談現代中國文學中的"頹廢"〉, 《今天》總第二十三期(1993年第四期), pp. 26-51.

李澤厚,〈啟蒙與救亡的雙重變奏〉,《中國現代思想史論》, (台北: 風雲時代出版社, 1980)

林建國,〈馬華文學斷奶的理由〉[大中華我族中心的心理作祟, 1998], 張永修、張光達、林春美編,《辣味馬華文學: 九〇年代馬華文學爭論性課題文選》, (吉隆坡: 雪蘭莪中華大會堂與馬來西亞留台聯總, 2002), pp. 365-366.

林建國,〈文學與非文學的距離〉,《南洋商報・南洋文藝》, 南洋網, 2013年8月13日, 網文, 2014年8月9日.

林金輝,〈透過翻譯的對話, 搭建理解的橋梁〉,《中文, 人》, 2008年4月, pp. 3-8.

林志明,〈如何使得間距發揮效用〉, 余蓮[François Jullien]著, 林志明譯,《功效論: 在中國與西方思維之間》[Traité de l'efficacité], (台北: 五南圖書出版社, 2011), pp. 5-11.

毛澤東,〈新民主主義論〉,《中國文化》創刊號, 1940.01.

毛澤東,〈沁園春・雪〉,《詩刊》1957年1月號.《毛澤東詩詞集》, (北京: 中央文獻出版社, 1996)

毛澤東,〈憶秦娥・婁山關〉,《詩刊》1957年1月號.《毛澤東詩詞集》, (北京: 中央文獻出版社, 1996)

毛澤東,〈蝶戀花・答李淑一〉, 湖南師範學院院刊,《湖南師院》1958年1月1日.《毛澤東詩詞集》, (北京: 中央文獻出版社, 1996)

毛澤東,〈湖南農民運動考察報告〉,《毛澤東選集》, (北京: 人民出版社, 1964)

方山,〈寫在前面: 悼念金枝芒老前輩逝世十六周年〉, 方山編,《人民文學家金枝芒抗英戰爭小說選》, (吉隆坡: 二十一世紀出版社, 2004), pp. 3-12.

方修,〈馬華新文學簡說〉[1968],《新馬文學史論集》, (香港: 三聯書店香港分店 ; 新加坡: 新加坡文學書屋, 1986), pp. 8-21.

范伯群,〈從通俗小說看近代吳文化之流變〉, 熊向東、周榕芳、王繼權編,《首屆中國近代文學國際學術研討會論文集》, (南昌: 百花洲文藝出版社, 1994)

史書美[Shu-mei Shih]著, 趙娟譯,〈反離散: 華語語系作爲文化生產的場域〉["Against Diaspora: The Sinophone as Places of Cultural Production"],《馬來西亞華人研究學刊》第16期, 吉隆坡: 華社研究中心, 2013年, pp. 1-21.

松永正義,〈透析未來中國文學的一個可能性 — 台灣文學的現在: 以陳映眞爲例〉,《陳映眞作品集(十四) 愛情的故事》, (台北: 人間出版社, 1988),

pp. 228-239.

沈從文, 〈致張兆和、沈龍朱、沈虎雛〉, 《沈從文全集》第十九卷, (太原: 北岳文藝出版社, 2002)

顏清煌, 〈從移民到公民: 馬來西亞華人身份認同的演變〉, 林忠強、莊華興等人編, 《第一屆馬來西亞華人研究雙年會論文集》, (吉隆坡: 華社研究中心, 2013), pp. 1-15.

葉尼, 〈逃難作家: 寫作閒話之二〉, 《南洋周刊》第32期, 1939年2月13日.

吳亮, 《城鎮、文人和舊小說 — 關於賈平凹的〈廢都〉》, 《聯合文學》第十卷第六期, 台北: 聯合文學出版社, 1994年4月, pp. 95-96.

吳岸, 〈破曉時分〉, 《殘損的微笑: 吳岸詩歌自選集》, (台北: 釀出版社, 2012), p. 177.

王德威, 〈"根"的政治, "勢"的詩學 — 華語論述與中國文學〉, 《中國現代文學》第24期, 台北: 中國現代文學學會, 2013年12月, pp. 1-18.

王德威, 〈文學地理與國族想像: 台灣的魯迅, 南洋的張愛玲〉, 《中國現代文學》第22期, 台北: 中國現代文學學會, 2012年12月, pp. 11-38.

郁達夫, 〈幾個問題〉, 方修編, 《馬華新文學大系(二): 理論批評二集》[1970], (吉隆坡: 大眾書局, 2000), pp. 444-448.

郁達夫, 〈骸骨迷戀者的獨語〉, 《郁達夫全集》卷三, (杭州: 浙江大學出版社, 2007), pp. 111-112.

袁進, 〈近代西方傳教士對白話文的影響〉, 《二十一世紀》第12期, 香港: 香港中文大學中國文化研究所, 2006年, pp. 77-86.

蔣光慈, 〈十月革命與俄羅斯文學〉, 《蔣光慈文集》第四卷, (上海: 文藝出版社, 1982)

張錦忠, 〈文學史方法論: 一個複系統的考慮；兼論陳瑞獻與馬華現代主義文學系統的興起〉, 《南洋論述: 馬華文學與文化屬性》, (台北: 麥田出版社, 2003), pp. 163-176.

張錦忠, 〈再論述: 一個馬華文學論述在台灣的系譜(或抒情)與分歧敘事〉, 《馬來西亞華人研究學刊》第16期, 吉隆坡: 華社研究中心, 2013年, pp. 41-63.

張愛玲, 〈自己的文章〉, 《張愛玲典藏全集》第三卷, (哈爾濱: 哈爾濱出版社, 2003), pp. 15-16.

張愛玲, 〈紅玫瑰與白玫瑰〉, 《張愛玲全集五: 傾城之戀》, (台北: 皇冠出版社, 1991), pp. 51-97.

莊華興，〈代自序: 國家文學體制與馬華文學主體建制〉，《國家文學: 宰制與回應》，(吉隆坡: 大將出版社, 2006), pp. 8-30.

莊華興，〈馬華文學的疆界化與去疆界化: 一個史的描述〉，《中國現代文學》第22期，台北: 中國現代文學學會, 2012年12月, pp. 93-106.

錢理群，〈陳映眞和"魯迅左翼"傳統〉，《現代中文學刊》2010年第1期(總第4期)，pp. 27-34.

周容，〈談馬華文藝〉，《戰友報 · 文藝》第47期, 1948年1月1日.

陳國球，〈論徐遲的放逐抒情 — "抒情精神"與香港文學初探之一〉，王德威、陳思和、許子東主編，《一九四九以後》，(香港: 牛津大學出版社, 2010)

陳獨秀，〈文學革命論〉，《新青年》第二卷六號, 1917年2月.

陳雪風，〈華文書寫和中國文學的淵源〉[1998]，張永修、張光達、林春美編，《辣味馬華文學: 九〇年代馬華文學爭論性課題文選》，(吉隆坡: 雪蘭莪中華大會堂與馬來西亞留台聯總, 2002), pp. 367-368.

陳映眞，〈四十年來台灣文藝思潮的演變〉，《陳映眞作品集8 鳶山》，(台北: 人間出版社, 1988)

陳映眞，〈試論陳映眞:《第一件差事》、《將軍族》自序〉，《陳映眞作品集9 鞭子和提燈》，(台北: 人間出版社, 1988), pp. 3-13.

陳映眞，〈陳映眞的自白: 文學思想及政治觀〉，《陳映眞作品集6 思想的貧困》，(台北: 人間出版社, 1988), pp. 32-56.

陳映眞，〈鞭子和提燈〉，《陳映眞散文集(一) 父親》，(台北: 洪範書店有限公司, 2004), pp. 11-12.

陳映眞，〈香港浸會大學"魯迅節座談會"發言〉，《香港大公報》2004年2月23日.

陳平原，〈論晚清志士的遊俠心態〉，談江大學中文系編，《俠與中國文化》，(台北: 學生書局, 1993)

詹宏志，〈一種老去的聲音 — 讀朱天文的〈世紀末的華麗〉〉，朱天文，《世紀末的華麗》，(台北: 遠流出版社, 1990)

許德發，〈淡去方言性: 一九五〇年代馬來西亞政治變動下的華族次族羣關係演化〉，林忠強、莊華興等人編，《第一屆馬來西亞華人研究雙年會論文集》，(吉隆坡: 華社研究中心, 2013), pp. 109-130.

黃錦樹，〈"文心凋零?": 抒情散文的倫理界限〉，《中國時報 · 人間副刊》, 2013年5月20日, E4.

黃錦樹，〈馬華文學"經典缺席"〉，張永修、張光達、林春美編，《辣味馬華文學:

九〇年代馬華文學爭論性課題文選》, (吉隆坡: 雪蘭莪中華大會堂與馬來西亞留台聯總, 2002), pp. 107-109.

黃錦樹, 〈馬華現實主義的實踐困境: 從方北方的文論及《馬來亞三部曲》論馬華文學的獨特性〉, 《馬華文學與中國性》[1998], (台北: 麥田出版社, 2012), pp. 95-114.

黃錦樹, 〈面具的奧秘: 現代抒情散文的主體問題〉, 《中山人文學報》第38期, 高雄: 中山大學文學院, 2015年, pp. 31-59.

黃錦樹, 〈非寫不可的理由〉, 《烏暗暝》, (台北: 九歌出版社, 1997), pp. 3-14.

黃錦樹, 〈審理開端: 重返為甚麼馬華文學〉, 《馬來西亞華人研究學刊》第16期, 吉隆坡: 華社研究中心, 2013年, pp. 23-40.

黃錦樹, 〈中國性與表演性: 論馬華文學與文化的限度〉[1998], 《馬華文學與中國性》, (台北: 麥田出版社, 2012), pp. 52-94.

黃錦樹, 〈火笑了〉, 《東方日報 · 東方文薈》, 東方網, 2014年8月2日, 網文, 2014年8月9日.

黃維梁, 〈學科正名論: "華語語系文學"與"漢語新文學"〉, 《文學評論》(香港) 第27期, 香港: 香港文學評論出版社, 2013年8月, pp. 33-41.

黃海, 〈兩岸"想象力"的角力 — 台灣與大陸科幻小說的回顧與反思〉, 《中時晚報·時代副刊》, 第十五版, 1993年5月11日.

2. 중문 서적

《說文解字注》, (台北: 黎明文化, 1984)

《十三經注疏 1 周易·尚書》, (台北: 藝文印書館, 1993)

《十三經注疏 6 左傳》, (台北: 藝文印書館, 1993)

賈平凹, 《秦腔》, (台北: 麥田出版社, 2006)

葛兆光, 《宅茲中國: 重建有關"中國"的歷史論述》, (台北: 聯經出版公司, 2011)

葛兆光, 《中華讀書報》, 2010年6月9日, 第10版.

姜戎, 《狼圖騰》, (台北: 風雲時代出版社, 2005)

高嘉謙, 《漢詩的越界與現代性: 朝向一個離散詩學(1895-1945)》, 國立政治大學博士論文, 2008.

金進, 《馬華文學論稿》, (上海: 復旦大學出版社, 2013)

戴厚英, 《人啊, 人》, (廣州: 廣東人民出版社, 1980)

德希達著, 張寧譯, 《書寫與差異》, (台北: 麥田, 2004)

涂光社, 《勢與中國藝術》, (北京: 中國人民大學出版社, 1990)

杜維明, 《文化中國的認知與關懷》, (台北: 稻香出版社, 1999)

羅廣斌、 楊益言, 《紅岩》, (北京: 中國青年出版社, 1961)

駱以軍, 《西夏旅館》, (台北: 印刻出版, 2008.10)

梁啟超 著, 吳松、 盧雲昆、 王文光、 段炳昌點校, 《飲冰室文集點校》, (昆明: 雲南教育出版社, 2001)

魯迅, 《魯迅全集》第三卷, (北京: 人民文學出版社, 2005)

賴芳伶, 《清末小說與社會政治變遷》, (台北: 大安, 1990)

劉賓雁, 《人妖之間》, (香港: 亞洲出版社, 1985)

劉禾[Lydia Liu], 《跨語際實踐: 文學、 民族文化與被譯介的現代性(中國, 1900-1937)》, (北京: 三聯書店, 2008)

李永平, 《迫迌: 李永平自選集 1968-2002》, (台北: 麥田出版社, 2003)

李元瑾, 《林文慶的思想: 中西文化的匯流與矛盾》, (新加坡: 亞洲研究學會, 1990)

李天葆, 《綺羅香》, (台北: 麥田出版社, 2010)

李天葆, 《民間傳奇》, (吉隆坡: 大將事業社, 2001)

李天葆, 《檳榔艷》, (台北: 一方出版社, 2002)

李天葆, 《紅燈鬧雨》, (吉隆坡: 烏魯冷岳興安會館, 1995)

李渝, 《應答的鄉岸》, (台北: 洪範書店, 1999)

李渝, 《夏日踟躇》, (台北: 麥田出版, 2002)

林木海主編, 《國家文化備忘錄特輯》, (吉隆坡: 全國十五華團領導機構, 1983)

林忠強、 莊華興等人編, 《第一屆馬來西亞華人研究雙年會論文集》, (吉隆坡: 華社研究中心, 2013)

馬克斯・霍克海默[Max Horkheimer]、 西奧多・阿多諾[Theodor W. Adorno] 著, 林宏濤譯, 《啟蒙的辯證: 哲學的片簡》, (台北: 商周出版社, 2009)

方修編, 《馬華新文學大系(二): 理論批評二集》[1970], (吉隆坡: 大眾書局, 2000)

史書美著, 楊華慶譯, 蔡建鑫校, 《視覺與認同: 跨太平洋華語語系表述・呈現》, (台北: 聯經出版事業股份有限公司, 2013.04)

謝裕民, 《重構南洋圖像》, (Singapore: Full House Communications, 2005)

四川省社科院文學研究所編, 《中國當代美學論文選》第一集, (重慶: 重慶出版社, 1984)

蕭馳, 《聖道與詩心》, (台北: 聯經出版公司, 2012)

時萌, 《晚清小說》, (台北: 國文天地, 1990)

阿來, 《塵埃落定》, (台北: 聯經出版社, 2011)

艾青, 《詩論》, (北京: 人民文學出版社, 1995)

楊念羣, 《何處是江南: 清朝正統觀的確立與士林精神的變異》, (北京: 三聯書店, 2010)

楊沫, 《青春之歌》, (北京: 作家出版社, 1958)

余蓮[François Jullien]著, 林志明譯, 《功效論: 在中國與西方思維之間》[Traité de l'efficacité], (台北: 五南圖書出版社, 2011)

余蓮[François Jullien]著, 卓立譯, 《勢: 中國的效力觀》[La Propension des choses, Pour une histoire de l'efficacité en Chine], (北京: 北京大學出版社, 2009)

雍正, 《大義覺迷錄》卷一, 《四庫禁燬書叢刊史部(二十二)》, (北京: 北京出版社, 2000)

王國維, 《英國大詩人白衣龍小傳》, 《王國維文集》第三卷, (北京: 中國文史出版社, 1997)

王德威, 《跨世紀風華: 當代小說二十家》, (台北: 麥田出版社, 2002)

王德威, 《被壓抑的現代性 — 晚清小說新論》, (北京: 北京大學出版社, 2005.05)

王德威, 《後遺民寫作》, (台北: 麥田出版社, 2007)

王夫之, 舒士彥點校, 《讀通鑑論》, (北京: 中華書局, 2013)

王安憶, 《啟蒙時代》, (台北: 麥田出版社, 2007)

汪暉, 《現代中國思想的興起》第一部 上卷, (北京: 三聯書店, 2004)

姚達兌, 《晚清漢語基督教文學研究(1807-1902)》, 廣州中山大學中文系博士論文, 2013.

袁進, 《中國小說的近代變革》, (北京: 中國社會科學出版社, 1992)

魏紹昌編, 《吳趼人研究資料》, (上海: 上海古籍出版社, 1980)

魏紹昌編, 《李伯元研究資料》, (上海: 上海人民出版社, 1962)

張潔, 《無字》, (上海: 上海文藝出版社, 1998 ; 台北: 馥林文化, 2008)

張系國, 《一羽毛》, (台北: 知識系統公司, 1991)

張錦忠,《南洋論述: 馬華文學與文化屬性》, (台北: 麥田出版社, 2003)

張錦忠,《馬來西亞華語語系文學》, (吉隆坡: 有人出版社, 2011)

張承志,《心靈史》, (台北: 風雲時代出版社, 1997)

張永修、張光達、林春美編,《辣味馬華文學: 九〇年代馬華文學爭論性課題文選》, (吉隆坡: 雪蘭莪中華大會堂與馬來西亞留台聯總, 2002)

趙家璧主編, 胡適等編選,《中國新文學大系‧建設理論集》, (台北: 業強出版社, 1990.03, 台灣1版)

趙汀陽,《天下體系: 世界制度哲學討論》, (北京: 中國人民大學出版社, 2011)

樽本照雄,《清末民初小說目錄》, (大阪: 大阪經大, 1988)

陳國球,《文學史書寫形態與文化政治》, (北京: 北京大學出版社, 2004)

陳伯海、袁進,《上海近代文學史》, (上海: 上海人民出版社, 1993)

陳寅恪,《唐代政治史述論稿》, (上海: 上海古籍出版社, 1997)

陳平原,《二十世紀中國小說史》第一卷, (北京: 北京大學出版社, 1989)

哈貝馬斯[Jurgen Habermas]著, 曹衛東譯,《包容他者》[*The Inclusion of the Other Studies in Political Theory*], (上海: 上海人民出版社, 2002)

許倬雲,《我者與他者: 中國歷史上的內外分際》, (台北: 時報出版公司, 2009)

胡適,《胡適散文》, (北京: 中國廣播電視出版社, 1992)

胡風,《胡風論詩》, (廣州: 花城出版社, 1988)

胡風,《胡風全集‧評論II》3, (武漢: 湖北人民出版社, 1999)

黃錦樹,《馬華文學與中國性》[1998], (台北: 麥田出版社, 2012)

黃錦樹,《章太炎語言文字之學的知識(精神)系譜》, (台北: 花木蘭文化出版社, 2012)

3. 영문 논문·문장

Andrew Nathan and Leo Lee, "The Beginnings of Mass Culture," in David Johnson, Andrew Nathan, and Evelyn Rawski, eds., *Popular Culture in Late Imperial China*, (Berkeley: University of California Press, 1991)

C. T. Hsia[夏志清], "Yen Fu and Liang Ch'i-chao as Advocates of New Fiction," in Adele Austin Rickett, ed., *Chinese Approaches to Literature from Confucius to Liang Ch'i-chao*, (Princeton: Princeton UP, 1978), pp.

221-257.

Charles Taylor, "Inwardness and the Culture of Modernity," in Axel Honneth, et. al., eds., *Philosophical Interventions in the Unfinished Project of Enlightenment*, (Cambridge: MIT P, 1992), pp. 88-110.

David Der-wei Wang, "Crime or Punishment? On the Forensic Discourse of Modern Chinese Literature," paper presented at the conference "Becoming Chinese: China's Passages to Modernity and Beyond," University of California at Berkeley, June 2-6, 1995.

David Der-wei Wang, "How Modern Was Early Modern Chinese Literature? On the Origins of Jindai Wenxue," paper presented at the conference "Regarding Modern Chinese Literature: Methods and Meanings," the University of Chicago, May 7-8, 2005.

David Der-wei Wang, "Radical Laughter: Lao She and His Taiwan Successors," in Howard Goldblatt, ed., *Worlds Apart*, (Armonk, N. Y.: M. E. Sharpe, 1990), pp. 235-256.

Ha Jin, "Exiled to English," in Shu-mei Shih, Chien-hsin Tsai, and Brian Bernards, eds., *Sinophone Studies: A Critical Reader*, (New York: Columbia University Press, 2013), pp. 117-130.

James Leibold, "Searching for Han: Early Twentieth-Century Narratives of Chinese Origins and Development," in Thomas S. Mullaney et al, eds., *Critical Han Studies: The History, Representation and Identity of China's Majority*, (Berkeley: University of California Press, 2012), pp. 216-237.

Jaroslav Průšek, "Subjectivism and Individualism in Modern Chinese Literature," in Leo Ou-fan Lee, ed., *The Lyrical and the Epic, Studies of Modern Chinese Literature*, (Bloomington: Indiana University Press, 1980), pp. 1-28.

Jaroslav Průšek, "The Changing Role of the Narrator in Chinese Novels at the Beginning of the Twentieth Century," in Leo Ou-fan Lee, ed., *The Lyrical and the Epic, Studies of Modern Chinese Literature*, (Bloomington: Indiana University Press, 1980), pp. 110-120.

John Zou, "Travel and Translation," paper presented at the conference "Literature, History, Culture: Reervisioning Chinese and Comparative Literature," Pinceton U, June 26, 1994.

Kuei-fen Chiu, "The Production of Indigeneity: Contemporary Indigenous Literature in Taiwan and Trans-cultural Inheritance," *The China Quarterly*, 200(2009), pp. 1071-1087.

Leo Ou-Fan Lee, "On the Margins of the Chinese Discourse: Some Personal Thoughts on the Cultural Meaning of the Periphery," *Daedalus*, 120:2(1991), pp. 207-226.

Ling-chi Wang, "The Structure of Dual Domination: Toward a Paradigm for the Study of the Chinese Diaspora in the United States," *Amerasia Journal*, 21:1-2(1995), pp. 149-169.

Michel Foucault, "Of Other Spaces"[1967], in Michiel Dehaene and Lieven De Cauter, eds., *Heterotopia and the City: Public Space in a Postcivil Society*, (London and New York: Routledge, 2008), pp. 13-30.

Michel Serres, "Conclusion: My Mother Tongue, My Paternal Languages," in Elisabeth Mudimbe-Boyi, ed., *Empire Lost: France and Its Other Worlds*, (Lanham, MD: Lexington, 2009), pp. 197-206.

Nicolas Standaert, "Don't Mind The Gaps: Sinology as an Art of In-betweenness," *Philosophy Compass* 10:2(2015), Wiley-Blackwell Publishing, Inc., pp. 91-103.

Nigel Mapp, "Specter and Impurity: History and the Transcendental in Derrida and Adorno," in Peter Buse and Andrew Stott, eds., *Ghosts: Deconstruction, Psychoanalysis, History*, (New York: St. Martin's Press ; Basingstoke: Macmillan, 1999), pp. 92-124.

Paul de Man, "Literary History and Literary Modernity," in Paul de Man, *Blindness and Insight*, (Minneapolis: U of Minnesota P, 1983)

Peggy Kamuf, "Violence, Identity, Self-Determination, and the Question of Justice: On Specters of Marx," in Hent de Vries and Samuel Weber, eds., *Violence, Identity, and Self-Determination*, (Stanford, Calif.: Stanford University Press, 1997), pp. 271-283.

Peng Hsiao-yen, "Eros and Self-liberation: The Notorious Dr. Sex and May Fourth Fiction," in Peng Hsiao-yen, *Utopian Yearning and the Novelistic Form: A Study of May Fourth Fiction*, (Taipei: Academia Sinica, Institute of Literature and Philosophy, 1993), pp. 96-114.

Pheng Cheah, "What Is a World?," in Gerald Delanty, ed., *Routledge Handbook of Cosmopolitan Studies*, (New York: Routledge, 2012), pp. 138-50.

Rudolf G. Wagner, "Lobby Literature: The Archaeology and Present Functions of Science Fiction in China," in Jeffrey C. Kinkley, ed., *After Mao: Chinese Literature and Society, 1978-1981*, (Cambridge, Mass.: Harvard University Press, 1985)

Shu-mei Shih, "The Concept of Sinophone," *PMLA: Publications of the Modern Language Association of America*, 126:3(2011), pp. 709-718.

Shu-ying Tsau, "The Rise of 'New Fiction'," in Milena Doleželová-Velingerová, ed., *The Chinese Novel at the Turn of the Century*, (Toronto: U of Toronto P, 1980), pp. 25-26.

Sigmund Freud, "Mourning and Melancholia," in Adam Phillips, ed., *A Freud Reader*, (London: Penguin, 1988)

Stuart Hall, "Cultural Identity and Diaspora," in Jana Evans Braziel & Anita Mannur, eds., *Theorizing Diaspora*, (Blackwell Publishing, 2003), pp. 233-246.

Susan Sontag, "Notes on Camp"[1961], in Sally Everett, ed., *Art Theory and Criticism: An Anthology of Formalist, Avant-Garde, Contextualist, and Post Modernist Thought*, (North Carolina: Mcfarland, 1995), pp. 96-109.

Victor Mair, "What Is a Chinese 'Dialect/Topolect'? Reflections on Some Key Sino-English Linguistic Terms," *Sino-Plantonic Papers,* 29(1991), pp. 1-31.

Wei-Ming Tu, "Cultural China: The Periphery as the Center," *Daedalus,* 120:2(1991), pp. 1-32.

William Paulson, "Literature, Complexity, and Interdisciplinarity," in Katherine Hayles, ed., *Chaos and Order*, (Chicago: U of Chicago P, 1991), pp. 37-53.

4. 영문·불문 서적

A. C. Graham, *Disputers of Tao: Philosophical Argument in Ancient China*, (La Salle, IL: Open Court, 1993)

Alison Groppe, *Sinophone Malaysian Literature: Not Made in China*, (Amherst, NY: Cambria Press, 2013)

Benjamin Schwartz, *In Search of Wealth and Power*, (Cambridge: Harvard UP,

1964)

Benjamin Schwartz, Paul Cohen, Hao Chang, *Liang Ch'i-ch'ao and Chinese Intellectual in Crisis, 1890-1907*, (Cambridge, MA: Harvard University Press, 1971)

Brian Bernards, *Writing the South Seas: Imagining the Nanyang in Chinese and Southeast Asian Postcolonial Literature*, (Seattle: University of Washington Press, 2015)

Catherine L. Innes, *The Cambridge Introduction to Postcolonial Literatures in English*, (Cambridge, UK: Cambridge University Press, 2007)

Charles Taylor, *Multiculturalism and "The Politics of Recognition"*, (Princeton: Princeton UP, 1992)

Christopher Prendergast, ed., *Debating World Literature*, (London: Verso, 2004)

Clifford Geertz, *After the Fact*, (Cambridge: Harvard UP, 1995)

David Der-wei Wang, *Fin-de-siècle Splendor: Repressed Modernities of Late Qing Fiction, 1849-1911*, (Stanford: Stanford University Press, 1997)

E. K. TAN, *Rethinking Chineseness: Transnational Sinophone Identities in the Nanyang Literary World*, (Amherst, NY: Cambria Press, 2013)

François Jullien, *Chemin Faisant, Connaître La Chine, Relancer La Philosophie*, (Paris: Seuil, 2007)

François Jullien, *The Propensity of Things: Toward A History of Efficacy in China*, trans. Janet Lloyd, (New York: Zone Books, 1995)

Fredric Jameson, *The Political Unconscious*, (Ithaca: Cornell University Press, 1981)

Gayatri Chakravorty Spivak, *An Aesthetic Education in the Era of Globalization*, (Cambridge, MA: Harvard University Press, 2012)

Gayatri Chakravorty Spivak, *The Post-Colonial Critic: Interviews, Strategies, Dialogues*, Sarah Harasym, ed., (New York: Routledge, 1990)

Geoffrey Galt Harpham, *Shadows of Ethics: Criticism and the Just Society*, (Durham ; London: Duke University Press, 1999)

Gilles Deleuze and Félix Guattari, *A Thousand Plateaus: Capitalism and Schezophrenia*, trans. Brian Massumi, (Minneapolis: University of Minnesota Press, 1987)

Gregory Jusdanis, *Belated Modernity and Aesthetic Culture*, (Minneapolis: U of

Minnesota P, 1991)

Gungwu Wang, *The Chineseness of China: Selected Essays*, (Hong Kong: Oxford University Press, 1991)

Harold Bloom, *The Anxiety of Influence*, (N. Y.: Oxford UP, 1973)

Henri Lefebvre, *The Production of Space*, (Oxford: Blackwell, 1991)

Homi K. Bhabha, *The Location of Culture*, (London: Routledge, 2004)

Ien Ang, *On Not Speaking Chinese: Living between Asia and the West*, (London: Routledge, 2001)

Jacques Derrida, *Specters of Marx: The State of the Debt, the Work of Mourning and the New International*, trans. Peggy Kamuf, (London and New York: Routledge, 1994)

Jacques Derrida, *Writing and Difference*, trans. Alan Bass, (Chicago: University of Chicago Press, 1978)

James J. Y. Liu, *Chinese Theories of Literature*, (Chicago: University of Chicago Press, 1979)

Jing Tsu, *Sound and Script in Chinese Diaspora*, (Cambridge, MA: Harvard University Press, 2011)

Leo Lee, *The Romantic Generation of Modern Chinese Literature*, (Cambridge: Harvard UP, 1973)

Leo Lee, *Voices from the Iron House*, (Bloomington: Indiana UP, 1987)

Lorenzo Veracini, *Settler Colonialism: A Theoretical Overview*, (Houndmills, Basingstoke: Palgrave Macmillan, 2010)

Lydia Liu, *The Clash of Empires: The Invention of China in Modern World Making*, (Cambridge, MA: Harvard University Press, 2006)

Lydia Liu, *Translingual Practice*, (Stanford: Stanford UP, 1996)

Marjorie Garber, Beatrice Hanssen and Rebecca L. Walkowitz, eds., *The Turn to Ethics*, (New York: Routledge, 2000)

Marshall Berman, *All That is Solid Melt into Air*, (N. Y.: Penguin, 1983)

Marston Anderson, *The Limits of Realism: Chinese Fiction in the Revolutionary Period*, (Berkeley: University of California Press, 1990)

Matei Calinescu, *Five Faces of Modernity*, (Durham: Duke UP, 1987)

Michael Sprinker, ed., *Ghostly Demarcations: A Symposium on Jacques Derrida's*

Specters of Marx, (London: Verso, 1999)

Milena Dolezelova-Velingerova, ed., *The Chinese Novel at the Turn of the Century*, (Toronto: U of Toronto P, 1980)

Paul A. Cohen, *Discovering History in China*, (N. Y.: Columbia UP, 1984)

Perry Link, *Mandarin Ducks and Butterflies*, (Cambridge, MA: Harvard UP, 1980)

Pheng Cheah, *Spectral Nationality: Passages of Freedom from Kant to Postcolonial Literatures of Liberation*, (New York: Columbia University Press, 2003)

Pheng Cheah, *What Is a World? On Postcolonial Literature as World Literature*, (Durham: Duke University Press, 2016)

Rey Chow, *Writing Diaspora: Tactics of Intervention in Contemporary Cultural Studies*, (Bloomington: Indiana University Press, 1993)

Shu-mei Shih, Chien-hsin Tsai and Brain Bernards, eds., *Sinophone Studies: A Critical Reader*, (New York: Columbia University Press, January 2013)

Stephen Gould, *Wonderful Life*, (N. Y.: Bentham, 1993)

Stephen Owen, *Readings in Chinese Literary Thought*, (Cambridge, Mass: Council on East Asian Studies, Harvard University, 1992)

Stephen Owen, *Traditional Chinese Poetry and Poetics: Omen of the World*, (Madison: University of Wisconsin Press, 1985)

Thomas Docherty, *Alterities: Criticism, History, Representation*, (Oxford: Clarendon Press ; New York: Oxford University Press, 1996)

V. I. Semanov, *Lu Hsun and His Predecessors*, Trans. Charles J. Alber, (White Plains, N. Y.: M. E. Sharpe, 1980)

Wei-Ming Tu, ed., *The Living Tree: The Changing Meaning of Being Chinese Today*, (Stanford, Calif: Stanford University Press, 1994)

작품명

청말 소설, 서정 전통, 포스트 유민 글쓰기, 시노폰 문학
— 중문문학의 계보와 판도의 재구성

    저자 왕더웨이(1954-   )는 타이완에서 출생했다. 하지만 부모가 20세기 중반에 대륙에서 타이완으로 이주해온 사람이어서, 그 역시 타이완에서는 이른바 '외성인外省人', 즉 외지에서 온 사람으로 간주되었다. 1976년에 타이완대학 외국어문학과를 졸업하고, 미국 위스콘신대학에서 비교문학 전공으로 1978년에 석사 학위를, 1982년에 박사 학위를 받았다. 타이완대학(1982-1986년), 하버드대학(1986-1990년), 콜롬비아대학(1990-2004년) 교수를 거쳐 2004년 이후 하버드대학 동아시아 언어 문명학과 교수로 재직하고 있으며 2014년부터 비교문학과 교수를 겸직하고 있다. 2004년에는 타이완 중앙연구원(대한민국학술원에 해당)의 멤버가 되었다.

    왕더웨이의 저술은 대단히 풍부하다. 영문 저서로는 *The Lyrical in Epic Time*(2014), *The Monster that Is History*(2004), *Fin-de-siècle Splendor* (1997), *Fictional Realism in Twentieth Century China*(1992) 등이 있다. 중문 저서로는 《史詩時代的抒情聲音》(2017), 《華夷風起: 華語語系文學三論》(2015), 《現當代文學新論: 義理·倫理·地理》(2014), 《現代抒情傳統四論》(2011), 《後遺民寫作》(2007), 《台灣: 從文學看歷史》(2005), 《被壓抑的現代性: 晚清小說新論》(2005), 《跨世紀風華: 當代小說二十家》(2002), 《眾聲喧嘩以後: 點評當代中文小說》(2001), 《如何現代, 怎樣文學?: 十九, 二十世紀中文小說新論》(1998), 《想像中國的方法: 歷史·

小說・敍事》(1998),《小說中國: 晚淸到當代的中文小說》(1993),《衆聲喧嘩: 三〇與八〇年代的中國小說》(1988) 등 20여 권이 있다. 그 외에도 수 백 편에 이르는 논문・평론・리뷰와 수 십 권에 이르는 역서・편서・편저 등이 있다.

저자 왕더웨이는 창의적이고 심도 있는 연구와 비평을 통해서 중문문학에 새로운 상상의 공간을 제시하고 전 세계 중문학계에 새로운 연구의 장을 일구어냈다. 수많은 사람들의 찬탄을 자아내고 또 때로는 논란을 불러일으키기도 한 그의 탁월한 학문적 성과 중 몇 가지만 살펴보자.[5]

왕더웨이에 따르면, 19세기 중반에서 20세기 초까지의 중국문학인 청말 문학은 환락가소설狎邪小說, 공안・의협소설公案俠義小說, 견책소설譴責小說, 공상과학소설科幻小說을 비롯해서 '다양한 목소리衆聲喧嘩'(Heteroglossia)가 분출되는 왕성한 모습을 보였다. 이는 중국문학 자체의 내재적 발전력이 표출된 것으로, '지체된 현대성'(서양식 현대성)이 아닌 '자생적 현대성'(중국식 현대성)에 대한 풍부한 상상과 잠재력을 보여준 것이었다. 다시 말해서, 청말 문학은 시대 변천과 유신, 역사와 상상, 민족 의식과 주체 심리, 문학 생산 기술과 일상 생활 실천 등의 의제들이 격렬하게 대화를 전개하는 새로운 문화의 장이었다. 청말 문학에는 이처럼 전통 내부의 자아 개조와 변화가 존재하고 있었으며, 따라서 20세기 전후의 중국문학/문화를 서양의 자극과 중국의 반응이라고 보는 기존의 관점을 벗어나야 한다. 왕더웨이의 이와 같은 주장은 청말 문학에 대한 연구 열풍으로 이어졌으며, 더 나아가서 '현대성'에 대한 새로운 시각을 이끌어냈다.

왕더웨이에 따르면, 청말 문학은 그것이 가지고 있던 미래(근대/현대)에

---

5) 이 부분은 왕더웨이에 대한 옮긴이의 평가 외에 陳芳明,《台灣新文學史》, (台北: 聯經出版公司, 2011), pp. 782-785와 彭松,《歐美現代中國文學硏究的向度和張力》, 上海: 複旦大學博士學位論文, 2008, 제 5장 및 邵元寶,〈"重畫"世界華語文學版圖?〉,《文藝爭鳴》 2007-4, pp. 6-10의 견해를 일부 참고했다.

대한 풍부한 상상과 잠재력으로 볼 때 한 시대를 마감하는 문학 또는 과도기적 문학이 아니었다. 오히려 새로운 시대를 열어가는 문학이었다. 비록 20세기 초 이래 '계몽과 구국'이라는 강력한 시대 사조와 리얼리즘이 전면에 떠오르면서 청말 문학의 상상과 잠재력은 은폐되고 억압되었지만, 그럼에도 불구하고 '억압된 현대성'은 그 뒤에도 연면히 이어졌다. 예컨대 환락가소설, 공안·의협소설, 견책소설, 공상과학소설 등은 20세기 중국 현대문학의 네 가지 방향 — 욕망·정의·가치·진리(지식)에 대한 비판적 사고 및 그 서사 방식에 대한 천착으로 이어졌다. 왕더웨이의 이와 같은 논리와 관점은 중국 근대문학과 현대문학의 관계가 단절과 비약이라고 보거나 연속성은 있지만 전자는 후자를 위한 준비 단계에 불과하다고 보던 중 문학계에 크나큰 충격을 주었다. 특히 중국 현대문학이 서양문학의 자극에 따른 반응의 결과로서 일종의 이식품이나 모방품이라는 것을 전제로 한 기존의 패러다임에서, 중국 전통문학을 계승하면서 서양문학의 영향을 수용한 창작품이라는 관점에 입각한 새로운 패러다임으로 전환될 수 있는 가능성을 부여했다. 이는 또한 1980년대 이후의 '문학사 다시쓰기' 흐름에도 하나의 새로운 방향을 제시했다.

왕더웨이에 따르면, 청말 소설의 현대화를 향한 풍부한 창조력은 억압된 상태에서도 욕망과 색정, 정의와 질서, 그로테스크를 통한 현실 재현, 역사 자체에 대한 광상 등의 형태로 20세기에 내내 이어졌다. 더욱이 20세기말에 이르자 드디어 표면으로 떠올라서 또 한 번 '다양한 목소리'가 분출하는 면모를 보여주고 있다. 이는 1930년대의 신감각파 소설, 원앙호접파 소설, 장아이링 소설이라든가 1950년대의 신무협소설, 세기말의 신환락가체 소설, 반영웅주의 소설 등에서 증명된다. 특히 '장아이링파' 소설에 표현된 일상적 인생의 반복적인 서사는 참된 인생의 리듬과 평민 생활의 욕망을 표출하는 것이다. 이와 같이 왕더웨이가 20세기의 문학의 성격과 기능에 대해 청말 소설과 연계시키면서 일상적 서사의 각도에서 새로운 해석을 제기한 것은 사실상 새로운 문학사 서술 패러다임을 제시하는 것이었다. 즉 과거 중국 현대문학의 전통 또는 주류로 간주되었던 '계몽과 구국 — 리얼리즘 — 사회주의/반공주의'라는 체계를 전복시키는 것이었다. 더구나 이는 사소한 도리 내지 이야기라는 의미의 '소설'로 '거대 서사'에 입각한 기존의 관변 '역사'를 재검토하는 것이나 다름없었다. 이로 인해 그의 시도는 신보수주의 내지 자유주의에서 출발한 공상적 주장일 뿐이라는 강력한 비판을 받았다. 그리고 다른 한편으로는 정치 사회적 환경이 아닌 문학 자체 논리에 입각한 합리적인 주장이라는 뜨거운 호응을 받았다.

왕더웨이에 따르면, 1980년대 이래 중문학계는 중국문학·타이완문학·홍콩문학·마카오문학·화문문학이라는 용어·개념·범주를 사용해왔는데, 이는 사실상 중국 대륙문학을 중심에 두고 나머지를 그로부터 뻗어나간 역외문학, 즉 연장물 내지 부속물로 간주해온 것이다. 이에 반해 '시노폰 문학'(Sinophone literature)은 국가 문학의 경계를 넘어서 새로운 이론 및 실천의 방향을 찾고자 하는 것이다. 이는 단순히 중국문학과 해외화문문학을 통합하는 개념이 아니라 하나의 변증법적 기점으로 삼자는 것으로, 해외에서 출발하되 중국 대륙문학과 대화를 형성하자는 것이다. 여기서 언어는 상호 대화의 최대 공약수가 되는데, 꼭 중원의 표준음적인 언어일 필요는 없으며 오히려 시대 및 지역에 따라 바뀌는 구어·방언·잡음이 충만한 언어라야 한다. 왕더웨이는 이런 관점에서 출발하여 비교문학적인 방식으로 중문문학 내부의 복합적인 맥락의 계보를 정리하고, 시대와 지역을 초월하여 시공간적 배경이 전혀 다른 작가들을 유사한 유형으로 범주화했다. 그의 이런 주장과 실천은 세계 각지의 중문문학이 평등하며 공동으로 하나의 통합적인 유기체를 이루고 있다는 것이자 전 세계 중문문학의 계보와 판도를 재구성하려는 것이었다. 왕더웨이의 이런 새로운 학문적 지평의 제시는 의식적/무의식적으로 중국대륙중심주의적 사고방식과 연구 방법에 젖어있던 대부분의 학자들에게 격렬한 반발과 진지한 반성을 불러일으켰다.

왕더웨이의 이러한 구상은 더 나아가서 전 세계 중문학계에 전혀 다른 차원의 시각과 기회를 제공해주는 것이었다. 예컨대, 종래에는 타이완문학에 대해서 중국 구문학의 전통, 신문학의 전통, 일제식민지 시기의 문학 사유 등을 모두 아우를 수 있는 패러다임이 없었지만, 이제는 타이완 내부의 문학에 국한시키지 않고 전체 중문문학의 범위에서 사고하고 자리매김할 수 있도록 만들어주었다. 또한 이의 연장선상에서 타이완문학은 이제 전 세계 중문학계의 관심과 주목을 받게 되었다. 그의 구상이 중문학계에 위기와 기회를 동시에 제공해준다는 점은 중국계 학자 뿐만 아니라 비중국계 학자에 대해서도 마찬가지이다. 예컨대, 중문이라는 언어를 최대 공약수로 하는 왕더웨이의 '시노폰 문학' 주장은 자칫하면 중국대륙중심주의의 외연을 확장시키는 결과를 초래함으로써 중화주의의 강화로 이어질 수도 있을 것이다. 반면에 민족 또는 민족국가라는 단위에 근거한 문학 범주가 더 이상 만능이 아니라는 면에서, 어느 정도 중국대륙중심주의의 확산을 방지함으로써 중화주의의 완화로 이어질 수도 있는 것이다.

요컨대 왕더웨이는 중문소설 내지 중문문학의 시공간을 확대하고 광범위한 문화적 콘텍스트 속에서 중문소설이 변천해온 심층적 맥락을 검토하면서 전 세계 중문문학의 계보와 판도를 재구성하고 있다. 그의 이러한 작업은 이미 말했듯이 전 세계 중문학계에 강렬한 반향을 불러일으켰다. 이는 물론 그가 가진 학술적 역량에 기인하는 것이다. 그는 현대 사회에 대한 깊은 통찰, 폭넓은 이론적 소양, 예민한 예술적 감수성, 예리한 작품 해석력을 갖추고 있으며, 이 때문에 동양과 서양의 문학적 차이, 전통과 현대의 접점, 중국 대륙문학과 타이완문학의 균열과 접합, 중국문학과 화인화문문학의 변증법적 관계 등을 총체적으로 파악할 수 있었다.

왕더웨이의 저작이 중문 독자 및 일부 영문 독자들의 열렬한 호응을 받게 된 것은 이러한 것이 전부 다는 아니다. 그는 이와 더불어 서양 이론의 실천적 적용, 비교문학적 방법의 활용, 세밀한 텍스트 독해에 근거한 증명, 핵심을 도출해내는 문구, 유려한 문장 표현 등을 통해 그의 독자들을 깊이 매료시킨다. 예를 들어 그가 상이한 시대·유파·사회·문화적 입장과 체험을 가진 중문작가를 광범위한 시공간 속에 두고 그들 간의 상호 영향 관계와 대비 관계를 제시한 것 중 일부만 살펴보자. 그는 장아링·쑤웨이전·스수칭·주톈신 등의 작품을 현대판 '귀신' 이야기로 간주하면서, 이들의 '그로테스크'(grotesque)와 '괴기'(gothic) 서사를 위진 시대의 지괴소설 전통으로까지 연결시킨다. 중국 대륙의 위화가 보여준 윤리와 폭력의 심오하고 정미한 전환을 높이 평가하면서, 홍콩의 황비윈, 말레이시아의 리쯔수, 타이완의 뤄이쥔 등이 이미 그를 능가하는 모습을 보이고 있다고 한다. 모옌이 그려낸 산둥의 붉은 수수밭과 장구이싱이 그려낸 보루네오의 밀림을 대비하고, 왕안이·천단옌의 상하이와 시시·둥치장의 홍콩, 주톈신·리앙의 타이베이를 병치한다.

이처럼 매끄러운 필치로 동서고금을 종횡무진하면서도 논리적 맥락을 잃지 않는 그의 글 자체가 주는 매력 때문에 '억압된 현대성被壓抑的現代性', '서정 전통抒情傳統', '포스트 유민 글쓰기後遺民寫作', '장아이링파 작가張腔作家', '다양한 목소리衆聲喧嘩' 등 그가 만들어냈거나 자주 사용한 용어들은 전 세계 중문학계의 학술적 유행어가 되었다. 또 전문 독자뿐만 아니라 일반 독자까지도 그의 저작 곳곳에서 등장하는 '오래된 영혼老靈魂', '해골 집착자骸骨迷戀者', '습골자拾骨者'와 같이 기발한 키워드라든가 '이민移民, 유민遺民, 외민夷民'의 '삼민주의三民主義'와 같이 중국어 동음이의어를 이용한 언어유희諧音(pun)에 빠져들 수밖에 없었다.

옮긴이 역시 저자 왕더웨이의 드넓은 시야와 탁월한 견해로부터 많은 도움을 받았다. 하지만 그렇다고 해서 옮긴이가 그의 학문적 주장에 모두 동의한다는 것은 아니다. 특히 '시노폰 문학'에 관한 그의 구상이 그렇다. 그에 따르면 '시노폰 문학'의 핵심은 중원의 표준음적인 언어이든 아니든 간에 일단 시대 및 지역에 따라 바뀌는 화어(화문, 한어, 중문)이다. 그러나 문학에서 언어가 극히 중요한 요소이기는 하지만 가장 중요한 것은 아니다. 문학에서 가장 중요한 것은 그러한 문학 행위를 하는 사람들의 삶과 그로부터 형성되는 사상과 감정이다. 이는 아주 간단한 몇 가지 예로도 알 수 있다. 현재의 '시노폰 문학'이라는 개념에 따르면, 이론적으로는 비단 전 세계 화인들의 화문문학뿐만 아니라 한국이나 베트남의 한문문학까지 그 속에 포함되어야 한다. 그렇다면 그의 '시노폰 문학'의 개념이 과연 적절한 것이겠는가? 또 그의 논리를 연장시키면 중국인과 화인은 하나의 상상된 공동체가 된다. 그렇다면 그러한 공동체에 대한 상상 자체가 암암리에 과거의 중국중심주의 또는 미래의 패권적인 중화주의의 발로라는 의심을 받을 수도 있지 않겠는가? 더구나 논리적 차원에서 볼 때 현재 중국인이라면 한족 외에 조선족을 포함해서 수십 개의 소수종족이 있으며, 중국 국외에서 이주 등의 이유로 장기간 체재하고 있는 화인들 중에는 아예 '화어'를 구사하지 않는 사람들도 있다. 그렇다면 전자가 중문을 사용한 문학과 후자가 중문 아닌 다른 언어를 사용한 문학을 과연 어떻게 설명할 것인가?

옮긴이는 이런 면에서 이미 왕더웨이와는 다른 제안을 한 바 있다.[6] 오늘날 주로 중국 외 지역에서 장기간 생활하고 있는 한족을 일컫는 '화인'이 자신의 삶을 표현하는 문학을 '화인문학'이라고 하고, 그 중에서도 '화문'(화어, 한어, 중문)으로 이루어진 문학을 '화인화문문학'으로 하자는 것이다. 이는 얼핏 보기에 왕더웨이의 '시노폰 문학'과 큰 차이가 없는 것 같지만 실제로는 전혀 다르다. 옮긴이가 보기에, 오늘날의 세계는 디아스포라를 비롯해서 이미 국가 간 경계를 넘나드는 이주자들의 수가 엄청나게 늘어났고, 이에 따라 향후 민족 또는 민족국가를 단위로 하는 문화와 문학의 경계는 더 이상 유효하지 않게 되거나 비효율적이 될 것이다. 그리고 미래의 언젠가 국가 간의 경계를 넘나드는 이런 사람들을 어쩌면 새로운 하나

---

6) 金惠俊, 〈試論華人華文文學研究〉, 《香港文學》 第341期, 香港: 香港文學出版社, 2013年 5月, pp. 18-26.

의 인간 집단으로 상정해야 할지도 모른다. 만일 그렇다면 '화인' 역시 이러한 새로운 인간 집단의 일부로 볼 수 있을 것이고, 그들의 '화인문학' ─ '화인화문문학', '화인영문문학', '화인일문문학', '화인한글문학' … 등등 ─ 역시 이 새로운 인간 집단의 문학의 일부가 될 것이다. 그렇게 된다면 '화인문학' 또는 '화인화문문학'이 '중국문학'과 서로 대화를 하더라도 그것이 꼭 '중화공동체'를 상상하는 것은 아니게 될 터이다.

이 책 《시노폰 담론, 중국문학 ─ 현대성의 다양한 목소리》는 저자와 긴밀히 협의하여 기획한 것으로 일종의 '왕더웨이 대표 논문/평론선'이라고 할 수 있다. 이 책에 수록된 글의 출처는 다음과 같다. 저자 왕더웨이의 글은 워낙 사람들의 주목을 받다보니 여러 곳에서 여러 차례 되풀이하여 수록·출간되는 경우가 많다. 그리고 논문·서적이라든가 초판·재판 또는 타이완·대륙 등 발표 시기나 출판 장소에 따라서 수정 보완되는 경우도 적지 않다. 그러나 이 책에서는 저자의 원래 생각을 그대로 보여준다는 차원에서 가능하면 최초 발표된 글을 기준으로 하여 번역했다.

1. 王德威, 〈沒有晚清, 何來五四? ─ 被抑壓的現代性〉, 《如何現代, 怎樣文學?: 十九、二十世紀中文小說新論》, (台北: 麥田出版社, 1998. 10), pp. 23-42.

2. 王德威, 〈歸去來 ─ 中國當代小說及其晚清先驅〉, 《被壓抑的現代性 ─ 晚清小說新論》, (北京: 北京大學出版社, 2005.05), pp. 363-391.

3. 王德威, 〈啓蒙、革命與抒情: 現代中國文學的歷史命題〉, 《現當代文學新論: 義理·倫理·地理》, (北京: 三聯書店, 2014.01), pp. 247-275.

4. 王德威, 〈序 時間與記憶的政治學〉, 《後遺民寫作》, (台北: 麥田出版社, 2007), pp. 5-14.

5. 王德威, 〈華語語系文學: 邊界想像與越界建構〉, 《中山大學學報(社

　　會科學版)》2006年第5期, 廣州: 中山大學, 2006.09, pp. 1-4.

6. 王德威,〈文學地理與國族想像: 台灣的魯迅, 南洋的張愛玲〉,《中國現代文學》第22期, 台北: 中國現代文學學會, 2012年12月, pp. 11-38.

7. 王德威,〈"根"的政治, "勢"的詩學 — 華語論述與中國文學〉,《中國現代文學》第24期, 台北: 中國現代文學學會, 2013年12月, pp. 1-18.

8. 王德威,〈華夷風起: 馬來西亞與華語語系文學〉,《中山人文學報》第38期, 高雄: 中山大學, 2015.01, pp. 1-29.

이 책의 내용에 대해서 따로 설명할 필요는 없을 것이다. 그래도 혹시 대략적인 내용을 알고 싶은 독자가 있다면 먼저 지은이의 한국어판 서문을 읽어보기 바란다. 아래에서는 독자의 이해를 돕기 위해 이 책의 번역과 관련된 몇 가지 사항을 덧붙이고자 한다.

이 책의 글은 위에서 보다시피 저자의 다양한 저작과 논문에서 가려 뽑은 것이다. 이에 따라 간혹 내용이나 표현이 중복되는 곳이 있다. 저자 왕더웨이는 자기 자신의 글을 참고·인용하는 경우 당연히 적절한 방식으로 이 점을 밝혀두었다. 따라서 옮긴이 역시 문구의 통일 및 출처의 명시와 관련해서 나름대로 세심하게 주의를 기울였다. 다만 혹시라도 일부 불일치하거나 누락한 곳이 있다면 독자의 너그러운 이해를 기대한다. 이 점은 옮긴이가 저자의 주석을 참고하여 편집한 주요 참고문헌 목록에 대해서도 마찬가지다.

이 책의 제목에도 사용된 '시노폰'(Sinophone)이란 단어에 관해서는 약간의 설명이 필요할 것 같다. 사실상 처음으로 이 용어를 사용한 UCLA의 스수메이 교수는 이렇게 주장한다. '시노폰 문학'이란 중국 외의 세계 각지에서 '화어華語'를 구사하는 작가들이 '화문華文'으로 창작한 문학을 의미하는 것으로, 중국문학 즉 중국에서 창작된 문학과는 구별되는 것이다. 그런데 화어 즉 '한어漢語'는 원래부터 하나의 언어가 아니라 여러 개의 언어로 구성되어 있으며, 더 나아가서 중국 외 다른 지역으로 이주한 화인들의 화어/한어는 현지 언어와의 접촉 과정에서 혼종적인 언어 즉 혼종적인 화어/한어가 되었다. 따라서 기존의 한어 또는 중화인민공화국 표준어로서의 '보통화普通話'나 중화민국 표준어로서의 '국어國語'라는 용어가 가지고 있는 단일성을 거부하고, '화어'가 가지고 있는 다양성을 강조하기 위해서 새로운 용어의 사용이 필수적인데, 그 새로운 용어가 곧 '시노폰'이다.7)

현재 '시노폰'의 중국어 번역어는 '華語語系'(王德威), '華夷風'(張錦忠), '華語風'(陳慧樺), '華語'(史書美), '漢聲'(劉俊) 등 여러 가지가 있다. 이는 시노폰 문학과 시노폰 연구에 대한 다양한 관점을 보여주는 것이기도 한데, 그 중 '華語語系'가 비교적 일반적으로 사용되고 있다. 옮긴이는 한때 이를 '화어계'라고 옮긴 적이 있으나 곧이어 '시노폰'이라는 용어로 통일해서 사용하고 있다. 이는 그것이 가지고 있는 다중적인 함의, 한국인의 언어 습관, 한글의 편리함 등을 종합적으로 고려한 것이다. 한편 현행의 영어식 발음을 그대로 따른다면 이를 '사이노폰'이라고 해야 할 것이다. 그러나 편의성 및 예컨대 '시놀로지' 등의 관행을 참고할 때 간단히 '시노폰'이라고 하는 것이 더 낫다고 판단했다.8)

한국의 중문학계에서는 일반적으로 1917년부터 지금까지의 중국문학을

---

7) 이상 스수메이의 주장은 다음 글들을 참고했다. Shih, Shu-mei, "Global Literature and the Technologies of Recognition", *PMLA: Publications of the Modern Language Association of America*, Vol. 119, No. 1 (2004): 16-30. ; Shih, Shu-mei, *Visuality and Identity: Sinophone Articulations across the Pacific,* Berkeley: University of California Press, 2007. ; Shu-mei Shih, "The Concept of Sinophone," *PMLA: Publications of the Modern Language Association of America*, 126:3(2011), pp. 709-718.

8) 시노폰의 개념, 시노폰 문학 주장 및 이에 대한 비판 등에 관련된 더욱 상세한 사항은 옮긴이의 다음 논문을 참고하기 바란다. 김혜준, 〈시노폰 문학(Sinophone literature), 경계의 해체 또는 재획정〉,《중국현대문학》제80집, 서울: 중국현대문학학회, 2017.01, pp. 73-105. ; 김혜준, 〈시노폰 문학, 세계화문문학, 화인화문문학 — 시노폰 문학(Sinophone literature) 주장에 대한 중국 대륙 학계의 긍정과 비판〉,《중국어문논총》제80집, 서울: 중국어문연구회, 2017.04, pp. 329-357.

'현대문학'이라고 일컫는다. 그런데 중국의 중문학계에서는 1917년부터 1949년까지의 중국문학을 '현대문학現代文學', 그 이후의 중국문학을 '당대 문학當代文學'이라 하고, 이 둘을 합쳐서 '현당대문학' 또는 '20세기 문학'이라고 한다. 저자 왕더웨이 또한 대단히 빈번하게 '당대', '당대문학', '당대소설', '당대 작가' 등의 용어를 사용하고 있는데, 옮긴이는 여러 방안을 강구해보았으나 특정 시기와 관련된 이런 용어를 적절한 우리말로 바꾸기가 어려워서 결국 한자음 그대로 표기하기로 했다.

교육부의 외래어표기법에 따라 20세기 이전의 중국 인명은 한자음으로, 20세기 이후의 중국 인명은 중국어음(즉 중화인민공화국 표준어인 '보통화'의 어음)으로 표기했다. 한자로 되어 있는 화인 인명 역시 이에 준해서 표기했다. 화인들은 대체로 자신이 일상적으로 사용하는 화어(또는 중국어 방언)에 따라 자신의 이름을 발음한다. 하지만 현실적으로 이들의 이름을 추적하기가 어려울 뿐만 아니라, 중국어권과 영어권에서도 일반적으로 '보통화' 어음으로 통용된다는 점을 참고했다. 예를 들면, 말레이시아 화인 출신으로 타이완 국적을 취득한 화인 작가 黃錦樹(영어명 Ng Kim Chew)는 '황진수'라고 표기했고, 말레이시아 화인 작가 李天葆(영어명 Lee Tian Poh)는 '리톈바오'로 표기했다.

이 책에는 저자 왕더웨이의 다른 저작과 마찬가지로 텍스트 해석과 문학 현상의 설명에서 다양한 서양 이론과 개념을 적절히 활용하고 있다. 예컨대 현상학, 행동 서사학, 해체 서사학, 구조주의, 포스트구조주의, 해체주의, 포스트모더니즘, 포스트식민주의, 오리엔탈리즘, 민족주의 담론, 디아스포라 담론, 존재론, 유령론, 카오스 이론, 지식의 고고학, 카니발 이론, 캠프론, 르상티망설, 페미니즘, … 등등을 언급하고 있다. 다만 그의 이러한 시도는 텍스트에 대한 '과도한 해석' 또는 중국 현상에 대한 '부적합한 적용'으로 흐를 가능성이 전혀 없지는 않다. 또 일반 독자의 입장에서는 가끔 혼란을 느낄 수도 있을 것인데, 이 경우 미흡하나마 일부 역주를 참고하기 바란다.

이 책을 출간하는 과정에서 감사해야 할 사람들이 많다. 우선 이 책의 한글판 출간을 허락하고 한글판 머리말을 써준 저자 왕더웨이 교수에게 감사한다. 옮긴이와 저자가 서로 알게 된 지 10여 년이 되었는데, 그동안 지속적으로 그와 연락하거나 만나면서 학문적 성취 외에도 그의 겸허함과 성실함에 늘 탄복하고는 했다. 그가 앞으로도 계속 정진하여 더욱 탁월한 성과를 거둘 것으로 믿으며, 지난번 부산대학교 방문처럼 한국 학술계와도 더욱 자주 교류하게 되기를 바란다. 이 책의 출간을 지원해준 중화민국 문화부 관계자와 학고방출판사의 동인에게 감사드린다. 특히 하운근 사장님과의 인연은 1980년대부터 시작되었는데, 앞으로도 좋은 서적을 많이 출간해서 출판사와 학계 모두에게 큰 도움이 되기를 기대한다. 옮긴이와 함께 타이완·홍콩 문학 및 화인화문문학의 연구와 번역에 전념하고 있는 현대중국문화연구실(http://cccs.pusan.ac.kr/)의 청년 연구자들에게 감사한다. 그들의 변함없는 신뢰와 노력은 옮긴이에게 실로 커다란 행복이다. 끝으로 그 누구보다도 이 책을 선택하고 읽어 줄 미래의 독자 여러분에게 감사한다. 만일 이 책의 번역에서 원문의 훌륭함을 충분히 발휘하지 못한 부분이 있다면 이는 전적으로 옮긴이의 책임이며, 독자 여러분의 이해와 더불어 아낌없는 질정이 있기를 기대한다.

2017년 11월 26일
김혜준(부산대 교수)

---

* 이 글은 왕더웨이 지음, 《현대 중문소설 작가 22인》(2014, 학고방)에 수록된 옮긴이의 해설 〈중문문학의 계보와 판도의 재구성〉을 바탕으로 했다. 기본적으로 저자 왕더웨이에 대한 평가 등 대부분의 내용은 유지하면서 주로 이 책 《시노폰 담론, 중국문학 — 현대성의 다양한 목소리》의 번역과 관련된 부분을 보완했다.

| 지은이 소개 |

왕더웨이 王德威, David Der - Wei Wang

1954년 타이완에서 출생했다. 1976년에 타이완대학 외국어문학과를 졸업하고, 미국 위스콘신대학에서 비교문학 전공으로 1978년에 석사 학위를, 1982년에 박사 학위를 받았다. 타이완대학(1982~1986), 하버드대학(1986~1990), 콜롬비아대학(1990~2004) 교수를 거쳐 2004년 이후 하버드대학 동아시아 언어 문명학과 교수로 재직하고 있으며 2014년부터 비교문학과 교수를 겸직하고 있다. 2004년에는 타이완 중앙연구원의 멤버가 되었다. 영문 저서로는 *The Lyrical in Epic Time*(2014), *The Monster that Is History*(2004), *Fin-de-siècle Splendor*(1997), *Fictional Realism in Twentieth Century China*(1992) 등이 있다. 중문 저서로는 《史詩時代的抒情聲音》(2017), 《華夷風起: 華語語系文學三論》(2015), 《現當代文學新論: 義理·倫理·地理》(2014), 《現代抒情傳統四論》(2011), 《後遺民寫作》(2007), 《台灣: 從文學看歷史》(2005), 《被壓抑的現代性: 晚清小說新論》(2005), 《跨世紀風華: 當代小說二十家》(2002), 《眾聲喧嘩以後: 點評當代中文小說》(2001), 《如何現代, 怎樣文學?: 十九,二十世紀中文小說新論》(1998), 《想像中國的方法: 歷史·小說·敘事》(1998), 《小說中國: 晚清到當代的中文小說》(1993), 《眾聲喧嘩: 三○ 與八○年代的中國小說》(1988) 등 20여 권이 있다. 그 외에도 수백 편에 이르는 논문·평론·리뷰와 수 십 권에 이르는 역서·편서·편저 등이 있다.

| 옮긴이 소개 |

김혜준

고려대 중문과를 졸업하고 동 대학원에서 문학박사 학위를 받았으며 현재 부산대 중문과 교수로 재직 중이다. 지은 책으로는 《중국 현대문학의 '민족 형식 논쟁'》이 있다. 옮긴 책으로는 《현대 중문소설 작가 22인》, 《중국 현대산문사》, 《중국 현대산문론 1949~1996》, 《중국의 여성주의 문학비평》, 《나의 도시》, 《그녀의 이름은 나비》, 《술꾼》, 《뱀선생》(공역), 《포스트식민 음식과 사랑》(공역), 《동생이면서 동생 아닌》(공역) 등이 있다. 논문으로는 〈화인화문문학(華人華文文學) 연구를 위한 시론〉, 〈시노폰 문학(Sinophone literature), 경계의 해체 또는 재획정〉, 〈시노폰 문학, 세계 화문문학, 화인화문문학〉 등이 있다.

현대성의 다양한 목소리

시노폰 담론, 중국문학

초판 인쇄   2017년 12월 20일
초판 발행   2017년 12월 31일

지 은 이 | 왕더웨이王德威, David Der-Wei Wang
옮 긴 이 | 김혜준
펴 낸 이 | 하운근
펴 낸 곳 | 學古房

주   소 | 경기도 고양시 덕양구 통일로 140 삼송테크노밸리 A동 B224
전   화 | (02)353-9908   편집부(02)356-9903
팩   스 | (02)6959-8234
홈페이지 | http://hakgobang.co.kr
전자우편 | hakgobang@naver.com, hakgobang@chol.com
등록번호 | 제311-1994-000001호

ISBN   978-89-6071-731-2 93820

값 : 19,000원

이 도서의 국립중앙도서관 출판예정도서목록(CIP)은 서지정보유통-지원시스템 홈페이지
(http://seoji.nl.go.kr)와 국가자료공동목록시스템(http://www.nl.go.kr/kolisnet)에서 이용하
실 수 있습니다. (CIP제어번호 : CIP2018002840)